ਘਰ

地势坤，君子以厚德载物。

诗经
今注今译

王云五 —— 主编
马持盈 —— 注译

诗经今注今译

中国友谊出版公司

图书在版编目（CIP）数据

诗经今注今译 / 王云五主编；马持盈注译. —— 北京：中国友谊出版公司，2022.7
ISBN 978-7-5057-5476-8

Ⅰ.①诗… Ⅱ.①王…②马… Ⅲ.①古体诗—诗集—中国—春秋时代②《诗经》—注释③《诗经》—译文 Ⅳ.①I222.2

中国版本图书馆CIP数据核字（2022）第079682号

本书中文简体字版权由台湾商务印书馆股份有限公司授与北京磨铁文化集团股份有限公司。非经书面同意，不得以任何形式转载重制，本著作物简体字版仅限中国大陆发行。

书名	诗经今注今译
作者	王云五主编　马持盈注译
出版	中国友谊出版公司
发行	中国友谊出版公司
经销	新华书店
印刷	三河市中晟雅豪印务有限公司
规格	880×1230毫米　32开
	17.25印张　448千字
版次	2022年7月第1版
印次	2022年7月第1次印刷
书号	ISBN 978-7-5057-5476-8
定价	68.00元
地址	北京市朝阳区西坝河南里17号楼
邮编	100028
电话	（010）64678009

如发现图书质量问题，可联系调换。质量投诉电话：010-82069336

编纂古籍今注今译序

由于语言文字习俗之演变，古代文字原为通俗者，在今日颇多不可解。以故，读古书者，尤以在具有数千年文化之中国，往往苦其文义之难通。余为协助现代青年对古书之阅读，在距今四十余年前，曾为本馆创编《学生国学丛书》数十种，其凡例如下：

一、中学以上中文功课，重在课外阅读，自力攻求；教师则为之指导焉耳。唯重篇巨帙，释解纷繁，得失互见，将使学生披沙而得金，贯散以成统，殊非时力所许；是有需乎经过整理之书篇矣。本馆鉴此，遂有《学生国学丛书》之辑。

二、本丛书所收，均为重要著作，略举大凡：经部如诗、礼、春秋；史部如史、汉、五代；子部如庄、孟、荀、韩，并皆列入；文辞则上溯汉、魏，下迄五代；诗歌则陶、谢、李、杜，均有单本；词则多采五代、两宋；曲则撷取元、明大家；传奇、小说，亦选其英。

三、诸书选辑各篇，以足以表见其书，其作家之思想精神、文学技术者为准；其无关宏旨者，概从删削。所选之篇类不省节，以免割裂之病。

四、诸书均为分段落，作句读，以便省览。

五、诸书均有注释，古籍异释纷如，即采其较长者。

六、诸书卷首，均有新序，述作者生平、本书概要。凡所以示学生研究门径者，不厌其详。

然而此一丛书，仅各选辑全书之若干片段，犹之尝其一脔，而未窥全豹。及一九六四年，余谢政后重主本馆，适编译馆有《资治通鉴今注》之编纂，甫出版三册，以经费及流通两方面，均有借助于出版家之必要，商之于余，以其系就全书详注，足以弥补余四十年前编纂《学生国学丛书》之阙，遂予接受。甫岁余，而全书十有五册，千余万言，已全部问世矣。

余又以《资治通鉴今注》，虽较《学生国学丛书》已进一步，然因若干古籍，文义晦涩，今注以外，能有今译，则相互为用，今注可明个别意义，今译更有助于通达大体，宁非更进一步欤？

几经考虑，乃于一九六七年秋决定编纂经部今注今译第一集十种，其凡例如下：

一、经部今注今译第一集，暂定十种[1]，其书名及白文[2]字数如下：

《诗经》　三九一二四字

《尚书》　二五七〇〇字

《周易》　二四二〇七字

《周礼》　四五八〇六字

《礼记》　九九〇二〇字

《春秋左氏传》　一九六八四五字

《大学》　一七四七字

《中庸》　三五四五字

《论语》　一二七〇〇字

《孟子》　三四六八五字

1　因版权问题，此次简体中文新版本中缺少《周礼今注今译》一书。另外，《大学今注今译》《中庸今注今译》两本合为一本《大学中庸今注今译》。

2　白文：指书的正文部分，亦指不附注释的书。

以上共白文四八三三七九字。

二、今注仿《资治通鉴今注》体例，除对单字词语详加注释外，地名必注今名，年份兼注公元，衣冠文物莫不详释，必要时并附古今比较地图与衣冠文物图案。

三、全丛书白文四十七万余字，今注假定为白文百分之七十，今译等于白文百分之一百三十，合计白文连注译约为一百四十余万字。

本馆所任之古籍今注今译，经慎选专家定约从事，阅时最久者将及二年，较短者不下一年，则以属稿诸君，无不敬恭将事，求备求详；迄今只有《尚书》及《礼记》二种缴稿，所有注译字数，均超出原预算甚多，以《礼记》一书言，竟超过倍数以上。兹当第一种之《尚书今注今译》排印完成，问世有日，谨述缘起及经过如上。

王云五
一九六九年九月二十五日

序

几千年以来，讲说《诗经》者，已不知有多少人了，为《诗经》而著书立说，也不知有多少卷了。他们都是些博学多识的人，其解述还不一定能使读者满意，而况不学如愚者又安敢班门而弄斧？

诗是当时作者灵感的流露，语短而意味深长，含蓄而旨在言外，以我们两三千年以后的人去捉摸两三千年以前的人的飘忽迷离的灵感，谁敢说自己所刻意以求的就恰好是当时作者灵感的真谛呢？

十几年以前，愚曾有古经今译之尝试，唯以蚊负山，心有余而力不足，《易经》根本碰不动，《诗经》也是捉不定，没有办法，只好储稿以藏拙了。

近读屈万里、王静芝诸先生有关《诗经》之大著，窃喜其能突破汉儒、宋儒讲诗之樊篱而直探诗人之本意也。故亦启其旧箧，加以整订，以求指教，倘使能有一句一章之正确贡献，即为愚无限之自盼也。

领导曾经指示我们，说："五经是我们中华文化的宝库。"我们今日中国上下正在致力于中华文化复兴工作，首先就要把这个宝库打开，用今日易知易明的语言，把它的真义表达出来，使人人皆能知能懂，使它的真理，大放光明于世界。为达成此一目的，最好赴之以集体的努力，凡是有志于治经者，各本其志之所趋，学之所精，各自约集数十人，而经常集体研讨、互相辩难，以求得正确的解释，比之一个人离群索居，埋头古籍堆中，往往钻入牛角尖里而犹不自知者，要高明得多了。一个学识渊博的人，当其思路陷于错误时，虽极平明的章句，亦会解释错误；反之，几个学识平平的人，当其发问辩难，追索正确时，虽极晦涩的篇什，亦可能迎刃而解。所以不仅一切事业，需要集体努力，而一切学问，亦急需集体努力也。顺便提供此意，以为求友之鸣。是为序。

目 录

壹 国风　　001

一	周南	002		二	召南	016
三	邶	031		四	鄘	063
五	卫	078		六	王	094
七	郑	106		八	齐	128
九	魏	141		十	唐	150
十一	秦	165		十二	陈	179
十三	桧	189		十四	曹	194
十五	豳	200				

贰 小雅　216

一　鹿鸣之什　216　　二　白华之什　237
三　彤弓之什　245　　四　祈父之什　264
五　小旻之什　293　　六　北山之什　323
七　桑扈之什　345　　八　都人士之什　364

叁 大雅　380

一　文王之什　380　　二　生民之什　412
三　荡之什　441

肆 周颂　489

一　清庙之什　489　　二　臣工之什　496
三　闵予小子之什　504

伍 鲁颂　515
陆 商颂　530

壹 国风

多半是十五个地区的民间歌谣,是男女爱情的自然流露,是社会生活的多种丰姿,而政治的意味较轻。这十五个地区如下。

一、周南:包括河南西南部及湖北西北部一带之地。

二、召南:包括汉水下游至长江一带之地。

三、邶:包括河南省北部及与河北省接邻之地。

四、鄘:包括河南省新乡附近之地。

五、卫:包括河南省汲县附近之地。

六、王畿:包括河南省洛阳附近之地。

七、郑:包括河南省新郑附近之地。

八、齐:包括山东省北部一带之地。

九、魏:包括河南省西北部及山西省东南部之地。

十、唐:包括山西省太原一带之地。

十一、秦:包括陕西省兴平县附近之地。

十二、陈:包括河南省淮阳县附近之地。

十三、桧:包括河南省密县附近之地。

十四、曹:包括山东省定陶区一带之地。

十五、豳:包括陕西省邠县一带之地。

以上各地区,可以说大部分都在中原地区。这就是国风一百六十首诗的地理背景。

一 周南

这一部分,共包括十一首诗,是采集黄河以南、长江以北,即今日河南省的西南部和湖北省的西北部一带地区的民间歌谣而成。它们都是感情自然流露的诗歌,而汉儒讲诗,都把它们牵扯到文王之化与后妃之德上,明明是男女相悦的爱情诗,偏要曲解到道德的教条上,讲得支离破碎,死气沉沉,把诗的本意完全毁灭了。宋儒看穿了这种错误,提出若干反对意见,但是又不敢讲得十分真切,所以迁就之处仍然很多,这也是不对的。我们以为,中国的伦常道德,有许多经典上已经讲得很有体系、很有力量,用不着歪曲爱情诗歌之本意,以为道德教条之辅翼,所以就诗说诗,以维持其本意为准。不仅对于《周南》如此,对于其他诗篇亦如此。

(一)关雎

这是一首爱情结合之诗。

关关雎鸠[1],在河之洲[2]。窈窕淑女[3],君子好逑[4]。

今注

1 关关:雌雄相和的叫声。雎鸠:雎音居。水鸟,即鱼鹰。
2 洲:水中的浅滩。
3 窈窕:窈音杳,窕音挑,窈窕,文静而美丽的。淑:贤惠善良的。
4 君子:品德优秀的男子。逑:音求,配偶。

今译

那河洲之上关关叫着的雎鸠,是多么和爱的一对啊!那文静而美丽的淑女,正好是那高贵而优雅的君子最理想的配偶啊!

参差荇菜[1],左右流之[2]。窈窕淑女,寤寐[3]求之。求之不得,寤寐思服[4]。悠哉悠哉[5],辗转反侧[6]!

今注

1　参差：长短不齐的。荇：音杏，水生植物，可食。
2　流：寻求。
3　寤寐：寤音悟，寐音妹，寤寐，梦寐也。
4　思服：思念。
5　悠：深长也。
6　辗转：辗音展，辗转，翻来覆去的。反侧：偏斜不定也。

今译

对于那参差不齐的荇菜，或左或右地去寻求它，就如同对于那美丽而贤惠的淑女，寤寐不忘地去追求她是一样的。当追求未得的时候，睡卧梦寐都在想念她，无穷无尽地想念她，翻来覆去，总是睡不着。

参差荇菜，左右采[1]之。窈窕淑女，琴瑟友[2]之。

今注

1　采：采择。
2　友：友爱。

今译

对于那参差不齐的荇菜，或左或右地去采择它，就如同对于那美丽而贤惠的淑女，已经相当接近是一样的，以琴瑟和她相友爱。

参差荇菜，左右芼[1]之。窈窕淑女，钟鼓乐之！

今注

1　芼：音帽，择取。

今译

对于那参差不齐的荇菜，或左或右地去择取它，就如同对于那美丽而贤惠的淑女，已经有了婚姻结合的关系是一样的，以钟鼓和她相欢乐。

（这首诗，完全是描写爱情结合的诗，由追求而恋爱而结合，感

壹　国风

情的发展过程很明显。如果按照《毛诗郑笺》的说法,以为是后妃替君主选择三宫六妾,求之不得,于是翻来覆去地睡不着,未免是太不近人情了。爱情是有独占性、排他性的,任何一个后妃,如果她有真的爱情,她是不会愿意君主有三宫六妾的,处于男性中心的君主纵欲之下,她无力反抗君主的三宫六妾,而任六宫粉黛成千成万,已经够伤心的了,她还有什么闲情逸致去给君主物色三宫六妾呢?这首诗明明描述的是男子追求女子,求之不得,所以翻来覆去地睡不着,汉儒偏要把它牵扯到后妃之德上,怪不得七拉八扯,总是合不拢呢。)

(二) 葛覃

这是描写女子婚后回娘家省亲之诗。

葛之覃兮[1],施于中谷[2],维叶萋萋[3]。黄鸟于飞[4],集于灌木[5],其鸣喈喈[6]。

今注

1　葛:多年生草本植物,茎的纤维可织葛布。覃:音谭,蔓延。

2　施:音移,拖拖拉拉的。中谷:谷中,凡《诗经》"中"字在上者,皆语词,如"施于中逵""施于中林""瞻彼中原""于彼中泽""中田有庐",皆可以语助词来解释,或颠倒而解释之,如"施于中逵",可解释为"施于逵中",其余可以类推。

3　萋萋:音妻,茂盛的样子。

4　于飞:于,语词。于飞,即正在飞。

5　灌木:丛生的树木。

6　喈喈:音阶,鸟鸣声。

今译

那葛草拖拖拉拉地蔓延于山谷之中,它们的叶子是多么茂盛啊。那黄鹂群群对对地飞集于灌木之上,它们的鸣声,是多么好听啊。

葛之覃兮，施于中谷，维叶莫莫[1]。是刈是濩[2]，为絺为绤[3]，服之无斁[4]。

今注

1 莫莫：茂密的样子。

2 刈：音易，割。濩：音或，煮。

3 絺：音痴，细葛布。绤：音细，粗葛布。

4 服：穿用。斁：音易，厌恶也。

今译

那葛草拖拖拉拉地蔓延于山谷之中，它的叶子是多么茂密啊。把它割下后，再煮一下，就可以做成或粗或细的各种葛布，穿起来是多么称心啊。

言告师氏[1]，言告言归[2]。薄污我私[3]，薄浣我衣[4]。害浣害否[5]，归宁父母[6]。

今注

1 言：语助词，如"言告师氏""言告言归"，以及《苤苢》篇之"薄言采之""薄言有之"；《汉广》篇之"言刈其楚""言刈其蒌"，皆可以作语助词解释，其他可以类推。总之，我们读《诗经》，应当把所有的"言"字作一归类，然后看它在什么情况之下，应当作何种解释，如此，才不会有"望文生义"之误解。不仅"言"字如此，其他意义难定之字，都应当作这种工夫。师氏：教女之师。

2 归：回娘家。

3 薄：语词。但又可解为副词，形容某种动作，如"薄污我私"，即赶快洗洗我的内衣。"薄"字有"赶快""急忙"之义。污：洗衣而去污。私：平时私生活所穿之衣物。

4 浣：音换，洗濯。衣：礼服。

5 害：音何，与"何"字通用。害浣害否：何者当洗，何者不当洗。

6 归宁父母：宁，请安。归宁父母，即回娘家向父母请安。

壹 国风

今译

告诉女师,我要回娘家了,叫人把我的衣服洗洗;哪些要洗,哪些不洗的,都要料理清楚,准备穿得干干净净地回娘家向父母问安。

(三)卷耳

这是在外服役者思家之诗。

采采卷耳[1],不盈顷筐[2]。嗟我怀人[3],寘彼周行[4]。

今注

1 采采:采而又采,连续不断地采。卷耳:枲耳,叶嫩可食的菜。
2 顷:浅斜的,前低后高的。筐:盛菜之器。
3 怀人:心中所怀念的人。
4 寘:被役置。彼:语词,全诗之三个"彼"字,皆语词,不作代名词用。周行:大路。"寘彼周行"一语,系形容其所怀念之人的处境与苦况,因其行役于外,仆仆风尘于道路,久久不得回家,故曰"寘彼周行"也。如四牡诗之"四牡骓骓,周道迟迟";何草不黄诗之"有栈之车,行彼周道",皆"哀我征夫,朝夕不暇"之意,故"周行""周道"之语,多与征夫怨之背景相连。而此诗之妇人即怀念其被置于周行之丈夫也。本章之诗是征人假想其妻室对于他如此怀念的心情。

今译

出门采卷耳,采了半天,没有采满一个浅浅的筐子,可叹啊!我所想念的人,被役置于那大道的行列,仆仆风尘,不能回家,我哪里还有心思采卷耳呢?

陟彼崔嵬[1],我马虺隤[2]。我姑酌彼金罍[3],维以不永怀[4]。

今注

1 陟:音至,升也。崔嵬:嵬音唯,崔嵬,高山。

2 虺隤：虺音灰，隤音颓，虺隤，疲病的样子。

3 姑：且也。金罍：罍音雷，用金属做的酒杯。

4 永怀：长久的想念。（这是服役在外者说他自己想家的情形。）

今译

我想骑着马儿登临那高山之上，登高一望我的家乡，但是我的马疲而又病，没有办法，我只好借酒消愁，喝它几杯，借此可以忘怀一切，免得老是想念。

陟彼高冈[1]，我马玄黄[2]。我姑酌彼兕觥[3]，维以不永伤。

今注

1 冈：山脊。

2 玄黄：生病的样子。

3 兕觥：兕，音四，觥，音工。以野牛之角制成的酒杯。

今译

我想登临那高岗之上，远望我的家乡，但是我的马儿病了，没有办法，只好借酒消愁，借此可以忘怀一切，免得老是忧伤。

陟彼砠[1]矣，我马瘏[2]矣，我仆痡[3]矣，云何吁[4]矣！

今注

1 砠：音居，土山。

2 瘏：音涂，病。

3 痡：音扑，病。

4 吁：同"盱"，远望也。

今译

我想登临那土山之上，远望我的家乡，但是马儿病了，仆人也病了，有什么办法能去登山远望呢！

（四）樛木

这是一首祝福他人之诗。

壹 国风

南有樛木[1]，葛藟累之[2]。乐只君子[3]，福履绥之[4]。

今注

1　南：南山。樛：音鸠，树木下面弯曲的。
2　藟：音垒，葛藤一类的植物。累：缠绕。
3　只：语助词。
4　福履：福禄。绥：安宁。

今译

南山的樛木，有许多葛藟，攀扯在它的身上，就好像快乐的君子，有许多福禄，使他安宁。

南有樛木，葛藟荒[1]之。乐只君子，福履将[2]之。

今注

1　荒：遮盖。
2　将：扶助。

今译

南山的樛木，有许多葛藟，遮盖在它的身上，就好像快乐的君子，有许多福禄，扶助在他的身上一样。

南有樛木，葛藟萦[1]之。乐只君子，福履成[2]之。

今注

1　萦：音营，围绕。
2　成：成就。

今译

南山的樛木，有许多葛藟，围绕在它的身上，就好像快乐的君子，有许多福禄成就在他的身上一样。

（五）螽斯

这是祝福他人子孙众多之诗。

螽斯[1]羽,诜诜[2]兮。宜尔子孙,振振[3]兮。

今注

1　螽斯:螽音终,属蝗虫类,能用股部摩擦作声,多生子,一次能生九十九子。

2　诜:音申,形容翅膀振动的声音。

3　振振:形容其子孙众多而兴旺之词。

今译

螽斯鼓着翅膀,发声诜诜。祝福你,祝你的子孙众多而兴旺!

螽斯羽,薨薨[1]兮。宜尔子孙,绳绳[2]兮。

今注

1　薨薨:音轰,形容羽声繁多的样子。

2　绳绳:延续不断。

今译

螽斯鼓着翅膀,发声薨薨。祝福你,祝你的子孙延续而不断。

螽斯羽,揖揖[1]兮。宜尔子孙,蛰蛰[2]兮。

今注

1　揖揖:音即,羽声盛多的样子。

2　蛰蛰:音哲,众多的意思。欧阳修《诗本义》谓"振振""绳绳""蛰蛰",皆谓子孙之多,而《毛诗》训为"仁厚""戒慎""和集",皆非诗本义,批评甚当。

今译

螽斯鼓着翅膀,发声揖揖。祝福你,祝你的子孙蕃盛而众多。

(六)桃夭

这是祝女子出嫁能宜其室家也。

桃之夭夭[1],灼灼其华[2]。之子于归[3],宜其室家[4]。

壹 国风

今注

1　夭夭：娇嫩而旺盛的样子。

2　灼灼：音酌，鲜明的样子。华：古花字。

3　之子于归："之"字，解作"此"字，之子于归，即此子于归，即这位姑娘嫁到婆家。

4　宜：相处得很和洽。

今译

桃树长得是那样旺盛，它的花儿又那样鲜艳，正是春暖花开的时候，好像这个漂亮的大姑娘也到了出嫁的时候了，嫁到婆家，一定会与其家人相处得很和洽的。

桃之夭夭，有蕡[1]其实。之子于归，宜其家室。

今注

1　蕡：音坟，大而且多的。有蕡，即蕡然也。凡形容词或副词之上，加一"有"字者，即等于形容词或副词之下，加一"然"字。

今译

桃树长得是那样旺盛，它的果实又是那样丰硕，好像这个漂亮的大姑娘，嫁到婆家，一定会与其家人相处得很融洽的。

桃之夭夭，其叶蓁蓁[1]。之子于归，宜其家人。

今注

1　蓁蓁：音真，繁茂的样子。

今译

桃树长得是那样旺盛，它的叶子又是那样繁茂，好像这个漂亮的大姑娘，嫁到婆家，一定会与其家人相处得很融洽的。

（七）兔罝

这是赞美武夫，足以为国家干城也。

肃肃兔罝[1]，椓之丁丁[2]。赳赳武夫[3]，公侯干城[4]。

今注

1　肃肃：严密的、整饬的样子。罝：音居，捕兔之网。
2　椓：音酌，击打也。击打木橛用以布置网子。丁丁：丁，音争。丁丁，击打木橛的声音。
3　赳赳：勇士雄赳赳的样子。
4　干城：干，盾也；城，防御工事也。合而言之，干城乃捍卫本身、防御敌人之物也。

今译

把严密的兔网撒开，用木橛把它钉在地上，可以捕获兔子，就好像赳赳的武夫，可以防御外患，做公侯的干城。

肃肃兔罝，施于中逵[1]。赳赳武夫，公侯好仇[2]。

今注

1　施：布置。逵：音葵，道路。
2　仇：伴侣。

今译

把严密的兔网，布置于大路之中，可以防备兔子逃跑，就好像赳赳的武夫，可以防御外患，做公侯的伙伴。

肃肃兔罝，施于中林[1]。赳赳武夫，公侯腹心。

今注

1　中林：就是林中，如中谷、中逵，就是谷中、路中。

今译

把严密的兔网，布置于树林之中，可以防备兔子逃跑，就好像赳赳的武夫，可以防御外患，做公侯的心腹。

（《毛诗》认为后妃之化行，天下人皆贤，故捕兔之人，亦能为公侯干城。欧阳修《诗本义》反对其说，认为本诗是拿肃肃兔罝的作用，来比喻赳赳武夫的作用，并不是说捕兔之人。欧说较为合

壹 国风

理，毛说近于牵强，故本译文采欧说。）

（八）芣苢

这是妇人采芣苢之歌。

采采芣苢[1]，薄言[2]采之。采采芣苢，薄言有[3]之。

今注

1　芣苢：芣音浮，苢音以，植物名。车前子，大叶长穗，多生路边，可以入药，治妇人难产病。或言食之可以多生儿子。

2　薄言：薄字为副词，形容某种动作，赶快的、急迫的样子。言字为语助词，同"焉"字，"薄言"二字，与"勃焉"二字同音、同义，急切行动、急迫行动的样子。

3　有：取也，采取也。

今译

采芣苢啊，采芣苢啊，赶快地采啊。采芣苢啊，采芣苢啊，赶快地取啊。

采采芣苢，薄言掇[1]之。采采芣苢，薄言捋[2]之。

今注

1　掇：音多，捡拾。

2　捋：音啰，摘取。

今译

采芣苢啊，采芣苢啊，赶快地捡啊。采芣苢啊，采芣苢啊，赶快地摘啊。

采采芣苢，薄言袺[1]之。采采芣苢，薄言襭[2]之。

今注

1　袺：音结，用衣襟兜着。

2　襭：音协，用衣襟盛着。

今译

采芣苢啊，采芣苢啊，赶快地兜住啊。采芣苢啊，采芣苢啊，赶快地盛住啊。

（九）汉广

这是爱慕游女而苦于无法接近之诗。

南有乔木[1]，不可休思[2]。汉有游女[3]，不可求思。汉之广矣，不可泳思；江之永矣[4]，不可方[5]思！

今注

1　乔木：干高而枝叶稀疏的树木。

2　思：语助词。

3　汉：汉水，出于陕西宁羌县北嶓冢山，初名漾水，东南经沔县为沔水，受沮水，东流经褒城，受褒水，始为汉水。游女：出游之女。

4　江：江水出于永康军岷山，东流与汉水合。永：长的。

5　方：筏子。

今译

南边的乔木，枝叶稀疏，而不能乘荫休息；就好像汉水的游女，大水横隔，而不能追求接近。多么宽的汉水啊，无法游泳过去；多么长的江流啊，无法乘筏到达。

翘翘错薪[1]，言刈其楚[2]。之子于归，言秣[3]其马。汉之广矣，不可泳思；江之永矣，不可方思！

今注

1　翘翘：高高的样子。错：杂乱的。

2　楚：荆木也。

3　秣：喂，以草料喂牛马。

壹　国风

今译

高高的错薪，必要割取其中的嫩楚。汉江的女子要出嫁了，爱慕她的心情使我愿意去喂她所乘坐的马。无奈汉水太宽了，无法游泳过去；江水太长了，无法乘筏过去。

翘翘错薪，言刈其蒌[1]。之子于归，言秣其驹[2]。汉之广矣，不可泳思；江之永矣，不可方思！

今注

1　蒌：音楼，芦苇一类的草。
2　驹：小马。

今译

高高的错薪，必要割取其中的芦苇。汉江的女子要出嫁了，爱慕她的心情使我愿意去喂她所乘坐的马驹。无奈汉水太宽了，无法游泳过去；江水太长了，无法乘筏过去。

（十）汝坟

这是妇人喜其丈夫从军归来之诗。

遵彼汝坟[1]，伐其条枚[2]。未见君子[3]，惄如调饥[4]。

今注

1　遵：循着，沿着。汝：水名，源出河南省嵩县老君山，东流至潢川县入淮。坟：河岸。
2　伐：砍伐。条枚：条，枝。枚，干。
3　君子：指丈夫。
4　惄：音溺，急切的思念。调：早晨，即"朝"字之假借字。

今译

沿着汝水的河岸，去砍伐薪枝。见不到行役在外的丈夫，心中忧思，如早晨之饥饿。

遵彼汝坟，伐其条肄[1]。既见君子，不我遐[2]弃。

今注

1　肄：音异，砍而复生，曰肄。
2　遐：远离。

今译

沿着汝水的河岸，去砍伐薪枝。行役在外的丈夫回来了，但愿不再弃我而去。

鲂鱼赪尾[1]，王室如燬[2]。虽则如燬，父母孔迩[3]！

今注

1　鲂：鱼名，细鳞，赤尾。赪：音撑，赤色。
2　王室：周朝。燬：火烧的样子，言其极端的混乱与痛苦。
3　孔迩：极近的地方。

今译

鲂鱼的尾巴，颜色通红，王室的混乱，如火烧一般。虽然王室混乱，父母却都在眼前。（意思就是说，大局混乱，已经顾不了许多了，只好守着父母，家人生死在一块，不要再出门了。）

（十一）麟之趾

这是赞美公侯子孙众多之诗。

麟之趾[1]，振振[2]公子。于嗟麟兮！

今注

1　麟：麕身，牛尾，马蹄，兽类之长。趾：脚。
2　振振：兴旺众多的意思。

今译

麟之趾，就好像公的子嗣那样兴旺一样，可赞叹的麟啊！

麟之定[1]，振振公姓。于嗟麟兮！

壹　国风

今注

1　定：同"颠"，额也。

今译

麟之额，就好像公的宗姓那样兴旺一样，可赞叹的麟啊！

麟之角，振振公族。于嗟麟兮！

今译

麟之角，就好像公的九族那样兴旺一样，可赞叹的麟啊！

二　召南

这一部分，共有十二首诗，是搜集自汉水下游至长江一带的民间歌谣，多半是西周晚年和东周初年的事迹。

（一）鹊巢

这是祝嫁女之诗。

维鹊[1]有巢，维鸠[2]居之。之子于归，百两御之[3]。

今注

1　维：发语词。鹊：鸟名，善为巢，其巢甚为完固。
2　鸠：鸤鸠，即布谷，不会筑巢，或有居鹊之成巢者。
3　两：同"辆"，车辆也。御：迎接。

今译

鹊儿筑成了巢，斑鸠却来居住。这个女子出嫁，有百辆的车去迎接她。

维鹊有巢，维鸠方[1]之。之子于归，百两将[2]之。

今注

1　方：有，据有，占有。

2　将：护卫。

今译

鹊儿筑成了巢，斑鸠却来占据。这个女子出嫁，有百辆的车护卫着她。

维鹊有巢，维鸠盈[1]之。之子于归，百两成之。

今注

1　盈：充满，占满。

今译

鹊儿筑成了巢，斑鸠却占满了。这个女子出嫁，有百辆的车为她完成婚礼。

（二）采蘩

这是妇人自咏采蘩奉公以供祭祀之诗。

于以采蘩[1]？于沼于沚[2]。于以用之？公侯之事[3]。

今注

1　于以：采用杨树达先生《古书疑义举例续补》之说，凡"于以"两字连用者，"以"假为"台"（台音怡），台者，何也，则"于以"者，即"于何也"。蘩：白蒿。

2　沼：池。沚：渚。

3　公侯之事：祭祀之事。古之大事，在祀与戎。

今译

往哪里去采蘩？往沼沚之旁。采蘩干什么用？作祭祀之用。

于以采蘩？于涧[1]之中。于以用之？公侯之宫[2]。

今注

1　涧：山谷中的小水道。

2　宫：宗庙。

壹 国风

今译

往哪里去采蘩？往山涧之中。采蘩干什么用？用于公侯之宫。

被之僮僮[1]，夙夜在公[2]。被之祁祁[3]，薄言还归。

今注

1　被：音皮，首饰。僮：音同。僮僮，形容首饰之盛多。
2　夙夜：夙，早也。夙夜，早夜也，日未出之时也，并非朝朝暮暮之"夙夜"也。在公：为公家采蘩也。本诗连言"公侯之事""公侯之宫""夙夜在公"，可知此采蘩之妇人，非公侯之妇人。
3　祁祁：形容首饰之盛多。

今译

妇女们早夜而起，首饰僮僮地去为公侯采蘩。及至采事完毕，相与而归，还是祁祁如云。

（三）草虫

这是妇人怀念其行役在外的丈夫之诗。

喓喓草虫[1]，趯趯阜螽[2]。未见君子，忧心忡忡[3]。亦既见止[4]，亦既觏[5]止，我心则降[6]。

今注

1　喓喓：音腰，昆虫的叫声。草虫：蝗虫类。
2　趯趯：音替，跳跃的样子。阜螽：未生翅膀的幼蝗。
3　忡忡：音冲，忧愁的样子。
4　亦：假若。止：语助词。
5　觏：音构，遇见。
6　降：把心放下，即放心。

朱熹言此诗为丈夫行役在外，其妻在家，感时物之变，而想念其丈夫。

今译

草虫在喓喓地叫着,阜螽在趯趯地跳着。没有看到在外行役的丈夫,我满心的忧愁不安,除非见了他,我的心才能放下。

陟彼南山,言采其蕨[1]。未见君子,忧心惙惙[2]。亦既见止,亦既觏止,我心则说[3]。

今注

1 蕨:野菜。
2 惙惙:音辍,忧愁不解的样子。
3 说:同"悦",喜欢。

今译

登上南山,以采野菜。没有看到在外行役的丈夫,我满心的忧愁不安,除非见了他,我的心才会喜悦。

陟彼南山,言采其薇[1]。未见君子,我心伤悲。亦既见止,亦既觏止,我心则夷[2]。

今注

1 薇:野菜。
2 夷:平下,放心。

今译

登上南山,以采野菜。没有看到在外行役的丈夫,我满心的悲伤,除非见了他,我的心才能平夷。

(四)采蘋

这是采蘋以供祭祀之诗。

于以采蘋[1]?南涧之滨[2]。于以采藻[3]?于彼行潦[4]。

今注

1 蘋:音频,荇菜之类。

壹 国风

2 滨：水边。
3 藻：音早，水草，叶如蓬蒿，丛生，故曰聚藻。
4 行潦：沟渠中流动的水。

今译

往哪里去采苹？往那南涧之滨。往哪里去采藻？往那行潦之处。

于以盛[1]之？维筐及筥[2]。于以湘[3]之？维锜[4]及釜。

今注

1 盛：音成，以器盛物。
2 维：发语词。筐：方形竹器。筥：圆形竹器。
3 湘："鬺"之假借字，烹也。
4 锜：三脚的锅。

今译

用什么东西来盛它？用筐和筥。用什么东西来煮它？用锜和釜。

于以奠[1]之？宗室牖下[2]。谁其尸[3]之？有齐季女[4]。

今注

1 奠：设置也。
2 宗室：宗庙。牖下：牖，窗也。牖下即窗前。
3 尸：主也，祭时设生人为尸，以代受其享，后世始用画像而废尸。
4 有齐：齐音斋，敬也。季女：少女也。

今译

把煮熟的苹藻摆设在什么地方呢？摆设在宗室窗户下。是谁代受其享呢？是诚心敬意的季女。

（五）甘棠

这是南国之民爱召公之德，因而及于其所曾停息之树。

蔽芾甘棠[1]，勿翦勿伐[2]，召伯所茇[3]。

今注

1　蔽芾：茂盛而树荫大的样子。芾，音肺，茂盛也。甘棠：棠梨树，白色者为棠，红色者为杜。

2　翦：翦去枝叶。伐：砍伐树干。

3　召伯：周武王平定天下，以陕之左封周公旦，以陕之右封召公奭，世世食邑于召，故曰召伯。此处所言之召伯，乃召穆公虎，治国有德政，曾听讼于甘棠之下，为人民理曲直，平抑，人民感其德，思其政，故对其遗迹故物，珍爱保存，不忍毁坏。茇：音拔，草舍，当时听讼之草舍。

今译

茂密阴凉的甘棠树啊，千万不可摧残砍伐它，因为那是召伯当年停息的地方。

蔽芾甘棠，勿翦勿败，召伯所憩。

今译

茂密阴凉的甘棠树啊，千万不可摧残败坏它，因为那是召伯当年憩息的地方。

蔽芾甘棠，勿翦勿拜[1]，召伯所说[2]。

今注

1　拜：拔去，"拜"即"扒"之假借字，拔也。

2　说：通"税"，休息。

今译

茂密阴凉的甘棠树啊，千万不可摧残拔掉它，因为那是召伯当年休息的地方。

（六）行露

这是女子反对强迫婚姻之诗。

厌浥行露[1]，岂不夙夜？谓行多露。

今注

1　厌浥：潮湿的样子。浥，读邑。行：道路，音杭。

今译

路上的露水，很是潮湿。人们为什么不在早夜的时候走路呢？就是害怕路上的露水太多之故。

谁谓雀无角[1]！何以穿[2]我屋？谁谓女无家[3]？何以速[4]我狱？虽速我狱，室家不足[5]！

今注

1　角：鸟的嘴，是角质，故雀有角。
2　穿：破坏。雀有这些强硬的嘴角，所以能破坏人的房屋。
3　女：音汝。家：有强暴势力的人家，有恶势力的人家。
4　速：致也。
5　室家：婚配，作为太太。不足：办不到。

今译

谁说雀没有强硬的嘴角！如果它没有强硬的嘴角，怎么能穿破我家的房屋？谁说你没有强暴的势力，如果你没有强暴的势力，怎么能把我捉到牢狱里？即使把我弄到牢狱里，想叫我做你的太太，也是绝对办不到的。

谁谓鼠无牙！何以穿我墉[1]？谁谓女无家！何以速我讼？虽速我讼，亦不女从！

今注

1　墉：墙。

今译

谁说鼠没有强硬的牙齿，如果它没有强硬的牙齿，怎么能穿破我家的墙墉？谁说你没有强暴的势力，如果你没有强暴的势力，怎么能叫我吃官司？即使叫我吃官司，我也绝对不会跟从你！

（这一首诗，是描写一个女子拒绝一个有恶势力的男人强迫婚姻的坚决意志。以鸟之角、鼠之牙，比喻强迫者之恶势力。以恶人之"家"字，比喻鸟之角、鼠之牙，鸟恃角而穿人之屋，鼠恃牙而穿人之墙，就好像恶人恃"家"而逼人之婚，因此，细细玩味"家"字的意思，必然是代表"恶势力"三个字，而不是如《毛诗》朱注所解释的"婚礼"那样简单。很显然，这个女子根本就憎恶这个恶势力的男人，所以即使把她置之于狱，害之于讼，她还是誓死反对，其意并不在乎婚物之有无或物之足不足。如果依照《毛诗》朱注的说法，女子之所以拒婚，是因为婚物不足，那么，我们要问，如果婚物足了，这个女子是不是就愿意嫁给他呢？就诗的含义而看，即使有再完备的婚物，这个女子还是要坚决拒绝他的，因为他根本不是她所中意的人。看诗的真意，这个女子之所以坚决拒婚，完全是因为不中意于这个男人，因此，问题是中意不中意，不是婚物足不足，所以将"家"字解释为婚物，并不符合于诗的本意。）

（七）羔羊

这是描写士大夫养尊处优之生活情态之诗。

羔羊[1]之皮，素丝五紽[2]。退食自公[3]，委蛇委蛇[4]。

今注

1 羔羊：小羊，皮可制裘。
2 素丝：白色的丝线。紽：丝线做的装饰之物。
3 公：办公的地方，即朝廷。退食自公，即退朝而回家吃饭。
4 委蛇：舒缓自得的样子，从容自得的样子。蛇，音移。

今译

大夫上朝的时候，穿着羔羊之皮，上面饰着素丝的五紽。退朝在家的时候，态度从容而自得。

羔羊之革[1]，素丝五緎[2]。委蛇委蛇，自公退食。

今注

1 革：亦皮也。
2 緎：丝制的饰物。音域，四纰为緎。

今译

大夫上朝的时候，穿着羔羊之革，上面饰着素丝的五緎。态度从容自得的样子，退朝在家。

羔羊之缝，素丝五总[1]。委蛇委蛇，退食自公。

今注

1 总：丝制的饰物，四緎为总。

今译

大夫上朝的时候，穿着羔羊之缝，上面饰着素丝的五总。态度从容自得的样子，退朝在家。

（八）殷其雷

这是描述妇人思其从役于外之丈夫之诗。

殷[1]其雷，在南山之阳[2]。何斯违[3]斯，莫敢或遑[4]？振振君子[5]，归哉归哉！

今注

1 殷：雷声很重的样子。
2 阳：山南。
3 违：离开家。
4 遑：安闲。
5 振振：壮健而忠厚的。君子：在外行役的丈夫。

今译

殷殷的雷声，在南山之阳。为什么你离开家这么久，就不敢有稍许的闲暇呢？忠厚的丈夫啊，回来吧，回来吧！

殷其雷,在南山之侧。何斯违斯,莫敢遑息?振振君子,归哉归哉!

今译

殷殷的雷声,在南山之侧。为什么你离开家这么久,就不敢有稍许的休息呢?忠厚的丈夫啊,回来吧,回来吧!

殷其雷,在南山之下。何斯违斯,莫或遑处?振振君子,归哉归哉!

今译

殷殷的雷声,在南山之下。为什么你离开家这么久,就不敢有稍许的安居呢?忠厚的丈夫啊,回来吧,回来吧!

(九)摽有梅

这是描写一位女子感于青春易逝而急于求嫁之心理。

摽有梅[1],其实七兮。求我庶士[2],迨[3]其吉兮。

今注

1 摽:落也。梅:梅子,果名。
2 求:求婚。庶:众多。
3 迨:及也,趁着。

今译

梅子已经熟而落了,树上还有七成的果子,有意向我求婚的各位男士,趁着吉日良辰啊!

摽有梅,其实三兮。求我庶士,迨其今兮。

今译

梅子已经熟而落了,树上只有三成果子了,有意向我求婚的各位男士,趁着今天就好了。

摽有梅,顷筐墍[1]之。求我庶士,迨其谓[2]之。

今注

1 墍:取。

2 谓:告诉,说句话。

今译

梅子已经完全落地而拾到筐里了,有意向我求婚的各位男士,只要说句话就可以了。

(十) 小星

这是征夫伤叹之诗。

嘒[1]彼小星,三五在东。肃肃宵征[2],夙夜在公,寔命[3]不同。

今注

1 嘒:音慧,微明的样子。

2 肃肃:急速的样子。宵征:夜间行役。

3 命:命运。

今译

微明的小星,三三五五地出现在东方。急速地夜间行军,早晚都忙于公务,实在是命运不同于别人。

嘒彼小星,维参与昴[1]。肃肃宵征,抱衾与裯[2],寔命不犹[3]。

今注

1 参:音身。昴:音卯。皆星名。

2 衾:被子。裯:被单。

3 犹:若。

今译

微明的小星,参星昴星挂在天上。急速地夜间行军,抱负卧具而不得睡眠,实在是命运不如别人。

(十一)江有汜

这是男子被遗弃后对女子的感慨之诗。

江有汜[1],之子归[2],不我以[3]。不我以,其后也悔!
今注
1 汜:水之支流又归还本流。
2 归:出嫁。
3 以:相共,相好。
今译
江水犹有回流的地方,你现在出嫁了,再不与我相好了。不与我相好,将来一定会后悔的!

江有渚[1],之子归,不我与[2]。不我与,其后也处[3]!
今注
1 渚:水中之小洲也。
2 与:相往来。
3 处:依全诗的结构、语意,假借为"癙",忧伤。
今译
江中犹有洲渚,你现在出嫁了,再不与我来往了。不与我来往,你将来一定会忧伤的!

江有沱[1],之子归,不我过[2]。不我过,其啸也歌[3]!
今注
1 沱:江水汇聚的地方。
2 过:过从。
3 其啸也歌:由苦痛而悲歌。
今译
江水犹有汇聚的地方,你现在出嫁了,再不与我过从了。不与我过从,你将来一定会悲伤的!

（女子被遗弃，与男子被遗弃的口气不同。女子被弃叹命苦，男子被弃夸大口。）

（十二）野有死麕

这是描写青年男女相爱幽会的诗。

野有死麕¹，白茅²包之。有女怀春³，吉士⁴诱之。
今注
1　麕：鹿类，即獐。
2　茅：多年生草本植物。
3　怀春：春情发动。
4　吉士：美男子也。
今译
野地里有只死麕，白茅儿把它包住。美女儿正在怀春，好男子把她挑逗。

林有朴樕¹，野有死鹿。白茅纯束²，有女如玉。
今注
1　樕：小树。
2　束：包，捆。
今译
林中的小树，野地里的死鹿，用白茅把它捆住。女子像玉石一般，真是漂亮得很啊！

"舒而脱脱兮¹，无感我帨兮²，无使尨³也吠。"
今注
1　舒：慢。脱脱：慢的样子。
2　无：同"勿"，不要。感：触动。我：女子自谓。帨：佩戴之物。

3 尨：狗。

这是男女黑夜幽会时，女子嘱咐男子的话。

今译

"慢慢地动作啊，不要触动我的首饰，怕的是有了声响，狗会叫起来。"

（黑夜之间，狗一叫，会破坏他们的秘密，所以她叮咛他动作要轻轻的、小心的，不要使狗叫。）

（十三）何彼襛矣

这是赞美王姬之漂亮及婚姻之美满之诗。

何彼襛矣[1]？唐棣之华[2]。曷不肃雍[3]？王姬[4]之车。

今注

1 襛：音农，即"莪"之假借字，茂密也。
2 唐棣：树名，花白色。华：花。
3 曷不：岂不是。肃雍：形容车，不是形容人，礼记所谓"鸾和之美，肃肃雍雍"，正是"肃雍"二字，这两个字是形容鸾和之美，鸾和者，皆车上之铃也，鸾在衡，和在轼，皆以金属为铃，车一走动，铃声响起，谐和而悦耳，所以"肃雍"是形容车。
4 王姬：周王的女儿。

今译

是什么花儿长得那样艳丽呢？原来是唐棣之花啊！是谁家的车铃声响得那样和谐呢？原来是王姬的车啊！

何彼襛矣？华如桃李。平王之孙，齐侯之子。[1]

今注

1 平王之孙，齐侯之子：有人说是平王的孙女，嫁给齐侯的儿子。有人根据《诗经》里的《硕人》《韩奕》《闷》诸篇的构造，常用双句，而所言乃指一人，如"齐侯之子，卫侯之妻"，所指乃庄姜一人;"汾王之甥,蹶父之子",所指乃韩姞一人;"周公之孙,庄公之子",所指乃僖公一人。由此证明此诗所谓"平王之孙,齐侯之子",必系一人,即齐侯之女。此言亦颇有道理。唯本文采用前说。

今译

是什么花儿长得那样艳丽啊?原来是桃李之花啊!正好像是平王的孙女,齐侯的儿子,郎才女貌一般美满似的。

其钓维何[1]?维丝伊缗[2]。齐侯之子,平王之孙。

今注

1 钓:钓鱼的工具。维:是。
2 伊:语词。缗:由多端丝线搓合而成的丝绳。

今译

是用什么东西做成钓鱼的绳子呢?原来是用最坚实的丝线搓成的!正好像是齐侯之儿子,平王之孙女,永远结合在一起,很坚实似的。

(十四)驺虞

这是赞美兽官田猎之诗。

彼茁者葭[1],壹发五豝[2]。吁嗟乎驺虞[3]!

今注

1 茁:草成长旺盛的样子。葭:音家,芦草,藏兽之处。
2 发:射出。豝:音巴,母猪。
3 驺虞:掌鸟兽之官。驺音邹。

今译

那一片茂盛的芦草,正是野兽隐藏的所在,一箭射去,赶出了五头猪,好能干的驺虞啊!

彼茁者蓬,壹发五豵。吁嗟乎驺虞!

今译

那一片茂盛的蓬草,正是野兽隐藏的所在,一箭射去,赶出了五头豝,好能干的驺虞啊!

三 邶

国名,包括今河南省北部和河北省南部一带之地,其俗与卫、鄘两国相同。邶,音北。

(一)柏舟

这是贤者被谗人忌害而愤慨伤痛之诗。

汎彼柏舟[1],亦[2]汎其流。耿耿[3]不寐,如有隐忧[4]。微[5]我无酒,以敖[6]以游。

今注

1 汎:漂浮的样子。柏舟:用柏木所制的船。
2 亦:语词。
3 耿耿:忧惕不安的样子。
4 隐忧:忧之甚,难言难尽之忧。
5 微:并非。
6 敖:同"遨",游乐。

今译

看那质料坚实的柏木船,竟然任它漂浮于河流之中而不用,真是可惜啊!我老是惶惧不安地睡不着,好像内心有无穷无尽的忧愁似的,并不是我没有酒以遨以游,实在是忧心太甚,虽有酒,虽遨游,也难解我内心的忧愁。

我心匪鉴[1],不可以茹[2]。亦[3]有兄弟,不可以据[4]。薄言往愬[5],逢[6]彼之怒。

壹 国风

今注

1　匪：同"非"，不也。鉴：镜子。

2　茹：容纳，了解，谅解。

3　亦：语词。

4　据：依靠。

5　薄言：薄，副词，形容很急迫地往兄弟那里去诉苦的动作。言，语助词。愬：诉苦。

6　逢：遭受。

今译

我的心不是像镜子那样明亮，所以不容易为人们所了解。虽有兄弟，也都不可以依靠。我急切地到他们那里去诉苦，不但得不到他们的同情，反而遭到他们的恼怒。

我心匪石，不可转也！我心匪席，不可卷[1]也！威仪棣棣[2]，不可选也[3]！

今注

1　卷：弯曲。

2　威仪：合乎礼节的态度和举动。棣棣：完备而熟练的样子。

3　选：挑选，挑剔，指责。这是贤者自信其光明正大。

今译

我的心，不是像石头那样可以转动的，也不是像席子那样可以卷起来的。我的态度举止，合礼而周到，没有一件可以被人指责的。

忧心悄悄[1]，愠于群小[2]。觏闵[3]既多，受侮不少。静言思之，寤辟有摽[4]。

今注

1　悄悄：忧闷的样子。

2　愠：怨恨。群小：一群小人。

3　觏：音构，遭受，遭遇，见。闵：痛苦。

4 寤：醒，觉，睡不着。辟：音譬，以手椎心，拊心，击心，拍心。摽：击也。

今译

我忧心不安，被一群小人所怨恨，遭他们的苦头既多，受他们的侮辱也不少。仔细想来，令人愤激不置，睡卧难安，只有椎胸拊心而已。

日居月诸[1]，胡迭而微[2]？心之忧矣，如匪浣衣[3]。静言思之，不能奋飞！

今注

1 居、诸：皆语词。
2 迭：逐渐愈趋愈下之意。微：不明，昏暗。
3 匪：不曾。浣：音宛，洗涤。

今译

日呀月呀，为什么一天比一天越发昏暗而不明呢？我内心的忧闷，好像是一件永远无法洗干净的肮脏衣服似的。仔细想来，恨不能远走高飞，离他们远远的。

（二）绿衣

这是庄公之夫人庄姜失位自伤之诗。

绿兮衣兮，绿衣黄里[1]。心之忧矣，曷维其已[2]！

今注

1 绿衣黄里：把绿色置在外面，把黄色置在里面，形容其邪正不分，贵贱倒置。绿：我国古人以为不正不纯的颜色。黄：古人以为是正色。
2 已：停止。

今译

绿色的衣服啊，把黄色压在里面。内心的忧闷啊，何时才能停止！

绿兮衣兮，绿衣黄裳[1]。心之忧矣，曷维其亡[2]！
今注
1　衣：上身之衣曰衣。裳：下身之衣曰裳。
2　亡：消逝也。王引之《经义述闻》解作犹已也，亦通。
今译
把绿色的作为上衣，把黄色的作为下裳。内心的忧闷啊，何时才能消逝！

绿兮丝兮，女所治兮[1]。我思古人[2]，俾无讹[3]兮！
今注
1　女：音汝。指卫庄公。治：染治。
2　我思古人：借古人与自己相同之命运以自解慰。
3　讹：同"尤"字，怨也，发牢骚，怨天尤人。
今译
绿色的丝，本是你所染治的（比喻贵贱失位的情势，乃是由卫庄公造成的），但是我一想到古人也有与我遭逢同样的悲剧的，我的牢骚也就减除了许多。

绨兮绤兮[1]，凄其以风。我思古人，实获我心。
今注
1　绨：细葛布。绤：粗葛布。
今译
凄凄的秋风袭来，粗细的葛布都成为背时之物了。但是我一想到古人也有与我遭到同样的悲剧的，我的内心也就宽解了许多。

（卫庄公之夫人庄姜无子，嬖妾生子州吁，庄公因而爱妾而疏庄姜。）

（三）燕燕

此卫君送女弟远嫁之诗。

燕燕于飞[1]，差池[2]其羽。之子于归[3]，远送于野。瞻望弗及，泣涕如雨。

今注

1　于飞：正在飞。
2　差池：互相参错的状势。
3　于归：出嫁。

今译

双双共飞的燕子，它们的翅膀，互相参错。现在你要出嫁他国了，我远远地送你到郊野，等到你越走身影越看不见了，我的眼泪不由得夺眶而出，好像下雨似的。

燕燕于飞，颉之颃之[1]。之子于归，远于将[2]之。瞻望弗及，伫[3]立以泣。

今注

1　颉：音鞋，飞向下边。颃：音杭，飞向上边。
2　将：送也。
3　伫：久立也。

今译

双双共飞的燕子，它们的飞翔，忽低忽高。现在你要出嫁他国去了，我远远地送你一程，等到你越走身影越看不见了，我呆呆地站着，伤心流泪！

燕燕于飞，下上其音[1]。之子于归，远送于南。瞻望弗及，实劳[2]我心。

今注

1　下上其音：鸣而上，曰上音；鸣而下，曰下音。

2　劳：伤痛。

今译

双双共飞的燕子，它们的鸣声，忽下忽上。现在你要出嫁他国去了，我远远地送你到城南，等到你越走身影越看不见了，我的心伤痛极了！

仲氏任只[1]，其心塞渊[2]。终温且惠[3]，淑慎其身。先君之思[4]，以勖寡人[5]。

今注

1　仲氏：指女弟，因为她是第二个姑娘。任：可信任的。只：语词。

2　塞：诚实。渊：深厚。

3　终温且惠：终，既也。既温和又柔顺。

4　先君之思：这是说女弟临别的时候，嘱咐他要常以先君（卫君之先君）为念。

5　勖：音旭，勉励。寡人：卫君自称。

今译

说起二姑娘啊，真是最可信任的。她的心地既诚实又深厚；她的性情既温和又柔顺；她的持身既善良又谨慎。临别的时候，还以"不要忘记先君"的话，来勉励我。她真是仁至义尽，太令人感动了！

[据《诗序》所谓："燕燕，庄姜送归妾（戴妫）也。"但据《史记·卫康叔世家》所载："陈女（厉妫）女弟（戴妫）亦幸于庄公而生子完，完母死，庄公令夫人齐女子之，立为太子。"是完为君而被弑之时，戴妫早已死，何劳庄姜之送？故近人屈万里、王静芝诸先生皆以此诗为卫君送女弟远嫁之诗。]

另一种解释

历代说诗者，多以此诗为庄姜送戴妫之诗。卫庄公娶齐女，曰庄姜，美而无子。又娶陈女厉妫，幸其女弟戴妫，生子完，庄姜以为己子。嬖妾生子曰州吁，有宠而好用兵。庄公卒，太子完立，是为桓公。桓公立十六年，州吁弑之而自立。戴妫于是归于陈，庄姜远送之于野，作诗以见志。这是诗之故事的传说。此一传说，虽与历史之年代不符，但风谣既为民间歌咏之作，往往与历史事实有出入，似不宜以史实为重而打破其文学旨趣。且细玩"燕燕于飞""泣涕如雨""伫立以泣"之情意，似非兄妹关系，尤非人君所宜有，多半是男女爱或女子同性爱之气味。主张此说者，亦颇有理，故另志之。

（四）日月

这是妻子怨诉其丈夫变心之诗。

日居月诸[1]，照临下土。乃如之人[2]兮，逝不古处[3]。胡能有定[4]？宁不我顾[5]。

今注

1　居、诸：皆语词。日居月诸就是日呀月呀的意思。女子借日月这样永恒不变的天体，以诉其丈夫变动无常的可悲。

2　之人：这个人，指其丈夫而言。

3　逝：语词。古：同"故"，旧日的恩情。

4　胡能：否定之词，何能，即不能。有定：定然，即专一不变的定性。

5　宁：同"乃"字。马瑞辰《毛诗传笺通释》谓："诗中'宁'字，义多为'乃'，此诗'宁不我顾'，犹云：'乃不我顾'也。'宁不我报'，犹云：'乃不我报'也。少弁诗'宁莫之知'，沔水诗'宁莫之惩'，桑柔诗'宁不我矜''宁为荼毒'，云汉诗'宁莫我听''宁丁我躬''宁俾我遁'，义并同。"此种归纳性的研究方法，把某字某句从多种场合归拢起来，而加以审察衡量，以确定其意义，不失为科学方法之一种。但亦不可全然如此。顾：顾念，顾及，照顾。

今译

日呀，月呀，永长不变地照临着大地。可是现在这个人啊，竟然不以旧日的恩情待我了！什么时候他才能回心转意呢？对于我，就这样完全不顾了！

日居月诸，下土是冒[1]。乃如之人兮，逝不相好[2]。胡能有定？宁不我报[3]。

今注

1 冒：覆盖。
2 相好：相爱。
3 报：答，理。

今译

日呀，月呀，永长不变地覆盖着大地。可是现在这个人啊，竟然不与我相爱了。什么时候他才能回心转意呢？对于我，就这样完全不理了。

日居月诸，出自东方[1]。乃如之人兮，德音无良[2]。胡能有定？俾也可忘？

今注

1 出自东方：言东方是日月发出的本源，一切都有个本源，借此诉其丈夫不念本源。
2 德音无良：德音即指德性、德行而言。无良即不良。

今译

日呀，月呀，都是从东方的本源发出。可是现在这个人啊，他的德行不好。什么时候他才能回心转意呢？对于我，就这样完全忘怀了！

日居月诸，东方自出。父兮母兮[1]，畜我不卒[2]，胡能有定？报我不述[3]。

今注

1 父兮母兮：人在痛苦之际，常常呼父母。

2 畜：待遇，养，喜爱。不卒：不到底，有始无终，始爱终弃。

3 述：遵循道理，讲道理。

今译

日呀，月呀，都是从东方的本源发出。父亲呀，母亲呀！他待我有始无终。什么时候他才能回心转意呢？对于我，就这样完全不讲情理了！

（五）终风

这是女子得不到丈夫的真爱而怨诉之诗。

终风且暴[1]，顾我则[2]笑。谑浪笑敖[3]，中心是悼[4]。

今注

1 终风且暴：终，既也，既有风而且急暴。与前《燕燕》诗之"终温且惠"，造句之意义相同。

2 则：而也。

3 谑浪笑敖：言其丈夫的态度，嬉皮笑脸，胡拉乱扯，没有一句真心实意的话。说笑话，开玩笑之话。

4 悼：伤痛。

今译

天时不正，既有风而且急暴。他看见了我，假意殷勤，嬉皮笑脸，毫无真心实意，使我心中无限伤痛！

终风且霾[1]，惠然肯来[2]。莫往莫来[3]，悠悠[4]我思。

今注

1 霾：尘土飞扬，刮得天昏地暗的样子。

2 惠然肯来：希望之词，希望其丈夫在暴风怒号的时候，好意来看她。

3　莫往莫来：结果是一场空想，其丈夫到底没有来。

4　悠悠：无穷无尽的样子。

今译

天时不正，既有暴风而且刮得天昏地暗，希望他肯好意来看我，结果竟是不来，使我无穷无尽地忧思。

终风且曀[1]，不日有曀[2]。寤言[3]不寐，愿言则嚏[4]。

今注

1　曀：刮风而阴昏的天气。

2　不日有曀：没有阳光而只是一片昏暗。

3　言：语词。

4　愿：意念，思念。嚏：音替，打喷嚏。朱子谓："人气感伤闭郁，又为风雾所袭，则是有疾。"

今译

既有暴风，而且天气昏暗，没有阳光，只是一片阴沉。睡也睡不着，想起来就要打喷嚏。

曀[1]曀其阴，虺虺[2]其雷。寤言不寐，愿言则怀[3]。

今注

1　曀：音意，天阴。

2　虺：音灰，雷将发而未震之声。虺虺：雷声。

3　怀：忧愁感伤。

今译

天气阴沉而昏暗，雷声又在虺虺地震响。睡也睡不着，想起来就忧愁感伤！

（朱子以为系庄姜感伤庄公爱情转移之诗。）

（六）击鼓

这是卫卒久役于外不得归家之牢骚诗。

击鼓其镗[1]，踊跃用兵[2]。土国城漕[3]，我独南行。

今注

1　镗：鼓声。

2　踊跃用兵：军事动员之意。在进入战争状态前，有的在练习各种武器操作，有的在赶修防御工事，全部是紧张奔腾气氛，这种状态，谓为"踊跃用兵"。

3　土国：北方习惯，在动员或战争时，以土筑成厚的围墙，作为城邑的防守屏障。城漕：漕，地名，建造漕邑的城墙，"城"字作动词用，即筑城也。

今译

鼓声镗镗地响，一片战争动员的紧张气氛，有的在练习各种武器的操作，有的在赶筑防御工事，修城墙，挖寨壕，而我偏偏被派到南方去作战。

从孙子仲[1]，平陈与宋[2]。不我以[3]归，忧心有忡[4]。

今注

1　孙子仲：领兵作战的大将之名。

2　陈：今河南省淮阳县之地。宋：在今河南省商丘市之地。

3　以：与之。

4　忡：音冲，忧愁的样子。

今译

我跟着孙子仲将军，打败了陈国，又平服了宋国。长时在外作战，还不叫我回家，真使我忧愁得很啊！

爰居爰处[1]，爰丧其马[2]。于以求之？于林之下。

今注

1　爰居爰处：爰，于是。连用爰字，就形容他百无聊赖，意态懒散，心中苦闷之状。居，坐也。处，躺也。这一整句的意思就是，坐坐躺躺，振作不起精神。军营以整肃振作为第一，如果兵士们都坐坐躺躺，那么军营的整肃庄严便被破坏了，还讲什么战斗纪律？

2 爰丧其马：马是战斗的武器，战斗的生命，如果一个战士连自己相依为命的战马都没有心思护了，马也丧失了，还讲什么战斗意识、战斗精神？所以这几句话，就充分写出了军士疏懒的心情。

今译

百无聊赖，精神振作不起来，懒洋洋地坐坐躺躺，马也不知道跑到哪里去了，找来找去，在树林之下找着了。

（这一章是写士兵自述其疏懒闹情绪的无聊心状。）

"死生契阔"[1]，与子成说[2]。执[3]子之手，与子偕老。

今注

1 死生契阔：契，合也，聚也；阔，离也，别也。契阔与死生相对成文，所以全句的意思就是，不论是死或生，不论是合或离，我们的爱情永远不变。

2 与子成说：子，指其妻。说，互相约定。

3 执：握也。

今译

我与你曾有约誓，说是不论死或生，合或离，而我们的爱情永远不变。我曾经握着你的手，说道："要和你白头到老。"

（这一章是写士兵回忆与其妻子在家团聚时相亲相爱，誓共生死的信约。）

于[1]嗟阔兮！不我活兮[2]！于嗟洵[3]兮！不我信兮[4]！

今注

1 于：音吁。叹词。

2 不我活兮：我，我们，包括其妻，言夫妻不能在一块过生活。

3　泂：远也。

4　不我信兮：信，同"伸"，实现也。不我信兮，即不能实现其诺言也。

今译

可叹呀，长时阔别，使我们夫妻不能在一块共同生活啊！可叹呀！异地远离，使我们夫妻不能实现相守的诺言啊！

（七）凯风

这是孝子感念母恩报答不尽而自责之诗。

凯风[1]自南，吹彼棘心[2]。棘心夭夭[3]，母氏劬劳[4]。

今注

1　凯风：熏和的风，可以长养万物。
2　棘心：枣棘一类初生的嫩芽。
3　夭夭：美好而旺盛的样子。比喻儿子慢慢长大。
4　劬劳：劬，音渠，劳苦，辛苦，病苦。

今译

熏和的南风，吹着那枣树的幼苗，幼苗一天一天生长，美好而茂盛。这就好比母亲养育子女，子女一天一天地长大，可是母亲真是够辛苦的了。

凯风自南，吹彼棘薪[1]。母氏圣善，我无令[2]人。

今注

1　棘薪：棘心已长成薪材，比喻子女长成大人。
2　令：美好的。

今译

熏和的南风，吹拂着那棘枣的薪材，这就好比母亲把子女养大成人了。母亲真是太好了，可是我们兄弟几个，没有一个好的，不足以报答母亲。

爰有寒泉[1]，在浚[2]之下。有子七人，母氏劳苦。

今注

1　爰：发语词。寒泉：特别清凉的泉水。
2　浚：卫国地名。

今译

有一个特别清凉的水泉，在浚邑的旁边。有七个儿子，经母亲一手养大，母亲实在够辛劳的了！

睍睆黄鸟[1]，载[2]好其音。有子七人，莫慰母心。

今注

1　睍睆黄鸟：睍睆是晛晛。睍，是错字。后人将错就错，附会解释，事实上是晛晛，美好的样子。
2　载：语词。

今译

美丽的黄鸟，能唱出好听的声调，以供人欣赏。可是我们兄弟七人，竟然没有一个好的，不足以安慰母亲的心啊！

（全诗写母亲纯洁，母爱伟大。）

（八）雄雉

这是妇人思念其在外从仕的丈夫之诗。

雄雉[1]于飞，泄泄[2]其羽。我之怀矣，自诒伊阻[3]。

今注

1　雄雉：雄性的野鸡，妇人见雄雉之飞而思其夫。
2　泄泄：音亿，鼓翼貌，缓舒自得的样子。
3　阻：感也，苦痛也。

今译

雄性的野鸡，缓舒其羽地飞着，多么逍遥自在啊！我所怀念的夫君啊，你在外奔波，完全是自找苦恼啊！

雄雉于飞，下上其音[1]。展[2]矣君子，实劳[3]我心。
今注
1　下上其音：形容雄雉之飞鸣自得的样子。
2　展：诚实的。
3　劳：挂念，牵挂。
今译
雄雉下上其音地飞着，多么飞鸣自得啊。诚实的夫君啊！你奔波于外，实在使我挂念得很。

瞻彼日月，悠悠我思。道之云远，曷云能来？
今译
看那日月如梭的流逝，我的心便无穷无尽地忧愁。那么远的路程，怎么样能够轻易回来呢？

百尔君子[1]，不知德行[2]？不忮不求[3]，何用不臧[4]！
今注
1　百尔君子：言大多数的男人。
2　不知德行：德行二字的意思，即安分守己、安贫乐道的精神生活。
3　不忮不求：《论语》上孔子称子路衣敝缊袍与衣狐貉者立而不耻的精神和行动，为不忮不求的表现，可见安贫乐道、安分守己，就是最高尚的德行。忮：音治，忌刻。
4　何用不臧：知足常乐，不贪求虚荣，便无往而不自得。
今译
大多数的男士，不知道安分守己，平平安安地在家中过生活，反而奔波于外，抛家离乡以追求功名富贵，那有什么价值呢？一个人如果能够安贫知足，与世无争，不忌刻以害人，不奔营以求人，则心境常乐,岂不是无往而不自得吗?

(九)匏有苦叶

这是咏河边生活情调之诗。

匏[1]有苦叶,济自深涉[2]。深则厉[3],浅则揭[4]。

今注

1 匏:音袍,瓜名,味苦不能食。
2 济:渡河。深涉:深水行进。
3 厉:不脱衣而渡河。
4 揭:音气,提起衣服。

今译

匏有苦叶,不可随便吃。水有深浅,不可随便过。过深水便不脱衣服,过浅水便提起衣服。

有瀰[1]济盈,有鷕[2]雉鸣。济盈不濡轨[3],雉鸣求其牡[4]。

今注

1 瀰:音弥,水满的样子。
2 鷕:音咬,鸟鸣声。
3 濡:音如,沾湿。轨:车轴。
4 牡:音母,雄兽。

今译

河水瀰满,雌雉在鸣,驾车渡河焉有不沾湿车轴的道理?雌雉鸣叫为的是寻求雄性。

雍雍[1]鸣雁,旭日始旦。士如归妻[2],迨冰未泮[3]。

今注

1 雍雍:和谐的。
2 归妻:娶妻。

3 迨：音殆，趁着，及时。泮：化散。

今译

雁儿雍雍地和鸣，朝日旭旭地上升，正是纳采行聘的吉日良辰。男士们如果娶太太的话，最好趁着河冰尚未化解之时。

招招舟子[1]，人涉卬[2]否。人涉卬否，卬须[3]我友。

今注

1 招招：以手势打招呼的动作。舟子：船夫。

2 卬：音昂，我也。

3 须：等待。

今译

船夫频频地摇手打招呼，催人上船渡河。大家都上船了，独有我不上船。为什么我不上船呢？因为我要等着我的朋友来到，一块儿过河。

（十）谷风

这是妇人伤痛其丈夫中途遗弃自己，不与自己同甘共苦到底的怨诉之诗。

习习谷风[1]，以阴以雨[2]。黾勉[3]同心，不宜有怒。采葑采菲[4]，无以下体[5]？德音莫违[6]，及尔同死。

今注

1 习习：温和的。谷风：东风。

2 以阴以雨：天阴下雨。

3 黾：勉力，努力，黾勉二字常用在一起，即努力之意。

4 葑：芜菁，根叶皆可食。菲：萝卜，根叶皆可食。

5 无以下体：此句为反问之词，即言岂不是为的下体吗？下体：指根果部分而言。

6 德音：爱情，言夫妇之间，相敬相爱，和谐相处。违：

分离。

今译

和舒的谷风,带来了阴雨。夫妇相处,要互相勉励,同心一德,不应当有一点的冲突愤怒。夫妇结合要有始有终,贯彻到底,如同采芜菁拔萝卜一样,还不是为的底下的根果吗?所以,我总希望你能够和我恩恩爱爱,永不分离,共生死到底。

(这一章是说夫妇相处,应当同心一德,有始有终,不论富贵贫贱,总要同命到底。)

行道迟迟,中心有违[1]。不远伊迩,薄送我畿。[2]谁谓荼苦?其甘如荠。[3]宴尔新昏,如兄如弟。[4]

今注

1 违:憾恨,难过。

2 不远伊迩,薄送我畿:这是说丈夫送她,只送到门限,连大门都没有送出。畿:门限也。薄:语助词。

3 谁谓荼苦,其甘如荠:妇人自述其内心之苦,有甚于荼。荼:音涂,苦菜。

4 宴尔新昏,如兄如弟:言其丈夫完全醉心于新婚之乐,把她忘得无影无踪。把两方的情形对比,分外觉得自己的苦痛与丈夫的无情。

今译

我走的时候,心中无限地难过,两只腿好像拔不动似的。但是你送我,只送到门限为止,你对于我,竟是这样的厌弃。我的心情,比最苦的荼草还要苦,而你呢?沉醉于"卿卿我我"的新婚生活之中,狂欢极乐,这叫我如何不倍加感伤呢。

(这一章是妇人自述被抛弃的苦痛心情。)

泾以渭浊[1],湜湜其沚[2]。宴尔新昏,不我屑以[3]。毋逝我梁[4],毋发我笱[5]。我躬不阅[6],遑恤我后[7]。

今注

1　泾以渭浊：泾水渭水，两条河名，都在陕西省境内。泾水浊，渭水清。以泾水比喻新妇，以渭水故妇自比。

2　湜湜：水清的样子。沚：停止不动的静水。

3　不我屑以：不屑我共，不愿与我共同生活。以：共。

4　逝：去掉。梁：用以捕鱼的石堰。

5　发：开也。笱：竹做的捕鱼的器具，器有口，鱼一进入，即出不来。

6　阅：容悦也。

7　遑恤：无暇顾及。后：以后的事情。

今译

泾水虽然一时把渭水弄浊了，但是稍微静止一会儿，渭水还是清澈无比的。哪晓得你不分清浊，欢恋新人，不与我共同生活到底。我走了之后，你们不要拆掉我捕鱼的堰梁，也不要打开我捕鱼的笱笼。唉！算了吧，我自己还不知流落何方，哪还有心管那些身外之物呢！

就其深矣，方之舟之；就其浅矣，泳之游之。¹何有何亡²，黾勉求之。凡民有丧³，匍匐⁴救之。

今注

1　就其深矣，方之舟之；就其浅矣，泳之游之：这两句是比喻她自己持家治事审度情形而妥为应付以达成目的。方：筏。

2　何有何亡：有，富余。亡，同"无"，贫乏。即不论家境之富裕或贫乏。

3　民：人也，邻里乡党之人也。丧：困难，祸患。

4　匍匐：手足并行，言其勤快而尽力也。

今译

我操持家务，就像渡河一样，遇着深水，就用筏用船；遇着浅水，就游泳而过，一切都根据实际情况而细心审度，务期处世妥当。不论是在富余的时候,或是在贫乏的时候,我总是持续不懈地努力,以求家道之兴旺。对于邻里乡党,只要一听说谁有疾病祸患,我就连走带爬地赶紧去援救。

(这一章是故妇自述其在夫家时辛苦持家与睦邻救人的处世之道。)

不我能慉[1],反以我为仇。既阻[2]我德,贾用不售[3]。昔育恐育鞫[4],及尔颠覆[5]。既生既育[6],比予于毒[7]。

今注

1 慉:音畜,喜悦,爱好,友好。

2 阻:推开不顾。

3 贾:卖物。不售:卖不出去。此喻自己不为丈夫所赏识。

4 昔:昔日,当年。育:生活在…… 恐:恐慌,物资缺乏的恐慌,经济的恐慌。鞫:穷困。

5 颠覆:颠沛,磨难。

6 既生既育:生计好转,变为富有。

7 比予于毒:反而伤害我。毒,伤害也。

今译

我辛苦持家如此,你不但不喜爱我,反而把我当作仇人,你将我的好一概抹杀,当然我不能为你所赏识了。回想当年,我们生活于物资恐慌与经济穷困之中,我与你受尽了颠沛磨难,经过我与你多年的艰苦奋斗,总算家道好转了,生计富裕了,而你现在竟然反转来伤害我,叫我如何能不痛心啊!

(这一章是故妇诉说其丈夫忘恩负义,在以前穷困的时候,她和他受尽了艰难磨折,经过她和他多年共同的艰苦奋斗,现在家境转好了,他反而把她来伤害,把她遗弃了,他是多么没良心啊!)

我有旨蓄[1],亦以御[2]冬。宴尔新昏,以我御穷。有洸有溃[3],既诒我肄[4],不念昔者,伊余来墍[5]。

今注

1 有：储存。旨蓄：干菜。

2 御：抵御，过。

3 有洸有溃：即洸然溃然。洸：粗暴的样子。溃：愤怒的样子。

4 诒：遗也，交给。肄：劳力、劳苦的事。

5 伊：语词。塈：音既，愤怒也，厌恶。

今译

储存干菜，为的是过冬之用。穷困的时候，你叫我陪着你受罪；变富裕的时候，你却与别人狂欢极乐了。你对我粗声暴语、发怒，把一切劳苦之事都交于我做。你不念昔日的夫妇情义，一味地愤恨我、厌弃我，叫我如何不痛心啊！

（十一）式微

这是黎国的臣下劝黎侯速归国之诗。

式微式微[1]，胡不归？微[2]君之故，胡为乎中露[3]？

今注

1 式微：衰微。

2 微："微"字作"非"字解。

3 中露：露中也。

今译

国势一天一天衰微了，你为什么还不赶快回国呀？！若非是为了你，我们何至于沐身于露水之中？

式微式微，胡不归？微君之躬，胡为乎泥中？

今译

国势一天一天地衰微了，你为什么还不赶快回国呀？！若非是为了你，我们何至于陷身于泥淖之中？

壹 国风

（黎侯为狄人所逐，弃其国而奔于卫，卫君处之以二邑，黎侯安之，无归国之意，故臣下劝之。黎国在今山西省长治市附近。）

（十二）旄丘

这是流亡于卫国的黎国君臣，责怨卫国的贵族大臣不积极支援他们复国之诗。

旄丘[1]之葛兮，何诞[2]之节兮。叔兮伯兮[3]，何多日也？

今注

1 旄丘：地名。又解为前高后低之丘也。
2 诞：长也，延长也。
3 叔兮伯兮：指卫国有地位之贵族大臣。

今译

旄丘的葛呀，为什么拖拉这样长的节啊！卫国的叔伯呀，为什么延迟这么多天啊？

（这一章是怨责卫国贵族大臣旷日持久而不相救。）

何其处[1]也？必有与[2]也。何其久也？必有以[3]也。

今注

1 处：按兵不动。
2 与：与国，与卫国共同行动同时出兵的国家。
3 以：同"与"。又解作所以，原因。

今译

为什么卫国按兵不动呢？想必是它要等着别的国家和它一致行动吧。为什么时间拖得这么久呢？想必是要等着共同行动的国家吧。

（这一章是黎国君臣研究卫国不出兵相救的原因。）

狐裘蒙戎[1]，匪车不东[2]。叔兮伯兮，靡所与同[3]。

今注

1　狐裘：黎国流亡大夫的服装。蒙戎：散乱破败的样子。

2　匪车不东：匪，彼也。匪车，彼车也，指卫君之车。黎侯流亡于卫，卫君寓之于卫都之东部。卫君如救黎复国，必派车到东部把黎侯接回。今不派车东来，可见卫国没有出兵的打算。

3　靡所与同：还没有与卫国相约同时行动之国家，即卫国君臣还没有找到与它同时行动的国家。可见其不积极的态度了。

今译

我们穿着的衣物，已经破败了，还不见卫国的车子东来。不是它不派车东来，是叔叔伯伯们还没有找到与它同时行动的国家。

琐兮尾兮[1]，流离之子。叔兮伯兮，褎如充耳[2]！

今注

1　琐兮尾兮：琐，小也。尾，同"微"，微小也。指黎国君臣之地位，日见其卑微，被卫君臣越来越看不起，所以对于他们请求派兵相助以复国的呼声，根本不理。

2　褎如充耳：古代挂在冠冕两旁的饰物，下垂及耳，可以塞耳避听。褎：盛服的样子。

今译

一群可怜的流亡的人啊，卫国的君臣把我们看得越来越微小了，卫国的君臣穿戴冠冕的盛服，根本就不理会我们的请求。

（这一章是怨卫国君臣根本不把救黎国当作一回事。）

（十三）简兮

这是描写庭舞之诗。

简兮简兮[1]，方将万舞[2]。日之方中[3]，在前上处[4]。

今注

1　简：大的，规模很大的舞会。

2　方将：即将，且将。万舞：兼合文舞武舞之总名。
3　日之方中：在日方中之时。
4　在前上处：在公庭前列明显之处。

今译

规模盛大得很啊，就要举行万舞，时间是日之方中，地点是在公庭之前。

硕人俣俣¹，公庭²万舞。有力如虎，执辔如组³。

今注

1　硕：大也。俣：大的样子。
2　公庭：宗庙公庭也。
3　辔：缰也。组：柔软的丝绳。

今译

参加公庭万舞的人，都是高大的身材，气力如虎一般地大，拿着马缰，好像拿着柔软的丝绳一样。

左手执龠¹，右手秉翟²。赫如渥赭³，公言锡爵！

今注

1　龠：音月，古乐器。以竹为之，似笛，六孔。
2　翟：音笛，野鸡的羽毛。舞时持以飞舞。
3　赫：大赤的样子。渥：音握，浸润。赭：音者，赤色。

今译

参加公庭万舞的人，左手拿着龠器，右手挥着雉羽，容色红润，好像涂了一层浓厚的红颜色一样。卫君于是赐之以酒。

山有榛¹，隰有苓²。云谁之思？西方美人。彼美人兮，西方之人兮！

今注

1　榛：木名，果实似栗而小，仁可食。

2　隰：低湿之地。苓：甘草。

今译

山上有榛树，隰地生茯苓。我在想谁？想那西方的美人！那位美人呀，是西方的人啊！

（十四）泉水

这是卫女嫁于他国思念故乡之诗。

毖[1]彼泉水，亦流于淇[2]。有怀于卫，靡日不思。娈彼诸姬[3]，聊与之谋[4]。

今注

1　毖：泉流的样子。

2　淇：水名，在卫国境内，流经今河南省汤阴县、淇县一带。水流于淇，而思淇思卫。

3　娈：音鸾，美丽。诸姬：陪她出嫁之卫女。

4　聊：且。谋：商谈回卫国的计划。

今译

那哗哗的泉水，流归于淇，我怀念卫国，没有一天不想念它。我就和随我而来的诸位姑娘商量一下回卫的计划吧。

出宿于泲[1]，饮饯于祢[2]。女子有行[3]，远父母兄弟[4]。问我诸姑，遂及伯姊。[5]

今注

1　泲：水名，今作"济"，流经山东省定陶县境。

2　饯：送行。祢：水名，在今山东省荷泽市境。

3　行：出嫁。

4　远：远离也。

5　问我诸姑，遂及伯姊：告别诸姑及伯姊，并向彼等请安问好。

今译

初嫁的时候，出宿于沸水，饮饯于祢水。因为这一走，是远离了父母兄弟，诸姑伯姊，所以临行之时，向他们请安问好。

（这一章描写卫女与诸姬晤叙初嫁时之路程与情形。）

出宿于干[1]，饮饯于言[2]。载脂载舝[3]，还[4]车言迈。遄臻[5]于卫，不瑕有害[6]？

今注

1　干：地名，在今河北省清丰县西南。

2　言：地名，亦在清丰县境。

3　载：语助词。脂：涂脂油于车轴。舝：同"辖"字，车轴两头的金属键，用以控制车之进行。

4　还：返回也。

5　遄臻：快快地到达。

6　不瑕：不致，不至于。有害：有什么不方便。即言可以很快平安地到达卫国。

今译

如果回卫国，就出宿于干地，饮饯于言地，把车轴膏油，把车轴辖好，于是可以顺利进行，平安回到卫国。

（这一章描写卫女与诸姬假想回卫时的路线以及归心似箭的情形。）

我思肥泉[1]，兹之永叹[2]。思须与漕[3]，我心悠悠。驾言[4]出游，以写我忧[5]。

今注

1　肥泉：泉名，在今河南省淇县，即首段所谓之"毖彼泉水，亦流于淇"的泉。

2　兹：滋也，越发的。永叹：长叹也。

3　须：卫邑名，在今河南省滑县东南。漕：卫邑名，在今河南省滑县东。

4　驾：驾车。言：语助词。

5　写：同"泻",发抒也,解除也。思归而不能归,故驾车出游以消忧。

今译

想念肥泉,使我越发深长地叹息;想念须漕,使我更觉无限地惆怅!没有办法,只好驾车出游,以消散我内心的忧闷!

（十五）北门

这是卫国官员因工作辛劳而待遇微薄自伤穷苦之诗。

出自北门,忧心殷殷[1]。终窭[2]且贫,莫知我艰[3]。已焉哉[4]!天实为之[5],谓之何哉[6]?

今注

1　忧心殷殷：极其忧,忧之重也。

2　终：既也。窭：贫而生活简陋。

3　莫知我艰：君上不知我的艰难。

4　已焉哉：算了吧!

5　天实为之：人在穷困之时,常常呼天,且把穷困委之于命运。

6　谓之何哉：有什么办法呢!有什么可说的呢?

今译

走出北门,内心无限地忧伤,我的生活既简陋而又贫乏,可是君上并不知道我的艰难。算了吧!这实在是命该如此,还有什么可说的呢!

王事适我[1],政事一埤益我[2]。我入自外,室人交遍谪[3]我。已焉哉!天实为之,谓之何哉?

今注

1　王事：王家的私事。适我：适,到来。往我这里来,交付

壹　国风　　057

于我。

2　政事：政府的公事。一：皆也。埤益我：堆积于我，即把公事都堆到我身上。

3　讁：责怨，懑怨。

今译

王家的私事，交我来办；政府的公事，也一股脑儿堆到我身上。一天忙到晚，拖着疲困的身子回家，刚一进门，家人大大小小，你一句，他一句，纷纷责怨我。算了吧！这实在是命该如此，还有什么可说的呢！

王事敦[1]我，政事一埤遗我。我入自外，室人交遍摧[2]我。已焉哉！天实为之，谓之何哉？

今注

1　敦：催促，催迫。

2　摧：打击，摧残，沮毁。

今译

王家的私事，催我来办；政府的公事，也一股脑儿堆到我身上。一天忙到晚，拖着疲乏的身子回家，刚一进门，家人大大小小，你一句，他一句，纷纷打击我。算了吧！这实在是命该如此，还有什么可说的呢！

（十六）北风

这是描述卫君暴虐，百姓不亲，祸乱将至，诗人偕其友人急于归隐以避祸乱之诗。

北风其凉，雨雪其雱[1]。惠而好我[2]，携手同行[3]。其虚其邪[4]？既亟只且[5]！

今注

1　雱：雨雪很大的样子。以北风、雨雪形容国势之变乱。

2　惠而好我：惠然而爱我。

3　行：音杭。

4　虚：缓慢。邪：音徐，迟缓。

5　亟：急速。只且：语尾词。且，音居。

今译

好凉的北风呀，好大的雨雪呀，惠然爱我而与我同好的人啊，我们一块携手走吧，迟缓不得，赶快离开为妙。

北风其喈[1]，雨雪其霏[2]。惠而好我，携手同归[3]。其虚其邪？既亟只且！

今注

1　喈：音皆，寒冷的样子。

2　霏：音非，雨雪纷纷的样子。

3　归：归家，归乡，归田园。

今译

寒冷的北风呀，纷纷的雨雪呀，惠然爱我而与我同好的人啊，我们一块儿携手归家吧！迟缓不得，赶快离开为妙。

莫赤匪狐，莫黑匪乌。[1]惠而好我，携手同车。其虚其邪？既亟只且！

今注

1　莫赤匪狐：狐狸没有不是赤色的。莫黑匪乌：乌鸦没有不是黑色的。以狐狸、乌鸦比喻满朝中尽是奸臣小人。

今译

狐狸没有不是赤色的，乌鸦没有不是黑色的。惠然爱我而与我同好的人啊，我们一块儿同车走吧！迟缓不得，赶快离开为妙。

（十七）静女

这是男女恋爱之诗。

壹　国风

静女其姝[1],俟我于城隅[2]。爱[3]而不见,搔首踟蹰[4]。
今注
1 静女:淑女也。姝:美丽。
2 俟我于城隅:约定在城墙角等我。
3 爱:薆也,僾也,藏躲也。采马瑞辰说。
4 搔首:抓头皮。踟蹰:徘徊。
今译
美丽的淑女呀,我们约定你在城墙角等我,我准时而来,你却故意躲藏,使我看不到,害得我直抓头皮,纳闷徘徊。

静女其娈[1],贻我彤管[2],彤管有炜[3],说怿[4]女美。
今注
1 娈:美好的样子。
2 贻:赠送。彤:赤漆的。管:妇人盛针线的东西。
3 有炜:盛赤也。炜,音伟。
4 说:同"悦"。怿:喜欢,音易。说怿二字,带有双关之意,既悦彤管之灿烂,又喜女子之淑美。
今译
美好的淑女呀,你赠我以红漆的彤管,我很喜欢这个漂亮的东西,同喜欢漂亮的你是一样的。

自牧归荑[1],洵美且异[2]。匪女[3]之为美,美人之贻。
今注
1 牧:野外。归:同"馈",赠送。荑:音题,茅草的芽。
2 洵:诚然,实在。异:特别稀罕。
3 女:音汝,指荑而言。
今译
我们一块儿郊游,你赠我以茅芽。它既好看而且特别。实在说来,并不是那茅芽多么可贵,可贵的是,它是美丽的你所惠赠的啊!

说明

读糜文开、裴普贤两位先生合著之《诗经欣赏与研究》,关于本诗第一章之"爱而不见,搔首踟蹰",译为"故意躲藏不见我,害得我抓头摸耳直彷徨",用字轻巧灵活,而深得其妙。其他各篇以及散见于《东方杂志》之译文,亦均信达圆润,给予本译以诸多启示,不敢掠美,特志之。(最祈糜、裴两先生能合力将《诗经》全译也。)

(十八)新台

这是卫人讽刺宣公娶其子之妻之诗。

新台有泚[1],河水㳽㳽[2]。燕婉之求[3],籧篨不鲜[4]!

今注

1 泚:音此,鲜明的样子。有泚,即泚然也。

2 㳽㳽:水盈满而澄澈的样子。

3 燕婉之求:燕婉,青春少年也,指太子伋。言齐女所求配者,本为太子伋。

4 籧篨不鲜:籧篨,臃肿丑陋之物,喻宣公之老态龙钟。不鲜,老而不年轻也。据《史记·卫世家》谓:"卫宣公为其子伋娶于齐,而闻其美,乃作新台于河上,而自娶之。"

今译

鲜艳的新台,陪衬着盈澄的河水,相映成辉。可是一个美丽的少女,本求青年的配偶,却落在一个丑陋而臃肿的老朽之手,那是多么不称啊!

新台有洒[1],河水浼浼[2]。燕婉之求,籧篨不殄[3]!

今注

1 洒:音漼,新鲜的样子。(采马瑞辰所著《毛诗传笺通释》

之说。)

2 泚:平澄的样子。

3 不殄:殄,同"腆",腆者,善也,不腆,即不善也。与上章之"籧篨不鲜",有相同之意义。此不善者,兼指容貌与德行而言也。

今译

明丽的新台,陪衬着平澄的河水,相映成趣;可是一个美丽的少女,本求青年的配偶,却落到一个丑陋而不善的老朽之手,那是多么不称啊!

(借鲜明之新台,盈澄的河水,讽刺宣公娶其子之妻的行为之丑恶。)

鱼网之设,鸿则离之[1]。燕婉之求,得此戚施[2]!

今注

1 鸿:大的飞鸟。离:同"罹",陷入也,被捕捉也。

2 戚施:丑恶的蛙,癞蛤蟆,俗谓癞蛤蟆想吃天鹅肉,宣公是癞蛤蟆,娶其子之妻,吃了天鹅肉。

今译

高翔的飞鸿,自由盘旋,料不到竟落入渔网之中;美丽的少女,本求良配,不料竟落入这样一个丑陋而臃肿的癞蛤蟆之口。

(十九)二子乘舟

这是卫宣公既夺太子伋之妻,伋与其弟寿乘舟逃亡,卫人伤之,作此诗。诗与史实不符,但欣赏其文学价值耳。

二子乘舟,泛泛其景[1]。愿言[2]思子,中心养养[3]。

今注

1 泛泛:漂浮的样子。景:同"影"字。

2 言:语助词。

3 养养:同"漾漾",忧愁不定的样子。

今译

二子乘舟而去，舟的影子越来越远了。挂念你们，衷心为你们无限地担忧。

二子乘舟，泛泛其逝。愿言思之，不瑕有害[1]。

今注

1　不瑕有害：为二子祝祷之意，希望他们一路平安，一帆风顺，不至于有祸害有危险。与《泉水》篇之"遄臻于卫，不瑕有害"，意义相同。

今译

二子乘舟而去，舟的影子越漂越远了。挂念你们，祝你们一路顺风，平安无恙。

四　鄘

国名，今河南省新乡县附近之地。

（一）柏舟

这是描述节妇誓死不再嫁之决心之诗。

汎彼柏舟[1]，在彼中河[2]。髧彼两髦[3]，实维我仪[4]。之死矢靡它[5]！母也天只[6]！不谅[7]人只！

今注

1　柏舟：柏木所造之舟，喻其坚固。

2　中河：河中。

3　髧：音旦，头发下垂的样子。髦：音毛，头发下垂至眉，儿童时代的打扮，父母看着很喜欢。髧彼两髦：指其丈夫童年时代的模样。

4　仪：心中人，配偶。

5 之：到也。矢：立誓，决心不变。靡：没有。它：异心，三心二意。

6 只：语助词。母也天只：其母因其女夫之死，迫其再嫁，女立誓不嫁，呼天诉苦。

7 谅：谅解，体谅。

今译

那坚固的柏舟，在河中漂浮。那两髦垂眉的人，就是我唯一的配偶。如今他死了，我立誓至死不有二心。母亲呀，天呀！你何苦逼我如此，你太不体谅我的内心呀！

汎彼柏舟，在彼河侧。髧彼两髦，实维我特¹。之死矢靡慝²！母也天只！不谅人只！

今注

1 特：动物之雄壮男性者，即其丈夫。

2 慝：邪念。

今译

那坚固的柏舟，在河岸漂浮。那两髦垂眉的人，就是我唯一的丈夫。如今他死了，我立誓至死不有邪念。母亲啊，天呀！你何苦逼我如此，你太不体谅我的内心呀！

（二）墙有茨

这是卫国宣公惠公时，宫中淫乱，伦常败坏，卫人刺之，作此诗。

墙有茨¹，不可埽也²。中冓³之言，不可道也⁴。所可道也？言之丑也。

今注

1 茨：蒺藜。

2 埽：同"扫"。不可埽，即不可能扫尽。

3　冓：同"垢"，污秽也，耻辱也。中冓：宫中污秽可耻之事。
4　不可道也：说不得，即家丑不可外扬。借墙茨不可能扫尽，喻宫中淫事之多。
今译
墙上的蒺藜，是扫除不净的呀。宫中的淫秽，是叙说不得的呀。若是叙说出去，真是太丢丑了。

墙有茨，不可襄也[1]。中冓之言，不可详也[2]。所可详也？言之长也。
今注
1　襄：同"攘"，除也。
2　不可详也：不可尽说，说也说不尽，不胜枚举。
今译
墙上的蒺藜，是攘除不尽的呀。宫中的淫秽，是讲说不完的呀。若是详细讲说，真是话太长了。

墙有茨，不可束也[1]。中冓之言，不可读[2]也。所可读也？言之辱也。
今注
1　束：捆。不可束也，喻其继续发展。
2　读：谈说。
今译
墙上的蒺藜，是捆扎不住的呀。宫中的淫秽，是谈论不得的呀。若是谈论起来，真是太耻辱了。

（三）君子偕老
这是卫人讽刺宣姜之淫乱，认为其品行与其服饰地位不相称，作此诗。

君子偕老[1]，副笄六珈[2]。委委佗佗[3]，如山如河[4]，象服是宜[5]。子之不淑[6]，云如之何[7]！

今注

1　君子偕老：君子，丈夫。偕老，为妻者，应与其夫相伴到老，同生死到老，不应当变节乱行。

2　副：用发编成的首饰，后夫人用以盖头。笄：音鸡，衡笄也，垂于副之两旁，当耳，其下纮悬瑱。珈：簪子上面用玉制的饰物。

3　委委佗佗：言其走路姿势的从容舒缓，雍容文雅也。

4　如山如河：言其仪态气象，如山之稳重，如河之宏阔。

5　象服是宜：宜于穿着象服。象服者，衣服上面画着文彩，古之王后及诸侯夫人之服也。

6　子之不淑：子，指宣姜。不淑，品行不善，性情淫乱。

7　云如之何：言其行为淫丑，不配穿这种贵服，不称其服。

今译

妇人与国君伴生共老，地位高越，服装首饰，特异于众，走起路来，雍容华贵，如山之重，如河之广，自然是宜于穿着象服了。但是像你这样的性行淫恶，怎能和这种高贵的服饰相配呢？！

玼[1]兮玼兮，其之翟[2]也。鬒[3]发如云，不屑髢也[4]。玉之瑱[5]也，象之揥也[6]，扬且之皙也[7]。胡然而天也[8]！胡然而帝也[9]！

今注

1　玼：鲜艳的样子。

2　翟：衣服上面画有羽毛的花纹，王后穿的衣服。

3　鬒：细密而乌黑的头发。

4　不屑：不愿，不肯。髢：假发。

5　瑱：塞耳之玉。

6　象揥：用以搔头的簪子，用象骨制成。

7　扬且之皙也：扬，眉发之间的部分很宽广，言其长得方正正，很体面。且，音居，语助词。皙，音析，白也。

8　胡然而天也：天与瑱同音，百姓们只听说她戴的瑱，不知道什么是"瑱"，以为是"天"。这句话的意思是说，你既然戴了"天"，何不像天那样高尚？

9　胡然而帝也：与上句同样解释，她头上戴着揥，"揥"与"帝"同音，百姓们不知什么是"揥"，只听说她戴的是"揥"，以为是上帝的"帝"，就说你既然戴着"帝"，何不像上帝那样的神圣而尊严呢？老百姓们没有知识，说话不懂字眼，而讽刺宣姜，虽然用字错误，但错得很幽默，而且意味深长。

今译

你的穿戴，盛艳鲜丽，你的头发，乌黑如云，用不着假发的装饰。你耳际挂着瑱（天），你头上戴着揥（帝），你的眉宇开朗，肤色白嫩。但是你为什么不像上天那样高尚，为什么不像上帝那样尊严？你真是空有其表，不称其服啊。

瑳¹兮瑳兮，其之展²也。蒙彼绉絺³，是绁袢⁴也。子之清扬⁵，扬且之颜也。展如⁶之人兮！邦之媛⁷也！

今注

1　瑳：洁白鲜艳的样子。
2　展：王后所穿的白色衣服。
3　蒙：披盖。绉絺：细葛布。絺：音吃。
4　绁袢：贴身衣。
5　清扬：眉清目秀，容光焕发。
6　展如：诚然。
7　媛：美女也。

今译

穿着洁白鲜艳的展服，衬着细纱制成的内衣，眉清目秀，容光焕发，这样的女人，真可以算得上是倾国倾城的漂亮女人了！但是你的内行秽乱，和你的外在之美，全不相称啊。

（四）桑中

这是一首青年男女相爱相会的恋歌。

爰采唐[1]矣？沫[2]之乡矣。云谁之思？美孟姜[3]矣。期[4]我乎桑中，要我乎上宫[5]，送我乎淇[6]之上矣。

今注

1. 唐：菟丝草。
2. 沫：卫邑名，在今河南省淇县境内。
3. 孟姜：姜姓的长女。
4. 期：定期约会。
5. 上宫：楼上。
6. 淇：淇水。

今译

我要去采唐了，去到沫邑的村庄。我所想的是哪一个？想的是姜家的大姑娘。她约我在桑林之中相会，又要我到林中的楼上相欢，临别的时候，她又送我到淇水之上。

爰采麦矣？沫之北矣。云谁之思？美孟弋[1]矣。期我乎桑中，要我乎上宫，送我乎淇之上矣。

今注

1. 弋：音翼，姓。

今译

我要去采麦了，去到沫邑的北边。我所想的是哪一个？想的是弋家的大姑娘。她约我在桑林之中相会，又要我到林中的楼上相欢，临别的时候，她又送我到淇水之上。

爰采葑[1]矣？沫之东矣。云谁之思？美孟庸[2]矣。期我乎桑中，要我乎上宫，送我乎淇之上矣。

今注

1　葑：蔓菁。
2　庸：姓。

今译

我要去采葑了，去到沫邑的东边。我所想的是哪一个？想的是庸家的大姑娘。她约我在桑林之中相会，又要我到林中的楼上相欢，临别的时候，她又送我到淇水之上。

（五）鹑之奔奔

这首诗是卫人讽刺公子顽及卫宣公之诗，公子顽乃惠公之兄而竟与惠公之生母宣姜淫乱。卫宣公为太子伋之父，而竟娶太子伋之妻宣姜为妻，一家上下，乱淫一气。本诗作者绝非卫府之人，不过假借其口气而已。

鹑[1]之奔奔，鹊之彊彊。[2]人之无良，我以为兄。

今注

1　鹑：鸟名。
2　奔奔、彊彊：匹配不乱，飞则相随的样子。

今译

那些鹑鹑、喜鹊，虽是禽类，尚能匹配有常，不相秽乱。而人为万物之灵，竟然败坏伦常，上下淫乱。这个毫无品德的人，竟然作为我的兄长。

鹊之彊彊，鹑之奔奔。人之无良，我以为君！

今译

那些喜鹊、鹑鹑，虽是禽类，尚能匹配有常，不相秽乱。而人为万物之灵，竟然败坏伦常，上下淫乱。这个毫无品德的人，竟然作为我的君王。

（六）定之方中

这首诗是赞美卫文公能中兴卫国。先是卫国为狄人所灭，东涉渡河，野处漕邑（今河南省滑县东有白马城者，即漕故地）。齐桓公攘夷狄而封之，文公徙居楚丘（今河南省滑县境东），始建城市，务农训材，通商惠工，敬教劝学，授方任能，元年革车三十乘，季年乃三百乘，民因以富，国因以强。

定[1]之方中，作于楚宫[2]。揆之以日[3]，作于楚室[4]。树之榛栗[5]，椅桐梓漆[6]，爰伐琴瑟。

今注

1　定：北方宿星之名，谓之营屋星，此星昏而正中，夏历十月十一月之时，此时可以营造宫室，故谓之营室星。

2　作于楚宫：宫，宗庙也，古人敬祖，故以宗庙为先。此句解释，应为于作楚宫。楚宫，楚丘之宗庙也。

3　揆之以日：树立臬木，作为测量日体运行以定东西南北之方向。

4　楚室：人所居之房屋。

5　树：栽种。榛栗：果名，可以供祭祀。

6　椅桐梓漆：皆木名，可制琴瑟乐器。

今译

当定星正中的时候，就兴建楚丘的宗庙。测量日体运行，以定东西南北的方位，而营建楚丘的居室。又栽植各种树木，以为充实笾豆与制造琴瑟之用。

升彼虚[1]矣，以望楚矣。望楚与堂[2]，景山与京[3]，降观于桑。卜云其吉，终然允臧[4]。

今注

1　虚：大的丘陵。

2　堂：地名。

3　景山：大山。京：高的丘陵地。

4　终然允臧：最后决定以楚丘为建都之地，是最适宜的与最理想的。

今译

登上高陵，以望楚丘。看到楚丘与堂邑，大山与峻岭，下来之后，又到桑林占卜，卦辞大吉，于是最后决定以楚丘为建都的理想地区。

（此章叙送卫文公登高观察楚丘以为决定建都之地。）

灵雨既零[1]，命彼倌[2]人。星言夙驾[3]，说[4]于桑田。匪直也人[5]，秉心塞渊[6]，𬴂牝[7]三千。

今注

1　灵雨：好雨。零：降，落。

2　倌：驾车的小臣。

3　星言夙驾：星尚未落之早晨。言：语词。

4　说：卸车休息，舍息。

5　匪直也人：直，徒也，仅仅。人，同"仁"。全句的意思，即他不仅仁慈仁爱。

6　秉心塞渊：秉心，存心，持心。塞，诚实。渊，深沉有远虑。

7　𬴂牝：七尺以上的母马。𬴂音来。牝音聘。

今译

好雨既降，就命令御者，星夜驾车，去到桑田，以励民务农。他不仅心存仁慈，而且秉性诚实，深沉有远虑。在他的劝导督率之下，国富民殷，七尺以上的母马，就繁殖到三千匹之多。

（七）蝃𬟽

这首诗是卫人刺宣公以暴力强夺其子伋之妻，宣姜以弱女子不敢反抗，致成此丑事。宣公年老丑陋，宣姜年轻貌美，根本不相称，宣姜实不欲嫁之，但无力反抗耳。卫人借宣姜的口气刺宣公，宣姜无过，而宣公之淫乱益显。

蝃蝀[1]在东，莫之敢指[2]。女子有行，远父母兄弟。[3]
今注
1　蝃蝀：同"螮蝀"，虹也。象征淫暴的恶势力与人道的反常。
2　莫之敢指：古代传说认为虹不能指，指之则人必有祸。
3　女子有行，远父母兄弟：这是说女子离开了父母兄弟，一点保障没有，只好任人摆布了。此即言宣姜之无可奈何。
今译
蝃蝀在东，没有人敢指它。女子出嫁，远远地离开了父母兄弟，是一点保障没有了。

朝隮于西[1]，崇朝[2]其雨，女子有行，远兄弟父母。
今注
1　朝：早晨。隮：升也。虹霓朝见于西，则为雨，暮见于东，则雨止。
2　崇朝：终朝也。
今译
早晨虹见于西方，则必然终朝大雨。女子出嫁，远远地离开了兄弟父母，是一点保障没有了。

乃如之人也[1]！怀昏姻也！大无信也[2]！不知命也[3]！
今注
1　乃如之人也：这句话的口气，就充分吐露出对宣公之憎恶。既是太子的父亲，又是老态龙钟的昏朽，竟然打儿媳妇的主意（怀昏姻也），一则是人伦反常，二则是癞蛤蟆想吃天鹅肉，不应该，也不自量，故用此种口气以深刺之。
2　大无信也：太没有信用了，说话太不算话了，事前明明说是嫁给太子伋,怎么宣公临时忽然就霸占自己了呢?不是太没有信用吗?

3　不知命也:不知道做人的道理,父娶其子之妻,就是最不知做人的道理,就是禽兽。

今译

竟然有这样的人,对自己的儿媳妇强行婚配,真是说话太没有信用了,真是太不知做人的道理了。

(八)相鼠

这首诗是讽刺那些无礼的人。

相[1]鼠有皮,人而无仪[2]。人而无仪,不死何为!

今注

1　相:看也。
2　仪:礼仪。

今译

看那老鼠尚有皮,作为一个人,怎可以没有礼仪?人而没有礼仪,不死还干什么呢!

相鼠有齿,人而无止[1]。人而无止,不死何俟[2]!

今注

1　止:容止,礼节。
2　俟:等待。

今译

看那老鼠尚有牙齿,作为一个人,怎可以没有礼节?人而没有礼节,不死还等待什么呢!

相鼠有体[1],人而无礼。人而无礼,胡不遄[2]死!

今注

1　体：形体。

2　踹：速速。

今译

看那老鼠尚有形体，作为一个人，怎可以没有礼貌？人而没有礼貌，何不赶快去死！

（九）干旄

这是描写卫大夫访贤招士之诗。

孑孑干旄[1]，在浚[2]之郊。素丝纰之[3]，良马四之[4]。彼姝者子[5]，何以畀[6]之。

今注

1　孑孑：音结，特出的样子。干旄：以牛尾注旗杆之首，而树之车后也。

2　浚：卫邑名。

3　素丝：白色的丝线或丝绳。纰：组织，联系。

4　良马四之：四马，两服两骖也。

5　彼姝者子：比喻贤者。

6　畀：予也，益也，助也。

今译

大夫乘着特别高贵的车子，到浚郊去访贤。车上的旌旗，用白色的丝绳联结着，四匹良马，哗哗地前进，好不威风！不知道那位贤者有何畀益以答其礼意之勤？

孑孑干旟[1]，在浚之都。素丝组之，良马五之。彼姝者子，何以予之。

今注

1　旟：九旗之一，旗上画着鸟隼。

今译

大夫乘着特别高贵的车子,到浚都去访贤。车上的旌旗,用白色的丝绳系着,五匹良马,哗哗地前进,好不威风!不知道那位贤者有何贡献以答其礼意之勤?

孑孑干旌[1],在浚之城。素丝祝之[2],良马六之。彼姝者子,何以告之。

今注

1　干旌:旗杆之首,画着翟羽的旗子。
2　祝:同"属",联系也。

今译

大夫乘着特别高贵的车子,到浚城去访贤。车上的旌旗,用白色的丝绳系着,六匹良马,哗哗地前进,好不威风!不知道那位贤者有何高论以答其礼意之勤?

(十)载驰

这是许穆夫人伤其卫国祖国被狄人所亡,自恨不能回国救助,而派一大夫往卫国慰问卫侯,即卫文公,故有此诗。

载[1]驰载驱,归唁卫侯[2]。驱马悠悠[3],言至于漕[4]。大夫跋涉[5],我心则忧。

今注

1　载:语助词。
2　唁:慰问。卫侯:文公也。
3　悠悠:长远的样子。
4　言:语助词。漕:地名。
5　大夫跋涉:许穆夫人派之赴卫慰问卫侯。大夫:许国的大夫。跋涉:草行曰跋,水行曰涉。

壹　国风

今译

催马加鞭，急速赶路，派人回卫，慰问卫侯。路途遥远，走了多天，乃至于漕。大夫跋山涉水，实在辛苦，而我不能亲自回卫，内心更是难过。

既不我嘉[1]，不能旋反[2]。视尔不臧[3]，我思不远[4]？

今注

1 既不我嘉：言许人不以我之返卫为善，即不赞成我之返卫。
2 不能旋反：所以不能即刻回卫。旋，顷刻之谓也。
3 视尔不臧：看你们不以我回卫为善，即你们反对我回卫。
4 我思不远：我的忧愁不能远离我，即我心忧伤不止。

今译

既然大家不赞成我回卫国，因而我就不能即刻回国了，由于你们反对我回卫，我心忧不止。

既不我嘉，不能旋济[1]。视尔不臧，我思不閟[2]？

今注

1 济：渡河，由河南之许昌回卫国，必渡黄河。
2 閟：同"闭"，想卫的念头不能关闭。

今译

既然大家不赞成我回卫国，因而我就不能即刻过河了。由于你们反对我回卫，使我思卫之念越发不能关闭了。

陟彼阿丘[1]，言采其蝱[2]。女子善怀[3]，亦各有行[4]。许人尤[5]之，众稚且狂[6]。

今注

1 陟：升，登上。阿丘：一边高一边低的丘陵。
2 蝱：贝母，药草，可以治疗心情郁结之病。
3 善怀：多愁，容易想家。

4　行：音杭，道理。
5　尤：责怨。
6　众稚且狂：众，同"终"，既也。稚，幼稚也。

今译

因为想家不能归，心情郁结，所以登上阿丘，去采贝母，以疗心病。女人诚然是多愁善感的，但是也有她自己的道理，许人不知我内心之苦而加以责怨，实在是既幼稚又狂妄啊。

我行其野，芃芃[1]其麦。控[2]于大邦，谁因谁极[3]？大夫君子，无我有尤。百尔所思，不如我所之。

今注

1　芃：茂盛的样子。
2　控：控诉，请求援助。
3　因：依恃，凭仗亲近。极：可以作多种解释，如《书经》"皇建其有极"，即当作"标准""准则"讲。屋脊之栋梁，亦曰"极"。因此，这个"极"字就是主宰、标准、模范、仲裁、正道、公理、正义的意思。近人屈万里先生之《诗经选注》，王静芝先生之《诗经通释》，解为主持正义，甚为妥当切合。比之朱夫子之解释为佳。

今译

我走到郊外，看见麦子茂盛，因而想及故国种种。我想把故国的危难，诉于大邦，请求他们予以支援，但是谁是我们的友邦，谁肯出面主持公道呢？各位大夫先生，请不要责备我，因为你们所想的，总没有我所想的透彻啊！

另一种解释

按照糜文开、裴普贤两位先生的解释，认为本诗第一章之"归唁卫侯"，是许穆夫人之归卫，而不是许国大夫之赴卫，因为如果是许国大夫去卫国，便不能用"归"字了。这一理由，亦颇充分。

壹　国风

如果依照此种解释，则第一章之译文，应为："催马加鞭，急速赶回娘家慰问卫侯，路途悠悠，目的地是要到漕土。不料行至半途，被许国大夫跋山涉水来拦阻，使我不能即刻渡河，我的心便忧伤起来了。"其他各章，仍如旧译，亦可顺理成章。

五 卫

今河南省汲县一带之地。

（一）淇奥

这是赞美卫武公之诗。

瞻彼淇奥[1]，绿竹猗猗[2]。有匪[3]君子，如切如磋[4]，如琢如磨[5]。瑟兮僩兮[6]！赫兮咺兮[7]！有匪君子，终不可谖[8]兮！

今注

1　奥：隈也，水流弯曲的地方。河岸的内侧。
2　猗猗：美茂的样子。
3　有匪：匪，同"斐"，有文采的样子。有匪，即斐然也。
4　磋：用错刀错治。
5　琢：雕琢。磨：以石或沙磨之，使有光泽，平滑。
6　瑟：矜持庄重的样子。僩：威严的样子。
7　赫兮咺兮：指其威仪容止而言。咺：鲜明的样子。
8　谖：忘记。

（卫武公行年九十有五，而犹自强不息地自检自讼，欲寡其过，天天期求他的部下和国人，指示他的错误，以便随时改正，可证明他的虚心纳谏的美德。所以，他的进德修业，真是如同玉工石匠那样锲而不舍地致力于切磋琢磨，精益求精，光益求光，润益求润，以达至善至美的境界。这首诗就是对他的美德的赞颂。）

今译

看那淇奥的绿竹，长得多么多彩而多姿。那文采斐然的君子，他的进德修业，就如同玉工石匠那样的致力于切磋琢磨，精益求精。他的仪容举止，庄重而威严，显赫而焕发。那文采斐然的君子，给予人们的印象，非常之深刻，使人们永远不能忘记。

瞻彼淇奥，绿竹青青。有匪君子，充耳琇莹[1]，会弁如星[2]。瑟兮僩兮！赫兮咺兮！有匪君子，终不可谖兮！

今注

1 充耳：以玉石塞耳也。琇莹：美好的玉石。琇音秀，莹音营。

2 会弁：会音快，弁音卞，帽也。会弁者，帽缝也。帽缝之上，饰有光彩美玉，故光耀如星也。

今译

看那淇奥的绿竹，长得多么葱茏而茂盛。那文采斐然的君子，耳上的美瑱，明澈晶莹。帽缝的玉石，发光如星。他的容仪举止，庄重而威严，显赫而焕发。那文采斐然的君子，给予人们的印象，非常之深刻，使人们永远难以忘记。

瞻彼淇奥，绿竹如箦[1]。有匪君子，如金如锡[2]，如圭如璧[3]。宽兮绰兮！猗重较兮！[4]善戏谑[5]兮！不为虐兮[6]！

今注

1 箦：竹席，言其密也。

2 如金如锡：言其品德之精粹。

3 如圭如璧：言其气质之清高。

4 宽兮绰兮，猗重较兮：言其风度之雍容华贵。宽兮绰兮，即雍容大方。猗，倚也。较，车两旁之木板也。重较，即双层之木板也，这表示是高位者的车子，是华贵的车子。

5 戏谑：偶然说一两句幽默有趣的玩笑话。

6 不为虐兮：过甚的，不说那些尖刻粗野的话。

今译

看那淇奥的绿竹，长得像席子一样紧密。那文采斐然的君子，他的品德，如金如锡的精粹；他的气质，如圭如璧的清高；他的翩翩风度，再配合着他那华贵的车子，分外显出他的雍容大方。他偶尔也说几句轻松愉快的玩笑话，使人听得非常幽默而有趣，但是绝不过甚，不说那些尖刻粗野的话。

（二）考槃

这是隐者无地而不自乐之诗。

考槃在涧[1]，硕人之宽[2]。独寐寤言[3]，永矢弗谖[4]。

今注

1 考：扣也。槃：乐器名，扣之以节歌。涧：山夹水也。
2 硕人：达人高士。宽：悠闲自得。
3 独寐寤言：孤独的生活起居，独卧独言，自得其乐。
4 永矢弗谖：永远发誓以此为乐而终生不忘也。

今译

居于山谷之涧，扣槃而歌。这一位达人高士，忘怀得失，悠闲自乐，独卧独言，发誓永远以此为乐而终生不忘。

考槃在阿[1]，硕人之薖[2]。独寐寤歌，永矢弗过[3]。

今注

1 阿：丘陵也。
2 薖：音科，宽闲自适的样子。
3 过：过从，与他人相来往也。

今译

居于丘陵之上，扣槃而歌。这位达人高士，忘怀得失，悠闲自在，独卧独歌，永远自誓不与世人相往来。

考槃在陆[1]，硕人之轴[2]。独寐寤宿，永矢弗告[3]。

今注

1 陆：平地。

2 轴：音迪，道也，乐天知命之道也。采屈万里先生之说。

3 告：与他人相交谈。

今译

居于平陆之地，扣槃而歌。这一位达人高士，乐天知命，悠闲自得，独卧独宿，发誓永远不与世人交谈。

（三）硕人

这是赞美卫庄公夫人庄姜之诗。

硕人其颀[1]，衣锦褧衣[2]。齐侯之子[3]，卫侯之妻[4]。东宫之妹[5]，邢侯之姨[6]，谭公维私[7]。

今注

1 硕人：指卫姜。硕，大也。颀：秀长而高的样子。

2 衣锦：穿着用锦做的衣服。褧衣：用布料做的罩衣，以防灰尘之污及锦衣。

3 齐侯之子：她是齐庄公的女儿。

4 卫侯之妻：卫庄公之妻。

5 东宫之妹：东宫得臣之妹。

6 邢侯之姨：邢国在今河北省邢台市，距卫不远。庄姜是邢侯的姨。

7 谭公：谭国的诸侯。私：姊妹的丈夫也。

今译

庄姜有修长的身材，穿着锦制的衣服，外面罩着一袭褧衣，亭亭玉立，真是个俊丽的美女。而且她的身世又是很高贵的，她是齐侯之女，卫侯之妻，东宫之妹，邢侯之姨，谭夫人之姊妹。

手如柔荑[1]，肤如凝脂[2]，领如蝤蛴[3]，齿如瓠犀[4]，螓首蛾眉[5]。巧笑倩[6]兮，美目盼兮[7]。

今注

1　荑：音啼，初生的茅芽。

2　凝脂：凝结的脂油，又白又光。

3　领：脖子。蝤蛴：腐木中所生之白胖的虫。蝤音酋，蛴音齐。

4　齿如瓠犀：形容其牙齿之洁白整齐，如瓠瓣一样。

5　螓首蛾眉：形容其头眉之美，头部方正，如螓之首。螓音秦，昆虫如蝉。眉毛曲美，如蛾之须。

6　倩：两腮美好的样子。倩音欠。

7　盼：眼睛黑白分明的样子。

今译

她的纤手像茅芽一样柔嫩，她的皮肤像凝脂一样丰腴，她的脖颈像蝤蛴一样洁白，她的牙齿像瓠犀一样整齐，她的头部像螓蝉一样方正，她的眉毛像蛾须一样细弯，她的两腮，一笑百媚，她的眼睛，黑白分明，真是一个天生丽质的绝代佳人。

硕人敖敖[1]，说于农郊[2]。四牡有骄[3]，朱幩镳镳[4]，翟茀以朝[5]。大夫夙退[6]，无使君劳[7]。

今注

1　敖敖：修长的样子。

2　说：音税，止息。农郊：郊野，言庄姜赴卫，到卫郊而尚未入城。

3　骄：雄昂强壮的样子。有骄：骄然。

4　幩：马衔外面的铁器，以红绳缠着，故曰朱幩。镳：美盛的样子。

5　翟：夫人以山雉的羽毛饰车，故曰翟车。茀：遮蔽也，古时妇女乘车，前后都用帘子遮挡起来。朝：入朝见君。

6 夙退：早早退去。

7 无使君劳：不要使君麻烦，浪费时间，以致君不能与夫人早早亲近。

今译

修长的美人，到了卫郊之后，乘着装饰华贵由四匹雄壮的马驾着的翟车，盛服入朝。大夫们提前退去，为的是使君王与夫人得以早相亲近。

河水洋洋[1]，北流活活[2]。施罛濊濊[3]，鱣鲔发发[4]，葭菼揭揭[5]。庶姜孽孽[6]，庶士有朅[7]。

今注

1 洋洋：盛大的样子。

2 活活：水的流声。

3 施：布设。罛：渔网。濊，音豁，渔网入水的声音。

4 鱣：鲤鱼。鲔：似鱣而小者。发发：鱼入网后，挣扎求出，其尾急速拍动的声音。

5 葭菼：指芦苇一类的植物。揭揭：长长的样子。

6 庶姜：跟随庄姜来的诸侄娣。孽孽：打扮得很华丽的样子。

7 庶士：跟随庄姜来的诸多男子。朅：音妾，雄壮威武的样子。有朅，即朅然也。

今译

洋洋的河水，活活地北流，鱼罛布下，许多名贵的鱼，便满网发发。葭菼揭揭而秀长，庶姜孽孽而盛装，庶士朅然而雄壮。齐国物产之富，士庶之众，陪嫁之盛，真算是隆重无比了。

（四）氓

这是弃妇怨伤之诗。

氓之蚩蚩[1]，抱布贸丝[2]。匪来贸丝[3]，来即我谋[4]。送子涉淇[5]，至于顿丘[6]。匪我愆期[7]，子无良媒[8]。将子无怒[9]，秋以为期[10]。

今注

1　氓之蚩蚩：一个老实的人，一个土里土气的人。氓：氓者，民也。民者，人也。

2　抱布贸丝：抱着布来买丝。古时以物易物，以布换丝，并不是用钱买丝。

3　匪来贸丝：并不是来换丝。

4　来即我谋：是来与我商量婚姻之事。

5　送子涉淇：初时不认识，故言一个蚩蚩之氓，以后认识了，故称"子"，子者，男士之谓也。男士要回家了，女子送他过了淇水。

6　至于顿丘：送男士送到顿丘，今河北省清丰县西南。

7　匪我愆期：两人约会相见之期，到时女子不至，女子就解释理由，说并不是我违背约会。

8　子无良媒：乃是因为你没有能干的媒人来联系。

9　将子无怒：希望你先不要发怒。将者，希望也。

10　秋以为期：以秋天为期。

今译

一个老实的人，抱着布匹来换丝。他并不是真的来换丝，乃是借着机会来和我商量婚姻之事。你走的时候，我送你过了淇水，至于顿丘。本来我们约定相会的时间，到时候，我不能去，这并不是我背约，乃是因为你没有能干的媒人来联系。希望你先不要发怒，我们就以秋天为期好了。

乘彼垝垣[1]，以望复关[2]。不见复关，泣涕涟涟。既见复关，载笑载言[3]。尔卜尔筮[4]，体[5]无咎言。以尔车来，以我贿[6]迁。

今注

1　垝：高也。垣：墙也。

2　复关：在今河北省清丰县，男子之家乡。用以代表男子。

3 载笑载言：又说又笑。
4 卜、筮：用以占问吉凶。
5 体：卜卦所表现的启示。
6 贿：财物。

今译

登上高高的墙头，以远望复关。不见你来，我伤心流泪；见了你来，我又说又笑。据你卜卦的启示，我们的婚事，大吉大利。因此，你就以你的车辆来迎亲，我就以我的财物来陪嫁。

（此章皆女子之叙述。）

桑之未落，其叶沃若。[1] 于嗟[2]鸠兮，无食桑葚[3]；于嗟女兮，无与士耽[4]！士之耽兮，犹可说[5]也。女之耽兮，不可说也！

今注

1 桑之未落，其叶沃若：比喻爱情之高潮时期。沃若：柔嫩润泽的样子。
2 于嗟：叹词。于，同"吁"。
3 桑葚：桑之果，色红而味甜。
4 耽：音丹，欢乐，因一时感情冲动而乱来，即失身之意。
5 说：通"脱"，摆脱，丢开。

今译

桑叶未落的时候，柔嫩而润泽。鸠啊，鸠啊，不要贪图一时的甜头，而食桑葚。女子啊，女子啊，不要贪图一时的欢乐，而与男人乱来，要知道一失身便成千古恨。男人与女人乱来，他随时有理由把女人甩掉。如果女人与男人乱来，那就嫁鸡随鸡，嫁狗随狗，没有理由可说，一辈子就陷于被动状态了。

（此段言男子中心时代，女人处处吃亏，要特别小心。）

桑之落矣，其黄而陨。[1] 自我徂[2]尔，三岁食贫[3]。淇水汤汤[4]，渐[5]车帷裳。女也不爽[6]，士贰其行。士也罔极[7]，二三其德。

壹 国风

今注

1 桑之落矣，其黄而陨：比喻爱情之低潮时期。陨，落也。
2 徂：往也。
3 食贫：受尽了贫苦的磨难。
4 汤汤：水盛的样子。汤音伤。
5 渐：渍湿也。
6 爽：错误。
7 罔极：罔，无也。极，中心。罔极，即没有中心意志。与"昊天罔极"之"罔极"二字解释不同。

今译

桑叶落的时候，先黄而后落。自从我到了你家以后，三年之久，吃尽了贫苦滋味。如今你把我休弃了，我不得已而回娘家，过淇河的时候，水势汤汤，把车帷都淹湿了。我没有任何错处，只是你变了心了。你没有中心的意志，因而三心二意，就把我抛弃了。

三岁为妇，靡室劳矣¹。夙兴夜寐，靡有朝矣²。言既遂矣³，至于暴矣⁴。兄弟不知，咥其笑矣⁵。静言思之，躬自悼矣⁶。

今注

1 靡室劳矣：家事操劳，没有在房间休息一会儿。
2 靡有朝矣：不分白天黑夜，都在工作。
3 言既遂矣：谈婚配之时，讲好的约言。
4 至于暴矣：无情的遗弃。
5 咥其笑矣：讽刺，讥笑，冷嘲热讽。咥音戏。
6 躬自悼矣：只有自己为自己伤心而已。

今译

当了三年的媳妇，操劳家事，不知道什么叫作疲劳；早起晚睡，不知道什么叫作清晨。一切的话，都听你的，如今你竟然狠心地把我遗弃了。兄弟们不知底细，见我被弃而归，认为是我的不是，都风言风语地冷嘲热讽，我受了无穷的侮辱。仔细想来，只有自己替自己悲伤而已!

及尔偕老,老使我怨。淇则有岸,隰则有泮!¹总角²之宴,言笑晏晏。信誓旦旦,不思其反³,反是不思,亦已焉哉!
今注
1　淇则有岸,隰则有泮:形容其怨伤之无岸无畔。
2　总角:结发,古时男女未成年时,将发扎成两边相对而上翘的辫子。
3　不思其反:反者,本也,以往也。不思其当年的爱情,不思其原初的爱情,不思其以往的爱情。
今译
本来的期望是要和你白头到老,谁知道你竟然把我遗弃了,每念及"偕老"之语,使我无限怨伤!淇水还有个边岸,隰地还有个际畔,而我的怨伤,则是无边无际的。我们是结发夫妻,结婚之初,言笑何等欢乐,信誓何等明白,而你现在竟然把原初的爱情都完全不念了,原初的爱情既然完全不念,那还有什么可说的呢!

(五)竹竿
这是卫女嫁于异国而思卫之诗。

籊籊¹竹竿,以钓于淇。岂不尔思,远莫致之。
今注
1　籊籊:长而锐也。
今译
回想当年大家拿着长长的竹竿,到淇水去钓鱼,是何等快活。现在我岂有不想你的道理?只是路途太远,不能相见罢了。

(前面两句是女子回忆在淇水钓鱼之乐,后两句是出嫁后思归不得之苦。)

壹　国风

泉[1]源在左，淇水在右。女子有行，远兄弟父母。

今注

1 泉：百泉。其地风景甚美。

今译

百泉在左，淇水在右，都是我所常游玩之地，现在初嫁异国，远远地离开了兄弟父母，更见不到百泉与淇水了。

（回想百泉与淇水常游之地。）

淇水在右，泉源在左。巧笑之瑳[1]，佩玉之傩[2]。

今注

1 瑳：形容女子牙齿的洁白。
2 傩：婀娜多姿，柔顺好看。

今译

淇水在右，百泉在左，女子们游玩其间，快乐欢笑。笑的时候，露出那洁白的牙齿，走起路来，佩玉叮当，婀娜多姿，好一幅美丽快活值得留恋的景色啊！

（回想当年在百泉淇水女子们笑语游玩之乐。）

淇水滺滺，桧楫松舟[1]。驾言出游，以写我忧。

今注

1 桧：木名，质坚。楫：划水的桨。舟：亦解作小船，如舟楫，此处应解作小船。

今译

淇水悠悠地流着，大大小小的各色船只荡着，回想起来，好不令人陶醉！越想越苦闷，只好驾车出游，以抒散我内心的忧闷了。

（前面两句忆淇水游乐之快活，后面两句言思归不得，内心苦闷，故驾车出游，以抒忧闷。）

（六）芄兰

这是讽讥那些无德无能而好在故人面前摆官僚架子的人。

芄兰之支[1]，童子佩觿[2]。虽则佩觿，能不我知[3]？容兮遂兮[4]，垂带悸兮[5]！

今注

1　芄兰：草名，蔓生，枝叶细弱，以喻童子之细弱。支：同"枝"，细枝。

2　觿：角制的解结锥，成人之佩也。

3　能不我知：疑问句。能，乃也，能不我知，即不我知。知，认识也。全句的意思就是说，难道你不认识我吗？我知道你的底细，知道你有多大本领，你何必在我面前摇摇摆摆装腔作势呢？你即使佩着觿，垂着带，大摇大摆，你骗不过我，我知道你是个无能无力的人。

4　容兮遂兮：摇摇摆摆得意忘形的样子。

5　垂带悸兮：绅带完备的样子。悸，音季。

今译

那个像芄兰的细枝一样幼弱的童子，居然也佩起觿了。你虽然佩了觿，难道我不认识你吗？在老相识的面前，你摇摇摆摆装出一副得意扬扬的样子，有什么价值呢？

芄兰之叶，童子佩韘[1]。虽则佩韘，能不我甲[2]？容兮遂兮！垂带悸兮！

今注

1　韘：音射，射者所用之物，能射御则能佩韘。用以钩弦。

2　甲：同"狎"。极熟识之人也。

今译

那个像芄兰的嫩叶一样薄弱的童子，居然也佩起韘了。你虽然佩了韘，难道我不认识你吗？在熟人的面前，你摇摇摆摆装出一副得意扬扬的样子,有什么意思呢?

(七)河广

这是滞居在卫国的宋人所作之诗。

谁谓河[1]广?一苇杭之[2]。谁谓宋[3]远?跂[4]予望之。

今注

1　河:黄河。
2　苇:芦草。杭:同"航",在水中渡行,渡过。
3　宋:古国名,在今河南省商丘市。
4　跂:同"企"字,提高脚跟。

今译

谁说黄河宽?一根苇子就可以撑得过。谁说宋国远?提起脚跟就可以看得见。

谁谓河广?曾不容刀[1]。谁谓宋远?曾不崇朝[2]。

今注

1　刀:小船也。
2　崇朝:终朝。

今译

谁说黄河宽?一片小船都容不下。谁说宋国远?一个早晨就到了。

(相传卫文公之妹,嫁于宋桓公,生襄公,后被遗弃,回卫之后,思其子,而不得往宋,故作此诗以抒怀。诗中极言往宋之易,而所以不能往者,大有原因也。)

(八)伯兮

这是卫国妇人思念其远征丈夫之诗。

伯兮朅兮[1]，邦之桀[2]兮。伯也执殳[3]，为王前驱[4]。

今注

1　伯：妇人称呼其丈夫之辞。朅：勇武的样子。
2　桀：同"杰"，出众的人才。
3　殳：音殊，武器。
4　前驱：先锋。

今译

勇武的夫君啊，你是国家杰出的人才，你拿着武器，英勇杀敌，为国王打前锋。

自伯之东，首如飞蓬。岂无膏沐[1]？谁适为容？

今注

1　膏：擦头发的油。沐：洗头发的汁。

今译

自从夫君你往东方出征之后，我无心打扮，头发散乱得像蓬草一般，难道是我没有膏沐吗？实在是因为夫君不在家，我打扮出来叫谁看呢？

（此章系妇人告其夫君，谓自从夫君出征之后，自己无心打扮，所以头发乱七八糟，如蓬草一样，连头发也不梳了。）

其雨其雨，杲杲出日。[1]愿言思伯，甘心首疾[2]。

今注

1　其雨其雨：期望之词。就是下雨吧。杲杲出日：杲杲，明亮的样子。杲：音稿。这两句合起来，就是说，天下事往往不如人意，希望它下雨，偏偏出太阳，意思就是希望丈夫回来，偏偏回不来。

2　甘心首疾：朱子解释认为是甘心于头痛。马瑞辰认为古人用字以相反为义，如以臭为香，以治为乱，以徂为存，故甘心亦可训为苦心，苦心即痛心也，《左传》有"痛心疾首"之句，正与此句相同，故训为痛心首疾。不言痛心疾首,而言痛心首疾者,乃倒文为韵也。本文解释,暂取马说,有能解释较其更为确当者,当再为改正。

今译

希望天下雨,偏偏出太阳,希望你回来,偏偏回不来。因为想念你,想得我心痛头疼。

焉得谖草[1],言树之背[2]。愿言思伯,使我心痗[3]。

今注

1 谖草:忘忧草。谖,音萱,食之可以使人忘忧。
2 言:两个言字,都是语助词。背:房之后也。
3 痗:病也,音妹。

今译

怎能得到一棵忘忧草,种在房后,随时食之以忘忧?因为想念你,使我患了严重的心疼病。

(九)有狐

此乃妇人思念其行役于外的丈夫的诗。

有狐绥绥[1],在彼淇梁[2]。心之忧矣,之子无裳。

今注

1 绥绥:徐行,行步迟迟的样子。
2 梁:河桥也。

今译

在那淇河桥上,有一只野狐缓步而行。我心中忧愁,怕的是你没有衣裳穿。

有狐绥绥,在彼淇厉[1]。心之忧矣,之子无带。

今注

1 厉:旁边也。

今译

在那淇河旁边，有一只野狐缓步而行。我心中忧愁，怕的是你没有带子用。

有狐绥绥，在彼淇侧。心之忧矣，之子无服。

今译

在那淇河之侧，有一只野狐缓步而行。我心中忧愁，怕的是你没有衣服穿。

（十）木瓜

这是男女相赠答之诗。

投我以木瓜[1]，报之以琼琚[2]。匪报也，永以为好也。[3]

今注

1　木瓜：果实名。
2　琼：音穷，美好的，美玉。琚：音居，玉佩。
3　匪报也，永以为好也：不是物质的报答，而是情意的结合。

今译

他送我以木瓜，我回送以玉佩。这并不是仅仅在于物质的报答，乃是为永久的情意结合。

投我以木桃，报之以琼瑶[1]。匪报也，永以为好也。

今注

1　瑶：美玉也。

今译

他送我以木桃，我回送以美玉。这并不是仅仅在于物质的报答，乃是为永久的情意结合。

投我以木李[1]，报之以琼玖[2]。匪报也，永以为好也。

今注

1　木李：李子。
2　玖：似玉而色黑的美石。

今译

他送我以木李，我回送以美石。这并不是仅仅在于物质的报答，乃是为永久的情意结合。

六　王

周室东迁于洛阳，故洛阳一带之民间歌谣，即谓之王风。周公经营洛邑为会合东方诸侯之地，以其居于四方之中，来会者道路均等故也。至幽王乱政，平王东迁，于是周室卑矣。

（一）黍离

这是周室大夫行役于西京时，见故国宗庙宫室，尽为禾黍，不禁感慨系之，徘徊不忍离去，故作此诗。

彼黍离离[1]，彼稷[2]之苗。行迈靡靡[3]，中心摇摇[4]。知我者，谓我心忧[5]；不知我者，谓我何求。悠悠[6]苍天，此何人哉？

今注

1　黍：黄米。离离：繁盛的样子。
2　稷：高粱，北方谓之秫秫，或曰红秫秫。
3　行迈：行进、行走。靡靡：迟缓的样子，无精打采的样子。
4　摇摇：不定的样子。
5　心忧：痛心于故国宫室之成为废墟农田。
6　悠悠：高远的样子。

今译

那黍子正茂盛，那高粱正在成苗，这农野一片，原是故国宫殿，如今夷为平地，叫我如何能不伤感！我无精打采地在此徘徊凭吊，内心摇摇不定。知道我者，以为我是在此留恋悲伤；不知道我者，以为我是在此寻找什么东西。高高的苍天啊，这是什么人所造成的悲剧呀！

彼黍离离，彼稷之穗。行迈靡靡，中心如醉。知我者，谓我心忧；不知我者，谓我何求。悠悠苍天，此何人哉？

今译

那黍子正在盛长，那高粱正在吐穗，这农野一片，原是故国官殿，如今夷为平地，叫我如何能不伤感！我无精打采地在此徘徊凭吊，内心颠乱如醉。知道我者，以为我是在此留恋悲伤；不知道我者，以为我是在此找寻什么东西。高高的苍天啊，这是什么人所造成的不幸呀！

彼黍离离，彼稷之实。行迈靡靡，中心如噎[1]。知我者，谓我心忧；不知我者，谓我何求。悠悠苍天，此何人哉？

今注

1　噎：食物塞住喉咙或胸口。

今译

那黍子正茂盛，那高粱正在结实，这农野一片，原是故国官殿，如今夷为平地，叫我如何能不伤感！我无精打采地在此徘徊凭吊，心中好像有什么东西塞住似的。知道我者，以为我是在此留恋悲伤；不知我者，以为我是在此找寻什么东西。高高的苍天啊，这是什么人所造成的浩劫呀！

（二）君子于役

这是妇人怀念其行役丈夫之诗。

君子[1]于役，不知其期，曷至哉[2]？鸡栖于埘[3]，日之夕矣，羊牛下来[4]。君子于役，如之何勿思？

壹　国风

今注

1　君子：指其丈夫。

2　曷至哉：什么时候才能回来呀？与下段之"曷其有佸"相同，都是指时间的遥遥无期而言。这里的"至"字，"佸"字，"来"字，"括"字，都是指回家而言。

3　塒：音时，养鸡的围篱。

4　羊牛下来：牛羊放在山上吃草，到了日落便回家。与下段之"羊牛下括"相同。

今译

夫君行役于外，不知道确定的归期。什么时候才能回来呀？鸡儿都归窝了，太阳西下了，牛羊也都下山回家了，唯独夫君行役未归，叫我如何不想他？

君子于役，不日不月[1]，曷其有佸[2]？鸡栖于桀[3]，日之夕矣，羊牛下括[4]。君子于役，苟无饥渴[5]。

今注

1　不日不月：没有确定日期和月份。

2　佸：会也，至也。

3　桀：系牲畜用的小木桩。

4　括：至也，会也。"佸"与"括"，音义皆同。

5　苟无饥渴：希望之词，庶几没有饥渴，此言深盼其归而不能归，只好盼其在外一切平安，身体健康。

今译

夫君行役于外，没有确定的日期和月份，什么时候才能团圆啊？鸡儿都歇息在桀上了，太阳西下了，牛羊也都下山回家了。唯独夫君行役未归，但愿他在外不受饥渴，平安健康。

（三）君子阳阳

这是咏乐舞之诗。

君子阳阳[1]，左执簧[2]，右招我由房[3]。其乐只且[4]！

今注

1 阳阳：同"扬扬"，得意的样子，快乐的样子。

2 左执簧：左手执簧，簧者，大笙也。

3 右招我由房：由房，马瑞辰解释为游放，游戏，与下文之"由敖"同义，"由敖"者，游遨也。以右手招呼我参加戏乐。

4 只且：语助词。且音居。

今译

得意的君子，左手拿着大笙，以右手招呼我来玩乐，玩得真快活啊。

君子陶陶[1]，左执翿[2]，右招我由敖[3]。其乐只且！

今注

1 陶陶：快乐的样子。

2 翿：音到，舞者所持之羽也。

3 由敖：同"游遨"。

今译

快乐的君子，左手拿着舞羽，以右手招呼我来玩乐，玩得真快活啊。

（四）扬之水

这是周卒久戍于外思念家室之诗。

扬之水[1]，不流束薪。彼其之子[2]，不与我戍申[3]。怀哉怀哉！曷月予还归哉？

今注

1 扬之水：以手或他物所捧出或激起之水，谓之"扬之水"。可见水之少而无力量，比喻周室本身没有力量，全靠诸侯之捧，如果诸侯不捧，就政令不行了。因为政令不行，所以诸侯应当戍守者

壹 国风　　097

不成，没有办法，周室只好自己派兵去戍，久戍不得归，当然士兵发牢骚，所以此诗一面讽刺政令不行，另一面斥责那些该戍不戍的诸侯，呼他们为"彼其之子"，言外带有极愤责之意。

2　彼其之子：指该戍不戍之诸侯国家的人而言。意思就是说，他们该来代戍了，而你们不服从周天子命令，竟不来戍。因为没有人接代，所以就久戍不得归。如果把"彼其之子"，解为戍者之妇人，就错了，因为妇人没有当兵的义务，同时军人又不准带家眷，那他何必怪罪他的妇人不和他共戍呢？很显然，是别人该来戍而不来，以致他久戍不得归，所以他才懑怨。因此，"彼其之子"，就是指诸侯国家该来接戍之兵卒而言。

3　申：地名，今河南省信阳市。

今译

用手扬起的水，连一束薪柴也流不动。那些不服从政令的诸侯们，该派兵来戍守，而偏偏不来，害得我归家不得。真是想家呀，真是想家呀！哪一个月，我才能回家呢？

（关于本章的解释，以欧阳修《诗本义》所解释为较佳，《诗本义》曰："激扬之水，其力弱不能流移束薪，犹东周政衰，不能召发诸侯，独使周人远戍，久而不能代耳。'彼其之子'，周人谓其他诸侯国人之当戍者。'曷月予还归哉'，久而不得代也。"以"扬之水，不流束薪"，譬喻东周力衰，政令不行，就如同"扬之水，不流束薪"一样。）

扬之水，不流束楚[1]。彼其之子，不与我戍甫[2]。怀哉怀哉！曷月予还归哉？

今注

1　楚：小木也。
2　甫：地名，今河南省南阳市。

今译

用手扬起的水，连一束小木也流不动。那些不服从政令的诸侯,该派兵来戍甫,而偏偏不来,害得我归家不得。真是想家呀,真是想家呀!哪一个月,我才能回家呢?

扬之水,不流束蒲[1]。彼其之子,不与我戍许[2]。怀哉怀哉!曷月予还归哉?

今注
1 蒲:蒲草。
2 许:地名,今河南省许昌市。

今译
用手扬起的水,连一束蒲草也流不动。那些不服从政令的诸侯们,该派兵来戍许,而偏偏不来,害得我回家不得。真是想家呀,真是想家呀!哪一个月,我才能回家呢?

(五)中谷有蓷
这是妇人自叹遇人不淑而被遗弃之怨诗。

中谷有蓷[1],暵[2]其干矣。有女仳离[3],嘅其叹矣[4]。嘅其叹矣,遇人之艰难矣[5]!

今注
1 蓷:音推,草名,即益母草。
2 暵:音汉,干燥的样子。
3 仳离:别离也。
4 嘅其叹矣:即慨然而叹息也。其:叹息的声音。
5 遇人之艰难矣:遇到一个合适的丈夫,真是不容易啊!这"艰难"二字,不作"穷困"讲,而作"不容易"讲。

今译
谷中的蓷,因为缺乏雨水而干枯了。有个女子,因为被丈夫遗弃,而感慨叹息。叹息什么呢?叹息着嫁一个合适的丈夫实在是太不容易了!

中谷有蓷，暵其脩¹矣。有女仳离，条其啸矣²。条其啸矣，遇人之不淑矣！

今注

1　脩：干肉，形容其干。
2　条：失意长叹的样子。啸：叹之深也。

今译

谷中的蓷，因为缺乏雨水而干缩了。有个女子，因为被丈夫遗弃，而失意长叹。长叹什么呢？长叹着嫁了一个这样无情无义的男人。

中谷有蓷，暵其湿¹矣。有女仳离，啜²其泣矣。啜其泣矣，何嗟及矣³！

今注

1　湿：干枯的样子。
2　啜：短气的样子，丧气的样子。
3　何嗟及矣：嗟叹怎来得及呢？嗟叹也来不及了，后悔也来不及了。

今译

谷中的蓷，因为缺乏雨水而干枯了。有个女子，因为被丈夫遗弃，而丧气地哭泣。哭泣有什么用处呢？哭泣也来不及了。

（本诗以谷中的蓷的干枯，来比喻夫妇之失调，雨水不调而蓷干枯，爱情不调而夫妇仳离。）

（六）兔爰

这是乱世之民，自伤生命毫无保障，苦痛百端，而消极无聊，不乐其生之诗。

有兔爰爰¹，雉离²于罗。我生之初，尚无为³。我生之后，逢此百罹⁴。尚寐无吪⁵！

今注

1　爰爰：缓缓也，缓缓而行也。

2　雉：野鸡。离：罹也，陷入也。

3　尚无为：还没有多大的祸乱，指当时局势还算平定，人民还可以活得下去。尚无，还没有。

4　逢此百罹：罹，忧患也。百罹，极言其忧患之多。时世大乱，人民活不下去了。

5　尚寐无吪：因为活不下去，而无乐生之心，故消极厌世，宁愿死去，这"尚寐无吪"一句，即极端厌世之情。这里的"尚"字，当希望、庶几的意思讲。"寐无吪"者，即一睡不醒，长眠不起之意。"尚寐无吪"者，即希望一觉睡过去，永离人世之谓也。这种观念，是乱世之民必然的观念，当一个人痛苦百端，无法解脱，只有一死了之，速死为快，乱世之民，皆无乐生之念也。如果说在乱世，应当拿定更积极的意思，拨乱反正，那只是极少数有抱负的人的志气，非所望于林林总总之一般平民也，此诗乃一般平民之心理写照而已。吪：音鹅，动也。

今译

有个兔儿在缓缓地走，有只野鸡陷入了罗网。我生之初，时世还没有大乱，人民还可以活得下去；我生之后，时世大乱，遭受了无穷无尽的磨难，人们真是活不下去了，活着真不如死了的好！我希望一觉离去，长眠不醒，永脱苦海！

有兔爰爰，雉离于罦[1]。我生之初，尚无造[2]。我生之后，逢此百忧。尚寐无觉！

今注

1　罦：音孚，用覆车做的网。

2　造：人为的灾祸。

今译

有个兔儿在缓缓地走，有只野鸡陷入了罗网。我生之初，时世还没有大乱,人民还可以活得下去;我生之后,时世大乱,遭受了无穷无尽的忧患,人民真是活不下去了,活着真不如死了的好!我希望一觉离去,长眠不醒,永脱苦海!

有兔爰爰,雉离于罿[1]。我生之初,尚无庸[2]。我生之后,逢此百凶。尚寐无聪[3]!

今注

1　罿:音童,网罗。
2　庸:战乱之事。
3　聪:听。

今译

有个兔儿在缓缓地走,有只野鸡陷进了罗网。我生之初,时世还没有大乱,人民还可以活得下去;我生之后,时世大乱,遭受了无穷无尽的凶险,人们真是活不下去了,活着真不如死了的好!我希望一觉睡去,长眠不起,什么都听不见才好!

(七)葛藟

这是描写世乱民散,漂流异乡,无依无靠,潦倒乞怜之诗。

绵绵葛藟[1],在河之浒[2]。终远兄弟,谓他人父。谓他人父,亦莫我顾。

今注

1　绵绵葛藟:绵绵,连续不断,互相支援的意思。葛、藟,皆蔓生之藤类。以绵绵葛藟之互相荫托,比喻家人父母兄弟之互庇以生。一个人如果离开了父母兄弟,漂流异乡,就苦不堪言。但是由于世乱年荒,又不能不各奔生路,于是父母兄弟离散之悲剧发生。这就是那幕悲剧的镜头。

2　浒:水涯也。

今译

　　河边的葛藟，绵绵联联，互为荫援。我自从离开了兄弟，漂泊异乡，生活逼迫，向人乞怜。我厚着脸皮，喊他人为爸爸。即使喊他人为爸爸，还是没有人照顾我!

　　绵绵葛藟，在河之涘[1]。终远兄弟，谓他人母。谓他人母，亦莫我有[2]。

　　今注

　　1　涘：水边。

　　2　有：亲近。

　　今译

　　河边的葛藟，绵绵联联，互为荫援。我自从离开了兄弟，漂泊异乡，生活逼迫，向人乞怜。我厚着脸皮，喊他人为妈妈。即使喊他人为妈妈，还是没有人亲近我!

　　绵绵葛藟，在河之漘[1]。终远兄弟，谓他人昆[2]。谓他人昆，亦莫我闻。

　　今注

　　1　漘：水边。

　　2　昆：哥哥。

　　今译

　　河边的葛藟，绵绵联联，互为荫援。我自从离开了兄弟，漂泊异乡，生活逼迫，向人乞怜。我厚着脸皮，喊他人为哥哥。即使喊他人为哥哥，还是没有人答应我!

（八）采葛

　　这是一首男子对女子相思之诗。

　　彼采葛兮，一日不见，如三月兮!

壹　国　风

今译

那一位采葛的女郎啊,我一日不见你,就仿佛是三月之久似的!

彼采萧兮,一日不见,如三秋兮!
今译

那一位采萧的女郎啊,我一日不见你,就仿佛是三秋之久似的。

彼采艾兮[1],一日不见,如三岁兮!
今注

1 彼采艾兮:采葛、采萧、采艾,并不是三个女子,而是一个女子时而采葛,时而采萧,时而采艾而已。

今译

那一位采艾的女郎啊,我一日不见你,就仿佛是三岁之久似的!

(九)大车

这是一首征夫思念其妻、告慰其妻之诗。

大车槛槛[1],毳衣如菼[2]。岂不尔思?畏子[3]不敢。
今注

1 槛槛:音坎,车行的声音。

2 毳:兽的细毛,用兽毛制衣,可以防雨,古时大夫出巡之衣。菼:荻草,青色。

3 子:指大夫,长官。

今译

大夫乘着槛槛的大车,披着青色的毳衣,不断地巡查。我岂有不想你的道理?但是,我害怕上级长官,所以我不敢私自离去。

大车啍啍[1],毳衣如璊[2]。岂不尔思?畏子不奔。

今注

1　啍啍：车行的声音。

2　璊：红润的玉。言毳衣之色如璊玉一样的红润。璊音门。

今译

大夫乘着啍啍的大车，披着红色的毳衣，不断地巡查。我岂有不想你的道理？但是，我害怕上级长官，所以我不敢私自逃亡。

榖[1]则异室，死则同穴[2]。谓予不信，有如皦[3]日。

今注

1　榖：生也，能吃榖，表示活着，如果死了，便不能吃榖，所以"榖"就是生。

2　穴：墓穴。

3　皦：音皎，明亮的。

今译

我们活着的时候，虽然不能在一块，但是我们死了以后，必然埋在一块。你若是不相信我的话，我敢对太阳起誓。

（这段是安慰他的妻室之话。）

（十）丘中有麻

这是一首女子对男子约会之诗。

丘中有麻[1]，彼留子嗟[2]。彼留子嗟，将其来施施[3]。

今注

1　丘中有麻：男女相约之地。

2　彼留子嗟：彼，指麻中也。留，藏身在麻中。子嗟，男子名也。

3　将：发语词。施施：徐行的样子。

今译

丘中有麻，子嗟就藏在麻田中。藏在麻田中的子嗟啊，你慢慢地出来吧。

丘中有麦,彼留子国[1]。彼留子国,将其来食。
今注
1 子国:男子名。
今译
丘中有麦,子国就藏在麦地里。藏在麦地里的子国啊,你来吃点东西吧。

丘中有李,彼留之子[1]。彼留之子,贻我佩玖[2]。
今注
1 之子:男子的笼统称呼。
2 玖:黑色的玉。
今译
丘中有李,男子就藏在李园中。藏在李园中的男子,赠给我黑色的佩玉。

七 郑

国名,在今河南省新郑市。

(一)缁衣

这是周王赞美郑武公之诗。郑武公辅立周平王有功,故诗人借平王之语气以嘉之。

缁衣之宜兮[1],敝[2],予又改为兮[3]。适子[4]之馆兮,还,予授子之粲[5]兮。
今注
1 缁衣:缁,黑色。缁衣是卿大夫所服之衣。宜:合适。

2　敝：破旧。
3　予：周王自称的口气。改为：另制一件。
4　适：往。子：你，指武公。
5　粲：同"餐"，酒食。

今译

你穿着的缁衣，真是合适啊，破了，我再给你重新制一件。我到你办公的地方看你，看见你那样辛苦，回来之后，我特别请你吃饭。(全部是信爱的语气。)

缁衣之好兮，敝，予又改造兮。适子之馆兮，还，予授子之粲兮。

今译

你穿着的缁衣，真是好看啊，破了，我再重新给你制一件。我到你办公的地方看你，看见你那样辛苦，回来之后，我特别请你吃饭。

缁衣之蓆[1]兮，敝，予又改作兮。适子之馆兮，还，予授子之粲兮。

今注

1　蓆：大方的样子。

今译

你穿着的缁衣，真是大方啊，破了，我再给你重新制一件。我到你办公的地方看你，看见你那样辛苦，回来之后，我特别请你吃饭。

(二) 将仲子

这首诗是写女子婉劝其心爱之男子不可表现得过于放肆，以免为父母兄弟及乡里所耻责。

壹　国风

将仲子兮[1]！无逾我里[2]，无折我树杞[3]。岂敢爱之[4]？畏我父母。仲可怀[5]也，父母之言，亦可畏也！

今注

1　将：发语词，有请求之意。仲子：老二，指其心爱之人。

2　无：同"勿"。逾：越过。里：村居。

3　树杞：杞树，与下文之树桑、树檀，同为桑树、檀树之意，为的是配韵，所以倒置其字。

4　之：杞树。

5　怀：爱恋。

今译

仲子啊！希望你不要逾越我的村居，不要折毁我的杞树。并不是我敢爱惜那些杞树，怕的是父母的斥责！仲子诚然是可爱，但是父母的斥责，也是可怕的啊！

将仲子兮！无逾我墙，无折我树桑。岂敢爱之？畏我诸兄。仲可怀也，诸兄之言，亦可畏也！

今译

仲子啊！希望你不要逾越我的垣墙，不要折毁我的桑树。并不是我敢爱惜那些桑树，怕的是诸兄的讥讽。仲子诚然是可爱，但是诸兄的讥讽，也是可怕的啊！

将仲子兮！无逾我园，无折我树檀。岂敢爱之？畏人之多言。仲可怀也，人之多言，亦可畏也！

今译

仲子啊！希望你不要逾越我的宅园，不要折毁我的檀树。并不是我敢爱惜那些檀树，怕的是众人的耻笑。仲子诚然是可爱，但是众人的耻笑，也是可怕的啊！

（三）叔于田

这是赞美郑庄公之弟共叔段之诗。

叔于田[1]，巷无居人。岂无居人？不如叔也，洵[2]美且仁。

今注

1　叔：共叔段也。田：田猎。
2　洵：实在，诚然。

今译

叔出去打猎了，叔一出去，巷子里好像就没有居人似的。并不是真的没有居人，乃是说虽有居人，总没有一个能像叔那样美而且仁。

（这段诗是说共叔段得众心，国人爱之，以谓叔出于田，则所居之巷，若无人矣，非真无人，虽有而不如叔之既美且仁。）

叔于狩[1]，巷无饮酒。岂无饮酒？不如叔也，洵美且好！

今注

1　狩：打猎。

今译

叔出去打猎去了，叔一出去，巷子里就好像没有饮酒的人似的。并不是真的没有饮酒的人，乃是说虽有饮酒的人，总没有一个能像叔那样美而且好。

叔适[1]野，巷无服马[2]。岂无服马？不如叔也，洵美且武！

今注

1　适：往。
2　服马：乘马。

今译

叔到野外去了，叔一出去，巷子里好像就没有骑马的人似的。并不是真的没有骑马的人，乃是说虽有骑马的人，总没有一个能像叔那样美而且英武。

（四）大叔于田

这是赞美共叔田猎之诗。

叔于田[1]，乘乘马[2]。执辔如组[3]，两骖如舞[4]。叔在薮[5]，火烈具举[6]。襢裼暴虎[7]，献于公所[8]。将叔无狃[9]，戒其伤女[10]！

今注

1　叔于田：篇名《大叔于田》中这个"大"字是后人所加，表示这一篇是长篇，以别于前一篇的短篇的《叔于田》，所以大字根本用不着。

2　乘乘马：上一个乘字是动词，下一个乘字是四匹马的意思。

3　辔：马缰。组：丝绳。执辔如组：拿着马缰像拿柔软的丝绳一样，形容其善于御马。

4　两骖：古时驾车用四匹马，中间夹辕的两匹马叫两服，服马外面的两匹马叫两骖。如舞：形容行列之整齐。

5　薮：低洼多草，藏野兽的地方。

6　烈：大火。具：同"俱"，全部的意思。

7　襢裼：裸露上身。暴虎：徒手打虎。

8　公所：郑庄公的地方。

9　将：请求，希望之词。狃：狎也，习也，习惯而不以为意。

10　戒：提高警觉，防备。女：音汝。

今译

叔往打猎，乘着四马之车，执着马缰好像拿着柔软的丝绳一样，操纵自如。两匹骖马飞奔起来，行列整齐，好像是舞蹈一样。叔一进入湖薮，火烈统统举起，叔就裸着上身，赤手空拳，与虎搏斗，然后把胜利品献到庄公那里。叔啊，叔啊，希望你不要习以为常，要防备着那些野兽会伤害你哟！

叔于田，乘乘黄[1]。两服上襄[2]，两骖雁行[3]。叔在薮，火烈具扬[4]。叔善射忌[5]，又良御忌。抑磬控[6]忌，抑纵送[7]忌。

今注

1 乘黄：四匹黄色的马。

2 上：前面。襄：驾也，上襄即言前驾，因其居中而稍前。

3 两骖雁行：两骖在两服之左右外侧稍后，故曰雁行。

4 扬：举起。

5 忌：语助词，如兮、矣之类。

6 抑：语助词。磬控：勒控，制止，使之不进。

7 纵送：放开，使之猛进，飞奔。

今译

叔往打猎，乘着四匹黄马之车。两匹服马夹辕而前，两匹骖马雁行而进。叔一进入渊薮，火烈统统扬起，叔既善于射击，而又巧于驾驭，时而勒马不进，时而纵马狂奔。

叔于田，乘乘鸨[1]，两服齐首[2]，两骖如手[3]。叔在薮，火烈具阜[4]。叔马慢忌[5]，叔发罕忌[6]。抑释掤忌[7]，抑鬯弓忌[8]。

今注

1 鸨：音保，骊白毛杂之马。

2 齐首：马头相齐。

3 两骖如手：两骖夹着两服，好像两手在身旁一样。

4 阜：旺盛也。

5 叔马慢忌：言田猎将毕，故使马慢行。

6 叔发罕忌：发射稀少。

7 抑释掤忌：言田猎完毕，解下箭筒。掤，箭筒的盖子。

8 抑鬯弓忌：言把弓装在囊中。鬯：同"韔"，弓囊。

今译

叔往打猎，乘着四匹花色的马。两匹服马，齐头并进，两匹骖马，如手夹身。叔一进入渊薮，火烈统统盛燃。猎狩将毕，叔的马

壹 国风　　111

就缓缓而行，叔的箭也不多发了。猎狩既毕，叔就把箭放在箭囊里边，把弓藏在弓囊里边。

（五）清人

这是郑人讽刺郑大夫高克率师救卫而玩兵河上，以致兵溃之诗。郑卫连境，狄人侵卫，郑往救之，但因郑文公借救卫之名，而阴以逐高克，高克因久而弗召，故不理军事，以致失败。

清人在彭[1]，驷介旁旁[2]。二矛重英[3]，河上乎翱翔[4]。
今注
1　清：郑地名，在今河南省中牟县西。清地乃高克之封邑。彭：黄河南岸之地名，卫国在黄河之北，郑国在黄河之南，郑救卫必须派兵渡河，而高克之兵，徘徊河上，并不北渡，足见其没有真正救卫之心。
2　驷介：四马而披甲，高克所乘之车。旁旁：同"彭彭"，壮盛的样子。
3　二矛：酋矛、夷矛，酋矛长二丈，夷矛长二丈四尺，并建于车上。英者以朱羽为矛饰。重英者，两层之英饰。
4　翱翔：在河上徘徊不进的样子。高克师溃，郑人不明指其名，而借"清人"二字以讥之。
今译
清人的军队，开到彭地，统帅的乘车，四马披甲，二矛重英，何等威风而壮盛！但是他们并不积极作战，只是在河边翱翔玩乐而已。

清人在消[1]，驷介麃麃[2]。二矛重乔[3]，河上乎逍遥。
今注
1　消：黄河南岸之地名。
2　麃麃：勇武的样子。麃，音标。

3 二矛重乔：乔，鷮也，长尾雉也，以长尾雉之羽为矛饰也。重乔者，两层鷮饰也。

今译

清人的军队，开到消地，统帅的乘车，四马披甲，二矛重乔，何等威风而壮盛！但是他们并不积极作战，只是在河边逍遥自在而已。

清人在轴[1]，驷介陶陶[2]。左旋右抽[3]，中军作好[4]。

今注

1 轴：黄河南岸之地名。

2 陶陶：乐而自适的样子。

3 左旋右抽：御者在将军之左，执辔御马以旋动车子。勇士在将军之右，执兵器以击刺。

4 作好：作乐，游戏表演。

今译

清人的军队，开到轴地，统帅的乘车，四马被甲，陶然自适。他们虽然也在左旋右抽，只是军中游戏表演而已。

（六）羔裘

这是郑人赞美其大夫之诗。

羔裘如濡[1]，洵直且侯[2]。彼其之子，舍命不渝[3]。

今注

1 羔裘：大夫之服也，濡：润泽。

2 直：正直。侯：美也。

3 舍命不渝：舍命，即牺牲其生命，亦不变其志节。另一种解释为，把"舍"字解为"处"字，"命"字解为运命之命，言守其天命而不变也。两说皆通，本文则采取前一说，因为人能牺牲其生命而不变其志节，才是刚直的真正表现。

今译

羔裘之服,光泽如濡,实在是正直而完美的表征,这样的人,虽牺牲生命,亦绝不会变其志节。(亦可译为这样的人,守死善道,至死不变。)

羔裘豹饰[1],孔武[2]有力。彼其之子,邦之司直[3]。

今注

1 豹饰:以豹皮缘袖为饰。
2 孔武:甚有武勇。孔,大也,甚也。
3 司直:官名,职在补正君失,弹击奸邪。

今译

羔裘之服,以豹为饰,充分表现出他的勇武而有力。这样的人,真不愧是邦国的司直。

羔裘晏[1]兮,三英粲[2]兮。彼其之子,邦之彦[3]兮。

今注

1 晏:鲜盛的样子。
2 英:以素丝为英而饰裘也。粲:鲜明的样子,同"灿"字。
3 彦:俊秀。

今译

羔裘之服,本已鲜美,再加以三英之饰,越发光彩而灿烂了。这样的人,真不愧是邦国的俊彦。

(七)遵大路

这是男子遗弃女子,女子揽持男子之衣与手,求其念及旧日情好不可厌弃之诗。

遵[1]大路兮,掺[2]执子之祛[3]兮,无我恶兮,不寁故[4]也。

今注

1　遵：循也。

2　掺：音闪，揽持。

3　祛：音区，袖子。

4　寁：音攒，丢弃。故：旧情。

今译

跟你到了大路上，拉着你的袖子，求你不要厌弃我，别丢弃我们的故旧之情啊。

遵大路兮，掺执子之手兮，无我魗[1]兮，不寁好[2]也。

今注

1　魗：同"丑"，厌弃，厌恶。

2　好：欢好，友爱。

今译

跟你到了大路上，拉着你的手儿，求你不要厌恶我，别忘以往的友好而把我丢弃啊。

（八）女曰鸡鸣

这是青年夫妇相亲相爱生活协调之写照诗。

女曰："鸡鸣。"士曰："昧旦[1]。""子兴[2]视夜，明星有烂[3]。""将翱将翔[4]，弋凫[5]与雁。"

今注

1　昧旦：天色将明未明之时。

2　兴：起，起床。

3　明星有烂：启明星，先日而出。昧旦之时，众星不见，唯启明星烂然发亮于东方。

4　将翱将翔：言天色将亮，则群鸟将各处飞动也。

5　弋：射也。凫：野鸭。

壹 国风

今译

女子告诉男子说:"鸡子叫了。"男子回答女子说:"天还未亮。"女子催促男子说:"你起来看看。"于是男子就起床,看了之后,回答女子说:"启明星已经在东方烂然发亮,鸟儿们也快要起来飞动了,我要去射凫打雁了。"

"弋言加¹之,与子宜²之。宜言饮酒,与子偕老。琴瑟在御,莫不静好。³"

今注

1 加:射中也。
2 宜:肴也,烹调成肴。
3 与子偕老。琴瑟在御,莫不静好:希望,祈祝之词。

今译

"你既然射得了这些野鸭大雁,我赶快去烹调一下,做成佳肴,佐以美酒,陪你共饮。我真希望一直这么快乐生活,能与你相伴到老。我们夫妇之间,要相亲相和,如琴如瑟,没有一件事情,不随心称意。"

(此段为女子之言。)

"知子之来¹之,杂佩以赠之。知子之顺²之,杂佩以问之。知子之好³之,杂佩以报之。"

今注

1 来:体贴。
2 顺:依从。
3 好:喜欢。

今译

"知道你对我是真心地体贴,所以用杂佩赠送你。知道你对我是真心地依顺,所以用杂佩来安慰你。知道你对我是真心地喜欢,所以用杂佩来报答你。"

（此段为男子对女子表达深切爱情之言。）

（此诗以男女对话的口气，表达其爱情生活的美满。）

（九）有女同车

这是男子赞美其妻室之诗。

有女同车，颜如舜华[1]。将翱将翔，佩玉琼琚[2]。彼美孟姜，洵美且都。

今注

1　舜：木槿树。华：同"花"。
2　琼琚：美丽的佩玉。

今译

有个女子与我同车，容颜之美，好像是木槿的花朵一样。她走起路来婀娜多姿，行进若舞，步调的优雅，和她佩带的玉之声响相应合。姜家的大姑娘啊，实在是漂亮而大方。

有女同行，颜如舜英[1]。将翱将翔，佩玉将将[2]。彼美孟姜，德音[3]不忘。

今注

1　英：花也。
2　将将：锵锵。
3　德音：深情蜜意。

今译

有个女子与我同行，容颜之美，好像是木槿的花朵一样。她走起路来婀娜多姿，行进若舞，步调的优雅，和她佩带的玉之声响相铿锵。姜家的大姑娘啊，你对我的深情蜜意，使我永远不忘。

（十）山有扶苏

这是女子与其所爱的男子相约会，到时未遇其爱人，而碰到了

壹　国风

一个调皮捣蛋的狂徒。心甚恶之,而作此诗。

山有扶苏[1],隰有荷华[2]。不见子都,乃见狂且![3]
今注
1　扶苏:美木之名。
2　隰:音习,低湿的地方。荷华:扶苏、荷花皆为可爱之物,比喻子都乃其所爱之人。
3　不见子都,乃见狂且:本来是要会见所爱之人,到时竟然碰到了一个讨厌鬼,故大呼倒霉。且:语助词,音居。但据马瑞辰之解释,以为"且"字系"怚"字之假借字,意为狂骄。亦可通。
今译
　　山上有扶苏,水中有荷花,花木之美我所爱,子都之美我更爱。为了爱子都,约期来相会。未与子都会,反而碰到了一个讨厌鬼!

山有乔松[1],隰有游龙[2]。不见子充[3],乃见狡童!
今注
1　乔松:高大的松树。
2　游龙:水荭草。
3　子充:亦喻其意中人。
今译
　　山上有乔松,水中有游龙,花木之美我所爱,子充之美我更爱。为了爱子充,约期来相会。未与子充会,反而碰到了一个捣蛋鬼!

(十一)萚兮

这是讽喻国家危亡,士大夫要首先倡导救亡之诗。

萚兮萚兮[1],风其吹女[2]。叔兮伯兮[3],倡予和女。
今注
1　萚:音唾,皮叶落地之树木,曰萚。

2　女：音汝。
3　叔、伯：指有政治地位之贵族。
今译
萚呀，萚呀，大风把你吹成这个样子。叔呀，伯呀，由你们首先倡导，我跟着你们来合唱。（意即士大夫首先倡导，国人共起救亡。）

萚兮萚兮，风其漂[1]女。叔兮伯兮，倡予要[2]女。
今注
1　漂：同"飘"。
2　要：成也。曲一终为一成。
今译
萚呀，萚呀，大风把你刮成这个样子。叔呀，伯呀，由你们首先倡导，我就跟着你们唱到底。

（十二）狡童

这是描写青年情侣闹别扭，女子爱恨交加之诗。

彼狡童[1]兮，不与我言兮。维子之故，使我不能餐兮。
今注
1　狡童：调皮捣蛋的家伙，戏指其爱人。
今译
那个捣蛋的家伙，不和我说话了，为了这个缘故，使我饭都吃不下去啊！

彼狡童兮，不与我食兮。维子之故，使我不能息兮。
今译
那个捣蛋的家伙，不和我共食了，为了这个缘故，使我坐卧不安啊！

壹　国风

（十三）褰裳

这是青年情侣闹别扭，女子愤怒负气之诗。

子惠[1]思我，褰裳涉溱[2]。子不我思，岂无他人？狂童之狂也且[3]！

今注

1 惠：爱。
2 褰裳：褰，音牵，提起衣裳。溱：音珍，郑国河水名。
3 且：音居，语助词。

今译

当你爱我想我的时候，你提起衣裳，徒步涉溱，急急忙忙来看我。现在你不想我、爱我了，你不爱我，难道就没有别人？你这个狂妄的家伙啊，你算是狂妄透顶了！

子惠思我，褰裳涉洧[1]。子不我思，岂无他士[2]？狂童之狂也且！

今注

1 洧：郑国河水名。
2 士：男人。

今译

当你爱我想我的时候，你提起衣裳，徒步涉洧，急急忙忙来看我。现在你不想我、爱我了，你不爱我，难道就没有别的男人？你这个狂妄的家伙啊，你算是狂妄透顶了！

（十四）丰

这是女子自述其在未婚夫来迎亲时之矜持心情的诗。

子之丰兮[1]，俟我乎巷[2]兮。悔予不送兮！

今注

1 子：指其未婚夫。丰：仪态丰满。

2 巷：门外。

今译

一个仪表堂堂的男子，候我于大门之外。只恨我当时没有出来送他一送。

子之昌兮，俟我乎堂[1]兮，悔予不将[2]兮。

今注

1 堂：庭堂。

2 将：送也。

今译

一个器宇魁伟的男子，候我于庭堂之外，只恨我当时没有出来送他一送。

衣锦褧[1]衣，裳锦褧裳。叔兮伯兮[2]，驾予与行！

今注

1 褧：音炯，罩在锦衣外面的一层衣物，以蔽灰尘。

2 叔、伯：送嫁之人。

今译

穿上我的锦衣，罩着我的褧衣；穿上我的锦裳，罩着我的褧裳。叔呀伯呀，驾起车来送我到夫家。

裳锦褧裳，衣锦褧衣。叔兮伯兮，驾予与归。

今译

同上译，只裳衣二字有颠倒耳。

（十五）东门之墠

这是男女相思之诗。

壹 国风

东门之墠[1]，茹藘在阪[2]。其室则迩，其人甚远。

今注

1 墠：音善，扫平的空地。
2 藘：音驴。茹藘：茜草。阪：音板，斜坡。

今译

东门的墠边，有一片长着茜草的坡地，那就是你所在的地方。你的家距我很近，你的人却离我很远。（言其相思而不能相会。）

（这段是男子的语气。）

东门之栗[1]，有践[2]家室，岂不尔思？子不我即[3]。

今注

1 栗：栗树。
2 践：整齐的。
3 即：亲近。

今译

东门的栗树下，有一排整齐的住宅，那就是你所在的地方。我岂是不想你？只是你不到我这里来。

（这段是女子的语气。）

（十六）风雨

这是女子在孤独无聊之夜，忽而其丈夫归来，心情快慰之诗。

风雨凄凄，鸡鸣喈喈[1]。既见君子，云胡不夷[2]？

今注

1 喈喈：音阶，鸡鸣的声音。
2 夷：喜悦。

今译

正是风雨凄凄、鸡鸣喈喈之夜，使我倍觉孤单。忽然夫君回来了，见着夫君，叫我如何能不喜悦？

风雨潇潇[1],鸡鸣胶胶[2]。既见君子,云胡不瘳[3]?

今注

1　潇潇:暴风雨声。
2　胶胶:鸡鸣的声音。
3　瘳:病愈,开心。音抽。

今译

正是风雨潇潇,鸡鸣胶胶之夜,使我倍觉孤单。忽然夫君回来了,见着夫君,叫我如何能不开心?

风雨如晦[1],鸡鸣不已。既见君子,云胡不喜?

今注

1　晦:天色昏暗。

今译

正是风雨如晦,鸡鸣不已之夜,使我倍觉孤单。忽然夫君回来了,见着夫君,叫我如何能不喜欢?

(十七)子衿

这是男女相爱之诗。

青青子衿[1],悠悠[2]我心。纵我不往,子宁不嗣音[3]?

今注

1　衿:衣服的领子。青青子衿:其爱人衣领的颜色,代表其爱人。
2　悠悠:相思深长的样子。
3　嗣音:寄以书信。

今译

你穿着青青衣衿的样子,常常萦绕于我的心中,我是多么想你啊!纵然我不到你那里去,你难道不能给我来封信吗?

青青子佩[1],悠悠我思。纵我不往,子宁不来?

今注

1　青青：系佩玉之绳的颜色。佩：佩带的玉。

今译

你戴着青青玉佩的样子，常常萦绕于我的心中，我是多么想你啊！纵然我不到你那里去，你难道不能到我这里来？

挑兮达兮[1]，在城阙[2]兮。一日不见，如三月兮。

今注

1　挑兮达兮：往来徘徊，走来走去的样子。
2　城阙：城门外左右两边的楼台。

今译

我在城阙上走来走去地望你。一日不见你，就好像有三月之久没有见你似的。

（十八）扬之水

这是哥哥劝弟弟，兄弟二人要互相信赖之诗。

扬之水，不流束楚。[1]终[2]鲜兄弟，维予与女[3]。无信人之言，人实迋[4]女。

今注

1　扬之水，不流束楚：用人力激扬起来的水，没有深厚的根源。而以人为的力量所扬起的水不能载运一束小木。比喻没有深厚关系的人，到时候不管用。
2　终：既。
3　女：音汝。
4　迋：同"诳"，欺骗。

今译

用手激扬起来的水，流不动一束小小的楚木。我们兄弟既少，只有我和你。你不要相信别人的话，别人都是骗你的。

扬之水,不流束薪。终鲜兄弟,维予二人。无信人之言,人实不信。

今译

用手激扬起来的水,流不动一束小小的薪柴。我们兄弟既少,只有我们两个。你不要相信别人的话,别人都是靠不住的。

(十九)出其东门

这是贫士不爱时髦女郎,而宁愿与寒素女子共同生活的诗。

出其东门,有女如云[1]。虽则如云,匪我思存[2]。缟衣綦巾[3],聊乐我员[4]。

今注

1 有女如云:言其美而且多。

2 匪:同"非"。思存:思之所存,意之所中,爱之所在。

3 缟衣:白色之衣。綦巾:苍艾色之巾,都是贫寒女子的服装。綦,音其。

4 员:同"云",语尾词。

今译

走出东门,看见了美女如云;虽然是美女如云,但都不是我的意中人。我宁愿和一个缟衣素巾的朴素女子相结合,倒觉得快活。

出其闉阇[1],有女如荼[2]。虽则如荼,匪我思且。缟衣茹藘[3],聊可与娱。

今注

1 闉:音因,里城门,即闉阇。阇:音都。

2 荼:茅花。

3 茹藘:茅搜,即茜草,可染绛色,即绛巾也。白色与绛色,都是寒素女子的打扮。红红绿绿奇装艳服,是时髦女郎的打扮。所以,缟衣綦巾、缟衣茹藘都是朴素女子的服色。

壹 国风

今译

走出闉闍,看见了美女如荼,虽然是美女如荼,但都不是我的意中人。我宁愿和一个缟衣茹藘的朴素女子共同生活,倒觉得欢乐。

(二十)野有蔓草

这是男女邂逅相遇,而爱好而结合之诗。

野有蔓草,零露漙兮[1]。有美一人,清扬[2]婉兮。邂逅相遇[3],适我愿兮!

今注

1 零:落也。漙:音团,露多的样子。
2 清扬:言其眉之美,眉清目秀,容光焕发。
3 邂逅:不期而遇。

今译

野地的蔓草,满身的露珠。有一个美人,眉清目秀,容光焕发。不期然而相遇,真是合乎我的理想。

野有蔓草,零露瀼瀼[1]。有美一人,婉如[2]清扬。邂逅相遇,与子偕臧[3]!

今注

1 瀼瀼:露盛的样子。
2 婉如:婉然也。
3 臧:善也。

今译

野地的蔓草,很多的露珠。有一个美人,眉清目秀,容光焕发。不期然而相遇,我与你彼此相好。

(二十一) 溱洧

这是年轻情侣游乐之诗。

溱与洧[1]，方涣涣[2]兮。士与女，方秉蕳兮[3]。女曰："观乎？"士曰："既且[4]。""且往观乎？"洧之外，洵订且乐[5]。维士与女，伊[6]其相谑，赠之以勺药[7]。

今注

1 溱、洧：二水名。溱，音真。洧，音尾。
2 涣涣：水盛大的样子。
3 秉：持也。蕳：兰也。
4 既且：已经去过了。且：同"徂"，往也。
5 洵：实在的。订：同"盱"，快乐的样子。
6 伊：同"咿"，笑声。
7 勺药：香草名。

今译

溱与洧正在涣涣而流，仕女们正在持兰同游。女子说："我们去看看好吗？"男子说："我曾经去看过。"女子说："我们可以到洧水之外去看看，那里实在是令人快乐。"于是男子和女子说说笑笑，前往观看。临别之时，男子赠送女子以芍药，作为纪念。

溱与洧，浏[1]其清矣。士与女，殷其盈矣[2]。女曰："观乎？"士曰："既且。""且往观乎？"洧之外，洵订且乐。维士与女，伊其将谑[3]。赠之以勺药。

今注

1 浏：音刘，清澈的样子。
2 殷：众多的样子。盈：满。
3 将谑：相谑。

今译

溱与洧清澈无比，来游的仕女，人山人海。女子说："我们去看看好吗?"男子说:"我曾经去看过。"女子说:"我们可以到洧水之外去看看,那里实在是令人快乐。"于是男子和女子说说笑笑,前往观看。临别之时,男子赠送女子以芍药,作为纪念。

(郑国风俗,每逢三月上巳,大家都到溱水和洧水去招魂,用兰草袚除不祥。)

八 齐

国名,在今山东东北部之地,春秋时为五霸之一。

(一)鸡鸣

这是贤妃劝励君主早朝之诗。

"鸡既鸣矣,朝既盈矣[1]。""匪鸡则鸣,苍蝇之声。"
今注
1 朝既盈矣:意即早朝的臣下都到齐了。朝:音潮,君主办公之处。
今译
贤妃说:"鸡子已经叫了,早朝的臣下们都到齐了。"君主漫然地答道:"不是鸡子叫,是苍蝇的声音。"(不想起床的样子。)
(前两句是贤妃催促其君主早起之语。后两句是君主推诿不起而漫然回答之语。)

"东方明矣,朝既昌[1]矣。""匪东方则明,月出之光。"
今注
1 昌:盛也。
今译
"东方已经亮了,早朝的臣下们都到齐了。""不是东方亮,是月出之光。"

（前两句是贤妃再催促君主起床之语。后两句是君主仍不想起床之答语。）

"虫飞薨薨[1]，甘与子同梦。会且归矣，无庶予子憎[2]。"
今注
1　薨薨：同"轰轰"，昆虫飞鸣声。
2　会且归矣：言臣下会朝的心理，都想着会期毕事即回家，不愿意多等待。无庶：希望不至于，幸而不至于，希望的口气，庶几乎不至于。
今译
"群虫的飞声薨薨，我很愿意与你共眠同梦。但是臣下们都想着朝会之后即刻回家，请你快些起来，会朝之后，让他们早早回家。这样，他们就不至于憎恶你了。"

（这是贤妃之语。）

（二）还

这是猎手自得之诗。

子之还[1]兮，遭我乎峱[2]之间兮。并驱从两肩兮[3]，揖我谓我儇[4]兮。
今注
1　还：音轩，便捷的样子。
2　峱：音挠，山名。
3　并驱：并肩而进，并驾齐驱。从：追逐。肩：三岁之豕。
4　儇：音轩，健捷的样子。
今译
你真是健捷得很啊，和我在峱山之间碰到，我们两个就并肩而进，去逐捕那两只野猪，你拱拱手说我轻快利落。

壹　国风

子之茂¹兮,遭我乎峱之道兮。并驱从两牡²兮,揖我谓我好兮。

今注

1 茂:壮美的样子。

2 牡:雄兽。

今译

你真是壮美得很啊,和我在峱山道上碰到,我们两个就并肩而进,去逐捕那两只牡兽,你拱拱手说我雄壮漂亮。

子之昌¹兮,遭我乎峱之阳²兮。并驱从两狼兮,揖我谓我臧³兮。

今注

1 昌:盛壮的样子。

2 阳:山南也。

3 臧:善也。

今译

你真是魁梧得很啊,和我在峱山之南碰到,我们两个就并肩而进,去逐捕那两只野狼,你拱拱手说我精明能干。

(三)著

这是女子出嫁至男家时言其郎君盛装之诗。

俟我于著乎而¹,充耳以素乎而²,尚之以琼华乎而³。

今注

1 著:门屏之间。而:语尾词。

2 充耳:瑱也。素:素色之丝绳也。

3 尚:加也。琼华:美石之似玉者。

今译

他候我于门屏之间,玉瑱充耳,系以素丝,而加以琼华。

俟我于庭[1]乎而,充耳以青乎而,尚之以琼莹[2]乎而。

今注

1　庭:堂阶也。
2　琼莹:美石之似玉者。

今译

他候我于堂阶之前,玉瑱充耳,系以青丝,而加以琼莹。

俟我于堂[1]乎而,充耳以黄乎而,尚之以琼英[2]乎而。

今注

1　堂:厅堂,礼堂。
2　琼英:美石之似玉者。

今译

他候我于厅堂之内,玉瑱充耳,系以黄丝,而加以琼英。

(四)东方之日

这是男子想象一美女与之相会之诗。

东方之日兮,彼姝者子,在我室兮。在我室兮,履我即兮。

今译

东方的太阳出来了,那个美丽的女子,来到我的房间。来到我的房间,跟着我的行迹而与我相偎依。

东方之月兮,彼姝者子,在我闼[1]兮。在我闼兮,履我发[2]兮。

今注

1　闼:音挞,内门。
2　发:行迹。

今译

东方的月亮出来了,那个美丽的女子,走进我的内门。走进我的内门,跟着我的行迹而行走了。

壹　国风

（五）东方未明

这是讽刺公门政令无常之诗。

东方未明，颠倒衣裳。颠之倒之，自公召之。
今译
东方还没有发亮，就急急忙忙地穿衣裳，以至于把衣裳都穿颠倒了。之所以把衣裳穿得倒上颠下，是公门有急切呼召的缘故。

东方未晞[1]，颠倒裳衣。倒之颠之，自公令之。
今注
1　晞：日将出也。
今译
东方还没有日出，就急急慌慌地穿裳衣，以至于把裳衣都穿颠倒了。之所以把裳衣穿得颠上倒下，是公门有紧急命令的缘故。

折柳樊[1]圃，狂夫瞿瞿[2]。不能辰夜[3]，不夙则莫[4]。
今注
1　樊：藩篱。此处樊字作动词用，即折柳枝以藩园圃。
2　瞿瞿：音渠，惊惧四顾的样子。
3　不能辰夜：辰，同"晨"，即不分昼夜，言其生活不规律，号令无定时。
4　不夙则莫：夙者，早也。莫，同"暮"，晚也。不夙则莫者，言公门之号令，不是失之于过早，便是失之于过晚。
今译
以柳枝藩篱园圃，诚然是不够牢固，但是只要有了这一堵藩篱，虽狂暴的宵小，也不敢毫无顾忌地莽撞而逾越。可见一切事情，总要有个限制，有个规律。今之公门，政令无常，不能够分清白天与黑夜，所以一切事情，漫无规律，不是失之于过早，便是失之于过晚。

（六）南山

这是诗人讽刺齐襄公与其妹文姜私通，及文姜嫁与鲁桓公之后，兄妹又继续通奸，其行为可耻。而鲁桓公既娶文姜为妻，就应当加以裁制，乃竟纵其所欲，是桓公亦失其为夫之能。故诗人对此三人皆刺之。诗共分四章，前一章刺齐襄公，二章刺文姜，三章、四章刺鲁桓公。

南山崔崔[1]，雄狐绥绥[2]。鲁道有荡[3]，齐子由归[4]。既曰归止[5]，曷又怀止[6]？

今注

1 崔崔：高大的样子，比喻人君之尊严。

2 雄狐绥绥：雄狐，指齐襄公。狐是淫邪之物。绥绥，缓行求配的样子。比喻齐襄公以人君之尊而有狐心。

3 鲁道有荡：往鲁国去的道路，平坦大道也。

4 齐子：文姜。由归：出嫁。

5 止：语助词。

6 曷又怀止：为什么还又怀念她呢？意即文姜既已出嫁为他人之妇，齐襄公就不应当再对她恋恋不舍了。

今译

高高的南山，何等尊严（喻为君主之齐襄公），而其行为乃如淫邪的雄狐一样，鬼祟不正。平坦的鲁道，文姜由此出嫁。她既然出嫁，是有夫之妇了，你为什么对于她还是恋恋不舍呢？

（此章讽刺齐襄公也。）

葛屦五两[1]，冠緌[2]双止。鲁道有荡，齐子庸[3]止。既曰庸止，曷又从[4]止？

今注

1 葛屦：葛草编的鞋子。五两：五对，即五双。

2 冠緌：帽缨下面的装饰品。葛屦、冠緌：皆结婚之礼物。新娘所赠予新郎者。

3　庸：用也，以也，由也。

4　从：听从齐襄公的摆弄，又从者，即不改其淫行而继续通奸也。

今译

葛履五双，冠绥成对，分明是正式结婚的礼品。平坦的鲁道，文姜由此出嫁。既然出嫁，是有夫之妇了，你为什么还听从襄公的摆弄，又继续和他通奸呢？

（这章是讽斥齐文姜之诗。）

艺[1]麻如之何？衡从其亩[2]。取妻如之何？必告父母。既曰告止，曷又鞠[3]止？

今注

1　艺：种植也。

2　衡从其亩：衡，同"横"。从，同"纵"。衡从，即横纵也。纵横其亩者，即种麻之前，必先把田地直直横横的垦整得疏松平坦，然后才能播种。此言做事有一定程序。就如同娶妻一样，其一定程序，就是要先禀告于父母。

3　鞠：穷也，纵其欲望而任其无边无尽、无穷无限之发展也。

今译

种麻应该怎么样？应当把田地首先垦整好。娶妻应当怎么样？应当把事情首先禀告父母。既然是禀告父母了，娶妻为妇了，就应该加以管束，你为什么放任她而听其无边无限之纵情肆欲呢？

（这章是刺斥鲁桓公，不能管教其妻，亦属有过。）

析薪[1]如之何？匪斧不克[2]。取妻如之何？匪媒不得。既曰得止，曷又极[3]止？

今注

1　析薪：劈薪材也。

2　克：能。

3　极：极度的，即放任到极点的。

今译

劈柴怎么样？不用斧子破不开。娶妻怎么样？不经媒人求不得。既然得到了，娶她为妻了，就应该加以管束，为什么还任她无穷无限乱搞呢？

（七）甫田

这是思远人者，于其失望之时自解自劝之诗。（并非不思也。）

无田甫田[1]，维莠骄骄[2]。无思远人，劳心忉忉[3]。

今注

1　无田甫田：上一个田字，作动词用，下一个田字，作名词用。甫，大也。甫田，面积广大的田地。

2　莠：野草，不结谷的草，狗尾草。骄骄：长得很高很旺的样子，怒发猛长的意思。

3　忉忉：忧伤的样子。

今译

不要耕种过多的田，人力不足，徒使野草蔓延而滋长。不要思念远方的人，路途遥隔，徒使自己心情忧伤。

无田甫田，维莠桀桀[1]。无思远人，劳心怛怛[2]。

今注

1　桀桀：草木长得茂盛高大的样子。

2　怛怛：悲忧。

今译

不要耕种过多的田，人力不足，徒使野草茂盛而高大。不要思念远方的人，路途遥隔，徒使自己心情悲怆。

婉兮娈兮[1]，总角丱兮[2]。未几[3]见兮，突而弁兮[4]。
今注
1 婉、娈：年少美好的样子。
2 总角：束聚两髦也。丱：音惯，童子束髦，上耸如两角的样子。
3 未几：没有多久。
4 突而：突然。弁：成年的冠饰，古者男子二十而行冠礼，戴上一种帽子，表示已经成人。
今译
婉娈的儿童，头上束着两条小辫，好像没有多久，怎么他就戴起弁冠了。光阴真是过得太快，人们的生命旅程真是转换得太迅速了。

（这一段是回忆其所思之远人，由童年而青年的转换。言外之意，就是由青年而老年而死灭，也都是一刹那的事。所以全诗的意思是说人生几何，聚散无常，什么都不要想，想亦无益，听天由命好了。）

（八）卢令
这是赞美猎者之诗。

卢令令[1]，其人美且仁。
今注
1 卢：猎犬也。令令：马瑞辰以为"令令"即"铃铃"，令即铃之减写。犬颈带有铃，可发响声。
今译
那个猎者，带着猎狗出猎，猎狗的颈下带着铃铛铃铃作响。他之为人，美而且仁。

卢重环[1]，其人美且鬈[2]。
今注
1 重环：子母环，大环又贯小环，系于犬之颈下。

2 鬈：音全，勇壮的。

今译

那个猎者，带着猎狗出猎，猎狗的颈下带着重环。他之为人，美而且勇壮。

卢重锊[1]，其人美且偲[2]。

今注

1 重锊：锊，音梅。重锊，一环贯二环也。
2 偲：音猜，强壮的。

今译

那个猎者，带着猎狗出猎，猎狗的颈下带着重锊。他之为人，美而且强。

（九）敝笱

这是诗人刺鲁桓公之不能约制文姜，并刺文姜之淫乱也。

敝笱在梁[1]，其鱼鲂鳏[2]。齐子归止[3]，其从如云[4]。

今注

1 敝：破败的。笱：音苟，捕鱼之具，以竹制之，置于河梁之空处以捕鱼，有倒门，鱼一进入即不能复出。
2 鲂：音房，鳊鱼。鳏：音官，鲧鱼，大鱼也。
3 齐子：指文姜也。归：出嫁。止：语助词。
4 其从如云：言其出嫁时，跟从之盛也。

今译

破败的竹笱，置于河梁，鲂鱼鳏鱼，自由来往。齐姜出嫁，随从如云，声势浩大，懦弱的鲁桓公不敢管制她。

（敝笱在梁：比喻桓公。其鱼鲂鳏：比喻齐文姜。破败之捕鱼器，限制不住鲂鳏的大鱼，即言懦弱的鲁桓公。限制不住强大的齐文姜。）

壹 国风

敝笱在梁，其鱼鲂鳏¹。齐子归止，其从如雨。
今注
1　鳏：音叙，似鲂而头大。鲂鳏皆大鱼也。
今译
破败的竹笱，置于河梁，鲂鱼鳏鱼，自由来往。齐姜出嫁，随从如雨，声势浩大，懦弱的鲁桓公，不敢管制她。

敝笱在梁，其鱼唯唯¹。齐子归止，其从如水。
今注
1　唯唯：鱼行相随，成群结队而游，毫无限制。
今译
破败的竹笱，置于河梁，鱼行相随，毫无限制。齐姜出嫁，随从如水，声势浩大，懦弱的鲁桓公不敢管制她。

（十）载驱

这是指斥齐文姜与其兄齐襄公之公开通奸之诗。

载驱薄薄¹，簟茀朱鞹²。鲁道有荡，齐子发夕³。
今注
1　载：发语词。薄薄：迫促疾驱的车声。
2　簟：音店，竹席。茀：音弗，车的障蔽物。朱鞹：鞹，音扩。兽皮去毛，而以红色漆之，作为车子的装饰。
3　发：天发明也，旦也。发夕者，即朝夕也。
今译
车行的声音，疾疾匆匆，车子的装饰，簟茀朱鞹。鲁国的道路，平平坦坦，文姜和她的哥哥，公开地朝夕过从。

四骊济济¹，垂辔沵沵²。鲁道有荡，齐子岂弟³。

今注

1　骊：黑色的马。济济：美而多的样子。
2　辔：音配，马缰绳。沵沵：音米，众多的样子。
3　岂弟：即恺悌，和乐平易的样子。

今译

　　四匹黑色的马，驾着车子，走动起来，好看而有节度。辔绳缤纷地垂着。鲁国的道路，平平坦坦，齐姜和她的哥哥，公开来往于这条路上，和乐平易地相欢会。

汶水汤汤[1]，行人彭彭[2]。鲁道有荡，齐子翱翔[3]。

今注

1　汶水：源出今山东省莱芜市东北原山，西南流经泰安市至汶上县西入运河，在齐南鲁北二国之境。即文姜与齐襄公相会之处。汤汤：音伤，水盛的样子。
2　彭彭：音邦，行人众多的样子。
3　翱翔：游玩。在行人彭彭的道路上，文姜与其兄齐襄公公开无忌地相会，更见其兄妹不知人间有羞耻事。

今译

　　汶水汤汤地流着，行人彭彭地走动。鲁国的道路，平平坦坦，文姜和她的哥哥，公开来往于这条路上，游乐翱翔。

汶水滔滔[1]，行人儦儦[2]。鲁道有荡，齐子游敖[3]。

今注

1　滔滔：盛流的样子。
2　儦儦：音标，众多的样子。
3　游敖：遨游也。

今译

　　汶水滔滔地流着，行人儦儦地走动，鲁国的道路，平平坦坦，文姜和她的哥哥公开来往于这条路上，明目张胆地相遨游。

壹　国风　　　　　　　　　　　　　　　　　　　　　　139

（十一）猗嗟

这是齐人赞美鲁庄公仪容才能之诗。（据《公羊传》谓庄公名同，乃齐襄公与其妹文姜通奸所生之子，不是鲁桓公的骨血。）

猗嗟昌兮[1]，颀而长兮[2]，抑[3]若扬兮，美目扬兮[4]，巧趋跄兮[5]，射则臧兮[6]。

今注

1. 猗嗟：赞叹之词。昌：美盛也，帅也。
2. 颀而长兮：身材高大修长。颀，音祈，长也。
3. 抑：通"懿"，美好。
4. 扬：美貌也。美目扬兮：眉目清秀，容光焕发。
5. 巧趋跄兮：言其舞时动作之轻巧美妙。跄，音枪，趋行也。
6. 臧：善也。射则臧兮：射击技术之精。

今译

真是漂亮得很啊，高高的身材，俊美的面孔，眉目清秀，容光焕发。舞蹈的动作，轻巧灵活；射击的技术，更是高明。

猗嗟名[1]兮，美目清兮，仪[2]既成兮，终日射侯[3]，不出正[4]兮，展[5]我甥兮。

今注

1. 名：依马瑞辰之解释，名通"明"，亦昌盛之意。
2. 仪：射礼也。
3. 侯：射靶也。
4. 正：箭靶子的射击中心，曰正。
5. 展：诚然。

今译

真是英明得很啊，眉清目秀，容光焕发。射礼既备，参加射击，百发百中，真不愧是我们齐国的外甥啊！

猗嗟娈[1]兮，清扬婉兮[2]，舞则选[3]兮，射则贯[4]兮，四矢反兮[5]，以御乱兮[6]。

今注

1　娈：美好的样子。
2　清扬婉兮：主要是形容眉宇部分之美。
3　选：齐也，与音乐之节奏相配和相谐和也。
4　贯：射中也。
5　四矢反兮：四次发矢皆中于一个目标。
6　以御乱兮：言有此才能，可以为国家御乱也。

今译

真是健美得很啊，眉清目秀，容光焕发。舞则周旋中节，射则无不命中，四矢连发，皆击中于一个目标，有这样的本领，真足以为国家抵御祸乱了。

九　魏

国名，本尧帝故都，在禹贡冀州雷首（在今山西省永济市南）之北，析城（在今山西省阳城县西南）之西，南枕河曲，北涉汾水。约为今之山西省南部解县、安邑、芮城、平陆、夏县一带之地及河南省西北部与晋南接境之县分。建国于西周初年，后为晋献公所灭而取其地。民俗贫而俭。

（一）葛屦

这是新嫁之妇人讽刺其主妇之吝啬偏心之诗。

纠纠葛屦[1]，可以履霜[2]？掺掺女手[3]，可以缝裳[4]？要之襋之[5]，好人[6]服之。

今注

1　纠纠：结缠而成的。葛屦：用葛草结缠而成的鞋子，这是夏天穿的草鞋。

2　可以履霜：言主妇吝啬之状。是夏天穿的草鞋，主妇要在冬天的时候，也穿这种鞋子。晋地甚寒，草鞋如何能过冬呢？

3　掺掺女手：掺掺同"纤纤"，美好的样子。古者妇人三月庙见，而后执妇功。今纤纤女手尚不足三月，而主妇要强其做裳。

4　可以缝裳：即谓不足三月而使妇人即为之缝裳也。

5　要之襋之：要，同"腰"，作动词用，即把裳腰缝好。襋，音极，衣领也，作动词用，即把衣领缝好也。

6　好人：指主妇。

今译

结缠的草鞋，要迫着赶制作为冬天履霜之用；纤纤的女手，不到三月，就逼着缝制衣裳。赶快把裳腰缝成，把衣领缝上，好叫家长来穿用。

好人提提¹，宛然左辟²，佩其象揥³。维是褊心，是以为刺！

今注

1　提提：安舒的样子。

2　宛然：很谦逊的样子。左辟：避之于左也，古者以右为上，让人居右，而自己则避之于左也。

3　佩其象揥：头上佩戴着象牙簪。揥，音替，摘发之物。

今译

好人态度安适，待人接物，都很谦让，又佩着象揥，俨然是贵妇气派。只是因为心地褊狭，所以作此诗以责之。

（二）汾沮洳

这首诗是刺魏人之过于俭啬也。

彼汾沮洳¹，言采其莫²。彼其之子美无度³，美无度，殊异乎公路⁴。

今注

1　汾：水名，源出太原府晋阳山西南，入黄河。沮洳：水浸处，下湿之地。

2　莫：菜也，似柳叶厚而长，有毛刺，可为羹。另有一解释，以为莫可缫以取兰绪，莫之纤维可以织物，与下章之言采其桑，有类似之意义。

3　无度：不可以尺寸量，言其美之无限也。

4　公路：掌公之路车，晋以卿大夫之庶子为之。马瑞辰解释谓：公路掌路车，主居守；公行掌戎车，主从行。

今译

到汾水下湿的地方，去采莫菜。那个人儿真是漂亮呀，漂亮得无法形容。而他居然去采莫，真不像是贵族的子弟啊。

彼汾一方，言采其桑。彼其之子美如英[1]，美如英，殊异乎公行[2]。

今注

1　英：美玉也，如琼英之英。

2　行：音杭。

今译

到汾水的那一边，去采桑叶。那个人儿真是漂亮呀，漂亮得如美玉一般。而他居然去采桑，真不像是贵族的子弟啊。

彼汾一曲，言采其藚[1]。彼其之子美如玉，美如玉，殊异乎公族[2]。

今注

1　曲：水流之弯曲处。藚：音续，水舄也，叶如车前草。

2　公族：掌公之宗族，以卿大夫之适子为之。

今译

到汾水的河湾，去采藚草。那个人儿真是漂亮呀，漂亮得如同美玉一般。而他居然去采葽，真不像是贵族的子弟啊。

（三）园有桃

这是贤者忧心国事之诗。

园有桃[1]，其实之肴[2]。心之忧矣，我歌且谣[3]。不知我者，谓我士也骄[4]。"彼人是哉！子曰何其。"[5]心之忧矣，其谁知之？其谁知之，盖亦勿思[6]。

今注

1 桃：桃树。

2 肴：吃，食用。

3 歌、谣：配合乐器而唱，曰歌。不配合乐器而唱，曰谣。

4 谓我士也骄：设言旁人以我指斥时事为过甚，有似于骄。

5 彼人：谓君也。彼人是哉，子曰何其：诗人又假设为不知我者之言，谓君之所行皆是，你何必多加批评呢？

6 盖亦勿思：盖，同"曷"，何也。亦，语助词。全句的意思是只好不再去思考。

今译

园里的桃树，还能够结出果实，供人食用，哪像我们举国之众，竟然没有一个有作为的人。我对于国事，无限担忧，只有且歌且谣以消忧。不知道我的内心的人，以为我是目空一切，乱评时事。他们以为，"执政者之所为，都是对的，你何必过分指责呢？"我内心的忧愁，哪一个人能知道呢？因为大家都不知道，只好不再去思考。

园有棘[1]，其实之食。心之忧矣，聊以行国[2]。不知我者，谓我士也罔极[3]。"彼人是哉！子曰何其？"心之忧矣，其谁知之？其谁知之，盖亦勿思。

今注

1　棘：枣树。

2　行国：出行于国中以消忧。

3　罔极：对于时事不满意，指责不已。

今译

园里的枣树，还能够结出果实，供人食用，哪像我们举国之众，竟然没有一个有作为的人。我对于国事，无限担忧，只有出游各地以消忧。不知道我的内心的人，以为我是不满时事，指责过多。他们以为，"执政者之所为，都是对的，你何必多所指责呢？"我内心的忧愁，哪一个人能知道呢？因为大家都不知道，只好不再去思考。

（四）陟岵

这是行役之人想念家人之诗。

陟彼岵兮[1]，瞻望父兮。父曰[2]："嗟！予子行役，夙夜无已，上慎旃哉[3]，犹来无止[4]！"

今注

1　陟：升也，登也。岵：多长草木的山。据马瑞辰考证，岵是多草木的山，屺是无草木的山。有人解释完全与之相反，认为岵是无草木的山，屺是多草木的山。马瑞辰认为此种解释错误。

2　父曰：思家之人假想之词。

3　上：同"尚"，希望之词，有"庶几"之意。慎旃：慎，谨慎。旃，之焉二字的合声。

4　来：回来。无止：不要停留在外。

今译

我登上多草木的山顶，远望父亲。父亲说："唉！我的儿子行役于外，昼夜不得休息。希望他处处谨慎，能够早日回家，不要久留于外。"

陟彼屺[1]兮，瞻望母兮。母曰："嗟！予季[2]行役，夙夜无寐，上慎旃哉，犹来无弃[3]！"

今注

1　屺：无草木的山。

2　季：最小的儿子。

3　无弃：不要弃世，即不要死去。人死谓之弃世。

今译

我登上无草木的山顶，远望母亲。母亲说："唉！我的小儿子行役于外，昼夜不能睡眠。希望他处处谨慎，能够早日回家，不至于绝弃人世。"

陟彼冈兮，瞻望兄兮。兄曰："嗟！予弟行役，夙夜必偕[1]，上慎旃哉，犹来无死！"

今注

1　夙夜必偕：与昼夜相终始，即昼夜不息之意。

今译

我登上高冈之顶，远望哥哥。哥哥说："唉！我的弟弟行役于外，昼夜都在奔忙。希望他处处谨慎，能够早日回家，不至于死在外边！"

（五）十亩之间

这是贤者感于国乱政危欲与友归隐之诗。

十亩之间兮，桑者闲闲兮，行与子还兮[1]。

今注

1　行与子还兮：行，且也，即将也，而且与子还乡，且与子回到农村吧。

今译

那十亩之间兮，采桑者悠闲自得地生活，是多么值得羡慕啊！

我和你干脆还是回到乡间吧。

十亩之外兮，桑者泄泄[1]兮。行与子逝兮。
今注
1 泄泄：泄，音异。泄泄，悠闲，闲也。
今译
那十亩之外兮，采桑者悠闲自得地生活，是多么值得羡慕啊！我和你干脆还是离开这里吧。

（贤人因政治混乱，不愿意做官，羡慕在农亩桑者悠闲自得的生活，而约友人一块辞官归田，回到农村，过那种悠闲自得的生活。）

（六）伐檀

这是诗人叹清廉之人不见用，且讽在位者之贪鄙也。

坎坎伐檀兮[1]，置之河之干[2]兮，河水清且涟猗[3]。"不稼不穑[4]，胡取禾三百廛[5]兮？不狩不猎，胡瞻尔庭有县貆[6]兮？"彼君子兮，不素[7]餐兮。

今注
1 坎坎：即砍砍，连续不断地砍伐，伐木的动作。檀：树木名，可制车。
2 河之干：河边也。
3 涟：水行之波纹也。猗：同"兮"字，语助词。自"坎坎伐檀"，至"清且涟猗"，乃形容清廉之人不见用。很辛苦地伐檀，为的是制车以行于陆地，今乃置之于河边，就是不用。虽然不见用，而清廉之士仍如河水之清且廉，决不以不见用而苟且取容，就是君子固穷之意。下面诗人就接着斥责在位者之贪鄙，词严义正地斥责他们说："不稼不穑，胡取禾三百廛兮？不狩不猎，胡瞻尔庭有县貆兮？"最后说道"彼君子兮，不素餐兮"，乃是诗人的结论之词。
4 稼、穑：稼，耕种也。穑，收割也。

5 廛：一夫所居，曰廛。三百廛，即三百家之意。
6 县：同"悬"，挂也。貆：音桓，獾也。
7 素：空也，无功也，徒有其名而无其能。

今译

很辛苦地砍伐檀木，为的是制车以行于陆地，今乃置之于河边，等于置之于无用之地。河水非常之清澈而波纹美观。那些无能而居高位享厚禄的人，"你们既不耕种，又不收割，为什么取三百家的谷物呢？你们既不狩逐，又不打猎，为什么看见你们家里挂着野生的獾呢？"真正有品格的君子，决不肯白白地享受人家的饮食啊！

坎坎伐辐[1]兮，置之河之侧兮，河水清且直[2]猗。"不稼不穑，胡取禾三百亿[3]兮？不狩不猎，胡瞻尔庭有县特[4]兮？"彼君子兮，不素食兮。

今注

1 辐：车辐也，伐木以为辐也。
2 直：水流之直也。形容君子品行之清而且直。
3 亿：谷物的单位，如三百廛三百囷之类。
4 特：三岁之雄兽也。

今译

很辛苦地砍伐檀木，为的是制车辐以行于陆地，今乃置之于河旁，等于置之于无用之地。河水非常之清澈而流行径直。那些无能而居高位享厚禄的人，"你们既不耕种，又不收割，为什么取人家三百亿的谷物呢？你们既不狩逐，又不打猎，为什么看见你们家里挂着三岁的兽儿呢？"真正有品格的君子，决不肯白白地享受人家的饮食啊！

坎坎伐轮兮，置之河之漘[1]兮，河水清且沦[2]猗。"不稼不穑，胡取禾三百囷[3]兮？不狩不猎，胡瞻尔庭有县鹑兮？"彼君子兮，不素飧[4]兮。

今注

1 漘：音唇，河岸也。
2 沦：小的波纹。
3 囷：音逡，农民盛谷物的圆仓。
4 飧：音孙，熟食。

今译

很辛苦地砍伐檀木，为的是制车以行于陆地，今乃置之于河岸，等于置之于无用之地。河水非常之清澈而波纹秩然。那些无能而居高位、享厚禄的人，"你们既不耕种，又不收割，为什么取人家三百囷的谷物呢？你们既不狩逐，又不打猎，为什么看见你们家里挂着鹌鹑呢？"真正有品格的君子，绝不肯白白地享受人家的饮食的。

（七）硕鼠

这是刺为政者征敛苛重以致人民离析之诗。

硕鼠硕鼠[1]，无食我黍。三岁贯女[2]，莫我肯顾[3]。逝[4]将去女，适彼乐土。乐土乐土，爰得我所[5]！

今注

1 硕鼠：大鼠。又解为鼫鼠，或鼢鼠，形大如鼠，似兔，尾有毛，青黄色，好在田中食粟豆，关西呼为鼢鼠。
2 贯：惯也，娇生惯养，纵其所欲也。女：读汝。
3 顾：眷顾，照顾，顾及。
4 逝：发语词。
5 所：安身的地方。

今译

硕鼠呀，硕鼠，不要吃我的黍子！三岁之久，一直纵容着你，而你对于我毫不眷顾。我要离开你了，我要去到一个快乐之地。到

壹 国风

了那里，我就得其所哉了。

硕鼠硕鼠，无食我麦。三岁贯女，莫我肯德。逝将去女，适彼乐国。乐国乐国，爱得我直[1]！

今注

1　直：道也，宜也。

今译

硕鼠呀，硕鼠，不要吃我的麦子！三岁之久，一直纵容着你，而你对于我毫不感念恩德。我要离开你了，我要去到一个快乐之国。到了那里，我就得其所宜了。

硕鼠硕鼠，无食我苗。三岁贯女，莫我肯劳[1]。逝将去女，适彼乐郊。乐郊乐郊，谁之永号[2]！

今注

1　劳：慰劳，安慰。

2　谁之永号：谁还再有叹息呼号呢？就是说，再也没有什么苦痛了。

今译

硕鼠呀，硕鼠，不要吃我的禾苗！三岁之久，一直纵容着你，而你对于我毫不安慰。我要离开你了，我要去到一个快乐之郊。到了那里，谁还会再有什么痛苦呢？

十　唐

国名，本尧帝之旧都，在禹贡冀州之域，太行恒山之西，太原太岳之区。周成王封弟叔虞为唐侯，南有晋水。至其子燮，乃改国号曰晋。其后徙居曲沃，又徙居于绛县。其地土瘠民贫，勤俭质朴，忧深思远，有唐尧之遗风。

(一) 蟋蟀

这是唐地民俗娱乐不忘工作之诗。

蟋蟀在堂，岁聿其莫[1]。今我不乐，日月其除[2]。无已大康[3]，职思其居[4]。好乐无荒，良士瞿瞿[5]。

今注

1　蟋蟀在堂：表示已至九月之时也。聿：音育，语助词。

2　日月其除：言日月一天减少一天，岁月易逝之意。

3　无已大康：言不可过于享乐。已，同"以"。大，太甚。康，享乐。

4　职思其居："职"字在此处，作为"尚"字解，尚者，庶几也，希望之词，即言虽在娱乐之时，还希望能够注意家务与工作，即娱乐不忘工作之意。《诗经》中有许多"职"字，用法亦随处而异，如：《大东》篇"职劳不来"之"职"字，当解为"经常"的意思，即经常劳苦而不见安慰；《十月之交》篇"职竞由天"，《柔思》篇之"职凉善背"，《召旻》篇之"职兄是引"，"职"皆作发语词用；《巧言》篇之"职为乱阶"当作"适"字解，即"适为乱阶"也；《抑》篇之"亦职维疾"，则作为语助词解。可见"职"字之解释，随地而异，必须深思其上下文之语气而妥为活用之。

5　瞿瞿：音句，提高警觉，戒慎恐惧之意。

今译

蟋蟀已经在堂了，一年快要到底了，不趁着现在快乐一番，时间很快就过去了。但是也不可过于享乐，总要在享乐之中，能不忘家中的事才好。一面享乐，一面不荒废正业，才是戒慎恐惧的良士。

蟋蟀在堂，岁聿其逝。今我不乐，日月其迈[1]。无已大康，职思其外[2]。好乐无荒，良士蹶蹶[3]。

今注

1　迈：往，去。

壹　国风

2　其外：家以外的事，外边的事。
3　蹶蹶：勤快，敏于事也。

今译

蟋蟀已经在堂了，一年快要消逝了，不趁着现在快乐一番，时间很快就过去了。但是也不可过于享乐，总要在享乐之中，能不忘外边的事才好。一面享乐，一面不荒废正业，才是勤快奋发的良士。

蟋蟀在堂，役车[1]其休。今我不乐，日月其慆[2]。无已大康，职思其忧[3]。好乐无荒，良士休休[4]。

今注

1　役车：行役所用的车子。
2　慆：音涛，过去。
3　其忧：应当忧虑的事。
4　休休：安闲的样子。

今译

蟋蟀已经在堂了，行役的车子已经休息了，不趁着现在快乐一番，时间很快就过去了。但是也不要过于享乐，总要在享乐之中，能不忘应当忧虑的事才好。一面享乐，一面不荒废正业，才是乐而有节的良士。

（二）山有枢

这是刺唐人吝啬，不知享受之诗。

山有枢[1]，隰有榆。子有衣裳，弗曳弗娄[2]。子有车马，弗驰弗驱。宛其[3]死矣，他人是愉。

今注

1　枢：荎也，刺榆也。
2　曳娄：娄，亦曳也，皆服用之意。
3　宛其：宛然。宛，枯也，枯然也。

今译

　　山上有枢木,隰地有榆树,皆不能自用其材,而为他人所用。犹之乎你有衣裳,不穿不服,你有车马,不驰不驱,一旦枯然而死,别人就拿着你的衣服车马去快乐了。

　　山有栲[1],隰有杻[2]。子有廷内,弗洒弗扫。子有钟鼓,弗鼓弗考[3]。宛其死矣,他人是保[4]。

今注

1　栲:山樗也。
2　杻:音扭,檍树也。
3　考:敲也。
4　保:占有也。

今译

　　山上有栲木,隰地有杻树,皆不能自用其材,而为他人所用。犹之乎你有庭堂,不洒不扫,你有钟鼓,不敲不奏,一旦枯然而死,别人就把你的廷堂钟鼓都占有了。

　　山有漆,隰有栗。子有酒食,何不日鼓瑟?且以喜乐,且以永日[1]。宛其死矣,他人入室。

今注

1　永日:消遣时间。

今译

　　山上有漆树,隰地有栗树,皆不能自用其材,而为他人所用。犹之乎你有酒食,为什么不天天奏乐,为欢行乐,消磨时间呢?一旦枯然死去,别人就进到你的家内变成主人了。

(三)扬之水

　　这是比喻晋昭侯微弱,不能制桓叔,且封沃以使之强大,如水之激石,不能伤石,且以使之更鲜洁也,故以白石凿凿,喻沃之强

壹　国风

盛也。

扬之水[1]，白石凿凿[2]。素衣朱襮[3]，从子于沃。既见君子，云何不乐？

今注

1 扬之水：激扬的水，没有真正的力量，比喻晋昭侯的微弱。

2 白石凿凿：凿凿，鲜洁的样子。激扬的水，冲洗白石，不仅无伤于白石，且使白石更为鲜洁也，比喻晋昭侯不仅不能制桓叔，且封之于沃，使其更强大。

3 素衣朱襮：此为诸侯之服，言昭侯欲以诸侯之服，降身以侍桓叔于沃也，且以能侍桓叔为乐。襮，音博，衣领也。

今译

激扬的水，把白石冲洗得更为鲜洁。穿着素衣朱襮的服装，到沃地去侍奉你。既然见了你，叫我如何不快乐？

扬之水，白石皓皓[1]。素衣朱绣，从子于鹄[2]。既见君子，云何其忧？

今注

1 皓皓：洁白的样子。

2 鹄：曲沃。

今译

激扬的水，把白石冲洗得更为洁白。穿着素衣朱绣的服装，到沃地去侍从你。既然见了你，还有什么忧愁可说呢？

扬之水，白石粼粼[1]。我闻有命，不敢以告人！[2]

今注

1 粼：音邻，清澈也。

2 我闻有命，不敢以告人：我听说你有动员之令，要派军队来灭晋，我不敢告诉别人，因为这都是不可信的谣言，我相信你绝不至于如此也。（这是无力抵抗而故装糊涂的话。）

今译

激扬的水，把白石冲洗得更为清澈。我听说你下令动员，但是我不敢以此事告人。我相信那不过是谣言而已。

（四）椒聊

这首诗是描写桓叔实力之强，晋人视其繁衍，无力以制而叹息也。

椒聊[1]之实，蕃衍盈升。彼其之子[2]，硕大无朋。椒聊且，远条且[3]！

今注

1　椒聊：椒也，味辣而香烈，结实少。今结实多，则为反常现象。比喻桓叔之实力发展至于反常也。

2　彼其之子：指桓叔。

3　远条：枝条很长。且：语助词，音居。

今译

椒聊之果实，繁衍至于满满的一升，犹之乎桓叔的力量发展得硕大无比。椒聊呀，你的枝叶真是长得太长了。

椒聊之实，蕃衍盈匊[1]。彼其之子，硕大且笃[2]。椒聊且，远条且！

今注

1　匊：同"掬"，一捧也。

2　笃：雄厚。

今译

椒聊之果实，繁衍至于满满的一捧，犹之乎桓叔的力量发展得庞大而雄厚。椒聊呀，你的枝叶真是长得太长了。

壹　国风

（五）绸缪

这是乱世的一对新婚夫妇，结婚之夜，惊喜交感之诗。

绸缪束薪[1]，三星[2]在天。今夕何夕，见此良人[3]？"子兮子兮[4]，如此良人何？"

今注

1　绸缪：缠绵也。绸音酬，缪音谋。束薪：比喻夫妇结合，束两人为一人也。夫妇结合，情意缠绵。

2　三星：参星，二十八宿之一。

3　良人：新郎。

4　子兮子兮：新娘自设之词，即你呀，你呀。有人解"子"字为"咨"字，嗟叹之词，亦通。但本解采新娘自设之词，自问自答，而不知所答，更见其心花狂喜之一般。好像是穷极无聊之人，忽然得了五十万元，喜出望外，刹那间也不知道怎样打发这笔巨款，讨太太、置洋房、买汽车、做生意，心事重重，不知如何是好。乱世男女，婚配不易，今忽而有此理想夫君，与之相配，觉得真是天外飞来之奇迹，所以有今夕何夕之惊喜，仿佛置身梦中，不能想象。狂喜冲昏了头脑，今夕如何对待夫君？心花四溢，不知所措了，整个的心房，为爱情所陶醉了。

今译

夫妇结合，犹如束薪的缠绵，三星在天，正是婚配的好时间。今之夜晚是什么夜晚啊，竟能与此理想的郎君相婚配！真是意想不到的奇迹啊！"你呀，你呀，有了这样的新郎，你将如何体贴！如何享受！"

（此章是描写新娘对新郎喜极如狂，大有不知如何是好的心情。）

绸缪束刍，三星在隅[1]，今夕何夕？见此邂逅[2]？"子兮子兮，如此邂逅何！"

今注

1　隅：东南角。
2　邂逅：遇合。

今译

夫妇结合，犹如束刍的缠绵，三星在隅，正是婚配的好时间。今之夜晚是什么夜晚啊，竟能与此理想的郎君相遇合！"你呀，你呀，有了这样的佳偶，你将如何珍惜！如何享受！"

绸缪束楚，三星在户，今夕何夕？见此粲者[1]？"子兮子兮，如此粲者何！[2]"

今注

1　粲者：漂亮的女人，美丽的新娘。
2　子兮子兮，如此粲者何：乃新郎设词自问之语。

今译

夫妇结合，犹如束楚的缠绵，三星在户，正是婚配的好时间。今之夜晚是什么夜晚啊，竟能与如此美丽的姑娘相结合！"你呀，你呀，有了这样的美妻，你将如何温存！如何享受！"

（此章是新郎对漂亮的新娘狂喜如醉的写照。）

（六）杕杜

这是没有兄弟的人，感伤其孤独无助的诗。

有杕之杜[1]，其叶湑湑[2]。独行踽踽[3]，岂无他人？不如我同父。嗟行[4]之人，胡不比[5]焉？人无兄弟，胡不佽[6]焉？

今注

1　杕：音弟，孤独特立的样子。有杕：杕然也。杜：赤棠树。
2　湑湑：音许，茂盛的样子。
3　踽踽：音举，孤单的样子。
4　行：音杭，道路。

壹　国风

5 比：亲近。
6 佽：音次，帮助。

今译

孤独的棠树，其叶犹湑湑然而茂盛；没有兄弟的人，则踽踽然而独行。难道是说路上没有行人吗？行人是有的，只是没有我同父的兄弟。唉！行路的人呀，何不亲近我呢？何不对于我这个没有兄弟的人，予以帮助呢？

有杕之杜，其叶菁菁[1]。独行睘睘[2]，岂无他人？不如我同姓。嗟行之人，胡不比焉？人无兄弟，胡不佽焉？

今注

1 菁：茂盛的样子。
2 睘睘：音琼，孤独无依的样子。

今译

孤独的棠树，其叶犹菁菁然而茂盛；没有兄弟的人，则睘睘然而独行。难道说是路上没有行人吗？行人是有的，只是没有我同姓的兄弟。唉！行路的人呀，何不亲近我呢？何不对于我这个没有兄弟的人，予以帮助呢？

（七）羔裘

这是刺斥在位者骄傲自大，以致人民厌恶之诗。

羔裘豹袪[1]，自我人居居[2]。岂无他人？维子之故[3]。

今注

1 羔裘豹袪：在位卿大夫之服。以羔为裘，以豹皮为袖。袪：音区，衣袖也。
2 居居：同"倨倨"，骄傲的样子。
3 故：故旧的。

今译

穿着羔裘豹祛的衣服，态度傲慢，唯我独尊的样子，实在令人生厌。难道说没有别的人可以归依吗？不过是念起旧日的关系罢了。

羔裘豹褎[1]，自我人究究[2]。岂无他人？维子之好[3]。

今注

1 褎：同"袖"。

2 究究：同"居居"。

3 好：旧好。

今译

穿着羔裘豹袖的衣服，态度傲慢，唯我独尊的样子，实在令人生厌。难道说没有别的人可以归依吗？不过是念起旧日的感情而已。

（八）鸨羽

这是行役者久役于外不得耕作以养父母之怨诗。

肃肃鸨羽[1]，集于苞栩[2]。王事靡盬[3]，不能蓺[4]稷黍。父母何怙[5]！悠悠苍天，曷其有所[6]？

今注

1 肃肃：急促飞翔的动作。鸨：音保，鸟名，形似雁而大，脚无后趾，不适于树栖。

2 集：止栖也。苞：茂盛的。栩：栎树，其果实，俗叫橡子。鸨鸟并不适于树栖，而今竟急促飞翔，栖止于栩树之上，比喻非其安身之处，犹之乎行役之人，日夜奔劳，随地而栖，不能在家以养父母，一切都不是他性之所适，心之所安。

3 王事：王家的事。靡盬：没有停止的时候。盬，音古。

4 蓺：种植。

5 怙：依靠，生活的凭借。

壹 国风

6 曷其有所：什么时候才能有安身的地方呢？

今译

急促飞翔的鸨鸟，止栖于栩树之上，这里真不是它安身的地方啊！行役之人，昼夜奔波，王家的事，没有个停止，以致不能回家耕种黍稷。年老的父母，靠什么生活呢？天呀！天呀！什么时候我才有安身的地方呢？

肃肃鸨翼，集于苞棘[1]。王事靡盬，不能蓺黍稷。父母何食！悠悠苍天，曷其有极[2]？

今注

1　棘：枣树。
2　极：到底，终了之时。

今译

急促飞行的鸨鸟，止栖于枣树之上，这里真不是它安身的地方啊！行役之人，昼夜奔波，王家的事，没有个停止，以致不能回家耕种稷黍。年老的父母，吃什么东西呢？天呀！天呀！什么时候才有终了的日子啊？

肃肃鸨行[1]，集于苞桑。王事靡盬，不能蓺稻粱。父母何尝[2]！悠悠苍天，曷其有常？

今注

1　行：音杭，鸨鸟结队飞行的行列。
2　尝：以口试物，即食也。

今译

急促飞行的鸨鸟，止栖于桑树之上，这里真不是它安身的地方啊！行役之人，昼夜奔波，王家的事，没有个停止，以致不能回家耕种稻粱。年老的父母，尝什么东西呢？天呀！天呀！什么时候才能恢复正常的生活呢？

（九）无衣

这是晋国大夫为晋武公请命于天子之使之诗。

岂曰无衣七[1]兮，不如子之衣，安且吉兮。

今注

1 衣七：七章之服也。

今译

他并不是没有七章之服呀，乃是旧有之服，不如天子所赐之服，穿着安适而且吉利啊。

岂曰无衣六[1]兮，不如子之衣，安且燠[2]兮。

今注

1 衣六：天子之卿的命服。

2 燠：暖。

今译

他并不是没有六章之服呀，乃是旧有之服，不如天子所赐之服，穿着安适而且温暖啊。

（十）有杕之杜

这是孤独之人希望能有君子过从之诗。

有杕之杜，生于道左。[1]彼君子兮，噬肯适我？[2]中心好[3]之，曷饮食之[4]！

今注

1 有杕之杜，生于道左：比喻自己孤独，如生于道左之赤棠然。杕：音弟，孤独的样子。

2 彼君子兮，噬肯适我：希望之词。噬：同"逝"，发语词。适我：来我处。

3 好：动词，喜爱。

壹 国风　　161

4　曷饮食之：何不以饮食款待他呢？即必以饮食款待他也。

今译

孤独的棠树，生于道左。犹之乎我这个孤独的人，很希望君子能惠然肯来。他是我心中敬爱的人，如果他肯来，我必以饮食款待他。

有杕之杜，生于道周[1]。彼君子兮，噬肯来游？中心好之，曷饮食之！

今注

1　道周：道路之右。

今译

孤独的棠树，生于道右。犹之乎我这个孤独的人，很希望君子肯惠然来游。他是我衷心敬爱的人，如果他来游，我必以饮食款待他。

（十一）葛生

这是妇人悼念其亡夫之诗。

葛生蒙楚[1]，蔹蔓于野[2]。予美亡此[3]，谁与独处[4]。

今注

1　葛生蒙楚：葛，蔓生植物。蒙，掩盖也。楚，小树也。言葛已生长而掩盖了小树。

2　蔹蔓于野：蔹，蔓生草也。这蔓草已遍布于田野。

3　予美亡此：予，我也，妇人自称之词。美，她的漂亮的丈夫。亡此，离开此地，有以此"亡"字为久役于外，有以此"亡"字为死亡，细审诗意，当以死亡为是，因其后章有百岁之后，归于其居，归于其室之句，可证明夫妇相会只有黄泉耳。若是行役于外，则行役有生归之日，何至严重于黄泉相见耶？

4　谁与独处："与"字作陪伴讲，即谁陪我呢？独处。与下章之"谁与独息"，"谁与独旦"，皆作谁陪我呢？独息。谁陪我呢？

独旦。无人相陪,则只有独处。独息,独旦耳。

今译

葛已生长,蒙盖了小树,草已蔓延于荒野,我的好人舍我而去,谁陪我独处呢?

蔹生蒙棘,蔹蔓于域[1]。予美亡此,谁与独息[2]。

今注

1 域:坟墓丘墟之地也。
2 独息:休息,憩息。

今译

葛已生长,蒙盖了棘木,草已蔓延于坟墓,我的好人舍我而去,谁陪我独息呢?(似寡妇上坟之境。)

角枕粲兮,锦衾烂兮。予美亡此,谁与独旦。

今译

角枕依然鲜艳,锦被依样灿烂,只是可叹我的好人舍我而去,谁陪我独旦呢?(即谁陪我睡到天明呢?)

(这章是睹物思人,言枕头依然鲜艳,锦被依然华丽,只是人不在了。自己一个人,孤凄凄地枕着枕头,盖着锦被,徒增思夫之悲伤耳。)

夏之日,冬之夜[1]。百岁之后,归于其居[2]。

今注

1 夏之日,冬之夜:夏天日长,冬天夜长,长夜漫漫,最难熬煎,言其苦之甚。
2 居:坟墓也,其死去的丈夫所住之处。与下章之归于其室,皆指坟墓言。

今译

夏之日,冬之夜,最难熬煎,只有百年之后,与你黄泉相见。

壹 国风　　163

冬之夜，夏之日。百岁之后，归于其室。
今译
冬之夜，夏之日，最难熬煎，只有百年之后，与你墓中相伴。

（十二）采苓

这是劝人不要听信捏造是非之谎话。

采苓采苓，首阳之巅[1]。人之为言[2]，苟亦[3]无信。舍旃舍旃[4]，苟亦无然[5]。人之为言，胡得焉[6]？

今注
1 首阳：山名，在今山西省永济县南。巅：山顶，苓生于田野，不生于山间，而采苓之人，谓其苓采自山巅或山下或山边，皆自炫其名贵的伪言。
2 为言：为，即"伪"字，伪言者，无事实而捏造之言也。
3 苟：希望之词，尚也，庶几也。亦：语助词。
4 舍旃：舍之哉，即舍掉它，不要信它。
5 苟亦无然：庶几不以为然。
6 胡得焉：怎能达到目的？怎能发生作用？怎能发生效力？

今译
采苓采苓，都是自称他的苓菜是采自首阳山之上。这完全是捏造的谎话，捏造的谎话，千万不可相信。舍弃他们的谎话，千万不要以为他们的话是对的。如果都不轻信谎话，那么，一切的捏造是非，都会失去作用。

采苦采苦[1]，首阳之下。人之为言，苟亦无与[2]。舍旃舍旃，苟亦无然。人之为言，胡得焉？

今注
1 苦：苦菜也。
2 与：许诺也。

今译

采苦采苦,都自称他的苦菜是采自首阳山之下。这完全是捏造的谎话,捏造的谎话,千万不可相信。舍弃他们的谎话,千万不要以为他们的话是对的。如果都不轻信谎话,那么,一切的捏造是非,都会失去作用。

采葑采葑[1],首阳之东。人之为言,苟亦无从。舍旃舍旃,苟亦无然。人之为言,胡得焉?

今注

1 葑:芜菁。

今译

采葑采葑,都自称他的葑菜是采自首阳山之东。这完全是捏造的谎话,捏造的谎话,千万不可听从。舍弃他们的谎话,千万不要以为他们的话是对的。如果都不轻信谎话,那么,一切的捏造是非,都会失去作用。

十一 秦

国名,其地在禹贡雍州之域,即今之陕西甘肃二省之大部分。初伯益佐禹治水有功,赐姓嬴氏,其后中衰,居西戎以保西边。大世孙大骆生成及非子,非子事周孝王,养马于汧渭之间,马大繁殖,孝王封为附庸,而邑之秦。至周宣王时,犬戎灭成之族,宣王遂命非子曾孙秦仲为大夫,诛西戎,不克,被西戎所杀。及幽王为西戎犬戎所杀,平王东迁,秦仲之孙襄公以兵送之。王封襄公为诸侯,曰:"能逐犬戎,即有岐丰之地。"襄公遂有周西都畿内八百里之地,至玄孙德公又徙于雍。(今陕西省兴平县。)

(一) 车邻

这是秦国君臣相乐之诗。

壹 国风

有车邻邻[1]，有马白颠[2]。未见君子[3]，寺人之令[4]。

今注

1 邻邻：同"辚辚"，盛多的样子。

2 颠：额。白颠：额有白毛也。

3 君子：指秦君。

4 寺人：宫内之小臣，后世之宦官是也。寺人之令：未见国君以前，先由寺人通报于君。

今译

盛多的车子，白额的马匹。未见君子，先请寺人传报。

阪有漆，隰有栗。[1]既见君子，并坐鼓瑟。[2]今者不乐，逝者其耋。[3]

今注

1 阪有漆，隰有栗：言事物各得其宜，比喻秦之君臣各尽其能，如阪之有漆，隰之有栗。阪者，坡也。隰，低湿之地。

2 既见君子，并坐鼓瑟：言其君臣之从容谐和，上下相亲也。

3 今者不乐，逝者其耋：言今日如不参加这种快乐，时间一过，就八十岁了，比喻贤者之乐于参加秦国政府工作也。耋者，八十岁也。耋音牒。

今译

陂地有漆，隰地有栗，各得其宜，各有其用。既见君子，并坐鼓瑟，君臣和乐，上下相亲。今日如不及时同乐，时间一过，就八十岁了。

阪有桑，隰有杨。既见君子，并坐鼓簧[1]。今者不乐，逝者其亡[2]。

今注

1 簧：音黄，笙管中的薄铜片，吹动时即发音。

2 亡：死去。

今译

陂地有桑,隰地有杨,各得其宜,各有其用。既见君子,并坐鼓簧,君臣和乐,上下相亲。今日如不及时同乐,时间一过,便要死去了。

(二) 驷驖

这是秦君田猎之诗。

驷驖孔阜[1],六辔在手[2]。公之媚子[3],从公于狩。
今注

1　驖:音铁,黑色的马。孔:大、极。阜:高大。

2　辔:音佩,马缰绳。六辔者,两服两骖各两辔,即为八辔,但因骖马两辔,纳之于觿,故为六辔。

3　媚子:亲爱的儿子。

今译

四匹黑色的马,很是高大,御者手执六辔,驱车前进。公的亲爱的儿子,从公一块儿去打猎。

奉时辰牡[1]。辰牡孔硕[2]。公曰:"左[3]之!"舍拔则获[4]。
今注

1　奉时辰牡:此为虞官之事,即掌山泽之官之事,虞官先献出兽物,以供君子之射猎。奉者,献也。时者,斯也,此也。

2　辰:据马瑞辰考证,辰字即麎字,雌兽也。硕:大也。

3　左:命御者使左其车,以射兽之左部,古者射以中其左部为善。

4　舍拔:舍,放出。拔,矢末也,谓放出矢也。则获:命中也。
今译

献出雌雄之兽,很是硕大。公说:"驱车而左。"于是发矢而射,每发即中。

壹　国风

游于北园,四马既闲[1]。輶车鸾镳[2],载猃歇骄[3]。

今注

1　闲:动作熟习也。

2　輶:音由,轻车也。鸾:铃也。镳:音标,马衔也。轻车与乘车不同,轻车为驱逆之车,置铃于镳之两旁。

3　载猃歇骄:载,动词,载犬于车上也。猃,音险,犬名。歇,动词,使之歇息也。骄,同"獢",名词,犬名。载猃与骄于车上,使之休息也。因其在猎逐之时,过分用力,故置于车上,免其奔走,以休息之也。另一解,认为猃、歇、骄,皆是犬名,以歇为名词,一个动词,带着三个名词,此种文法结构,似非《诗经》惯有之例。且"歇"字明明为一动词也。载猃于车上,使之歇息,与下二字"歇骄",即使骄歇息,故载之于车上,其意义完全相同,此为《诗经》文法构造之惯例。故采此说。

今译

田猎既毕,乃从容游于北园,四马走动起来,步调非常熟练。輶车响着铃声,把猎犬载在车上,使它们在激烈追逐之后,得到歇息。

(田猎既毕而游之状。)

(三) 小戎

这是妇人想念其出征丈夫之诗。

小戎俴收[1],五楘梁辀[2],游环胁驱[3]。阴靷鋈续[4],文茵畅毂[5],驾我骐馵[6]。言念君子,温其如玉[7]。在其板屋[8],乱我心曲[9]。

今注

1　小戎:兵车也,小戎对大戎而言,解释不一。有谓小戎系群臣所乘之车,大戎系将帅所乘之车;有谓载兵多者为大戎,载兵少者为小戎,大戎即元戎也。俴:音践,浅也。收:轸也,皆车后横木也。车四面之屏物,亦曰轸。大车之轸深八尺,兵车之轸,由前至后四尺四寸,故曰浅收。

168　诗经今注今译

2　五楘梁辀：楘，音木，交紫缠束之意。五楘者，缠之凡五处也。辀，音舟，车辕也，兵车田车乘车称之为辀。辀之前端，上曲如桥梁，故曰梁辀。

3　游环胁驱：游环者，以皮为之，在服马背上，贯于骖马之外背，以制骖马之出外，因其游移前却无固定之所在，故曰游环。胁驱者，亦以皮为之，前系于衡之两端，后系于辕之两端，当服马之外胁，以制骖马之入内。

4　阴靷鋈续：靷所以引轴，以皮条为之系于轴上，而见于轨前，乃设环以接续靷之长度而以白金饰之，故曰鋈续。鋈者，白金也。鋈音物。

5　文茵畅毂：茵，车席也，以花纹缤纷之虎皮为车席，故曰文茵。畅，长也。毂，音谷，车轮中心之圆木也，长的毂，曰长毂。

6　骐：青骊色之马也。䯄：音注，左足白色之马也。从"小戎俴收"至"驾我骐䯄"，皆言出征时车马动员之雄壮气势。下面之"言念君子"至"乱我心曲"，言妇人念其出征丈夫之心情也。言：发语词。

7　温其如玉：温然如玉之美也。

8　在其板屋：出征西戎，西戎之俗以板为屋，故曰在其板屋。

9　心曲：心之深处也。

今译

浅軨的兵车，五楘的梁辀，有游环胁驱以调度马匹的前进，有阴靷鋈续以牵引车轴的运动，虎皮的车席，长长的轮毂，驾起青骊的、足白的形形色色的马匹，浩浩荡荡地出发了。想起夫君，他那温然如玉的丰采，现在正在西戎作战，使我的心绪，深深地动乱！

四牡[1]孔阜，六辔[2]在手。骐䯄是中[3]，骝骊是骖[4]。龙盾之合[5]，鋈以觼軜[6]。言念君子，温其在邑[7]。方何为期[8]，胡然我念之[9]？

今注

1　牡：雄马。

壹　国风

2 辔：每马有二辔，四马为八辔，何以言六辔？因骖内辔纳于觼，故只六辔在手也。

3 骐駵是中：骐，青骊色之马。駵，音留，赤色黑鬣之马。是中，以之在中间，即服马也。

4 騧骊是骖：騧，音瓜，黄马黑喙者曰騧。骊，黑色之马也。以之为骖马也。

5 龙盾之合：盾上画以龙文，故曰龙盾。合者，言载二盾，以备破毁也。

6 鋈以觼軜：觼，音厥，环之有舌者。軜，音纳，骖马之内辔也。置觼于轼前以系軜，故谓之觼軜，亦以白金为饰，故曰鋈以觼軜。

7 在邑：在西鄙之邑。

8 方何为期：方，将也，言将以何时为归期也。

9 胡然我念之：言何以使我想念如是之极也。

今译

四匹雄马，极其壮大，手执六辔，以骐駵为中服，以騧骊为两骖，两盾之上画着龙文，觼軜之上鋈以白金，阵容是多么强大啊！想起我的夫君，正在西邑作战，什么时候才能回来啊？为什么使我想念如此之甚呢。

俴驷孔群[1]，厹矛鋈錞[2]。蒙伐有苑[3]，虎韔镂膺[4]。交韔二弓[5]，竹闭绲縢[6]。言念君子，载寝载兴[7]。厌厌良人，秩秩德音[8]。

今注

1 俴驷：俴，浅也，薄也，谓以薄金为介。介，甲也。孔群：很有群性。

2 厹矛鋈錞：厹，音求，厹矛，三隅矛也，刃有三角，即三叉之矛。錞，音对，矛之下端也，以白金装饰矛之下端，即鋈錞也。

3 蒙伐有苑：蒙，杂也，杂羽也。伐，中干也，盾之别名。有苑，即苑然，文采苑然也。眉上画着杂羽，文采苑然。

4　韔：音畅，盛弓之囊，以虎皮做成，故曰虎韔。镂膺：镂，雕镂也；膺，胸也，弓之正的一面，曰膺。镂膺即雕镂弓面也。

5　交韔二弓：于弓囊中颠倒安置二弓，以备有毁坏。

6　竹闭绲縢：闭，同"柲"，弓檠也，以竹为之，所以正弓也。绲，绳也。縢，束扎也。以竹为，而以绳束扎于弓里，檠弓体使之正也。

7　载寝载兴：载，语助词。寝，躺下。兴，起来。即躺下又起来，起来又躺下，言思之深而起坐不宁也。

8　厌厌良人，秩秩德音：这两句话，是妇人回忆他们夫妇的爱情生活，回忆她的丈夫对她的恩爱而感到百分之百的满意，越是满意于她的丈夫，而对她的丈夫的怀念便越切。厌厌良人，就是说使我百分之百感到满意的丈夫。厌，足也，够也。厌厌，足足够够也，百分之百满意也。秩秩：秩，积也。秩秩，积而又积也，积之深而蓄之厚也。德音，她的丈夫对于她的恩爱。秩秩德音者，就是回想她丈夫对于她恩深意重的爱情。所以这两句话的意思就是说，妇人想念她的丈夫，回忆他们夫妇结合之美，爱情之深，而一旦棒打鸳鸯两分离，其更想念得睡梦不安，坐卧不定了。

今译

四匹薄介的马，很协调地行动着，车上设着以白金为镡的三隅矛，有画文苑然的干盾，有虎皮做成的弓囊，弓的正面，施以雕镂，弓囊里面，盛着两弓，而以竹柲，檠之使正。车上的武器，真是齐全具备了。想念我的夫君，使我卧而又起，起而又卧，寝寐不安，起卧不宁。唉！使我全心满意的夫君啊！恩深意重的爱情啊！

（四）蒹葭

这是思慕所爱的人而难于亲近之诗。

蒹葭苍苍[1]，白露为霜[2]。所谓伊人[3]，在水一方[4]。溯洄从之[5]，道阻且长。溯游从之[6]，宛在水中央[7]。

今注

1　蒹：音兼，荻草，高数尺。葭：音加，芦草。苍苍：颜色深青的，形容其茂盛。
2　白露为霜：表示是秋天。
3　伊人：彼人也，所爱慕之人也。
4　在水一方：在水的那一边。
5　溯洄从之：逆流而上以求之。
6　溯游从之：顺流而下以求之。
7　宛在水中央：宛然如在水中央。

今译

蒹葭还在苍苍，霜露已经降下。我所思慕的那个人，是在水的那一边。逆流而上去追求她，道路阻隔而且悠长。顺流而下去追求她，她又仿佛就在水的中央。

蒹葭凄凄[1]，白露未晞[2]。所谓伊人，在水之湄[3]。溯洄从之，道阻且跻[4]。溯游从之，宛在水中坻[5]。

今注

1　凄凄：同"萋萋"，茂盛的样子。
2　晞：音希，干。
3　湄：音眉，水边。
4　跻：音基，上行。
5　坻：音池，水中高地。

今译

蒹葭还在凄凄，白露尚未干绝。我所思慕的那个人，是在水的那一边。逆流而上去追求她，道路阻隔而且难行。顺流而下去追求她，她又仿佛是在水中的高地。

蒹葭采采[1]，白露未已[2]。所谓伊人，在水之涘[3]。溯洄从之，道阻且右[4]。溯游从之，宛在水中沚[5]。

今注

1 采采：茂盛的样子。
2 未已：尚有白露，即白露尚未干的意思。
3 涘：音四，水边。
4 右：迂回曲折。
5 沚：音止，水中小片的干地。

今译

蒹葭还在采采，白露尚未干绝。我所思慕的那个人，是在水的那一边。逆流而上去追求她，道路阻隔而且迂回。顺流而下去追求她，她又仿佛是在水中的小渚。

（五）终南

这是秦人赞美其国君的诗。

终南[1]何有？有条有梅[2]。君子至止[3]，锦衣狐裘。颜如渥丹[4]，其君也哉！

今注

1 终南：山名，在今陕西省西安之南。
2 条：木名，山楸也。梅：木名，柟也。
3 至止：至，到也。止，语尾词。
4 颜如渥丹：渥，厚积也。言其面孔气色之红润，如从红丹中渍染出来似的。

今译

终南山上有什么？有条树，有梅树。我们的君主，来到山下，穿着锦衣，披着狐裘，面色红润，好像是刚从红丹中浸染出来似的，真正是君主的风度啊！

终南何有？有纪有堂[1]。君子至止，黻衣[2]绣裳。佩玉将将[3]，

壹 国风　　173

寿考不忘[4]！

今注

1 纪：读杞，即杞也。堂：读棠，即棠也。

2 黻衣：衮衣也。黻，音服。

3 将将：同"锵锵"，玉声也。

4 不忘：不老也，人老则易忘，不忘者即不老也。寿考不忘者，即长生不老也。

今译

终南山上有什么？有杞树，有棠树。我们的君主来到山下，披着衮袍，穿着绣裳，佩玉的声音，锵锵而悦耳，恭祝他长生不老！

（六）黄鸟

这是描写秦穆公以三良人陪葬，国人哀之之诗。

交交[1]黄鸟，止于棘[2]。谁从穆公[3]？子车奄息[4]。维此奄息，百夫之特[5]。临其穴，惴惴其栗[6]。彼苍者天，歼[7]我良人！如可赎兮，人百其身[8]！

今注

1 交交：鸟之鸣声也。

2 止：栖也。棘：枣树。

3 穆公：秦穆公也。

4 子车奄息：《左传·文公六年》，秦穆公卒，以子车氏之三子奄息、仲行、𫠋虎殉葬。此三人者，皆秦之善良之士也，国人哀之，而赋此诗。

5 特：特然杰出的人才。

6 临其穴，惴惴其栗：言三人被活活地强迫殉葬，临入墓的时候，浑身战栗。惴惴，音坠，惧也。穴者，坟穴也。

7 歼：杀也。

8 人百其身：如果可以代替的话，我们愿以一百人的生命，来交换他。

今译

交交而鸣的黄鸟,栖止在枣树之上。穆公死了,哪个人来殉葬呢?有一个是子车氏的儿子奄息。说起奄息,他真是杰出的人才。他临进墓穴的时候,浑身战栗!苍苍的天啊,杀了我们善良的人!如果可以代替的话,我们宁愿以一百人的生命,去换取他一个人的生命。

交交黄鸟,止于桑。谁从穆公?子车仲行[1]。维此仲行,百夫之防[2]。临其穴,惴惴其栗。彼苍者天,歼我良人!如可赎兮,人百其身!

今注

1　仲行:行,读杭。子车氏之子名仲行也。
2　百夫之防:防,当也,言一人可当百人也。

今译

交交而鸣的黄鸟,栖止在桑树之上。穆公死了,哪个人来殉葬呢?有一个是子车氏的儿子仲行。说到仲行,他真是百夫莫当。他临进墓穴的时候,浑身战栗!苍苍的天啊,杀了我们良善的人!如果可以代替的话,我们宁愿以一百人的生命,去换取他一个人的生命。

交交黄鸟,止于楚。谁从穆公?子车针虎[1]。维此针虎,百夫之御[2]。临其穴,惴惴其栗。彼苍者天,歼我良人!如可赎兮,人百其身!

今注

1　针:音前。针虎亦子车氏之子。
2　百夫之御:百夫难御之人。

今译

交交而鸣的黄鸟,栖止在楚树之上。穆公死了,哪个人来殉葬呢?有一个是子车氏的儿子针虎。说到针虎,真是百夫难御之人!

他临进墓穴的时候,浑身战栗!苍苍的天,杀了我们良善的人!如果可以代替的话,我们宁愿以一百人的生命,去换取他一个人的生命。

补注

《春秋传》曰:"君子曰:秦穆公之不为盟主也,宜哉!死而弃民。先王违世,犹贻之法,而况夺之善人乎!今纵无法以遗后嗣,而又收其良以死,难以在上矣。"又按《史记》秦武公卒,初以人从死,死者六十六人。至穆公,遂用一百七十七人,而三良与焉。其后,秦始皇之死,令后宫皆从之死,为之作墓道者,亦被活活闭死其中,秦之无道可知矣。

(七)晨风

这是妇人思念其久出不归的丈夫之诗。

鴥彼晨风¹,郁²彼北林。未见君子,忧心钦钦³。如何如何⁴?忘我实多⁵!

今注

1 鴥:音遇,疾飞的样子。晨风:鸟名,鹯也。
2 郁:茂盛的样子。
3 钦钦:忧愁的样子。
4 如何如何:此为妇人设词自问其夫为什么不回来,为什么不回来。
5 忘我实多:把我忘得太多,即把我忘得太甚了。

今译

那急飞的晨风,还飞回到茂盛的北林。夫君啊!你为什么不回来呢?见不到夫君,使我心中无限忧愁。为什么?为什么不回来呢?你把我忘得太狠了。

山有苞栎¹,隰有六驳²。未见君子,忧心靡乐³。如何如何?

忘我实多!

今注

1　苞：茂盛的。栎：音立，树名。
2　隰：音习，低湿的地方。六驳：梓榆一类的树木。驳，音博。
3　靡乐：无乐，没有快乐。

今译

　　山上有栎树，隰地有六驳，草木犹各得其所，你为什么不回来呢？见不到夫君，使我满心忧愁，毫无乐趣可言！你为什么，为什么不回来呢？你把我忘得太狠了！

　　山有苞棣[1]，隰有树檖[2]。未见君子，忧心如醉。如何如何？忘我实多!

今注

1　棣：音弟，常棣也。
2　檖：音遂，树名，即赤罗也。

今译

　　山上有棣树，隰地有赤罗，草木犹各得其所，你为什么不回来呢？见不到夫君，使我忧心如醉！你为什么，为什么不回来呢？你把我忘得太狠了！

（八）无衣

这是秦民勤王从军慷慨赴战之诗。

　　岂曰无衣？与子同袍。王于兴师，修我戈矛，与子同仇！

今译

　　我岂是没有衣服而与你同穿此战袍吗？乃是因为君王正在动员兴兵，所以我也参加行伍，拿起武器，与你共同杀敌。

　　岂曰无衣？与子同泽[1]。王于兴师，修我矛戟，与子偕作[2]！

壹　国风

今注

1　泽：同"襗"，袴也。
2　作：起，奋起，动作。

今译

我岂是没有衣服而与你同穿此战袴吗？乃是因为君王正在动员兴兵，所以我也参加行伍，拿起武器，与你一致行动。

岂曰无衣？与子同裳。王于兴师，修我甲兵，与子偕行！

今译

我岂是没有衣服而与你同穿此战裳吗？乃是因为君王正在动员兴兵，所以我也参加行伍，拿起武器，与你共同行动。

（九）渭阳

这是秦太子送其舅公子重耳返晋之诗。

我送舅氏[1]，曰至渭阳[2]。何以赠之？路车乘黄[3]。

今注

1　我：秦康公自称。舅氏：晋公子重耳，即以后之晋文公也。
2　曰：发语词。渭阳：渭水之北也。秦都于雍，雍在渭南，晋在秦东，行必渡渭，盖车行至咸阳也。
3　路车：诸侯之车也。乘黄：四马皆黄色也。

今译

我送舅氏，至渭水之北。以何物为赠呢？赠之以四匹黄马拉的路车。

我送舅氏，悠悠我思。何以赠之？琼瑰玉佩。

今译

我送舅氏，心中无限惜别。以何物为赠呢？赠之以琼瑰制成之玉佩。

（十）权舆

这是说君主待贤者有始无终之诗。

於我乎夏屋渠渠[1]，今也每食无余。於嗟乎[2]不承权舆[3]！

今注

1　夏屋渠渠：夏，大也。屋，馔具也。渠渠，丰盛也。夏屋渠渠者，即大馔丰盛之意也。

2　於嗟乎：吁嗟乎。

3　不承：不继续也。权舆：开始，萌始，如《大戴·礼孟春》有草权舆，即百草始生也。

今译

君主对于我，始而是大馔盛设，现在是每顿饭都没有剩余的。唉！有始无终，前后差别太大了！

於我乎每食四簋[1]，今也每食不饱。於嗟乎不承权舆！

今注

1　簋：音轨，盛菜的器皿。

今译

君主对于我，始而是每餐四盘，现在是每顿饭都吃不饱。唉！有始无终，前后差别太大了。

十二　陈

国名，太皞伏羲氏之故都，在禹贡豫州之东部，即今河南省淮阳县之地也。其地广漠平坦，无高山峻岭。周武王时，帝舜之后，有虞阏父为周陶正，武王赖其能利器用，与神明之后，乃以长女妻其子满，而封之于陈，与黄帝、尧帝之后，共为三恪。大姬好巫觋歌舞之事，其民化之。

壹 国风

（一）宛丘

这是刺陈君以巫为戏，而无巫祭之礼也。

子之汤[1]兮，宛丘[2]之上兮。洵有情兮[3]，而无望兮[4]。

今注

1　汤：同"荡"，歌舞游戏。

2　宛丘：即今河南省淮阳县，县有丘，故曰宛丘。

3　洵有情兮：诚然是心情愉快。

4　而无望兮：望是巫祭之专门名词，古者，巫之降神，必有望祭，贡献牲粢以为祭物。陈君只以巫风为娱乐之用，大会男女歌舞为乐于宛丘之上，而并无牲粢之备，故曰无望。

今译

你大会仕女，歌舞于宛丘之上，诚然是心情快乐的了，但是随意取乐，不供牲粢，大失其巫祭之礼了。

坎其[1]击鼓，宛丘之下。无冬无夏，值其鹭羽[2]。

今注

1　坎其：坎然，击鼓之声也。

2　值：执持也。鹭羽：以鹭鸟之羽为舞具也。用鸟羽而舞，有飘飘欲仙之概，可以增加舞者之娇媚。

今译

击鼓之声，坎然振响于宛丘之下。不论是冬天，不论是夏天，都在鹭羽翻飞，歌舞不断。

坎其击缶[1]，宛丘之道。无冬无夏，值其鹭翿[2]。

今注

1　缶：音否，陶器，叩之可以配合乐拍。

2　鹭翿：以鹭羽所制之舞翳，舞扇也。翿，音到。

今译

击缶之声,坎坎然振响于宛丘道上。不论是冬天,不论是夏天,都在手持鹭翳,歌舞不断。

(二)东门之枌

这是刺陈国之巫风盛行,而男女借巫事以行乐也。

东门之枌[1],宛丘之栩[2]。子仲之子,婆娑[3]其下。

今注

1　枌:音汾,白榆树。
2　栩:音许,栎树。
3　婆娑:舞蹈的样子。娑,音缩。

今译

在东门的枌树下边,在宛丘的栩树下边,子仲氏这一家族的人们在婆婆娑娑地聚舞。

穀旦于差[1],南方之原。不绩其麻,市也婆娑。

今注

1　穀旦:吉日良辰也。差:择,选定时间。

今译

选择了吉日良辰,地点在南方的平原。不在家里边纺花织布,却聚众如市地婆娑而舞。

穀旦于逝[1],越以鬷迈[2]。"视尔如荍"[3],贻我握椒[4]。

今注

1　逝:往也。
2　越:语助词。鬷:音宗,总体也,一起也。迈:行也,往也。鬷迈:大家一起去看舞会。
3　荍:音乔,锦葵也,花色粉红美艳。视尔如荍:男子向女子

壹 国风

说:"我看你好像是一朵粉红色的锦葵花。"

4　贻我握椒:于是女子赠以一握的香椒。

今译

趁着吉日良辰,大家一起去参加舞会,男女相会,互传情话。男子向女子说:"我看你像是一朵粉红色的锦葵花",于是女子赠以一握的香椒。

(三)衡门

这是隐者安贫自乐之诗。

衡门¹之下,可以栖迟²。泌³之洋洋,可以乐饥⁴。

今注

1　衡门:以横木为门,言其住处之简陋也。
2　栖迟:存身,栖身。
3　泌:音必,急流之泉水也。
4　可以乐饥:可以自得其乐而忘饥。

今译

简陋的衡门,同样可以栖身,何必羡慕那高楼大厦?洋洋的泌泉,同样可以乐而忘饥,何必垂涎那山珍海味?

岂其食鱼,必河之鲂¹?岂其取妻,必齐之姜²?

今注

1　鲂:鱼名,味甚鲜美。
2　齐之姜:齐国姜姓,贵族门第。

今译

各种鱼类,都可以养生,何必一定要吃黄河之鲂?小家碧玉,同样可以偕老,何必一定要娶齐国姜姓之女?

岂其食鱼,必河之鲤?岂其取妻,必宋之子?

今译

各种鱼类，都富有营养，何必一定要吃黄河之鲤？荆钗布裙，同样饶有风情，何必一定要娶宋国子姓之女？（宋国，商之后，子姓也。）

（四）东门之池

这是男女借机会谈情说爱之诗。

东门之池，可以沤[1]麻。彼美淑姬，可与晤歌。
今注
1　沤：音怄，将麻浸之于水中，使其柔，且使其纤维与干体容易脱离也。
今译
东门的池塘，可以沤麻。贤美的淑姬，来此沤麻，正好可以在此和她相晤，而一同歌唱。

东门之池，可以沤纻[1]。彼美淑姬，可与晤语。
今注
1　纻：音伫，麻一类的植物。
今译
东门的池塘，可以沤纻。贤美的淑姬，来此沤纻，正好可以在此和她相晤，而谈情说爱。

东门之池，可以沤菅[1]。彼美淑姬，可与晤言。
今注
1　菅：音坚，多年生草本植物，叶细长而尖，根可作扫帚。
今译
东门的池塘，可以沤菅。贤美的淑姬，来此沤菅，正好可以在此和她相晤，而谈心言欢。

（五）东门之杨

这是描写男女相约而对方到时不来之诗。

东门之杨，其叶牂牂[1]。昏以为期，明星煌煌[2]。

今注

1　牂牂：音臧，叶子茂盛的样子。
2　明星：启明星也。煌煌：明亮也。此言男女相约，在黄昏的时候，同至某处相会，但某方在指定时间之内到了，等至启明星大亮，而对方犹不到。当然非常之失望了。

今译

东门的杨树，叶子长得极其茂盛。彼此约定黄昏时间在此树下相会，但是现在启明星已经大亮了，为什么她还不来呢？

东门之杨，其叶肺肺[1]。昏以为期，明星晢晢[2]。

今注

1　肺肺：叶子茂盛的样子。肺，音沛。
2　晢晢：音哲，明亮的样子。

今译

东门的杨树，叶子长得极其茂盛。彼此约定黄昏时间在此树下相会，但是现在启明星已经大亮了，为什么她还不来呢？

（六）墓门

这是刺陈君不能除恶之诗。

墓门[1]有棘，斧以斯之[2]。夫也不良[3]，国人知之。知而不已[4]，谁昔然矣[5]！

今注

1　墓门：城门也。马瑞辰考证甚详，故墓门非坟墓之门也。
2　斯之：劈除也。

3 夫也不良：此夫字指某人而言，即此人不良。

4 知而不已：知其恶而不加以制止。已，制止也。

5 谁昔然矣：是哪一个人压根儿把他放纵至于如此呢？

今译

城门有棘，阻害行人，用斧子把它劈掉。此人不良，国人皆知，知之而不加以制止，是哪个人压根儿把他放纵至于如此呢？

墓门有梅，有鸮[1]萃止。夫也不良，歌以讯[2]之。讯予不顾，颠倒思予[3]！

今注

1 鸮：音消，恶声之鸟也。

2 讯：劝告也。

3 颠倒思予：言到了颠覆败亡之时，再想及我的话，为时已晚，无救于事矣。

今译

城门有梅，恶声的鸮鸟，栖止其上。此人不良，我已经借诗歌以劝告。我的劝告，不蒙采纳，到了颠覆败亡的时候，再想起我的话，已经无济于事了。

（七）防有鹊巢

这是劝人莫信不合理的谎言的诗。

防有鹊巢[1]，邛有旨苕[2]。谁侜予美[3]？心焉忉忉[4]！

今注

1 防有鹊巢：防，堤防也。鹊宜巢于树木之上，今言鹊巢于堤防之上，显然是不合理不可信的。

2 邛有旨苕：邛，音穷，丘也，高地也。旨，味香的。苕，音条，草名，叶青茎绿，可食。苕宜生于低湿之地，今言苕生于高丘之上，亦是不合理不可信的。

壹 国风

3　谁侜予美：侜，音舟，欺罔也，蒙蔽也，诳也。予美，我所爱之人。

4　忉忉：音刀，忧愁。

今译

鹊鸟巢于堤防之上，香苕生于高丘之地，这都是不合理不可信的谎话。但是什么人说这些不可信的谎话，以欺骗我所爱的人呢？实在使我心中忧愁。

中唐有甓[1]，邛有旨鹝[2]。谁侜予美？心焉惕惕[3]！

今注

1　中唐有甓：中唐，中庭路也。甓，陶器也，砖一类的东西，用以建阶。中庭之路，非建阶之地，而言有甓，是不可信的。

2　邛有旨鹝：鹝，音意。旨鹝，亦旨苕一类之物，生于低湿之地。今言旨鹝生于高丘之地，亦为不可信之言。

3　惕惕：忧惧也。

今译

中庭之路而言有砖甓之物，高丘之地而言生旨苕之菜，这都是不合理不可信的谎话。但是什么人说这些不可信的谎话，以欺骗我的爱人呢？实在使我心中忧惧。

（八）月出

这是男子思其情女之诗。

月出皎[1]兮，佼人僚兮[2]。舒窈纠兮[3]，劳心悄兮[4]。

今注

1　皎：月光皎洁也。

2　佼人：美人也。僚：美好的样子。

3　舒窈纠兮：舒，发语词。窈纠，即窈窕也，美好的样子。纠，音皎。

4 劳心悄兮：忧心悄悄也。

今译

皎洁的月光啊，僚丽的美人啊，窈窕的丰姿啊，思而不见，使我深深忧念。

月出皓[1]兮，佼人懰[2]兮。舒忧受[3]兮，劳心慅[4]兮。

今注

1 皓：音浩，光明洁白也。
2 懰：音刘，美好也。
3 忧受：即窈窕也。
4 慅：音草，忧念的样子。

今译

明亮的月光啊，懰丽的美人啊，窈窕的丰姿啊，思而不见，使我切切忧念。

月出照[1]兮，佼人燎[2]兮。舒夭绍[3]兮，劳心惨[4]兮。

今注

1 照：光明的。
2 燎：明媚的。
3 夭绍：窈窕。
4 惨：忧伤也。

今译

灿耀的月光啊，明媚的美人啊，窈窕的丰姿啊，思而不见，使我惨然忧念。

（九）株林

这是刺陈灵公与夏姬通奸之诗。

胡为乎株林[1]？从夏南[2]；匪适[3]株林，从夏南！

壹 国风

今注

1 株:夏氏之邑也,在今河南省柘城县。林:野也。

2 夏南:征舒字,征舒字子南,故称夏南,夏姬之子也。陈灵公淫于夏姬,言其子,实指其母也。

3 适:往也。

今译

他为什么往株邑之林去呢?是为的找夏南。他的目的,不在于株林,而在于夏南。

驾我乘马[1],说[2]于株野;乘我乘驹,朝食于株。

今注

1 乘马:四匹马之车也。乘,作名词用时读胜,作动词用时读成。

2 说:音税,舍息也。

今译

　驾起我的四匹马车,到株野去休息。坐着我的四驹马车,到株邑吃早饭。

(十)泽陂

这是男女相悦相恋之诗。

彼泽之陂[1],有蒲与荷[2]。有美一人,伤如之何?寤寐无为[3],涕泗滂沱[4]!

今注

1 陂:音杯,水泽的堤障。

2 蒲:水草,可用以编席。荷:芙蕖也。

3 无为:百无聊赖,提不起精神。

4 滂沱:痛哭,哭得鼻涕一把眼泪一把。

今译

在那水泽的堤岸,长着蒲草与荷花。想起我所爱慕的美人,使我无限悲伤,睡卧不宁,百无聊赖,只有涕泗纵横而已。

彼泽之陂,有蒲与䈙[1]。有美一人,硕大且卷[2]。寤寐无为,中心悁悁[3]!

今注

1 䈙:音尖,兰也。
2 卷:同"娟",美丽也。
3 悁悁:悁音渊,悁悁,忧思也。

今译

在那水泽的堤岸,长着蒲草与兰花。想起我所爱慕的美人,长得那么大方漂亮,使我睡卧不宁,百无聊赖,只有心中愁思而已。

彼泽之陂,有蒲菡萏[1]。有美一人,硕大且俨[2]。寤寐无为,辗转伏枕!

今注

1 菡萏:荷花。菡,音汉。萏,音旦。
2 俨:美丽也。

今译

在那水泽的堤岸,长着蒲草与荷花。想起我所爱慕的美人,长得那么大方漂亮,使我睡卧不宁,百无聊赖,只有翻来覆去地脸伏枕头而已。

十三　桧

国名,高辛氏火正祝融的封地,即今之河南省郑州。

（一）羔裘

这是刺桧君之重游宴而轻于理政之诗。

羔裘逍遥[1]，狐裘以朝[2]。岂不尔思？劳心忉忉。

今注

1 羔裘：理政办公之法服也。逍遥：游戏宴乐也。
2 狐裘：燕居之便服也。朝：音潮，临朝办公也。马瑞辰《毛诗传笺通释》引用钱澄之之言曰："逍遥而以羔裘，是法服为嬉戏之具；视朝而以狐裘，是临御为亵媟之场。"其言简明而切要，可以为理解此诗之助。

今译

游宴的时候，你穿着办公的法服；临朝的时候，你穿着燕居的便衣。岂有对你不想念的道理，但是你不理国事，使我无限担心。

羔裘翱翔[1]，狐裘在堂[2]。岂不尔思？我心忧伤。

今注

1 翱翔：消遣玩乐。
2 堂：公堂，办公之地。

今译

消遣的时候，你穿着办公的法服，临堂的时候，你穿着私居的便衣。岂有对你不想念的道理，但是你荒废政务，使我内心忧伤。

羔裘如膏[1]，日出有曜[2]。岂不尔思？中心是悼。

今注

1 膏：光泽也。
2 日出有曜：耀然如阳光之发亮也。有曜，耀然而有光也。

今译

你所穿的羔裘，光泽鲜艳，耀然如阳光之发亮。岂有对你不想念的道理，但是你懈弛朝政，使我内心悲悼。

（本章是言其只注意服装之美而不注重国事也。）

（二）素冠

这是桧之贤臣痛心桧君华服盛装不理国事而欲归隐之诗。

庶见素冠兮[1]，棘人栾栾兮[2]，劳心慱慱兮[3]。

今注

1　庶：庶几，希望之词。素冠：与下章之素衣、素韠，皆朴实无华之服者，与桧君之注重盛装美服者，完全相反。由于桧君之注重服饰打扮，国人化之，成为风气，故此贤臣深感朴素之衣着，已属难见，故曰安得见有素冠素衣素韠之人而与之"同归""如一"也。

2　棘人：贤臣自谓也，急切忧心国事之人，孤臣孽子之人。栾栾：瘠瘦也，因忧心国事而憔悴消瘦。

3　劳心：操心，操劳之心。慱慱：音团，忧愁的样子。

今译

好在能碰到一个戴素冠的人吧！孤孽的我已经憔悴不堪了，念及国事，使我担心得很！

庶见素衣兮，我心伤悲兮，聊与子同归兮[1]。

今注

1　聊：且也。子：指素衣之人。同归：同斥言于田野，同归于俭朴的生活。

今译

好在能碰到一个穿素衣的人吧！看见那些盛装艳服，我的心悲伤极了，且愿与你同归于俭朴的生活。

庶见素韠[1]兮，我心蕴结[2]兮，聊与子如一[3]兮。

壹 国风

今注

1 韠：音毕，蔽膝之物也。
2 蕴结：忧郁难解也。
3 如一：一致的生活，俭朴的生活。

今译

好在能碰见一个穿素韠的人吧！看见那些盛装艳服，我的心忧郁难解，且愿与你一样朴素无华。

（三）隰有苌楚

这是描写乱世之人不乐其生之反常心理之诗。

隰有苌楚[1]，猗傩[2]其枝。夭之沃沃[3]，乐子之无知[4]！

今注

1 隰：低湿之地。苌楚：羊桃树。
2 猗傩：同"婀娜"，美盛的样子。
3 夭：艳盛也。沃沃：很有光泽的样子。
4 乐：羡慕也。无知：没有知觉，没有感应，故无愁无虑。（人在痛苦忧患之中，常常憎恨自己有知识有感应，而羡慕草木无知无识之可贵，人若是没有知识没有感应，对于政治之治乱，社会之是非，人群之善恶，毫无分别，毫无见解，如草木一样，是多么好呢！大概在衰乱之世，人们不乐其生，以生为苦，所以才有这种悲哀厌世的心理。如果在太平盛世，室家本来是温暖的源泉，生命本来是享受的主体，何至于以无知识之愚，无室家之累，为可羡慕的呢！由此诗，可以想见桧国政治之坏了。）

今译

那低湿的地方，长着一棵羊桃树，枝叶茂盛，光彩鲜艳。羊桃树啊，像你这样无知无虑的样子，真是值得羡慕啊！

隰有苌楚，猗傩其华。夭之沃沃，乐子之无家！

今译

那低湿的地方，长着一棵羊桃树，花开茂盛，光彩鲜艳。羊桃树啊，像你这样没有室家之累，真是值得羡慕啊！

隰有苌楚，猗傩其实。夭之沃沃，乐子之无室！
今译

那低湿的地方，长着一棵羊桃树，果实繁茂，光彩鲜艳。羊桃树啊，像你这样没有室家之累，真是值得羡慕啊！

（四）匪风

这是刺桧政治败坏，人民流离失所，痛苦望救之诗。

匪风发兮[1]，匪车偈兮[2]。顾瞻周道[3]，中心怛兮。
今注

1　匪：同"非"，不是。发：飘刮。
2　匪风发兮，匪车偈兮：偈，音洁，疾驱。言不是风把我们刮在道路上，也不是车把我们赶在道路上，我们所以流离道路者，乃恶政之所逼也。
3　顾瞻周道：周道，大道也，大路也。在大路之上，仰天四顾，百无聊赖，所以中心怛怆。

今译

不是风把我们刮在大路上，也不是车把我们赶在大路上。在大路上之颠沛流离，仰天四顾，百无聊赖，心中悲怆得很啊！

匪风飘兮，匪车嘌[1]兮。顾瞻周道，中心吊兮。
今注

1　嘌：音飘，吹荡。
今译

不是风把我们飘在大路之上，也不是车把我们摇在大路之上。

在大路之上，仰天四顾，百无聊赖，心中哀伤得很啊！

谁能亨鱼？溉之釜鬵[1]。谁将西归？怀之好音。
今注
1 溉：洗涤。釜鬵：烹鱼之器也。鬵，大锅。
今译
谁能烹鱼？我愿意为他洗锅。谁将西归？我希望能有好的消息。

十四　曹

国名，其地在禹贡兖州陶丘之北，雷夏荷泽之野，周武王以封其弟振铎，今之山东曹州。

（一）蜉蝣

这是叹人生短暂，荣华不常之诗。

蜉蝣之羽[1]，衣裳楚楚[2]。心之忧矣，于我归处[3]。
今注
1 蜉蝣：像蜻蜓的昆虫，栖息水边，又能飞行空中，朝生暮死，生命甚短。蜉，音孚。蝣，音由。
2 楚楚：鲜明的样子。但其生命短暂，比喻人生短促，荣华富贵之难久也。
3 于我归处：消极的结局。
今译
蜉蝣的羽翼，好像是鲜明的衣裳，鼓翼而飞，楚楚而美观。但是朝生暮死，转瞬即逝。想到我的生命，也和它是同样的结局，不由得便忧伤起来。（把"心之忧矣，于我归处"颠倒翻译。）

蜉蝣之翼，采采衣服。心之忧矣，于我归息。

今译

蜉蝣的翅膀,好像是美丽的衣服,鼓翼而飞,华丽而鲜明。但是朝生暮死,转瞬即逝。想到我的生命,也和它是同样的结局,不由得忧伤起来。(归处、归息、归说,都是死。于,同"与"解。)

蜉蝣掘阅[1],麻衣[2]如雪。心之忧矣,于我归说。
今注

1 掘阅:掘,穿也。阅,穴也,谓蜉蝣穿穴而出。
2 麻衣:白衣也。

今译

蜉蝣从地中出生之始,一身的白衣服,好像是雪一般的,真是美观。但是朝生暮死,转瞬即逝。想到我的生命,也和它是同样的结局,不由得忧伤起来。

(二)候人

这是刺曹共公之任用小人而疏远君子之诗。据《左传·僖公二十八年》,晋文公伐曹。三月入曹,宣布曹公之罪,谓其不用贤人僖负羁,而乘轩者三百人,皆小人也。

彼候人[1]兮,何戈与祋[2]。彼其之子[3],三百赤芾[4]。
今注

1 候人:道路迎送宾客之官。指贤人,贤人不被重用,而只为荷戈与祋之事,以作仪仗队。
2 何:同"荷",负也。祋:音对,殳也,殳音殊,兵器名,以竹为之,长一丈二尺。
3 彼其之子:指小人,小人得志,被重用,反而乘坐高车。
4 赤芾:芾,冕服之韨也。赤芾,天子所赐大夫之服也,列国之卿大夫,受命于天子者,始得服赤芾。曹以小国,而服赤芾者,竟有三百人之多,可见曹共公之滥宠矣。芾,音沸。

壹 国风

今译

彼贤良之君子，荷戈与祋，充当迎送宾客之仪仗队；而驽劣之小人，反而乘高轩，服赤芾，扬扬得意，竟有三百人之多。

维鹈在梁[1]，不濡[2]其翼。彼其之子，不称其服。
今注
1 鹈：音啼，鹈鹕鸟也。鹈鹕，比喻君子也，入污水而其翼不沾。梁：水坝也。
2 濡：湿水也。
今译
水坝上的鹈鹕，虽入于污水之中，而其翼光洁不沾。那班气质恶劣的小人们，穿佩赤芾之服饰，太不相配了。

维鹈在梁，不濡其咮[1]。彼其之子，不遂其媾[2]。
今注
1 咮：音昼，鸟嘴。
2 遂：称也，配也。媾：宠也。
今译
水坝上的鹈鹕，虽入于污水之中，而其嘴光洁不沾。那班气质恶劣的小人们，享受深厚的宠禄，太不相配了。

荟兮蔚兮[1]，南山朝隮[2]。婉兮娈兮，季女[3]斯饥。
今注
1 荟、蔚：皆丛集腾发之意。
2 朝：早晨。隮：虹。以早晨的虹，比喻妖邪的小人。
3 季女：少女也，以少女比喻君子。
今译
南山早晨的虹气，丛蔚而腾勃。美丽婉顺而有德的少女，反而沦于饥饿。

（三）鳲鸠

这首诗是说淑人君子之正己而正人也。

鳲鸠[1]在桑，其子七兮[2]。淑人君子，其仪[3]一兮。其仪一兮，心如结兮[4]。

今注

1　鳲鸠：布谷鸟也。鳲，音尸。

2　其子七兮：布谷鸟养了七个儿子，它怎么能养七个儿子呢？因为它以同样的爱去爱它的每个儿子。

3　仪：仪者，义也，行为也，行而宜之之谓义。

4　心如结兮：言其心之坚定贞一也。

今译

桑树上的布谷鸟，以同样的爱去爱它的每个儿子，所以它能养大七个儿子。善良的君子，他的行为，永远是纯一不二的。他之所以纯一不二，是由于他的心之坚定贞一。

鳲鸠在桑，其子在梅。淑人君子，其带伊[1]丝。其带伊丝，其弁伊骐[2]。

今注

1　伊：维也。

2　弁：皮冠也。骐：同"璂"，饰玉。

今译

布谷鸟在桑树上，它的儿子飞在梅枝上。善良的君子，他的大带，用素丝做成，他的皮冠，用玉石作装饰。

鳲鸠有桑，其子在棘。淑人君子，其仪不忒[1]。其仪不忒，正是四国。

壹　国风

今注

1　忒：错误，音特。

今译

布谷鸟在桑树上，它的儿子飞在枣树上。善良的君子，他的行为永远是正大光明的。因为他的行为正大光明，所以他能端正四方的国家。

鸤鸠在桑，其子在榛。淑人君子，正是国人。正是国人，胡不万年！

今译

布谷鸟在桑树上，它的儿子飞到榛枝上。善良的君子，端正全国的人民。既然他是全国人民的表率，怎可以不长寿万年呢？！（祝祷其长寿万年。）

（四）下泉

这首诗是伤周室衰微而四方诸侯之强凌弱也。

冽彼下泉[1]，浸彼苞稂[2]。忾我寤叹[3]，念彼周京[4]。

今注

1　冽：音列，寒冷的。下泉：自上而下流的泉水。
2　浸：浇灌也。苞：丛生也。稂：音狼，牛尾蒿也。
3　忾：叹息声。寤：语词。
4　周京：周朝的都城，即成周。

今译

寒冽的下泉，浇浸之苞稂。想起了周京的衰微，使我忾然叹息。（此诗借寒泉流下，浇浸苞稂，比喻晋以大国而侵曹，曹无力以抵抗，而周天子力量微弱，亦不能抑强扶弱，于是诗人为之叹息。）

冽彼下泉，浸彼苞萧[1]。忾我寤叹，念彼京周[2]。

今注

1　萧：蒿也。
2　京周：周京，为协韵倒置。

今译

寒冽的下泉，浇浸了苞萧。想起了周京的衰微，使我忾然叹息。

冽彼下泉，浸彼苞蓍[1]。忾我寤叹，念彼京师[2]。

今注

1　蓍：蒿类。
2　京师：京都之地，人口众多，即周京。

今译

寒冽的下泉，浇浸了苞蓍。想起了周京的衰微，使我忾然叹息。

芃芃[1]黍苗，阴雨膏[2]之。四国有王[3]，郇伯劳之[4]。

今注

1　芃芃：音朋，茂盛的样子。
2　膏：作动词解，滋润、润泽。
3　四国有王：四方的国家，心目中知道尊敬周天子，心目中尚有周天子。
4　郇伯劳之：郇，音荀。伯，即荀跞，亦智伯。春秋时期昭公二十二年，王子朝作乱，晋荀跞率领九州的戎人，平定祸乱，保护周敬王进入王城。昭公二十六年，荀跞又护卫敬王返回成周。成周即东周。昭公二十七年，晋国又保卫周京。劳，招徕，号召。

今译

茂盛的黍苗，是由于阴雨的泽润。四方的国家之所以心目中尚有周王，是由于郇伯的号召。

壹　国风

十五　豳

国名，在禹贡雍州岐山之北，原隰之野。虞夏之际，弃为后稷之官，而封于邰（今陕西省武功县）。弃之后代子孙至公刘之世，能修复后稷之业，民以富实，乃相土地之宜而立国于豳（今陕西省三水县）。

（一）七月

这是咏豳地农村工作及生活情形之诗。

七月流火[1]，九月授衣[2]。一之日觱发[3]，二之日栗烈[4]。无衣无褐[5]，何以卒岁[6]？三之日于耜[7]，四之日举趾[8]。同我妇子，馌[9]彼南亩，田畯至喜[10]。

今注

1　七月：指夏历之七月而言，夏历之七月为周历之九月。流火：火，星名，六月初黄昏时，火星见于南方，至七月之昏，则下而向西流，故曰流火，即七月火星下沉也。

2　九月授衣：夏之九月，为周之十一月，天气已寒，故授衣而使之御寒。

3　一之日觱发：一之日，夏历十一月，即周之正月。觱，音必，觱发，风寒也。

4　二之日栗烈：二之日，夏历十二月，即周之二月。栗烈，即凛冽，寒冷也。

5　褐：音贺，毛布，平民之服。

6　何以卒岁：何以渡过冬天。

7　三之日于耜：三之日，夏历正月，即周之三月。耜，音似，农具，即今日之锹。于耜者，即修理农具，准备开始农作也。

8　四之日举趾：四之日，夏历二月，即周之四月。举趾，即举脚踏耜，耕种田地。

9　馌：音叶，送饭到田里以供耕者之食。

10　田畯：畯，音俊。田官，劝导耕作之官。

今译

七月的时候，火星下流，天气渐凉。九月的时候，霜降天寒，把衣服分授给家人以御寒。十一月的时候，寒风飕飕；十二月的时候，冷气冻人，如果没衣没褐，何以能渡过这凛冽的寒冬？到了第二年的正月，就要修理农具，准备开始耕作。二月的时候，就要脚踏锹具，耕松土壤。自此以后，农田的工作，便越来越忙，于是全家动员，壮而有力者在田耕作，妇孺们在家做饭，饭做好了，送到田间以供工作者食用。劝农的官，看到这种男女老幼勤于耕作的情形，便大大欢喜起来。

七月流火，九月授衣。春日载阳[1]，有鸣仓庚[2]。女执懿筐[3]，遵彼微行[4]，爰求柔桑。春日迟迟[5]，采蘩祁祁[6]。女心伤悲，殆及公子同归[7]。

今注

1　载：始也。阳：温和也。

2　仓庚：黄鹂也。

3　懿筐：深的筐子。

4　遵：循也。微行：小径也。行，读杭。

5　春日迟迟：日长而暄也。

6　蘩：白蒿也，用以生蚕，盖蚕有生出者，有未生出者，以白蒿水浇于蚕子，则未生出者亦可生，故采蘩所以生蚕，并非饲蚕。祁祁：人众也。

7　女心伤悲，殆及公子同归：女心为什么悲伤呢？因为要嫁于公子，远离家人父母，故一时心酸耳。

今译

七月的时候，火星下流，天气渐凉。九月的时候，霜降天寒，把衣服分授给家人以御寒。冬天过了，春天开始温暖起来，黄鹂也叫起来了。女子拿着深美的筐子，顺着小路，去采那柔嫩的桑叶，饲养幼蚕。春日天长而温和，采蘩的人，也很多很多。女子一想起就要出嫁于公子，远离家人父母，不由便悲伤起来。

（此章全言女工之事。）

七月流火，八月萑苇[1]。蚕月条桑[2]，取彼斧斨[3]，以伐远扬，猗彼女桑[4]。七月鸣鵙[5]，八月载绩[6]。载玄载黄[7]，我朱孔阳[8]，为公子裳。

今注

1　萑苇：萑，音环，萑苇即芦苇，可作为养蚕之曲簿。

2　蚕月：养蚕的时期。条：作动词用，条理、整理、修理、剪理、修剪桑枝，把枯老的剪去，使新嫩的有充分发展的机会。于是取彼斧斨以伐远扬。

3　斧斨：斨，音枪，亦斧之类，受柄之处，其洞孔方者曰斨，椭圆者曰斧。

4　猗彼女桑：猗，使之茂盛也。女桑，幼小之桑树。言使幼小之桑树充分发展而茂盛。

5　鵙：音局，伯劳鸟也。

6　绩：纺织。

7　载玄载黄：乃把丝染成黑色或黄色。

8　我朱孔阳：朱，染的红色。孔，甚也，阳，鲜艳也。

今译

七月的时候，火星下流，八月的时候，收割芦苇。到了蚕月的时候（第二年三月），修剪桑枝，用斧子、斨子把枯老的桑树枝梢，都剪掉，使那些幼小的桑枝，得有发展茂盛的机会。到了七月的时候，伯劳叫鸣，八月的时候，就可以纺织成布，于是染成黑的黄的各种各样的颜色。我染的红色的布，最为鲜艳，预备为公子做衣裳穿。

四月秀葽[1]，五月鸣蜩[2]。八月其获，十月陨蘀[3]。一之日于貉[4]，取彼狐狸，为公子裘。二之日其同[5]，载缵武功[6]。言私其狐[7]，献豜于公[8]。

今注

1　荑：音腰，苦菜也。

2　蜩：音条，蝉也。

3　陨：落。萚：音唾，草木皮叶落地也。

4　一之日于貉：一之日，十一月也，于貉，往猎貉也。貉，音何，兽名。

5　二之日其同：二之日，十二月也，同，会同也，谓大会众人行猎也。

6　载缵武功：缵，继续练习。武功，武事也，打猎有益于习武，所以打猎就是操练武功。

7　豵：一岁的猪。

8　豜：音肩，三岁的猪。

今译

四月的时候，苦菜抽穗。五月的时候，蝉儿发鸣。八月的时候，收割庄稼。十月的时候，草木陨落。十一月的时候，猎逐狐狸，为公子制皮袄。十二月的时候，大会众人而行猎，借以操练武功。猎得的野猪，小的自己吃，大的献于豳公。

五月斯螽动股，六月莎鸡振羽[1]。七月在野，八月在宇[2]，九月在户[3]，十月蟋蟀入我床下[4]。穹窒熏鼠[5]，塞向墐户[6]。嗟我妇子，曰为改岁[7]，入此室处[8]。

今注

1　斯螽：莎鸡，蟋蟀，皆是一物，随时变化而异其名。螽，音忠，昆虫。莎，音蓑。动股：以股部摩擦翅膀而发鸣。振羽：鼓动翅膀而发声。

2　宇：屋檐。谓蟋蟀在屋檐之下。

3　在户：言九月天气转凉，蟋蟀乃避至门户之内。

4　入我床下：言天气更冷，蟋蟀则避于我的床下。

壹　国风

5　穹：音穷，洞穴也。窒：音质，塞也，将墙里的洞穴都塞住，以免寒气侵入。熏鼠：鼠系咬噬东西并穿穴之物，所以要用火烟把鼠熏绝。

6　塞向：冬天北风寒冽，要把北向的窗牖塞住。墐户：墐，音谨，以泥涂物也，贫民之房屋都用树枝或竹草编成，容易透风，所以要涂之以泥而可以蔽风。

7　曰：语词。为：将也。改岁：言将换新年也。

8　入此室处：进入这样温暖的房内，安生地过活。

今译

五月的时候，斯螽叫鸣，六月的时候，莎鸡振羽。七月的时候，蟋蟀在野，八月的时候，天气转凉，蟋蟀就在屋檐之下。九月的时候，天气较寒，蟋蟀就跑入门户之内。十月的时候，天气更寒，蟋蟀就藏入我的床下。十月以后，我就把房屋的孔洞都堵塞起来，把咬物品掘孔洞的老鼠都熏死，把面朝北的窗子都堵塞住，把草编的门，用泥涂抹起来。这样，寒气就一点不能侵入屋内，我们全家男女老幼就可以在此温暖的房间，安安生生地度过晚冬而迎新春。

六月食郁及薁[1]，七月亨葵及菽[2]。八月剥枣[3]，十月获稻，为此春酒[4]，以介眉寿[5]。七月食瓜，八月断壶[6]，九月叔苴[7]，采荼薪樗[8]，食我农夫。

今注

1　郁：唐棣类果物。薁：音玉，野葡萄。

2　亨：古烹字。葵：菜名。菽：大豆。

3　剥枣：剥打也，打枣树之枝，使枣落下，以便收获。

4　春酒：冻醪也，冬时酿之，新春饮之。

5　介：助也。眉寿：高寿也。

6　断壶：瓠也，断蒂取瓜也。

7　叔：拾也。苴：麻子，可做菜羹。

8　荼：苦菜。樗：音出，下等的木材，作薪用。

今译

六月的时候，吃唐棣和葡萄。七月的时候，吃葵果和大豆。八月的时候打枣。十月的时候收稻。冬天做酒春天喝，介眉高寿人欢乐。七月的时候吃瓜，八月的时候断瓠，九月的时候拾麻子，收采苦菜，砍伐樗薪，储备齐全，农夫们就可以有吃的了。

九月筑场圃[1]，十月纳禾稼[2]。黍稷重穋[3]，禾麻菽麦。嗟我农夫，我稼既同[4]，上入执宫功[5]。昼尔于茅，宵尔索绹[6]。亟其乘屋，其始播百谷。

今注

1　场圃：场是收谷之地，圃是种菜的地，因场圃使用同一之地，故九月之时，菜蔌已收，圃地即换作场地之用，筑场圃以纳禾稼。

2　禾：稻、秫、菽、粱之类，皆曰禾。稼：禾已秀实而尚在田野者，曰稼。

3　重：音童，先种后熟曰重。穋：音路，后种先熟曰穋。

4　同：收聚完毕也。

5　上入：到都城去。执宫功：为豳公建造房屋之事也。

6　索绹：绞绳索。

今译

九月的时候，修筑场圃，十月的时候，纳进禾稼，黍啊，稷啊，麻啊，豆啊，稻啊，秫啊，有先种而后熟的，有后种而先熟的，这个时候，统统都收割了。农夫既然把庄稼都收聚完毕，于是就到都城，给豳公建筑房屋，白天弄茅草，晚上绞绳索，急急忙忙，赶快把房子盖好了，就该开始播种百谷了。

二之日[1]凿冰冲冲[2]，三之日[3]纳于凌阴[4]。四之日其蚤[5]，献羔祭韭[6]。九月肃霜[7]，十月涤场[8]。朋酒[9]斯飨，曰杀羔羊。跻彼公堂[10]，称彼兕觥，万寿无疆。

今注

1 二之日：十二月也。

2 冲冲：凿冰之声。

3 三之日：正月也。

4 凌阴：藏冰室。

5 四之日：二月也。其蚤：早期。

6 献羔祭韭：以羔羊与韭菜献祭。

7 九月肃霜：霜降而有肃杀之气。

8 涤场：场事已毕而清扫之。

9 朋酒：朋辈相聚而饮酒。

10 跻彼公堂：升登于豳公之堂，为豳公祝寿。

今译

十二月的时候，把冰凿开，正月的时候，纳冰于藏冰之室。二月早期的时候，以羔羊与韭菜献祭。九月霜降，而带有肃杀之气。十月的时候，清扫谷场，农事全毕，于是大家杀羔宰羊，聚酒为欢。升登豳公之堂，举杯称觞，祝豳公万寿无疆。

（二）鸱鸮

这是周公自述辅成王平叛乱、定国家之苦心之诗。

鸱鸮鸱鸮[1]，既取我子，无毁我室[2]。恩斯勤斯，鬻子之闵斯[3]。

今注

1 鸱鸮：猫头鹰，专捕其他小鸟为食。这首诗是周公借鸟语述说自己的苦衷。武王克商，使其弟管叔蔡叔监视纣子武庚之国。武王死，成王幼小，周公立成王而相之。而二叔与武庚叛，且制造谣言，谓周公将不利于成王。故周公东征，二年，乃得管叔武庚而诛之。而成王犹未知周公之真诚也。于是周公作此诗以贻王。托为爱巢之鸟，而斥鸱鸮之破坏。鸱，音吃。鸮，音萧。

2 室：巢也。

3 鬻子：幼子，稚子，指成王。闵：怜惜。斯：语助词。

今译

鸱鸮呀，鸱鸮呀，你既捕取我的儿子，不要再破坏我的窝巢了。我之所以辛辛苦苦，殷勤照顾，完全是为了稚子的可怜。

迨¹天之未阴雨，彻彼桑土²，绸缪³牖户。今女⁴下民，或敢侮予⁵。

今注

1 迨：趁着。

2 彻：取。桑土：桑树根也。

3 绸缪：缪，音谋，从早准备，从早缠扎。

4 女：读汝。

5 或敢侮予：言我勤苦如此，谁敢来污辱我。周公自己以鸟之筑巢自比。

今译

趁着天还没有下雨的时候，我就早早地采取桑根，把窗子、门户（鸟巢）都缠扎起来，以防备毁坏，现在你们下民，有谁敢污辱我呢？

予手拮据¹，予所捋荼²，予所蓄租³，予口卒瘏⁴，曰予未有室家⁵。

今注

1 拮：音结。据：音居。拮据：操作劳苦，手口并作。

2 捋：音勒，取也。荼：萑穗，可用以铺巢。

3 租：同"苴"，草垫也。

4 卒：同"瘁"，病也。瘏：音涂，病也。

5 室家：巢也。

今译

我的操作已经够劳苦了，我采取荼草，我贮积苴垫，我的嘴角也生病了。我之所以如此辛苦，是因为没有窝巢，要积极建造一个窝巢才行。

（辛辛苦苦，为的是建筑窝巢，周公此章，仍以爱巢筑巢之鸟自喻。）

予羽谯谯[1]，予尾翛翛[2]，予室翘翘[3]。风雨所漂摇，予维音哓哓[4]。

今注

1 谯谯：音樵，憔悴也，焦枯也。
2 翛翛：音消，同"消消"，敝也。
3 翘翘：危殆也。
4 哓哓：音消，恐惧告诉的声音。

今译

我的翅膀已经憔悴了，我的尾巴已经残敝了，我的窝巢，摇摇欲坠，再加以风雨的飘荡，叫我如何不恐惧哀诉呢！

（三）东山

这是东征战士归途及到家后抒怀之诗。

我徂东山[1]，慆慆[2]不归。我来自东，零雨其濛[3]。我东曰[4]归，我心西悲。制彼裳衣[5]，勿士行枚[6]。蜎蜎者蠋[7]，烝在桑野[8]。敦彼独宿[9]，亦在车下。

今注

1 徂：往也。东山：东征之地也。
2 慆慆：音滔，久久也。
3 零雨：落雨也。濛：毛毛细雨的样子。
4 曰：语助词。
5 制：制也。裳衣：便服也。
6 勿士行枚：士，事也，从事也。行，读杭，行阵也。枚，行军时士卒口中所衔的枚，枚状如筷子，横衔口中，以制喧哗。勿士行枚，即再不从事于战争也。

7 蜎蜎：独行的样子。蠋：音竹，似蚕之虫也。
8 烝在桑野：烝，乃也，乃在桑野。
9 敦：孤独也。敦彼独宿：此乃战士自言，因下雨独宿于车下。

今译

我从军往征东山，久久不能回家。战事结束了，我从东方回去，下着毛毛细雨。我自东方归来的时候，我的心向西方而悲伤。但愿穿起便衣，永远再不仆仆于战场。那一条蜎蜎的野蚕，孤独地蠕动于桑野之地，正好像我这个离家的人，孤独地蜷缩在车毂之下似的。

我徂东山，慆慆不归。我来自东，零雨其濛。果臝[1]之实，亦施于宇[2]。伊威[3]在室，蟏蛸在户[4]。町畽[5]鹿场，熠燿宵行[6]。不可畏也，伊可怀也[7]！

今注

1 臝：音裸。果臝：栝楼也，药草也，果实似黄瓜而较大。
2 施：音异，延蔓也。宇：屋檐也。
3 伊威：甲虫类，节足动物，生息于阴隰之处。
4 蟏蛸：蟏音萧，蛸音梢。蟏蛸，长足的小蜘蛛。
5 町畽：町，音廷。町畽，舍旁之隙地。
6 熠燿宵行：燿，音耀。熠燿，发光闪闪，如磷火似的，磷火，俗谓之鬼火。宵行，虫名，俗谓之萤火虫。
7 伊可怀也：伊，她也，征夫指其妻而言，其夫妻感情极好，三年不归，思之至甚，故想到家乡荒凉之状，虽极可畏，但他认为不可畏者，乃一心一意要回家看他所怀念的她，有此极端思妻之心，故置一切于不可畏也。

今译

我从军往征东山，久久不能回家。战事结束了，我从东方回去，下着毛毛细雨。料想家中无人打扫，一定是果臝之实，蔓延于屋檐，甲虫生息于房内，蜘蛛结网于牖户，宅边的空地，变为野鹿

壹 国风

活动的场所,萤火虫在夜间忽闪忽隐,好像是鬼火一般,这种荒凉阴森的景象,想起来令人害怕,但是一切都不值得害怕,因为我的她更值得怀念啊!

我徂东山,慆慆不归。我来自东,零雨其濛。鹳鸣于垤[1],妇叹于室。洒扫穹窒,我征聿至[2]。有敦瓜苦[3],烝在栗薪[4]。自我不见,于今三年。

今注

1　鹳:音灌,鸟名,似鹤而顶红。垤:音蝶,小土堆。
2　聿至:聿,音玉,语助词,聿至,即到家也。
3　有敦瓜苦:敦,孤悬的。瓜苦,苦瓜也。有一个孤悬的苦瓜。
4　烝在栗薪:乃在栗薪之上。

今译

我从军往征东山,久久不能回家。战争结束了,我从东方回去,下着毛毛细雨。鹳鸟在土堆上叫啼,我的妻在家中叹息。她在洒扫房屋的时候,我忽然到家了。一眼瞥见一个苦瓜,孤悬在栗薪之上,我不见此物,已经有三年之久了。

我徂东山,慆慆不归。我来自东,零雨其濛。仓庚[1]于飞,熠燿[2]其羽。之子于归,皇驳其马[3]。亲结其缡[4],九十其仪[5]。其新孔嘉[6],其旧如之何[7]?

今注

1　仓庚:黄鹂也。
2　熠燿:发光的样子。
3　之子于归:女子出嫁,指其妻当年出嫁的情形。皇驳其马:马之黄白相间者曰皇,马之赤身黑鬣而杂以白色者曰驳。
4　亲结其缡:缡音离,女嫁时,母亲为之结缡,缡者,蔽膝之物也。
5　九十其仪:九种十种的礼节,言其礼仪之多也。

6 其新孔嘉：言其新婚时夫妇感情之甜蜜。

7 其旧如之何：现在是老夫老妻了，久别重逢，该怎么样呢？应该是更相亲相爱了。

今译

我从军往征东山，久久不能回家。战争结束了，我从东方回去，下着毛毛细雨。回想我和妻当年初婚之日，正是黄莺于飞之时，妻的漂亮，又如黄莺的羽翼那样的美丽。她的母亲为她结上了佩巾，各色各样的马匹来送亲，多种多样的礼节来行婚，一对新婚夫妻，真是说不尽的甜蜜啊！现在是老夫老妻了，老夫老妻，久别重逢，应该怎么样？

（四）破斧

这是赞美周公东征救国救民之德也。

既破我斧[1]，又缺我斨[2]。周公东征，四国是皇[3]。哀我人斯[4]，亦孔之将[5]。

今注

1 斧：战争武器。

2 斨：音枪，武器。

3 四国：造谣反叛之四国，而非朱子所谓四方之国家。皇：匡正。

4 哀我人斯：哀，哀怜也，爱恤也。言周公之哀恤我人民。

5 亦孔之将：亦，语助词。孔，极也。将，大也。

今译

为了征服叛乱，我们的斧儿也破了，我们的斨儿也缺了，这真是一场剧烈的战争。周公之所以要东征，是因为要匡救四国的祸乱，他哀怜人民的美德，可以说是大极了。

（此为东征战士之口气。）

壹 国风

既破我斧，又缺我锜[1]。周公东征，四国是吪[2]。哀我人斯，亦孔之嘉。

今注

1 锜：音奇，凿属，武器。

2 吪：音讹，化也。

今译

为了征服叛乱，我们的斧儿也破了，我们的锜儿也缺了，这真是一场剧烈的战争。周公之所以要东征，是因为要变化四国的风气，他哀怜人民的美德，可是说是好极了。

既破我斧，又缺我銶[1]。周公东征，四国是遒[2]。哀我人斯，亦孔之休[3]。

今注

1 銶：独头斧，武器。

2 遒：音酋，安定也。

3 休：美好。

今译

为了征服叛乱，我们的斧儿也破了，我们的銶儿也缺了，这真是一场剧烈的战争。周公之所以要东征，是因为要安定四国的秩序，他哀怜人民的德行，可以说是美极了。

（五）伐柯

这是赞美周公之足以为人模范之诗。

伐柯[1]如何？匪[2]斧不克。取[3]妻如何？匪媒不得。

今注

1 柯：音科，斧柄也。

2 匪：非也。

3 取：读娶。

今译

怎么样才能砍制斧柄呢？非用斧子砍不掉。怎么样才能娶到太太呢？非托媒人得不到。

伐柯伐柯，其则不远。我觏之子[1]，笾豆有践[2]。
今注

1　觏：见也。之子：指周公也。

2　笾豆有践：笾豆皆礼器也。践，行也。

今译

手执着斧柄，而伐柯以制斧柄，其方法就在手上。我所见的人，是个实践礼仪的人。（意思就是说我们要想学礼仪，周公就是我们面前的标准。本诗"我觏之子，笾豆有践"与下一诗"我觏之子，衮衣绣裳"，皆指周公，意义文法构造皆同。）

（六）九罭

这是东都之人，孺依周公，不愿其离去之诗。

九罭之鱼鳟鲂[1]，我觏之子[2]，衮衣[3]绣裳。
今注

1　罭：音域，渔网也。九罭：小而且密之渔网也。鳟：音尊，鳞细腹白之鱼。鲂：音房，鳊鱼也。

2　我觏之子：我所见之人，指周公也。

3　衮衣：衣上画有卷龙之衣也。古者天子之衣画龙，一升二降。上公之衣画龙，只有降龙，因其龙首卷然，故谓之衮。

今译

九罭之网，仅能容小虾，而今鳟鲂等大鱼竟置于九罭之内。我所见之人，穿着衮衣绣裳的上公之服，而竟置于东方之地。

鸿[1]飞遵渚，公[2]归无所，于女信[3]处！

壹　国风

今注

1　鸿：鸿鹄也，一飞千里之大鸟也，应当飞翔于云际，今循小渚而飞，言鸿鹄之不得志也。比喻周公宜在朝廷之上，今处于东都，是不得其志也，亦见成王之不知人也。

2　公：指周公也。

3　女：读汝。信：再宿曰信。

今译

飞翔于云际的鸿鹄，今竟循小渚而飞行。公无所归，只得与汝作信宿之处。

鸿飞遵陆，公归不复¹，于女信宿！

今注

1　不复：不再来东都，而将久处于朝廷。

今译

飞翔于云际的鸿鹄，今竟循陆地而飞行。公虽暂时无所归，与汝作信宿之处，但终究是要回去的，一去之后，就不复再来了。

是以有衮衣兮，无以我公归兮！无使我心悲兮！

今注

本章是言东都之民，爱恋周公，而不愿其离开也。

今译

穿着衮衣的人，虽宜在朝廷，但是我们希望不要把公召回，不要使我们心中悲伤！

（七）狼跋

这是豳人赞美周公之诗。

狼跋其胡¹，载疐其尾²。公孙硕肤³，赤舄几几⁴。

今注

1　跋：音拔，足蹋之也。胡：颔下悬肉也。

2　疐：音至，通"踬"，跲也，颠蹶也，言老狼颔下悬有肉，前行则足踏其肉，后退则足踬其尾，所谓"跋前疐后"，进退得咎。比喻周公因遭疑谤，有进退两难之势。

3　公孙：指周公也。因其为帝王之后，故称公子公孙皆可。硕肤：宽宏大量。

4　赤舄：冕服之履也。几几：安重的样子。此言周公虽处于跋前疐后之境，然以其宽宏大量，所以能步履安重，处之裕然。

今译

狼前进则自踏其颔下之肉，后退则自踬其后部之尾，这真是动辄得咎。周公之处境，虽类于此，但以其宽宏大量，故仍能步履安定，处之裕然。

狼疐其尾，载跋其胡。公孙硕肤，德音不瑕[1]。

今注

1　德音：声名，令闻，声誉也。不瑕：没有一点瑕疵。

今译

狼后退则自踬于后部之尾，前进则自踏其颔下之肉，这真是动辄得咎。周公之处境，虽类于此，但以其宽宏大量，故仍能保持其声誉，没有一点瑕疵。

贰 小 雅

雅，严正而高贵的，正乐之歌，有大雅小雅之别，大雅，是会朝的乐歌，是受厘陈戒之辞，所以恭敬庄严，毫无悲怨之声。小雅，是燕飨的乐歌，亦有悲怨之句，伤时之言，讽咏之意。这是大小雅的分别。雅颂无诸国名别，但以中原之声为多，该地带为中华文化的源泉，所以见之于诗者特别多。雅诗以每十篇为一卷，故谓之"什"，犹军法以十人为什的意思。

一 鹿鸣之什

（一）鹿鸣

这是宴待群臣嘉宾之诗，而燕礼亦云。工歌鹿鸣，四牡，皇皇者华，即指此而言。其后，推而用之于乡人宾主之间，所以这三篇诗成为上下通用之乐。

呦呦[1]鹿鸣，食野之苹[2]。我有嘉宾[3]，鼓[4]瑟吹笙。吹笙鼓簧[5]，承筐是将[6]。人之好我，示我周行[7]。

今注

1 呦呦：音幽，鹿鸣声。
2 苹：音平，是蒿类的植物，又名藾萧，嫩时可食。
3 嘉宾：主人高称客人之词。
4 鼓：敲击。

5　簧：笙之舌片。
6　承：捧着。筐：用以盛币帛送礼的筐子。将：送致，进献。
7　周行：大路，比喻至德要道之大道理。行，读杭。

今译

鹿得了野苹，便呼鸣共食。我宴飨高贵的嘉宾，鼓瑟吹笙，欢聚共乐，捧筐送币，以侑酒食。嘉宾们对于我如此爱好，希望不吝指教，示我以大道。

呦呦鹿鸣，食野之蒿。我有嘉宾，德音孔昭[1]，视民不恌[2]，君子是则[3]是效。我有旨酒，嘉宾式燕以敖[4]。

今注

1　德音孔昭：德音，即德行声誉。孔昭，极其光明。
2　视民不恌：视，同"示"，示范，启示。恌，同"佻"，轻薄。
3　则：作动词用，效法。
4　式：词语。敖：行乐。

今译

鹿得了野蒿，便呼鸣共食。我有高贵的嘉宾，他们的德行声誉，都是极其光明的，可以教导人民以不轻薄，可以使有地位的君子则而效之。我有芳香的美酒，希望嘉宾们尽情地宴饮欢乐。

呦呦鹿鸣，食野之芩[1]。我有嘉宾，鼓瑟鼓琴。鼓瑟鼓琴，和乐且湛[2]。我有旨酒，以燕乐嘉宾之心。

今注

1　芩：音琴，草名。
2　湛：音耽，极其欢乐。

今译

鹿得了野芩，便呼鸣共食。我欢宴高贵的嘉宾，鼓瑟弹琴，大家尽兴欢乐。我有芳香的美酒，以宴乐嘉宾们的心情。

贰　小雅

（二）四牡

这是出使于外者久不得归的怨诗。

四牡骓骓[1]，周道倭迟[2]。岂不怀归？王事靡盬[3]，我心伤悲。

今注

1 牡：音母，雄马。骓骓：前行不停的。
2 周道：大路。倭迟：迂回而邈远的。
3 盬：音古，止息。

今译

四四雄马，不停地前进，遥遥长途，迂回而邈远。我岂有不想回家的道理？只是因为王家的事，没有个停止，所以不能回去，我的心真是悲伤极了。

四牡骓骓，啴啴骆马[1]。岂不怀归？王事靡盬，不遑启处[2]。

今注

1 啴啴：音滩，众盛的样子。骆马：白马黑鬣。
2 不遑：没有闲暇。启处：启，跪也，古时席地而坐，休息止跪于席上。处，安生也。

今译

四匹雄马，白身黑鬣，不停地前进。我岂有不想回家的道理？只是因为王家的事，没有个停止，我连一点安生的空隙都没有。

翩翩者鵻[1]，载[2]飞载下，集于苞栩[3]。王事靡盬，不遑将[4]父。

今注

1 翩：音篇，轻快而飞的样子。鵻：音椎，鸟名，鹁鸠也。
2 载：语助词。
3 集：栖止。栩：音许，栎树。
4 将：奉养。

今译

翩翩飞行的雏鸟,且飞且下,栖止于茂盛的栩树上。王家的事,没有个停止,使我不能回家,以奉养父亲。

翩翩者雏,载飞载止,集于苞杞。王事靡盬,不遑将母。
今译

翩翩飞行的雏鸟,且飞且停,栖止于茂盛的杞树之上。王家的事,没有个停止,使我不能回家,以奉养母亲。

驾彼四骆,载骤骎骎[1]。岂不怀归?是用作歌,将母来谂[2]。
今注

1 骤:疾驰也。骎骎:音侵,飞奔的样子。

2 来:助词。谂:音审,怀念也。

今译

驾着那四骆的车子,猛速地奔驰。我岂有不想回家的道理?只是忙于王事,不能回去。我没有办法,只好作个歌儿,以抒发我想念母亲的心情罢了。

(三)皇皇者华

这是使臣出使四方博访民情之诗。

皇皇[1]者华,于彼原隰[2]。駪駪征夫[3],每怀靡及[4]。
今注

1 皇皇:煌煌。

2 于:在。原隰:高平曰原,低湿曰隰。

3 駪駪:音申,众多人们疾行的样子。征夫:使臣及其随员。

4 每:常常。靡及:不及,完不成任务。常常存着一种唯恐完不成任务的心情。

贰 小雅

今译

煌煌的花儿,艳开于平原及低湿之地。骎骎的征夫,常常存着一种唯恐完不成任务的心情。

我马维驹[1],六辔如濡[2]。载驰载驱[3],周爰咨诹[4]。
今注

1 驹:马五尺以上曰驹。
2 如濡:形容六辔之光泽,如同刚刚染出的颜色一样。
3 载驰载驱:且驰且驱。
4 周:普。爰:于。咨诹:访问。

今译

四匹驹马驾着车子,六辔光泽如濡。我于是驰驱各地,进行普遍的访问。

我马维骐[1],六辔如丝[2]。载驰载驱,周爰咨谋[3]。
今注

1 骐:青黑色的马。
2 六辔如丝:如丝之均匀柔韧。
3 咨谋:咨问商谈。

今译

四匹骐马驾着车子,六辔柔韧如丝。我于是驰驱各地,进行普遍的咨谈。

我马维骆[1],六辔沃若[2]。载驰载驱,周爰咨度[3]。
今注

1 骆:白身黑鬣的马。
2 沃若:若沃,鲜润光泽的。
3 咨度:咨谋、咨诹、访问。

今译

四匹骆马驾着车子,六辔光泽如沃。我于是驰驱各地,进行普遍的采访。

我马维骃[1],六辔既均[2]。载驰载驱,周爰咨询[3]。

今注

1 骃:音因,浅黑而白且有杂毛的马。
2 均:匀和。
3 咨询:询问民情。

今译

四匹骃马驾着车子,六辔非常匀和。我于是驰驱各地,进行普遍的问询。

(四)常棣

这是形容兄弟关系至近宜相亲相爱之诗。

常棣之华[1],鄂不韡韡[2]。凡今之人,莫如兄弟。

今注

1 常棣:棠棣,子樱桃可食。华:花。
2 鄂:音谔,鄂然,显著的样子。不:语词。韡韡:音韦,鲜明的样子。借棠棣之花萼相承,比喻兄弟手足相亲之义。

今译

棠棣的花,花萼相承,多么光泽鲜艳啊!凡今之人,关系最亲切者,再莫过于兄弟了。

死丧之威[1],兄弟孔怀[2]。原隰裒矣[3],兄弟求矣。

今注

1 威:畏,可怕,恐怖。死丧之威:言在乱离之世,死丧之祸,是人人所恐惧的。

贰 小雅

2　兄弟孔怀：言只有兄弟们特别关心。

3　原隰裒矣：言死者的尸身，不论是仆毙于高原或低湿之地，只有兄弟们到处寻找。裒，同"捊"，仆倒，仆毙。朱子谓"尸裒聚于原隰之间"，意颇近之，但讲"裒"为"聚"，则不如讲"裒"为"仆"。按"裒"同"捊"同"掊"，是"裒"亦训为"仆"之义，因其"仆"，故兄弟求之，如其"聚"，又何须求之呢？所以训"裒"为"仆"，义至明而文至顺，否则衍辞芜字以训之，终觉其迂回牵强。

今译

死丧之祸，是人人所畏怖的，只有兄弟们特别关心。死者的尸体，不论是仆毙高原或低地，只有兄弟们到处去寻找。

脊令[1]在原，兄弟急难。每[2]有良朋，况也永叹[3]。

今注

1　脊令：鸟名，飞则共鸣，行则摇尾，有急难相共之意，故借之以喻兄弟之处急难。

2　每：虽也。

3　况：朱子训为发语词。有人训为"滋"。永叹：长叹息也。

今译

脊令鸟之在高原，就好比兄弟之处急难，不顾生死，互相救援。当急难之时，即使再好的朋友，也不过替你表示同情地长叹而已。

兄弟阋于墙[1]，外御其务[2]。每有良朋，烝也无戎[3]。

今注

1　阋：音戏，斗狠。墙：门内。

2　御：抵抗。务：同"侮"，欺侮、侵侮。

3　烝：朱子训为发语词，有人训为"久"。戎：援助。

今译

兄弟之间，在家门之内，虽然不免有斗狠之事，但是一遇到外边有人来欺侮，便联合起来同心抵抗。当外侮来临之时，即使再好的朋友，也无人肯来相助了。

丧乱既平，既安且宁。虽有兄弟，不如友生。
今注
本节是斥责有些兄弟们能够处急难，而不能善于处平时之错误。
今译
丧乱既平之后，既安且宁，兄弟们更应当相亲相爱了。但是有些兄弟们，反而感情淡薄，把兄弟看作不如朋友，这真是大大的错误啊！

傧尔笾豆[1]，饮酒之饫[2]。兄弟既具[3]，和乐且孺[4]。
今注
1 傧：音殡，陈列。笾豆：饮酒之器。
2 饫：音玉，足，饱。
3 具：俱。
4 和乐且孺：孺，愉快亲爱。言兄弟之间和乐而愉快。
今译
摆上你们的酒肴，喝个痛痛快快吧。兄弟们既然聚首共饮，就可以和和乐乐且相亲相爱了。

妻子好合，如鼓瑟琴。弟兄既翕[1]，和乐且湛[2]。
今注
1 翕：音吸，和合。
2 湛：音耽，乐之久也。
今译
夫妻们感情和睦，如同琴瑟之协调一般。兄弟们既然感情融洽，就可以和和乐乐而永远愉快了。

宜[1]尔室家，乐尔妻帑[2]。是究是图[3]，亶其然乎[4]！

贰 小雅

今注

1 宜：妥当。
2 帑：音奴，子。
3 是究是图：言兄弟们如能照这种道理去研究去实行。
4 亶：音胆，诚。亶其然乎：完全对了。

今译

使你的家庭顺顺当当，使你的妻子和和乐乐。兄弟们如果都能以此存心，以此努力，那就完全对了。

(五) 伐木

这是劝人要有朋友而且要厚待朋友之诗。

伐木丁丁[1]，鸟鸣嘤嘤[2]。出自幽谷[3]，迁于乔木[4]。嘤其鸣矣[5]，求其友声，相彼鸟矣[6]，犹求友声。矧[7]伊人矣，不求友生？神之听之[8]，终和且平[9]。

今注

1 丁丁：伐木之声。
2 嘤嘤：鸟之和鸣也。
3 幽谷：深暗之谷。
4 乔木：高树。
5 嘤其鸣矣：嘤然而鸣。
6 相彼鸟矣：看那鸟啊。
7 矧：而况。
8 神之听之：言人如能厚于朋友之道，则神明保佑。
9 终和且平：既和且平。马瑞辰训"神之听之"为"慎之听之"，言人如能留神于交友之道，听从于交友之道，则可以既和且平。如此解释亦通。

今译

伐木的声音，丁丁地响着，鸟鸣的声音，嘤嘤地叫着。鸟儿从黑暗的幽谷中飞出,登栖于高树之上,嘤嘤地叫,它为什么叫呢?是为的呼求朋友的共鸣。看那小小的鸟,还知道寻求朋友的共鸣,而况是一个人,难道就不知道寻求朋友吗?人如能留心于求友之道,听从于求友之道,那么就可以得到和乐与平安了。

伐木许许[1],酾酒有藇[2]。既有肥羜[3],以速诸父[4]。宁适不来[5]?微我弗顾[6]。於粲洒扫[7],陈馈八簋[8]。既有肥牡[9],以速诸舅[10]。宁适不来,微我有咎[11]。

今注

1　许许:音呼,众人合力伐木之声。《淮南子》曰:"举大木者呼邪许。"盖举重劝力之歌也。

2　酾酒有藇:酾,音师,酾酒者或以筐或以草涑之而去其糟,《礼记》所谓"缩酌用茅"是也。藇,音与,美也。有藇,即美好也。

3　羜:音伫,未成年之羊。

4　以速诸父:速,请也。诸父,朋友之同姓而尊者也。

5　宁适不来:宁肯他们以有偶然之事而不来。

6　微我弗顾:微,非也,不是我不顾念他们。

7　於粲洒扫:於,读乌,叹词。粲,同"灿",鲜明的样子。

8　陈馈八簋:陈,摆设。馈,音匮,食物也。簋,音轨,盛食物之器皿也。

9　牡:雄性的牲畜。

10　诸舅:朋友之异姓而尊者。

11　微我有咎:不是我有过错。

今译

伐木的声,许许地响。有藇然的美酒,有肥鲜的羔羊,以宴请诸父,宁肯他们以有偶然之事而不来,不是我不顾念他们。把房间打扫得干干净净,摆设着八簋的食品,又有肥美的牲牡,以宴请诸舅,宁肯他们以有偶然之事而不来,不是我有什么过错。

伐木于阪[1]，酾酒有衍[2]。笾豆有践[3]，兄弟无远[4]。民之失德[5]，干糇以愆[6]。有酒湑我，无酒酤我。坎坎鼓我，蹲蹲舞我。迨我暇矣，饮此湑矣。[7]

今注

1　阪：音板，陂也，山坡之地也。

2　有衍：衍然，美也。

3　笾豆有践：笾豆，盛物之礼器也。践，陈设整齐，谓以礼相待也。

4　兄弟无远：谓朋友之间要相亲相爱，如兄如弟，不可疏远也。

5　民之失德：谓人们丧失了淳厚之德。

6　干糇以愆：彼此相待，都是干糇一类极粗劣的食品，因此，人人都犯了错误。

7　有酒湑我至饮此湑矣一段话，是说自己要厚待朋友的一番情况。王静芝先生在《诗经通释》内谓："有酒湑我，无酒酤我。坎坎鼓我，蹲蹲舞我"诸句，要颠倒来讲，即有酒我湑，无酒我酤，坎坎我鼓，蹲蹲我舞。其言甚是。湑：音许，缩酒而滤其渣也。坎坎，击鼓之声。蹲蹲：舞的样子。迨我暇矣：趁着我有空闲的时候。

今译

伐木于山坡之地。有醇美的酒，有笾豆之设，朋友相待，要如兄如弟，不可疏远。可叹世风不古，人们丧失了淳厚之德，彼此以干糇相待，真是罪过之极。我对待朋友不是这样，我是自己酾酒备酒，如果家中无酒，我就去买酒，我坎坎而鼓，我蹲蹲而舞，趁着我有空闲的时候，就请朋友们痛饮一场。

（六）天保

这是臣下祝福君上之诗。

天保定尔，亦孔之固。俾尔单[1]厚，何福不除[2]？俾尔多益，以[3]莫不庶。

今注

1 单：亶也，亶即诚然信然也。
2 除：授也，如"除官"即授官。
3 以：语助词。

今译

上天保定你，非常之坚固。既然使你富厚，还有什么福分不给予你呢？既然使你多益，还有什么东西不充分的呢？

天保定尔，俾尔戬穀[1]。罄[2]无不宜，受天百禄。降尔遐[3]福，维日不足。

今注

1 戬：音翦，福也。穀：禄也。
2 罄：一切的一切。
3 遐：宏大的。

今译

上天保定你，使你多有福禄。接受上天所赐的百禄，一切无不合宜。上天降给你以宏大的福气，只怕你时间不够，应接不暇。

天保定尔，以莫不兴。如山如阜[1]，如冈如陵。如川之方至，以[2]莫不增。

今注

1 阜：土山。
2 以：语助词。

今译

上天保定你，使你一切无不兴盛。好像是山、阜、冈、陵那样的高大，又好像是川流刚来一样的浩荡，使你的一切，无不日益增加。

吉蠲为饎[1]，是用孝享[2]。禴祠烝尝[3]，于公先王[4]。君曰："卜尔万寿无疆！"[5]

今注

1　蠲：音捐，斋戒沐浴以洁身，准备祭祀先公王也。饎，音翅，酒食。

2　孝享：享献。

3　禴：音越，夏季祭祀之专用名词。祠：春祭也。烝：冬祭也。尝：秋祭也。

4　于公先王：祭于先公先王也。

5　君曰：君指先公先王而言，先人已死，何以能言？因古者祭时，必有尸，尸就是依法指定某一活人为先公先王之代表，故此章之"君曰"，即尸者代表先公先王发言也。卜：赐给，授予。

今译

择定吉日，斋戒沐浴，奉献酒食，按照四时，祭祀先公先王。于是尸者代表先公先王为之发言曰："赐给你以万寿无疆之福。"

神之吊[1]矣，诒[2]尔多福。民之质[3]矣，日用饮食。群黎百姓，遍为尔德。[4]

今注

1　吊：爱怜，如《书经》"昊天不吊"。有人解释为"至也"，亦通。

2　诒：音遗，赐给。

3　质：质朴简单，欲望有限，唯在日用饮食而已。

4　群黎：庶民也。百姓：贵族也。遍为尔德：普遍的被你的德性所感化，如《书经·尧典》"九族既睦，平章百姓。黎民于变时雍"，这是中国正统的政治思想，所谓"修身齐家治国平天下"。

今译

由于神的爱怜，赐给你以多福。而人民质朴寡欲，自足于简单的日用饮食。于是群黎百姓都为你的德性所感化，而国泰民安了。

如月之恒[1]，如日之升。如南山之寿，不骞不崩[2]。如松柏之茂，无不尔或承[3]。

今注

1　恒：月亮上弦的时候。

2　骞：音牵，亏损。崩：倒塌。

3　承：继承，永远不凋不断。

今译

你像上弦的月亮，你像上升的太阳。你像南山那样的长寿，永远不亏不崩。你像松柏那样的长茂，子子孙孙，永远不凋不零。

（七）采薇

这是战士在归途中抒怀之诗。

采薇采薇[1]，薇亦作止[2]。曰归曰归，岁亦莫[3]止。靡室靡家，玁狁之故[4]。不遑启居[5]，玁狁之故。

今注

1　薇：野菜名，似蕨而高，嫩时可食。

2　作：生出。止：语助词。

3　莫：同"暮"，岁莫者，一年快到底也。

4　靡室靡家：本有室家，而因在外戍役，就变成无室无家了。玁狁：玁，音险。狁，音允。在西北方的狄国，殷末周初，称为鬼方。周朝中叶以后，称为玁狁，即以后之匈奴。

5　不遑：不暇也。启居：启者，跪也。古时用席，坐着即是跪着，故启居即安居，即平安地过生活。

今译

采薇啊，采薇啊，薇菜已经生出来了。回家啊，回家啊，时间已经是年底了。但是我之所以无室无家，完全是玁狁侵扰的缘故。所以不能平安地过生活者，也完全是玁狁侵扰的缘故。

贰　小雅

采薇采薇，薇亦柔[1]止。曰归曰归，心亦忧止。忧心烈烈[2]，载[3]饥载渴。我戍未定，靡使归聘[4]。

今注

1　柔：嫩芽也。

2　烈烈：言其忧之甚也。

3　载：语助词。

4　靡使聘归：有两种解释，有人解为没有使人到家去问候，另一种解释是家中没有派人到我处来问候。

今译

采薇啊，采薇啊，薇菜已经有嫩叶了。回家啊，回家啊，我的心太想家了。我想家的心，如饥如渴。因为征戍不定，所以家中无法派人来看我，我与家人的消息便完全隔绝了。

采薇采薇，薇亦刚[1]止。曰归曰归，岁亦阳[2]止。王事靡盬[3]，不遑启处。忧心孔疚[4]，我行不来[5]。

今注

1　刚：长硬也。

2　阳：十月为阳。

3　盬：止息。

4　孔疚：大病。

5　不来：不能回家也。

今译

采薇啊，采薇啊，薇菜都已经长硬了。回家啊，回家啊，时间已经是十月了。王家的公事，没有个停止，连一点休息的空暇都没有。可叹啊，我戍役在外不能回家，我想家的心，就如同害着大病似的。

彼尔[1]维何？维常[2]之华。彼路[3]斯何？君子[4]之车。戎车既驾，四牡业业[5]。岂敢定居？一月三捷。

今注

1 尔：同"荣"，花茂盛的样子。
2 常：棠棣。
3 路：车也。
4 君子：将帅也。
5 业业：壮盛的样子。

今译

那茂盛的花是什么花？是棠棣之花。那大路之车是何人之车？是将帅之车。大路既已启驾，四匹雄马，昂然奋进。为什么不敢安逸而定居呢？是希望一月之中，能够打上三场大的胜仗。

驾彼四牡，四牡骙骙[1]。君子所依，小人所腓[2]。四牡翼翼[3]，象弭鱼服[4]。岂不日戒？玁狁孔棘。[5]

今注

1 骙骙：音葵，壮盛的样子。
2 腓：音肥，庇，掩护。
3 翼翼：整齐的样子。
4 象弭：弭，弓弭，以象骨饰弓之两端。鱼服：鱼，兽名，似猪，其皮可为弓韇矢服。
5 日戒：经常戒备。玁狁孔棘：玁狁之作乱甚急，故不可不戒备。

今译

四匹壮盛的雄马，驾着戎车，将帅依戎车以作战，士卒借戎车为掩护。四匹雄马，翼翼而进，以象骨饰弓弭，以鱼皮制矢袋。玁狁之为乱，极其紧急，怎敢不时时刻刻加紧戒备呢？

昔我往矣，杨柳依依[1]。今我来思，雨雪霏霏[2]。行道迟迟，载渴载饥。我心伤悲，莫知我哀。

今注

1 依依：柔嫩婀娜的样子。

贰 小雅

2 思:语词。霏霏:雨雪纷飞的样子,盛大的样子。

今译

以前我往征戍的时候,杨柳依依而柔媚。现在我要回家的时候,大雪霏霏而飘荡。由于思家之心,如饥如渴,所以分外觉得在路上走得太慢。我的内心之伤悲,是没有人能够知道的。

(八)出车

这是战士平服狎狁凯歌而归之诗。

我出我车,于彼牧矣[1]。自天子所,谓[2]我来矣。召彼仆夫[3],谓之载矣[4]。王事多难,维其棘[5]矣。

今注

1 出:出动。牧:郊外之地。
2 谓:使也。
3 仆夫:御车之人。
4 谓之载矣:使之驾起车来。
5 棘:紧急动作。

今译

我出动我的戎车,到那郊场之地。从天子那里,使我来领导作战,我就呼唤御夫,把车子驾起来。国家多难,我们必须紧急从事。

我出我车,于彼郊矣。设此旐矣[1],建彼旄[2]矣。彼旟[3]旐斯,胡不旆旆[4]?忧心悄悄[5],仆夫况瘁[6]。

今注

1 设:安置。旐:音兆,旗上画有龟蛇之文者。
2 旄:音毛,旗杆顶端系着牛尾的旗子。
3 旟:音鱼,画着鸟隼的旗子。
4 旆旆:音沛,飞扬的样子。
5 悄悄:音巧,忧愁的样子。

6　况瘁：病，憔悴。

今译

我出动我的戎车，往那郊野之地。设起旐旗，立起旄旗，军旗飘扬，好不威武！但是责任重大，令人发愁，仆夫因为过分辛劳也憔悴了。

王命南仲[1]，往城于方[2]。出车彭彭[3]，旂旐央央[4]。天子命我，城彼朔方。赫赫[5]南仲，玁狁于襄[6]。

今注

1　南仲：大将之名，周宣王时人。
2　城：作动词用，筑城。方：朔方，与玁狁相近之地。
3　彭彭：盛多的样子。
4　央央：鲜明的样子。
5　赫赫：威武的样子。
6　襄：同"攘"，驱除入侵之敌。

今译

周王命令南仲，去筑城于朔方。戎车彭彭而壮盛，旌旗央央而鲜明。天子命令我们去建造朔方的城垒。威名赫赫的南仲，要把玁狁驱逐出去！

昔我往矣，黍稷方华[1]。今我来思[2]，雨雪[3]载涂。王事多难，不遑启居。岂不怀归？畏此简书[4]。

今注

1　方华：正在茂盛之时。
2　思：语尾词。
3　雨雪：落雪。
4　简书：天子派兵征讨之策命。

今译

以前我出征的时候，黍稷正在开花。现在我要归来的时候，雨

贰　小雅　　233

雪充满道途。国家正在多难之时，没有一点休息的空暇。我岂有不想回家的道理？只是害怕天子的策命，不敢离开罢了。

喓喓草虫[1]，趯趯阜螽[2]。未见君子，忧心忡忡[3]。既见君子，我心则降[4]。赫赫南仲，薄伐西戎[5]。

今注

1 喓喓：虫鸣声，喓音腰。草虫：蝗类，纺织娘也。
2 趯趯：跳跃也。趯音惕。阜螽：幼蝗也。螽音终。
3 君子：指其丈夫。忡忡：忡音冲，心跳不定的样子。
4 我心则降：放心，安心，心不跳动再不惶惧也。
5 薄：发语词。西戎：指猃狁也。如谓西戎指西方之昆夷而言，则为另一战争，与此文之前后均以对猃狁作战为题者，显系不类。

今译

草虫喓喓地叫，幼蝗趯趯地跳。未见君子，我的心忧惶不定。必须见着君子，我的心才能完全放下。威名赫赫的南仲，领兵征伐猃狁去了。

（此章为征妇述其思念丈夫之词。）

春日迟迟[1]，卉木萋萋[2]。仓庚喈喈[3]，采蘩祁祁[4]。执讯获丑[5]，薄言还归[6]。赫赫南仲，猃狁于夷[7]。

今注

1 迟迟：舒缓的样子。
2 卉：音晦，花草。萋萋：茂盛的样子。
3 仓庚：黄鹂。喈喈：音皆，和谐的声音。
4 蘩：白蒿。祁祁：众多的样子。
5 执：生得之也。讯：探听消息的，即间谍。丑：恶人。
6 薄、言：皆语助词。但据另一解释，"薄"，可视为副词，即形容其"还归"之迫切心情，作"迫切的""急切的"解释。
7 夷：平服。

234　　　　　　　　　　　　　　　　　　　　　诗经今注今译

今译

春日非常的舒缓，花木萋萋而茂盛，黄鹂和谐地叫着，采蘩的人，很多很多。就在此时，生执了间谍，活捉了恶徒，于是凯歌而归。威名赫赫的南仲，终于平服了猃狁。

（九）杕杜

这是妇人思念其出征的丈夫之诗。

有杕之杜[1]，有睆[2]其实。王事靡盬，继嗣我日。日月阳止，女心伤止，征夫遑[3]止！

今注

1　杕：音弟，孤独的样子。有杕，即杕然也。杜：赤棠也。
2　睆：音缓，结实也。
3　遑：空暇。

今译

孤独的赤棠，已经睆然而结了。公家的事，没有个停止，作战的时间，不断拖延下去。已经到了十月了，我的心悲伤得很。丈夫啊，想你大概会有空暇了吧！

有杕之杜，其叶萋萋。王事靡盬，我心伤悲。卉木萋止[1]，女心悲止，征夫归止！

今注

1　止：语尾词。

今译

孤独的赤棠，叶子长得很茂盛。公家的事，没有个停止，我的心很是悲伤。花木很茂盛，我心很悲伤。丈夫啊，想你快要归来了吧！

陟彼北山，言采其杞[1]。王事靡盬，忧我父母[2]。檀车幝幝[3]，

贰　小雅

四牡痯痯[4],征夫不远!

今注

1 言:语助词。杞:枸杞。

2 忧我父母:此乃女子之忧心于父母,因其丈夫不在家,无人耕种,将使父母之生活发生困难,故为父母担忧。

3 檀车:栈车,役车也。幝幝:音阐,破敝的样子。

4 痯:音管,病也。

今译

登上北山,去采枸杞。公家的事,没有个停止,我真替父母忧心。战车想已破敝了,战马想已疲病了,丈夫啊,想你回家的时期,该已不远了。

匪载[1]匪来,忧心孔疚。期逝不至,而多为恤[2]。卜筮偕止,会言近止,征夫迩止!

今注

1 载:乘车也。

2 恤:忧也。

今译

不见你乘车归来,使我忧心如患大病。该回的时期而不回,使我更为担心。我曾求卜问筮,都说你快要回来了。丈夫啊,想必是你快要回来了。

(十)南陔

朱子谓笙诗也,有声无词,旧在鱼丽之后,以《仪礼》考之,其篇次当在此,今正之章。

二 白华之什

（一）白华
笙诗也。

（二）华黍
亦笙诗也。乡饮酒礼，鼓瑟而歌鹿鸣、四牡、皇皇者华，然后笙入堂下，磬南北面立，歌南陔、白华、华黍。燕礼亦鼓瑟，歌鹿鸣、四牡、皇华，然后笙入，立于县中，奏南陔、白华、华黍。南陔以下，今无以考其名篇之义。然曰笙、曰乐、曰奏，而不言歌，则有声而无词，明矣。

（三）鱼丽
这是宴飨通用之乐歌。

鱼丽于罶[1]，鲿鲨[2]。君子有酒，旨且多[3]。
今注
1 丽：罹也。罶：音柳，捕鱼之竹器，以曲簿为筍，而承水坝之空者也。
2 鲿：音尝，黄颊鱼也。鲨：鮀鱼也。
3 君子：主人。旨：味美而香也。
今译
鱼儿陷进罶筍了，有鲿鱼，有鮀鱼。主人于是设酒宴以待客，主人的酒，既香且多啊。

鱼丽于罶，鲂鳢[1]。君子有酒，多且旨。
今注
1 鲂：音房，鱼也。鳢：音礼，黑鱼也。

贰 小雅

今译

鱼儿陷进罶笱了,有鲂鱼,有鳢鱼。主人于是设酒宴以待客,主人的酒,既多且香啊。

鱼丽于罶,鰋[1]鲤。君子有酒,旨且有。
今注
1　鰋:音偃,鲇鱼。
今译
鱼儿陷进罶笱了,有鰋鱼,有鲤鱼。主人于是设酒宴以待客。主人的酒,既香且多啊。

物其多矣,惟其嘉矣!
今译
主人的酒菜真是丰富啊,真是精美啊!

物其旨矣,惟其偕[1]矣!
今注
1　偕:合也,合口也。
今译
主人的酒菜真是香美啊,真是合口啊。

物其有矣,惟其时[1]矣!
今注
1　时:新鲜的。
今译
主人的酒菜真是丰富啊,真是新鲜啊。

(四)由庚

朱子谓:"按《仪礼》乡饮酒及燕礼,前乐既毕,皆间歌鱼丽,笙由庚。歌南有嘉鱼,笙崇丘。歌南山有台,笙由仪。间代也,言一歌一吹也。然则此六者,盖一时之诗,而皆为燕飨宾客上下通用之乐。毛公分鱼丽以足前什,而说者不察,遂分鱼丽以上为文武诗,嘉鱼以下为成王诗,其失甚矣。"

(五)南有嘉鱼

这也是宴飨通用之乐。

南有嘉鱼[1],烝然罩罩[2]。君子有酒,嘉宾式[3]燕以乐。

今注

1 南:南方。嘉鱼:美鱼。
2 烝然:久然,费时颇久也。罩罩:捕鱼之动作,罩而又罩,然后得之,故曰罩罩。
3 式:语助词。

今译

南方有嘉鱼,围捕很久后得之。于是主人备酒以宴嘉宾,宾主尽欢而乐。

南有嘉鱼,烝然汕汕[1]。君子有酒,嘉宾式燕以衎[2]。

今注

1 汕汕:音讪,编竹捕鱼之器,汕汕者,捕鱼之动作也,汕而又汕也。
2 衎:乐也,音看。

今译

南方有嘉鱼,捕取很久而后得之。于是主人备酒以宴宾,宾主尽欢而乐。

南有樛[1]木,甘瓠累之[2]。君子有酒,嘉宾式燕绥之[3]。

贰 小雅

今注

1　樛：音鸠，一种下垂而美之木名。
2　瓠：音护，蔬类植物，有甘苦两种，甘者可食。累：系也。
3　绥之：安集。

今译

南山有樛木，甘瓠都系累在它身上。主人得了甘瓠，于是备美酒以宴嘉宾，宾主皆大欢乐。

翩翩者鵻[1]，烝然来思。君子有酒，嘉宾式燕又思[2]。

今注

1　翩翩：音篇，鸟飞轻疾貌。鵻：音椎，勃鸠。
2　又：同"侑"，劝酒也。思：语助词。

今译

翩翩然而飞的鵻鸟，很久才得到。主人于是备酒，以宴嘉宾，劝了又劝，尽欢而乐。

（六）崇丘

（无词）

（七）南山有臺

这是祝福有德有位者之诗。

南山有臺[1]，北山有莱[2]。乐只[3]君子，邦家之基。乐只君子，万寿无期[4]。

今注

1　臺：夫须，即莎草。
2　莱：草名，叶香可食。
3　只：语助词。
4　无期：无尽期也。

今译

南山有臺，北山有莱。快乐的君子，是国家的基石。快乐的君子，万年长寿而无尽期。

南山有桑，北山有杨。乐只君子，邦家之光。乐只君子，万寿无疆。

今译

南山有桑，北山有杨。快乐的君子，是国家的光荣。快乐的君子，万年长寿而无边限。

南山有杞，北山有李。乐只君子，民之父母。乐只君子，德音[1]不已。

今注

1 德音：声誉也。

今译

南山有杞，北山有李。快乐的君子，是人民的父母。快乐的君子，声誉永传而不已。

南山有栲[1]，北山有杻[2]。乐只君子，遐不眉寿[3]。乐只君子，德音是茂。

今注

1 栲：音考，山樗也。
2 杻：音纽，檍树也。
3 遐不：岂不也。眉寿：高寿也。

今译

南山有栲，北山有杻。快乐的君子，岂有不高寿的道理？快乐的君子，声誉日见其隆盛。

南山有枸[1]，北山有楰[2]。乐只君子，遐不黄耇[3]。乐只君子，

贰 小雅

保艾尔后[4]。

今注

1. 枸：音举，枳枸也，亦名木蜜。
2. 楰：音与，亦名苦楸。
3. 黄耇：黄，黄发也。耇，音苟，老也。
4. 保：安也。艾：音爱，养也。

今译

南山有枸，北山有楰。快乐的君子，岂有不高寿的道理？快乐的君子，你的后人，也能得到平安与幸福。

（八）由仪

（无词）

（九）蓼萧

这是天子宴诸侯之诗。

蓼彼萧斯[1]，零露湑[2]兮。既见君子[3]，我心写[4]兮。燕[5]笑语兮，是以有誉[6]处兮。

今注

1. 蓼：音路，长大的样子。萧：蒿也。斯：语尾词。
2. 零：动词，落也。湑：音胥，茂盛的样子。
3. 君子：指诸侯。
4. 写：发抒也，心情舒放也。
5. 燕：宴饮。
6. 誉：同"豫"，安乐也。

今译

高大的蒿儿，上面沾着很多的露水。既然见到君子，我的心便很是舒展了。大家在一块儿说说笑笑，所以感情融洽而相处安乐了。

蓼彼萧斯，零露瀼瀼[1]。既见君子，为龙[2]为光。其德不爽[3]，寿考[4]不忘。

今注

1　瀼瀼：音瓤，浓盛的样子。

2　龙：同"宠"，亲爱。

3　爽：错误。

4　考：老，大寿。

今译

高大的蒿儿，上面沾着很盛的露水。既然见到君子，我深以为亲爱而光荣。诸位的德行如此完美，必然可以乐享高寿而使人永远不忘了。

蓼彼萧斯，零露泥泥[1]。既见君子，孔燕岂弟[2]。宜兄宜弟，令德寿岂[3]。

今注

1　泥泥：沾濡的样子。

2　孔燕岂弟：孔，甚也。燕，饮酒也。岂，音恺，和乐也。弟音悌，平易也。

3　宜兄宜弟：天子与诸侯之间，多是兄弟关系，所以天子语诸侯，大家要各尽其宜，为兄者宜尽为兄之道，为弟者宜尽为弟之道。岂：音恺，和乐也。

今译

高大的蒿儿，上面沾着泥泥的露水。既然见到君子，大家就和乐亲切地在一块痛饮一下。兄弟之间，要能彼此各尽其宜，那就令德彰闻，长寿和乐了。

蓼彼萧斯，零露浓浓。既见君子，鞗革冲冲[1]。和鸾雍雍[2]，万福攸同[3]。

今注

1 儵：音条，辔也。冲冲：下垂的样子。

2 和鸾：皆车之铃也。在轼之铃，曰和。在镳之铃，曰鸾。雍雍：和谐也。

3 攸：所也。同：聚也。

今译

高大的蒿儿，上面沾着浓重的露水。既然见到君子，看到儵草冲冲的车马之盛，听到和鸾雍雍的铃响之声，便可以知道大家必然是万福之所聚了。

（十）湛露

这是天子宴诸侯之诗。

湛湛露斯[1]，匪阳不晞[2]。厌厌[3]夜饮，不醉无归。

今注

1 湛湛：音占，浓厚也。斯：语尾词。

2 匪：同"非"。阳：日也。晞：音希，干也。

3 厌厌：足也，饱饮也，痛痛快快之饮也。

今译

浓重的露水，非见阳光则不干。痛快地夜饮，非至喝醉则不归。

湛湛露斯，在彼丰草。厌厌夜饮，在宗载考[1]。

今注

1 宗：同姓也。载：语助词。考：成也。

今译

浓重的露水，润沾在丰草的上面。痛快地夜饮，邀请了同姓以成欢。

湛湛露斯，在彼杞棘[1]。显允[2]君子，莫不令德。

今注

1 杞：树名。棘：枣树。
2 显允：明而信也。

今译

浓重的露水，润沾于杞棘之上。明信的君子，没有一个不是德行善良的。

其桐其椅，其实离离[1]。岂弟君子，莫不令仪。

今注

1 桐：树名。椅：树名。离离：下垂的样子。

今译

那些桐树、椅树，果实离离而下垂。和乐亲切的君子，没有一个不是风度良好的。

三 彤弓之什

(一)彤弓

这是天子欢宴有功诸侯而赐之弓矢之诗。

彤弓弨兮[1]，受言[2]藏之。我有嘉宾[3]，中心贶之[4]。钟鼓[5]既设，一朝[6]飨之。

今注

1 彤：音同，朱色也。弨：音超，弓弛而尚未张弦也。
2 言：语助词。
3 嘉宾：杀贼立功之诸侯。
4 中心：发于诚心诚意的。贶：音况，赐予也。
5 钟鼓：天子大飨诸侯，用钟鼓。
6 一朝：一旦，即刻，言其速也。

贰 小雅

今译

用朱漆而未张弦的弓，受而藏之。我有嘉宾，便诚心诚意地把弓赏赐于他。摆设钟鼓，即刻欢宴他。

彤弓弨兮，受言载[1]之。我有嘉宾，中心喜之。钟鼓既设，一朝右[2]之。

今注

1 载：藏也。
2 右：同"侑"，劝酒也。

今译

用朱漆而未张弦的弓，受而载之。我有嘉宾，内心非常喜欢他。摆设钟鼓，即刻劝酒于他。

彤弓弨兮，受言櫜[1]之。我有嘉宾，中心好之。钟鼓既设，一朝酬[2]之。

今注

1 櫜：音高，藏之于囊也。
2 酬：劝酒也。

今译

用朱漆而未张弦的弓，受而櫜之。我有嘉宾，内心非常悦爱他。摆设钟鼓，即刻酬酒于他。

(二) 菁菁者莪

这是人君喜见贤者之诗。

菁菁者莪[1]，在彼中阿[2]。既见君子，乐且有仪[3]。

今注

1 菁菁：音精，茂盛的样子。莪：萝蒿也。
2 中阿：山曲曰阿，中阿即山曲之中也。

3　君子：指贤者。乐且有仪：指君子之风度非常祥和而有礼仪。

今译

茂盛的萝蒿，在那山曲之中。已经见了君子，他的风度非常祥和而有礼仪。

菁菁者莪，在彼中沚[1]。既见君子，我心则喜。

今注

1　沚：音止，小渚也，水中可止息之地。

今译

茂盛的萝蒿，在那小渚之中。已经见了君子，我的心便非常喜欢。

菁菁者莪，在彼中陵[1]。既见君子，锡我百朋[2]。

今注

1　陵：丘阜也。

2　锡：赐也。朋：古者以贝为币，五贝为一朋。

今译

茂盛的萝蒿，在那丘阜之中。已经见了君子，他赐我以教益，如得百朋之赐也。

泛泛杨舟[1]，载沉载浮[2]。既见君子，我心则休[3]。

今注

1　泛泛：飘荡不定的。杨舟：以杨木所制之舟也。

2　载沉载浮：沉沉浮浮，不稳定也，主人自己比喻其未见君子以前之心理。载，语助词。

3　休：喜悦而安然也。

今译

未见君子以前，我的心如泛泛的杨舟，沉浮不定。已经见了君子，我的心便快活而安然了。

(三)六月

这是赞美尹吉甫征伐玁狁有功之诗。

六月栖栖[1],戎车既饬[2]。四牡骙骙[3],载是常服[4]。玁狁孔炽[5],我是用急[6]。王于出征,以匡[7]王国。

今注

1 栖栖:慌慌忙忙的样子。
2 戎车:兵车。饬:整饬。
3 骙骙:壮盛的样子。
4 载:以车载之也。常服:戎服也。
5 孔炽:极为炽盛。
6 我是用急:我,我方,我国。用:因而。急:危急。
7 匡:救,救国家之危急。

今译

六月的时候,情势紧张,大家栖栖忙忙,准备作战。我的戎车,已经整饬,壮盛的四匹雄马,载着戎服以行。玁狁的侵略势力,非常凶猛,我方的情势,因而紧张。所以王乃下令出征,以救王国之危急。

比物四骊[1],闲之维则[2]。维此六月,既成我服[3]。我服既成,于三十里[4]。王于出征,以佐天子。

今注

1 比物:比其力之相等者,古时用马,凡祭祀朝觐会同,则用毛色相同之马,凡军事则用力气相等之马。因吉事尚文,武事尚强也。骊:音丽,黑色的马。
2 闲:经过训练而动作熟习。维则:有法则也。
3 服:军服。
4 于:助词。三十里:古时每日行军以三十里为度。

今译

四匹力气相等的黑色之马,驾着戎车,动作熟习而有法则。于此六月,制造军服,军服既成,于是以每日三十里的速度进军。受了王命而出征,必当杀敌立功以佐天子。

四牡修广[1],其大有颙[2]。薄[3]伐玁狁,以奏肤公[4]。有严有翼[5],共武之服[6]。共武之服,以定王国。

今注

1 修:长也。广:宽也。

2 颙:音荣,大的样子。有颙,即颙然也。

3 薄:语助词。

4 奏:完成。肤公:大功也。

5 有严有翼:严然翼然,皆谨严从事小心翼翼之意,凡行军用兵皆不敢有丝毫疏忽也,所谓"临事而惧,好谋而成",皆严翼从事也。

6 共武之服:共,同"恭",敬严谨慎也。武,军事也。服,工作也。共武之服者,即敬严谨慎以从事于军事工作也。

今译

四匹雄马,又长又宽,而且壮大,讨伐玁狁,以完成伟大的功业。严翼恭谨,以从事于军事工作。只有恭谨从事,才能安定国家。

玁狁匪茹[1],整居焦获[2]。侵镐及方[3],至于泾阳[4]。织文鸟章[5],白旆央央[6]。元戎[7]十乘,以先启行[8]。

今注

1 玁狁匪茹:玁狁的势力,不是柔弱易制的。此与前章之"玁狁孔炽",以及本章之"侵镐及方,至于泾阳"的情势,可以见之。所以"茹"字,是柔弱易制之意。

2 整居焦获:整是训练,整军经武之意。居,居民也。焦获,地名,玁狁所盘踞之地。玁狁以焦获为根据地而整军经武。

贰 小雅

3 镐、方：皆地名。镐不是周京之镐。

4 泾阳：泾水的北边，指泾水下流将入渭水的地方而言。

5 织：同"帜"。鸟章：鸟隼之花纹也。

6 斾：帛斾，音配，旗下面的飘带，以帛为之。央央：鲜明的样子。

7 元戎：大的兵车，是军队的前锋。

8 启行：出发。

今译

狎狁的势力，不是柔弱易制的，它以焦获为根据地而整军经武，于是侵镐及方，至于泾阳。为了打击侵略者，我乃出师讨伐，军旗飞扬，帛斾中央，大的戎车十乘，作为开道的先锋。

戎车既安，如轾如轩[1]。四牡既佶[2]，既佶且闲。薄伐狎狁，至于大原[3]。文武吉甫[4]，万邦为宪[5]。

今注

1 如轾如轩：轾音致，车之覆而前也。轩，车之却而后也。凡车从后视之如轾，从前视之如轩，然后适调。

2 佶：音吉，壮健的样子。

3 大原：今之山西省之太原。

4 文武吉甫：文武双全之尹吉甫。

5 宪：法，模范。

今译

兵车既经准备齐妥，或如轾，或如轩。四匹雄马，也都壮健，不仅壮健，而且动作熟练。于是讨伐狎狁，一直到了太原。像尹吉甫这样文武双全的人，真足以为万邦的模范。

吉甫燕喜[1]，既受多祉[2]。来归自镐[3]，我行永久。饮御[4]诸友，炰鳖脍[5]鲤。侯[6]谁在矣？张仲[7]孝友。

今注

1　燕喜：言吉甫打了胜仗，胜利归来，饮酒喜乐。

2　祉：福。

3　镐：非周京之镐，系山西蒲州附近之地。

4　御：进。

5　炰：煮。脍：把肉切成细丝而煮之。

6　侯：发语词。

7　张仲：当时之贤臣，欧阳修《集古录》，薛氏《钟鼎款识》，并载有张仲簠铭五十一字，其文曰："用飨大正歆王宾馔具召饮张仲受无疆福，诸友飧饮具饱，张仲畀寿。"与诗文相合。

今译

吉甫胜利归来，宴饮喜乐，受了诸多的福祉。从镐地久战而还，与故人阔别已久，于是炰鳖脍鲤，以宴请诸友。在座的人都是谁呢？有一个既孝于父母又爱于兄弟的大贤人，他的名字叫张仲。

（四）采芑

这是赞美方叔征荆蛮之诗。

薄言采芑[1]，于彼新田[2]，于此菑[3]亩。方叔涖[4]止，其车三千，师干之试[5]。方叔率[6]止，乘其四骐[7]。四骐翼翼[8]，路车有奭[9]。簟茀鱼服[10]，钩膺鞗革[11]。

今注

1　薄、言：二字皆语词。芑：音起，苦菜。

2　新田：新垦二岁之田。

3　菑：音缁，新垦一岁之田。

4　方叔：周之卿士，受命而为将也。涖：音立，临也。

5　师干之试：师，军队之通称。干，干戈，武器也。试，操练也。言方叔到场，检阅军队操练武器的情形。

6　率：统率。

7 骐：马之青色如綦文者。

8 翼翼：壮健的样子。

9 路车：戎车。有奭：奭音是，赤红色。有奭，即奭然。

10 簟茀：簟，音店。茀，音弗。以方文竹簟为车蔽也。鱼服：以鱼兽皮做成之箭袋也。

11 钩膺：马腹之带，有钩以拘之，施之于膺。鞗革：鞗，音条，辔也。革，辔首也。鞗革，马辔所把之外，有余而垂下者也。

今译

采芑去呀，有的往新田去采，有的往菑田去采。大将方叔来检阅他的军队了，兵车有三千辆之多，军队的操练都很熟习。他就率领这些人马，乘着他的四匹健壮的青马所驾的戎车，前往征伐荆蛮。红色的戎车，方文竹簟的车蔽，鱼兽皮制的箭袋，马腹系着大带，马辔垂然而美观，车马之盛，军容之壮，于此可见了。

薄言采芑，于彼新田，于此中乡[1]。方叔莅止，其车三千，旂旐央央[2]。方叔率止，约軝错衡[3]，八鸾玱玱[4]。服其命服[5]，朱芾斯皇[6]，有玱葱珩[7]。

今注

1 中乡：乡者，田野也，中乡者，即田野之中也。

2 旂：音旗，旗上画有龙文者。旐：音兆，旗也，旗上画有龟蛇之文者。

3 约軝：约，束也。軝，音祈，车毂也。以皮缠束兵车之毂，而涂以朱色。错衡：错，文彩也。衡，辕前端之横木也。错衡者，言辕前端横木之有文彩也。

4 八鸾玱玱：鸾，在镳之铃也，马口两旁各一，四马则共有八铃。玱玱：音仓，响亮之铃声也。

5 命服：天子所命之服。

6 朱芾：芾，音弗，以韦为之，蔽膝也。斯：语助词。皇：煌煌也。

7　玱：玉声。珩：佩首横玉也。

今译

采芑去啊，有的往新田去采，有的往乡野去采。大将方叔来检阅他的军队了，兵车有三千辆之多，旗帜鲜明。他就率领这些人马，前往讨伐荆蛮。戎车的毂，束以韦革；辕前横木，施以文彩；八鸾交鸣，响声玱玱。方叔穿着命服，朱芾辉煌，佩玉葱苍。

鴥彼飞隼[1]，其飞戾天[2]，亦集爰止[3]。方叔莅止，其车三千，师干之试。方叔率止，钲人伐鼓[4]，陈师鞠旅[5]。显允方叔[6]，伐鼓渊渊[7]，振旅阗阗[8]。

今注

1　鴥：音玉，疾飞的样子。隼：音准，鹞鹰。

2　戾天：至于天际也。

3　亦集爰止：亦，语词。止，语词。集爰，爰集也，集栖于树也。

4　钲人伐鼓：钲，音征，铙也。古者作战，鸣钲以止兵，击鼓以进兵，各有专人。此所谓钲人伐鼓者，即该止时，钲人主管鸣其钲，该进时，鼓人主管伐其鼓。

5　陈师鞠旅：陈，集合也，排列也。鞠，告誓也。师、旅，皆军队之编制也。五百人为一旅，二千五百人为一师。陈师鞠旅者，即集合部队，当众宣示讨平祸乱之任务也。

6　显允方叔：显，高位也。允，诚然也。显允方叔者，即方叔诚然宜于居高位也，因其平玁狁，征荆蛮，屡有战功也。

7　渊渊：鼓声也。

8　振旅阗阗：打了胜仗，胜利归来之时，振起军旅之威，鼓声阗阗然也。阗阗，壮盛也。阗，音填。

今译

那疾飞的鹞鹰，一飞至于天际，而后栖止于树上。大将方叔检阅他的军队来了，他的兵车有三千辆之多，军队的动作，都很熟

贰　小雅

练。他就率领这些人马，征讨荆蛮。钲人伐鼓，各有专司，他就集合军队，宣誓出师平乱的任务，激昂慷慨，三军奋发。方叔居于统帅之显位，实在是应该的啊。进军杀敌，鼓声渊渊而雄壮；振旅归来，鼓声阗阗而壮盛。

蠢[1]尔蛮荆，大邦[2]为雠。方叔元老[3]，克壮其犹[4]。方叔率止，执讯[5]获丑。戎车啴啴[6]，啴啴焞焞[7]，如霆如雷。显允方叔，征伐猃狁，蛮荆来威。

今注

1　蠢：愚蠢无知而轻举妄动的。

2　大邦：中国也。

3　元老：在军事政治上有重要地位与长久资历之老臣也。

4　克壮其犹：犹，同"猷"，计划也。克壮其猷者，谓能实施其计划而获致辉煌之战果也。

5　讯：探听消息之间谍。

6　啴啴：啴，音滩，众多也。

7　焞焞：焞，音吞，盛大的样子。

今译

你们这些愚蠢无知而轻举妄动的荆蛮，竟敢与大国为仇。老谋深算、德高望重的方叔，必能实施其计划而获致辉煌的战果。所以方叔为帅，就捉拿了敌谍，捕获了恶类，戎车浩浩荡荡地出动，声威如霆如雷的震撼。方叔居于统帅的高位，实在是应该的啊！他于平服猃狁之后，接连着征讨荆蛮，使荆蛮畏威而来服，他的功劳，真是大啊！

（五）车攻

这是宣王会诸侯，田猎于东都之诗。

我车既攻[1]，我马既同[2]。四牡庞庞[3]，驾言徂东[4]。

今注

1　攻：同"工"，缮也，治也，经过人工修治也。

2　同：齐备也。

3　庞庞：又高又大的。

4　言：语词。徂：音居，往也。东：东都，东方，洛阳一带之地。

今译

我的车既已整好，我的马既已齐备。四匹雄马，高而且大，驾起车子，往东方去了。

田车[1]既好，四牡孔阜[2]。东有甫草[3]，驾言行狩[4]。

今注

1　田车：田猎之车。

2　孔：甚。阜：高大。

3　甫草：甫田之草，即圃田之草，圃田在今河南省中牟县，与郑州邻近。东西五十里，南北二十六里。其中多麻黄草。

4　狩：冬猎曰狩。

今译

田车既已备好，四匹雄马，甚是高大。东方中牟有圃田之草，驾起车子，到那里打猎去了。

之子于苗[1]，选徒嚣嚣[2]。建旐设旄[3]，搏兽于敖[4]。

今注

1　之子：指宣王。苗：狩猎。

2　选徒：调派随猎之徒卒。嚣嚣：读敖，众多的样子。

3　旐：音兆，旗上有龟蛇之文。旄：音毛，以牛尾注于旗杆之首。

4　搏：获取。敖：地名，在今河南省荥阳县境，亦郑州邻近之地。

今译

天子往东方狩猎，调派了很多随猎的徒卒。车上设有旐旄，到敖地去搏取禽兽。

贰　小雅

驾彼四牡，四牡奕奕[1]。赤芾金舄[2]，会同有绎[3]。

今注

1　奕奕：高大也。

2　赤芾金舄：诸侯朝于天子之服。金舄，朱黄色之舄，即赤舄。此处之金字，非金属物之金。舄，音细，鞋子。

3　绎：音意，连续不断的。有绎，即绎然，继续不断。

今译

驾起四马，四匹雄马，都很高大。东方的诸侯，都乘着车子，穿着赤芾，履着金舄，连续不断地来朝见天子。

决拾既伙[1]，弓矢既调[2]。射夫既同[3]，助我举柴[4]。

今注

1　决：以象骨为之，着于右手大指，以钩弓弦。拾：以皮为之，着于左臂，即射韝。伙：音次，利也。

2　调：调整妥当。

3　同：齐力相协。

4　举柴：柴，薪柴，禽兽匿于泽薮之中，必烈火驱之使出，而后射之，故举柴者，即举柴薪以烈火也。一说谓柴者，积禽也，举积禽，言其射获之多也。本译取举薪燃火之说。

今译

决拾已经便利了，弓矢已经调整了，射夫们已经齐备了，帮助我把柴火燃烧起来，驱禽兽而出于薮泽，齐力射之。

四黄既驾，两骖不猗。不失其驰，舍矢如破。

今译

四匹黄马，既已启驾，外边的两匹骖马，走得不偏不倚，御马者操作纯熟，所以能奔驱不失其法度。而射击者，技术尤佳，所以能矢一发而必中。

萧萧[1]马鸣，悠悠[2]旆旌。徒御不惊[3]，大庖不盈[4]。

今注

1　萧萧：马鸣声。

2　悠悠：飘荡也。

3　徒：徒卒。御：御夫。不惊：不惊扰人民。

4　大庖：君之庖也。不盈：射获虽多，而皆分予诸侯，君不多取，故君之庖厨，不盈满也。

今译

马儿萧萧地鸣叫，旌旗悠悠地飘荡。徒卒御夫都不曾惊扰人民。射获之物，分赐诸侯，君不多取，所以君之庖厨，并不求其充盈。

之子[1]于征，有闻无声[2]。允矣[3]君子，展也[4]大成。

今注

1　之子：君子，皆指周宣王而言。

2　有闻无声：人们只听说天子有来东方打猎的传闻，而没有听到喧哗惊扰的闹声。

3　允矣：实在算得是。

4　展也：诚然。

今译

此次天子出猎，各事进行圆满，所以地方人民只听说天子要来到东方打猎的传闻，而没有感受一点儿喧哗惊扰的闹声。真可以称得起是君子了，真算是大大的成功了。

（六）吉日

这是赞美宣王田猎之诗。

吉日维戊[1]，既伯既祷[2]。田车既好，四牡孔阜[3]。升彼大阜[4]，从其群丑[5]。

今注

1　戊：刚日也，天干之奇数为刚日，偶数为柔日，刚日宜于外事，出猎为外事，故刚日之戊为吉日。
2　既伯既祷：田猎用马，伯为马祖，故祭伯也。
3　四牡孔阜：作形容词讲，高大的。
4　升彼大阜：作名词讲，大的丘阜。
5　从：追逐。丑：禽兽之属。

今译

戊日是田猎的好日子，祭了马祖而又祈祷。田猎之车乘，已经备好了，四匹雄马，高而且大，升彼丘阜之处，追逐那一群一群的禽兽。

吉日庚午[1]，既差[2]我马。兽之所同[3]，麀鹿麌麌[4]。漆沮[5]之从，天子之所[6]。

今注

1　庚午：亦刚日。
2　差：音拆，择齐其足。
3　同：聚也。
4　麀：音忧，牝鹿。麌麌：音与，众多。
5　漆沮：水名。
6　天子之所：天子所在之处。

今译

庚午之日，也是吉日，我们就选择了善驰的马，出往田猎。看见兽类聚集的地方，有很多的麀鹿。我们就沿着漆沮水旁，把它们追逐到天子打猎所在之处。

瞻彼中原[1]，其祁孔有[2]。儦儦俟俟[3]，或群或友[4]。悉率左右，以燕[5]天子。

今注

1　中原：原中也。
2　祁：同"麎"，大兽。孔有：很多。
3　儦儦：音标，趋行的样子。俟俟：缓行。
4　或群或友：兽三曰群，二曰友。
5　燕：乐也，助兴也。

今译

看那原野之中，大兽很多很多，有的急遽地跑，有的缓缓而行，三三两两，其状不一。我于是尽率左右之人，从事追逐，以为天子助兴。

既张我弓，既挟我矢。发彼小豝[1]，殪此大兕[2]，以御[3]宾客，且以酌醴[4]。

今注

1　发：发矢而射。豝：音巴，牝豕。
2　殪：音义，一射而致其死命，曰殪。兕：音四，野牛。
3　御：进，招待。
4　酌：以勺取酒。醴：音礼，酒。

今译

既经张开我们的弓，既经搭上我们的箭。于是首先就射死了一头小豕，继而又击毙了一条大兕。我们就把这些猎物，拿来招待宾客，且饮酒以共乐。

（七）鸿雁

这是描写使臣到处安抚流民之辛劳之诗。

鸿雁[1]于飞，肃肃[2]其羽。之子于征[3]，劬劳于野[4]。爰及矜[5]人，哀此鳏寡[6]。

贰　小雅　　　　　　　　　　　　　　　　259

今注

1　鸿雁：大者曰鸿，小者曰雁。
2　肃肃：羽声，疾遽之声。喻流民之流离也。
3　之子：指使臣。于征：出使于外。
4　劬劳：辛苦。于野：因为流民到处流离，没有安居的定所，当然受命而安抚流民的使臣，他的工作也是在野外的多，所以劬劳于野。
5　矜：可怜的。
6　鳏：老而无妇。寡：老而无夫。

今译

鸿雁四处地飞，羽声肃肃而疾遽。使臣出来担任安抚工作，天天在野外对流民竭力慰劳，受尽了辛苦。他同情我们这些穷苦的人，特别是对于鳏寡的人，更是哀悯。

鸿雁于飞，集于中泽[1]。之子于垣，百堵[2]皆作。虽则劬劳，其究[3]安宅。

今注

1　中泽：泽中。
2　堵：垣墙。
3　究：终于也。

今译

鸿雁于飞，慢慢地集栖于泽中了。使臣督导流民们建造垣屋，于是百堵同时都兴建起来。这种工作，虽然是很辛苦，但是毕竟大家都有了安定的住宅了。

（此章乃言流民慢慢安集之意。）

鸿雁于飞，哀鸣嗷嗷[1]。维此哲人[2]，谓我劬劳。维彼愚人，谓我宣骄[3]。

今注

1 嗷嗷：音敖，喧杂，喧扰之声。

2 哲人：指使臣而言，流民感激他，故称他为明白道理的哲人。

3 宣骄：宣，表示。骄，傲慢不逊，怨望牢骚。凡处于苦痛状态者，说话不免牢骚。

今译

鸿雁四下在飞，悲哀的鸣声，喧扰嘈杂。只有这位明白道理的使臣，说我们这些流民真是太苦痛了！那些不明白道理的人，反而说我们流民的哀诉是乱发牢骚。

（八）庭燎

这是赞美君王早朝勤政之诗。

"夜如何其？""夜未央。"[1]庭燎之光[2]，君子至止[3]，鸾声将将[4]。

今注

1 夜未央：央，尽也，未央，未尽也，即言时间尚早也。"夜如何其"？是天子发问之语。"夜未央"，是侍者答复之语。

2 庭燎：大烛也。

3 君子：指诸侯。止：语尾词。

4 鸾声：车之铃声也。将将：音锵，铃响声。

今译

"夜间什么时候了？""夜尚未尽。"天子便起床，燃大烛以视朝。诸侯也来朝见了，车马的铃声，将将地响着。

"夜如何其？""夜未艾[1]。"庭燎晢晢[2]，君子至止，鸾声哕哕[3]。

今注

1 未艾：艾音易。未艾，同"未央"，尚未尽也。

2 晢晢：音哲，明也。

3 哕哕：响声。

今译

"夜间什么时候了？""夜尚未尽。"天子便起床视朝！庭院亮起来了，诸侯们也来朝见了，车马的铃声，哕哕地响着。

"夜如何其？""夜乡晨[1]。"庭燎有辉[2]，君子至止，言观其旂[3]。

今注

1 乡晨：乡，同"向"，走近也，向晨，即天快亮了。
2 辉：光亮也。
3 言：语词。旂：音旗，旗上绘有龙文者。

今译

"夜间什么时候了？""天快亮了。"天子便起床视朝，庭燎光亮起来了，诸侯们也来朝见了，可以看见他们的旗帜了。

（九）沔水

这是叹伤乱世谗人之害正人之诗。

沔彼流水[1]，朝宗于海[2]。鴥彼飞隼[3]，载飞载止。嗟我兄弟，邦人诸友。莫肯念乱，谁无父母？

今注

1 沔：音免，形容词，形容流水之泛滥。
2 朝宗于海：朝，归。宗，向。朝宗于海者，归向于海也。
3 鴥：音玉，鸟疾飞的样子。

今译

那泛滥的流水，它还归向于海；那疾飞的隼鸟，它还栖止于树。可叹啊，我们的兄弟以及邦人诸友，没有一个肯忧虑现在的祸乱的。谁没有父母？真是祸乱越闹越大，自己的父母，也要遭殃了。

沔彼流水，其流汤汤[1]。鴥彼飞隼，载飞载扬。念彼不迹[2]，载起载行。心之忧矣,不可弭忘³。

今注

1　汤汤:音伤,水盛流的样子。

2　不迹:不循道而行之人,制造祸乱之人。

3　弭:止也。

今译

那泛滥的流水,越流越盛涨;那疾飞的隼鸟,越飞越高扬;那不讲道理的人,越来越胡闹。我内心的忧伤,简直是止也止不住,忘也忘不了。

鴥彼飞隼,率彼中陵。民之讹言¹,宁莫之惩²。我友敬矣,谗言其兴。

今注

1　讹言:讹,音鹅,伪也,造谣也。

2　宁:乃也。惩:制止。

今译

那疾飞的鸟儿,循着中陵而飞;那奸人造妖言,颠倒是非,乃竟然不加以制止。我的朋友你要警惕了,谗言就要起来了。

(十)鹤鸣

这是招隐之诗。

鹤鸣于九皋¹,声闻于野。鱼潜在渊,或在于渚²。乐彼之园,爰有树檀,其下维萚³。他山之石,可以为错。⁴

今注

1　皋:沼泽也。

2　渚:水中小洲也。

3　萚:音唾,树木枯落的皮叶也。白鹤鸣于九,以至于其下维萚,皆描绘隐士之生活环境,并象征其清高之品格。

贰　小雅

4　他山之石，可以为错：言如能得此贤者，即等于得了他山之石，便可以作为砥砺之具，而辅成人君以进德修业也。错：砺石也。

今译

鹤鸣于九皋之深泽，而其声则远闻于四野。鱼沉潜于深渊，或存身于小洲。那位贤者自得其乐于他的生活环境，在他的园内，有些檀树，檀树之下，是些枯落的树皮树叶。如果能得到那位贤者而用之，即等于得了他山之石，便可以作为砥砺美玉之器，而辅成人君以进德修业了。

鹤鸣于九皋，声闻于天。鱼在于渚，或潜在渊。乐彼之园，爰有树檀，其下维榖[1]。他山之石，可以攻玉。

今注

1　榖：树木名。

今译

鹤鸣于九皋之深泽，而其声则高达于天际。鱼存身于小洲，或沉潜于深渊。那位贤者自得其乐于他的生活环境，在他的园内，有些檀树，下面有些榖树。如果能得到那位贤者而用之，即等于得了他山之石，便可以作为砥砺美玉之器，而辅成人君以进德修业了。

四　祈父之什

（一）祈父

这是军士怨于久役而不得安居养亲之诗。

祈父[1]！予王之爪牙[2]，胡转予于恤[3]？靡所止居！

今注

1　祈父：武官也，司马也，职掌封圻之兵甲，故以为号。

2　予：兵士自呼也。爪牙：禽兽所用以自卫之武器，犹兵士为保卫天子之武器也。

3 恤：忧患也。

今译

祈父啊！我是天子的爪牙，为天子出了不少的力气，为什么反而置我于忧患之地，使我无所止居呢？

祈父！予王之爪士，胡转予于恤？靡所底[1]止！

今注

1 底：音底，至也，归宿也。

今译

祈父啊！我是天子的爪牙之士，为天子出了不少的力气，为什么倒反而置我于忧患之地，使我无所归宿呢？

祈父！亶不聪[1]。胡转予于恤？有母之尸饔[2]。

今注

1 亶：音胆，诚然也，实在的。不聪：不聪明，糊涂也。
2 尸：失也。饔：音雍，熟食也，奉养也。

今译

祈父啊！你实在是糊涂，为什么置我于忧患之地，使我有母而不得奉养呢？

（二）白驹

这是君主惋惜贤者不出而仕之诗。

皎皎白驹[1]，食我场苗。絷之维之[2]，以永[3]今朝。所谓伊人[4]，于焉逍遥[5]。

今注

1 皎皎：洁白的样子。白驹：贤者所乘之驹。
2 絷：绊也。维：以绳系之。
3 永：延长时间。

贰 小雅

4　伊人：贤者。
5　逍遥：逗留。
今译
皎洁的白驹，吃了我场圃的禾苗。我正好借此机会把它绊住拴住，以延长今朝的时间。所谓伊人，便不得不在此多逗留一会儿了。
（这是君主欲留贤者不得，乃假托其白驹食苗以留之意。）

皎皎白驹，食我场藿[1]。絷之维之，以永今夕。所谓伊人，于焉嘉客。
今注
1　藿：音霍，豆叶也。
今译
皎洁的白驹，吃了我场圃的豆叶，我正好借此把它绊住拴住，以延长今晚的时间，所谓伊人，便成为我的上等宾客了。

皎皎白驹，贲然来思[1]。尔公尔侯[2]，逸豫无期。慎尔优游[3]，勉[4]尔遁思。
今注
1　贲然：贲音奔，疾然也。思：语词。
2　尔公尔侯：你的公侯们，指为公家服务之人而言。
3　慎尔优游：迫切希望其万不可过于优游。
4　勉：同"免"，免去、免除、打消的意思。
今译
皎洁的白驹，赶快来吧！你的公侯们，想休息一会儿，都没有时间。希望你快来帮忙，万不可过于优游，请你打消你的隐遁的念头吧！

皎皎白驹，在彼空谷。生刍一束[1]，其人如玉。毋金玉尔音，[2]

而有遐心。

今注

1　生刍一束：言准备新鲜之刍草，以待空谷白驹之来。

2　其人如玉。毋金玉尔音：无奈其人如玉，高蹈不来。于是希望能常有音信，赐以教益。

今译

皎洁的白驹，在那深谷之中。我准备新鲜的刍草一束，以待白驹之来。无奈其人如玉，高蹈不至。希望你不要过于珍惜你的教言，而对我有疏远之心思。

(三) 黄鸟

这是描写民适异国，不得其所，而思归之诗。

黄鸟黄鸟，无集于穀[1]，无啄我粟。此邦之人，不我肯穀[2]。言旋言归，复我邦族。

今注

1　穀：树木名。

2　穀：友善也。

今译

黄鸟啊，黄鸟，不要集栖于穀树之上，不要啄食我的粟。此邦之人不肯与我友善，我只有回到我的邦族那里去了。

黄鸟黄鸟，无集于桑，无啄我粱。此邦之人，不可与明[1]。言旋言归，复[2]我诸兄。

今注

1　明：盟也，信赖也。

2　复：反也。

今译

黄鸟啊，黄鸟，不要集栖于桑树之上，不要啄食我的粱。此邦之人，不可以信赖，我只有回到我的诸兄那里去了。

黄鸟黄鸟，无集于栩[1]，无啄我黍。此邦之人，不可与处。言旋言归，复我诸父。

今注

1　栩：音许，树木名。

今译

黄鸟啊，黄鸟，不要集栖于栩树之上，不要啄食我的黍。此邦之人，不可与之共处，我只有回到我的诸父那里去了。

（四）我行其野

这是描写民适异国依其婚姻而不见收恤之诗。

我行其野，蔽芾其樗[1]。昏姻之故，言[2]就尔居。尔不我畜，复我邦家。

今注

1　蔽芾：茂盛的样子。樗：恶木也。
2　言：语词。

今译

我行走于荒野，樗树正茂盛。因为有婚姻的关系，所以到你家居住。现在你不养活我，我只有回到自己的邦家了。

我行其野，言采其蓫[1]。昏姻之故，言就尔宿。尔不我畜，言归斯复。

今注

1　蓫：音逐，羊蹄菜也。

今译

我行走于荒野，采蓫菜而食。因为有婚姻的关系，所以到你家住宿。现在你不养活我，我只有回到自己的老家了。

我行其野,言采其葍[1]。不思旧姻,求尔新特[2]。成不以富,亦祇亦异[3]。

今注

1　葍:音福,恶菜也。
2　特:匹配,配偶也。
3　成不以富,亦祇亦异:感叹其姻家无人情味。异,德行卓异也。

今译

我行走于荒野,采葍菜而食。你不念旧日的婚姻关系,而去求新的配偶。一个人的真正价值,不在于他的财富,而在于他的德行卓异。这个道理,真是对极了。

(五)斯干

这是筑室既成而颂祷祈福之诗。

秩秩斯干[1],幽幽[2]南山。如竹苞矣,如松茂矣。[3]兄及弟矣,式[4]相好矣,无相犹[5]矣。

今注

1　秩秩:澄清的样子。斯:此也。干:涧也。
2　幽幽:深远的样子。
3　如竹苞矣,如松茂矣:比喻兄弟关系。苞,丛生而固也。
4　式:语词。
5　犹:同"尤",责怪也,如"不怨天,不尤人"之尤。

今译

此地有清清的涧水,幽幽的南山。丛密的竹子,茂盛的松树,环境何等优美!哥哥和弟弟居住于此,要彼此和好,不要互相责怨。

似续妣祖[1],筑室百堵[2],西南其户[3]。爰[4]居爰处,爰笑爰语。

今注

1　似：同"嗣"，既然也，既经也。妣祖：先人也。祭祀祖先，必有宫庙，故先筑成宫庙。

2　室：燕寝之户也。

3　西南其户：其户向西，或其户向南。

4　爰：于是。

今译

既经建成了祭祀先祖的宫庙，而后筑室百堵，其户向西，或其户向南。于是在这里有居有处，说说笑笑地过生活了。

约之阁阁[1]，椓之橐橐[2]。风雨攸[3]除，鸟鼠攸去，君子攸芋[4]。

今注

1　约之阁阁：约，束也，夹也，束板也。阁阁，是指束板之状，即绳子一道一道地束着，而束得很有条理，不是乱七八糟地束。

2　椓之橐橐：板既束成之后，则填土于其中，即用杵把土捣得很坚实，椓就是捣。橐橐是捣土的声音。橐，音驼。

3　攸：所以，因而。

4　芋：同"宇"，居住也。

今译

把夹板一道一道地缠好，把土填进去，用杵子把土捣坚实，墙壁牢固了。于是风雨因而吹不进，鸟鼠因而钻不透，君子因而得以安居了。

（本章是叙述筑墙的情形。）

如跂斯翼[1]，如矢斯棘[2]。如鸟斯革[3]，如翚斯飞[4]，君子攸跻[5]。

今注

1　跂：同"企"，企足也。斯翼：敬肃的样子。

2　棘：房之角隅。

3　斯革：张开翅膀的样子。

4 翚：音辉，雉，野鸡也。

5 跻：升也。

今译

宫室的整庄，好像人在立正那样严肃；廉隅的耸峭，好像箭在射出那样迅直。栋宇的峻起，好像鸟在张翼；房檐的轩翔，好像雉在翻飞。这样的美轮美奂，正是君子所要升入之堂。

（此章形容宫室之状。）

殖殖[1]其庭，有觉其楹[2]。哙哙其正[3]，哕哕其冥[4]，君子攸宁。

今注

1 殖殖：平正也。

2 觉：高大而直也。楹：堂屋前之两柱也。

3 哙哙：音快，快乐也。正：向明之处也。

4 哕哕：音会，深广的样子。冥：幽暗之处也。

今译

平正的庭堂，高大的楹柱。明亮的正厅，使人心情愉快；幽奥的内室，使人思想深广。这种住室，正是君子修心安身之地。

下莞上簟[1]，乃安斯寝。乃寝乃兴，乃占我梦。吉梦维何？维熊维罴[2]，维虺维蛇[3]。

今注

1 莞：音管，蒲席。簟：音店，竹席。

2 罴：音皮，熊类，体较大，毛色黄白，能直立如人。

3 虺：音灰，小蛇。（古文虫也。）

今译

床的下面铺着草席，上面敷着竹席，把睡觉的地方，安置好了。于是就睡觉了，就起床了，就大做好梦了。吉利的梦是什么呢？就是梦见了熊啦、罴啦、虺啦、蛇啦。

贰 小雅

大人[1]占之：维熊维罴，男子之祥[2]；维虺维蛇，女子之祥。

今注

1　大人：太卜之官，即占梦之官。
2　祥：先兆也。

今译

于是就请太卜之官来占梦。梦见了熊和罴，就是要生男孩的吉兆。梦见了虺和蛇，就是要生女孩的吉兆。

乃生男子，载[1]寝之床。载衣之裳，载弄之璋[2]。其泣喤喤[3]。朱芾斯皇[4]，室家君王。

今注

1　载：则，便。
2　弄：玩。璋：半圭。弄之以璋，尚其德也。
3　喤喤：大声也。
4　朱芾：朝服也，天子纯朱色，诸侯黄朱色。皇：辉煌。

今译

如果是生了男子，就让他睡在床上，穿之以衣裳，给一块半圭，叫他玩耍。他的哭声洪大，将来一定是贵人，穿着辉煌的红色的朝服，有室有家，为君为主。

乃生女子，载寝之地。载衣之裼[1]，载弄之瓦[2]。无非无仪[3]，唯酒食是议[4]，无父母诒罹[5]。

今注

1　裼：音替，布褓也。
2　瓦：纺砖也，弄之以瓦，意在使其习纺织之女红也。
3　无非无仪：非，违也。无非，即服从也。仪，度也，自作主张也。无仪，即不要自作主张。总之，女子要多服从，少生事。
4　议：讲求。
5　罹：忧也。

今译

如果是生了女子,就让她睡在地上,用衣裸把她裹起,给一块瓦叫她玩耍。女子最好是多服从,少自作主张,只钻研些做饭做酒的烹调之事,不要给父母们惹麻烦,就得了。

(六)无羊

这是咏畜牧有成而牛羊盛多之诗。

谁谓尔无羊?三百维群。谁谓尔无牛?九十其犉[1]。尔羊来思[2],其角濈濈[3]。尔牛来思,其耳湿湿[4]。

今注

1 犉:身长七尺黄体黑唇之牛。
2 思:语词。
3 濈濈:相聚之多也。
4 湿湿:牛耳摇动的样子。

今译

谁说你没有羊?单以你的羊数而论,每一群就有三百头之多。谁说你没有牛?单以身长七尺黄身黑唇之牛来说,就有九十头之多。你的羊回来的时候,数不尽的羊角。你的牛回来的时候,数不尽那摇摆的耳朵。

或降于阿[1],或饮于池,或寝或讹[2]。尔牧来思[3],何[4]蓑何笠,或负其糇[5]。三十维物[6],尔牲则具[7]。

今注

1 阿:大陵。
2 讹:音鹅,动也。
3 思:语词。
4 何:同"荷",戴、负。
5 糇:音侯,干粮、食物。

6 三十维物：按颜色而分类，有三十种之多。
7 尔牲则具：祭祀用的牲物都具备了。

今译

那些牛羊，有的从陵上下来，有的到池边饮水，有的在卧着，有的在走动。牧人们来了，披着蓑衣戴着斗笠，有的背着食物。按牛羊的毛色，分门别类加以统计，就有三十种之多，你祭祀用的牲物，可算是无一不备了。

尔牧来思，以薪以蒸[1]，以雌以雄[2]。尔羊来思，矜矜兢兢[3]，不骞不崩[4]。麾之以肱[5]，毕来既升[6]。

今注

1 薪、蒸：薪之粗者曰薪，薪之细者曰蒸。
2 以雌以雄：牧者在空暇时所弋获之禽鸟也。
3 矜矜兢兢：守规矩的样子，曰矜矜。不懒散不落后，曰兢兢。
4 骞：音千，躁进。崩：离。
5 麾：指挥。肱：手臂。
6 既：尽，皆。升：进入羊圈。

今译

你的牧者回来了，带着薪柴和牧暇时所弋获之禽鸟，有雌的，有雄的。你的羊也回来了，它们规规矩矩地行进，不懒散、不落后、不躁进、不脱离。牧者用手臂一挥，它们便全部到齐，一个个进入羊圈中去了。

牧人乃梦："众维鱼矣，旐维旟矣[1]。"大人占之："众维鱼矣，实维丰年。旐维旟矣，室家溱溱[2]。"

今注

1 旐：音兆，画有龟蛇之旗。旟：音鱼，画有鸟纹之旗。
2 溱溱：音珍，众多的样子。

今译

牧人做了个梦，梦见了很多的鱼，又梦见画有龟蛇与鸟类的旗子。于是就请太卜之官来占一下：梦见很多的鱼，就是丰年的先兆。梦见画有龟蛇与鸟类之旗子，就是家中人口兴旺的先兆。真是大吉大利啊。

（七）节南山

这是贤臣刺执政者任用姻小而败政之诗。

节[1]彼南山，维石岩岩[2]。赫赫师[3]尹，民具尔瞻。忧心如惔[4]，不敢戏谈[5]。国既卒斩[6]，何用不监[7]！

今注

1 节：音截，高峻的样子。
2 岩：危峻而可怖的样子。
3 师：太师，三公之官。
4 惔：音谈，火烧。
5 不敢戏谈：不敢随便谈论。
6 国：指西周之亡而言。卒：终于。斩：断绝。
7 何用不监：为什么不以它为监戒呢？这个监字，当"殷监不远，在夏后之世"的"监"字讲。监同"鉴"，镜子也，即以往事为借镜为参考为鉴戒也。

今译

那高峻的南山，危峻而可怖。权位显赫的师尹，人民都唯你是看。提起国事，使人忧心如同火烧一般，但是都不敢随便谈论。西周既然终归于断绝，为什么你不以前车之鉴为教训为鉴戒呢？

节彼南山，有实其猗[1]。赫赫师尹，不平谓何！天方荐瘥[2]，丧乱[3]弘多。民言无嘉[4]，憯莫惩嗟[5]！

今注

1　有实：广大的样子。猗：同"阿"，邱阿，阿曲，高低不平之处。
2　荐：重复。瘥：音矬，灾难。
3　丧乱：祸乱。
4　民言无嘉：人民的批评，都不好听，都说些难听的话，即谤责之言。
5　憯：音惨，曾也，竟然也。惩：悔戒，警戒。嗟：伤痛也。

今译

那高峻的南山，阿曲多坎坷。权位显赫的师尹，你的处世为什么也是这样的不公平？上天屡次降下灾难，祸乱纷起。人民的批评，也都是非常的难听，难道你竟然不肯悔戒而叹伤。

尹氏[1]大师，维周之氐[2]。秉国之均[3]，四方是维[4]。天子是毗[5]，俾民不迷。不吊昊天[6]，不宜空我师[7]！

今注

1　尹氏：姓尹的，太师之官。
2　氐：同"柢"，柱石。
3　秉国之均：掌握国家的大权。
4　维：维系。
5　毗：辅佐。
6　不吊昊天：昊天不吊。不吊者，不可怜也。
7　空：穷也。师：众人也。

今译

尹氏啊，你居于太师之尊，是周室的砥柱。掌握国家的大权，四方靠着你来维系，天子靠着你来辅佐，庶民靠着你来领导。但是事实上，你完全负不起这种责任。上天又不可怜我们，屡次降下灾难，我们百姓们有何罪，你不该使我们大家受穷啊！

弗躬弗亲[1]，庶民弗信。弗问弗仕[2]，勿罔君子[3]。式夷式已[4]，无小人殆[5]。琐琐姻亚[6]，则无膴仕[7]。

今注

1　躬：躬行实践。亲：亲身去做。
2　问：过问，管事。仕：事也，从事，工作。
3　罔：欺骗。君子：君主。
4　式：语助词。夷：平心也。已：止也。
5　殆：危害。
6　琐琐：微小的。姻亚：婿之父曰姻。婿们互称曰亚。
7　膴：音武，厚也，厚禄也。仕：官也。

今译

凡事自己不能躬行实践，亲身率导，百姓们就不会相信你。把一切事情都荒废了，不管不理，不问不做，那就是欺骗君王。赶快改变作风吧，要平心正己，不要任用小人，以免危害国家。对于那些琐微的亲戚关系，不要给他们以高官厚禄。

昊天不佣[1]，降此鞠讻[2]。昊天不惠，降此大戾[3]。君子如届[4]，俾民心阕[5]。君子如夷，恶怒是违[6]。

今注

1　佣：保佑。
2　鞠：大也。讻：音凶，祸乱。
3　戾：罪也。
4　届：极也，正也，中也。
5　阕：音却，安定也。
6　违：离去，消失。

今译

上天不保佑我们，降下了这么大的祸乱。上天不惠爱我们，降下了这么大的罪。为政的君子，如果能够行事正当，那么，民心自然就安定了。如果能够处事公平，那么，一切的怨怒，自然就消逝了。

不吊昊天，乱靡有定。式月斯生，俾民不宁！忧心如酲[1]，谁秉国成[2]？不自为政，卒劳百姓。

今注

1　酲：音呈，病酒也。
2　国成：国政。

今译

上天不怜恤我们，祸乱没有停止的时候，月月都要发生，使百姓不得安宁，使我忧心如醉。是哪一个人主持国政呢？若君王不亲身管事，乃任用姻亚小人掌管一切，终究会使百姓吃尽苦头。

驾彼四牡，四牡项领[1]。我瞻四方，蹙蹙[2]靡所骋。

今注

1　项：大也。领：颈也。
2　蹙蹙：音促，形容国土缩小之状。

今译

我驾起四牡，四牡很是肥大。我向四方一望，只觉国土日蹙，好像没有可驰骋的地方似的。

方茂尔恶[1]，相尔矛矣[2]。既夷既怿[3]，如相酬[4]矣。

今注

1　方茂尔恶：当你大做坏事的时候。
2　相尔矛矣：人民都看着你的戈矛。相，看也。
3　夷：平。怿：和悦。
4　酬：敬酒。

今译

当你大做其恶事的时候，人民都看着你的戈矛，准备和你动武。但是如果你能够既公平而且和悦，人民便亲近你，好像要以酒与你相欢娱的样子。可见人心的向背，全看你的做法如何了。

昊天不平，我王不宁。不惩其心，覆怨其正。
今译
由于你的作恶，使昊天为之不平，使我王为之不宁。你不但不悔心改过，反而埋怨那些劝诫你、教导你的正人君子。

家父作诵[1]，以究王讻[2]。式讹[3]尔心，以畜[4]万邦。
今注
1　家父：本诗作者之名字，他是一个公平正直的人。在诗的最后，写出他自己的名字，表示他不畏权势，敢以正义劝告尹氏。诵：本篇之诗。
2　究：推求，研讨。讻：祸乱。
3　讹：变化，改正。
4　畜：养也。
今译
家父作这首诗的意思，是要研讨王室祸乱之由来。希望你能改正你的心性和行为，以养育万邦的人民。

（八）正月

这是刺责幽王暴虐无道、严刑峻法，终致亡国之诗。

正月繁霜[1]，我心忧伤。民之讹言[2]，亦孔之将[3]。念我独兮[4]，忧心京京[5]。哀我小心，癙忧以痒[6]。
今注
1　正月：夏历四月，正阳之月也。正月繁霜：四月而下了很大的霜，乃是反常的现象。古人以为是上天对于执政者的警告。
2　讹言：讹音鹅，讹言即谣言，妖言。
3　孔：极。将：大也。
4　念我独兮：我独念兮，言大家都不念，都悠悠忽忽，只有我独独担心。

贰　小雅

5 京京：大也。

6 瘋：音鼠，病也。痒：音羊，病也。

今译

正阳的夏月，而下了很大的霜，这真是反常的现象。我的心非常之忧伤。人民的谣言，也非常之多。大家都不在意，只有我担心，独自在发愁。可怜我这个小心眼的人，竟然忧愁成病了。

父母生我，胡俾我瘉[1]？不自我先，不自我后。好言自口，莠[2]言自口。忧心愈愈[3]，是以有侮。

今注

1 瘉：音愈，病也。

2 莠：音酉，恶的，坏的。

3 愈愈：忧惧也。

今译

父母既然生我，为什么使我病痛呢？祸乱不先我而来，也不后我而来，偏偏就来在我生的时候。人们的两片嘴是扁的，舌头是软的，好话是从他们的口中说出的，坏话也是从他们的口中说出的。我因为过于忧心国事，以致成病，并且招致了许多的侮辱。

忧心惸惸[1]，念我无禄[2]。民之无辜，并其臣仆[3]。哀我人斯，于何从禄？瞻乌爰止，于谁之屋？

今注

1 惸惸：音琼，忧思的样子。

2 无禄：不幸也。

3 并其臣仆：并为臣仆。古者，臣仆都是犯罪的人，被没入而为奴仆的。

今译

想到人生的不幸，使我忧伤万分。好好的人们，一点罪也没有，竟然被加以罪名，没入为奴仆。可怜的人们，在这无法无天的世上,到哪里去找幸福呢?看那乌鸦,飞来飞去,落止在谁家的屋上?

瞻彼中林[1],侯薪侯蒸[2]。民今方殆[3],视天梦梦。既克有定,靡人弗胜。[4]有皇[5]上帝,伊谁云憎?

今注

1 中林:林中。

2 侯薪侯蒸:侯,乃也。薪,粗薪。蒸,细薪。比喻朝中没有人才,没有栋梁之材,只是一些可供烧火的薪柴而已。

3 方殆:正在危难之中。

4 既克有定,靡人弗胜:上天的决定,没有人能够胜过的。

5 皇:大也。

今译

看那树林之中,只是一些薪柴,没有栋梁之大材。百姓们正处于危难之中,而上天还是迷迷糊糊,好像是漠不关心似的。我们知道,上天的决定,是没有人能够胜过的,但是伟大的上天啊,请问你到底是讨厌哪一个人呢?为什么降祸不息呢?

谓山盖卑?为冈为陵[1]。民之讹言,宁莫之惩[2]?召彼故老,讯之占梦,具曰予圣,谁知乌之雌雄?

今注

1 为冈为陵:这个"为冈"之"为"字,是个错字,应当是"谓"字,即应为"谓冈为陵"。本章之"谓山盖卑,谓冈为陵",与下章之"谓天盖高,谓地盖厚",在文法构造上是平行的,相似的。说山是低的,说山冈是土陵,这种话当然是讹言。

2 宁:乃也。惩:止,戒。

今译

说山是低的,说山冈是土陵,这显然是胡说八道的讹言,但是为什么不加以制止呢?有什么事情,召那些故人老臣,再询问占梦之人，他们都自以为是圣人，但是哪一个人能知道乌鸦的雌雄呢？连乌鸦的雌雄都不知道，可见大家都是非不辨了。

谓天盖高？不敢不局[1]；谓地盖厚？不敢不蹐[2]。维号斯言[3]，有伦有脊[4]。哀今之人，胡为虺蜴？[5]

今注

1　局：弯曲也。

2　蹐：音急，小步而行也。

3　维号斯言：一说话便是唉声叹气，除了长吁短叹以外，没有话说。

4　有伦有脊：伦，理也，理性也，人是有理性有脊骨的动物，应当挺身而立，据理而言，但是惧于暴政的迫害，有脊骨不敢直起身子，有理性不敢讲说正义，一说话便只有长吁短叹而已。

5　哀今之人，胡为虺蜴：可怜啊，现今之人为什么都变成像小蛇一样的爬行动物了呢？

今译

天可以说是很高的了，但是人们不敢不弯下身子；地可以说是很厚的了，但是人们不敢不小步而行。人本是有理性有脊骨的动物，应该是可以挺身而立，据理而言了，但是一般的人，一开口便只有长吁短叹。可怜啊，堂堂的人，为什么都变成像小蛇一类的爬行动物了呢？

（本章言在暴政压迫之下，人们都不敢挺身而立，不敢迈步而行，不敢据理而言，差不多都变成了像小蛇一类的爬行动物了。）

瞻彼阪田[1]，有菀其特[2]。天之扤[3]我，如不我克[4]。彼求我则[5]，如不我得。执我仇仇，亦不我力。

今注

1　阪：音板，崎岖之田。

2　菀：音遇，茂盛的样子。特：特生之苗也。

3　扤：音兀，摧残也。
4　我克：克服我。
5　彼求我则：彼求我哉。

今译

看那峣峣的阪田，还长着茂盛的禾苗。为什么上天如此用力地摧残我，好像唯恐其把我消灭不了似的。他需要我的时候，好像唯恐得不到似的。及至得到了我，我又把仇敌捉到了，他却不认为是我的功劳。

心之忧矣，如或结之。今兹之止，胡然厉矣？燎之方扬，宁或灭之？赫赫宗周，褒姒威之。

今译

我内心的忧愁，好像是结成一块石头似的。此时的国政，为什么这样的暴虐呢？这种暴虐的作风，好像是燎原的大火一样，没有人能够立即把它扑灭的。到了最后，赫赫的宗周，便亡于褒姒之手了。

终其永怀[1]，又窘阴雨。其车既载[2]，乃弃尔辅[3]。载输尔载[4]，将伯助予[5]！

今注

1　终：既也，既然这样又那样，言不止一事也。永怀：深深的忧伤。
2　既载：装载。
3　辅：夹持车轴之物，一名䡝，亦名伏兔。此诗取喻于辅者，以比贤臣也。古称辅臣为秉轴，即此理也。
4　输：颠覆。
5　将：请也。伯：长者也。

今译

既已满怀的忧伤，又困于连绵的阴雨。你的车子，既已装满了东西，而你竟把夹轴的辅木弃掉，于是乎你的车子便颠覆了。这

贰　小雅

个时候，你没有办法，只好大声喊叫："伯伯们，请来帮帮我的忙吧！"那不是已经晚了吗？

无弃尔辅，员于尔辐[1]。屡顾尔仆[2]，不输尔载。终逾绝险，曾是不意。

今注

1　员：增加。辐：音福，在车轮中间的细柱。
2　仆：夹轴之木，即辅木也。

今译

不要弃掉你的辅木，并且还要增加你的轮柱，不断地看顾你的辅夹。这样子，你的车子就不至于颠覆了，而终于可以越过绝险的旅程。这种道理，你都不注意。

鱼在于沼，亦匪克乐。潜虽伏矣，亦孔之炤。忧心惨惨，念国之为虐。

今译

鱼在池沼之中，亦不能安乐。它虽然潜伏于水中，但是仍然被人看得清清楚楚。想到国政的暴虐，我忧心惨惨，怕的是终不免于池鱼之殃啊。

彼有旨酒，又有嘉肴。洽比其邻，昏姻孔云。念我独兮，忧心殷殷。

今译

那些小人，既有美酒，又有佳肴，和他的邻居们吃吃喝喝，非常热闹；而他们的婚姻关系，又很多很多。想起我的孤独，心中便有深深的忧虑。

佌佌[1]彼有屋，蔌蔌[2]方有谷。民今之无禄，天夭是椓[3]。哿[4]矣富人，哀此惸独！

今注

1　佌佌：音此，小小的样子。

2　蓛蓛：音速，卑鄙的样子。

3　天夭：天祸也。椓：音卓，为害也。

4　哿：欢乐也。

今译

那些佌佌的小人，都有房屋住，那些蓛蓛的鄙夫们，都有食物吃。只是百姓们太不幸了，既没有东西吃，又有天灾的迫害。这个年头，富人们是欢乐了，可怜的是这些穷而无告的孤独的人们啊！

（九）十月之交

这是刺皇父乱政以致灾变之诗。

十月之交[1]，朔月辛卯[2]。日有食之[3]，亦孔之丑[4]。彼月而微[5]，此日而微[6]。今此下民，亦孔之哀。

今注

1　十月：周之十月，即夏历之八月。交：日月交会也，即夏历每月初一之时。

2　辛卯：初一为辛卯日。

3　日有食之：日食。

4　亦孔之丑：古以日食为是因为有失道，故称之为大丑事。

5　月而微：月食也。

6　日而微：日食也。据历法推算，周幽王六年乙丑岁建酉之月，辛卯朔辰时日食。

今译

十月之交，是朔月辛卯，有日食之变，这是一项非常之恶信。上次刚刚月食，这一次又是日食，现在的庶民，可真是够悲哀的了。

日月告凶[1]，不用其行[2]。四国无政，不用其良。[3]彼月而食，则维其常。此日而食,于何不臧⁴?

今注

1　告凶:告天下以凶亡之征。

2　不用其行:行,常度也,不用其行者,即失其常度也。

3　四国无政:四方的国家,没有良好的政治。不用其良:不用贤良之人也。

4　臧:善也。

今译

日月告天下以凶亡之征,所以失其常度。四方的国家,不用贤良的人,所以政治不好。上次的月食,还可以说是平常的事,这次的日食,显然是非常的灾异,为什么不改过向善呢?

烨烨震¹电,不宁不令²。百川沸腾,山冢崒崩³。高岸为谷,深谷为陵。哀今之人,胡憯莫惩⁴。

今注

1　烨烨:音夜,电光闪闪的样子。震:雷也。

2　不宁:不安宁,天摇地撼故不宁。不令:令,善也,恶风暴雨故不善。

3　冢:山顶也。崒:音脆,猝也,忽然也。

4　憯:音惨,曾也。惩:戒惧也。

今译

电光闪闪,雷声霹雳,天摇地撼,恶风暴雨。百川像滚水一样地翻腾起来,山冢忽然而崩陷。原来的高岸,变而为深谷,原来的深谷,变而为丘陵。这真是一场大大的灾变。可哀啊,现在的人不曾有丝毫戒惧之心。

(此章言地震也。)

皇父卿士¹,番维司徒²,家伯维宰³,仲允膳夫⁴。棸子内史⁵,蹶维趣马⁶,楀维师氏⁷,艳妻煽方处⁸。

今注

1 皇父：与家伯、仲允，都是人名。卿士：百官之长。
2 番：与聚、蹶、楀，皆姓也。司徒：卿名，掌邦教之官。
3 维宰：卿也，掌邦治之官。
4 膳夫：上士，掌王之饮食膳馐。
5 聚：音邹。内史：中大夫，掌爵禄废置生杀予夺之法。
6 趣马：中士，掌王之马政。
7 师氏：中大夫，掌司朝得失之事。
8 艳妻：指褒姒而言。煽：诱惑的力量。方处：正在得势之时，正处于巅峰状态。

今译

一群恶徒，把持朝政，如皇父为卿士，番为司徒，家伯为冢宰，仲允为膳夫，聚子为内史，蹶为趣马，楀为师氏。而艳妻褒姒和他们同恶相济，其诱惑势力正处于狂炽之时，无人能摇撼之者。

（这是一群恶势力。）

抑[1]此皇父，岂曰不时[2]！胡为我作[3]，不即[4]我谋？彻[5]我墙屋，田卒污莱[6]。曰予不戕[7]，礼[8]则然矣。

今注

1 抑：语词。
2 时：农隙之时。
3 我作：叫我去服劳役。
4 即：就也。
5 彻：毁也。
6 卒：尽也。污：水淹也。莱：草莱荒芜也。
7 戕：害也。
8 礼：理也。

今译

唉！皇父啊！你岂肯自己说你自己役使人民不是时候呢？为什

么你叫我服劳役，事前不和我商量一下呢？由于你胡乱征调，使我的房屋也毁坏了，使我的田地，淹的淹，荒的荒。你反而说："我不是害你，按道理是应该这样的啊。"

皇父孔圣，作都于向[1]。择三有事[2]，亶侯多藏[3]。不慭遗一老[4]，俾守我王。择有车马，以居徂向[5]。

今注

1 向：地名，在今河南省济源县境内。
2 三有事：三卿也。
3 亶：诚然也。侯：语词。多藏：富有也。
4 慭：音印，肯也。遗：留下。老：老臣。
5 以居徂向：徂向以居。徂：往也。

今译

皇父真聪明啊（讽刺话），你作都于远远的向地，选择的三个卿大夫，都是有财富的人家。你不肯留下一个老臣，守在王的身边。你选择那些有车有马的人，都往向地和你住在一起。

（此章是言皇父看到皇室日危，预作逃难之计，故作都于向。）

黾勉从事[1]，不敢告劳。无罪无辜，谗口嚣嚣[2]。下民之孽[3]，匪降自天。噂沓背[4]憎，职竞由人[5]。

今注

1 黾：音敏。黾勉：努力工作也。
2 嚣嚣：音敖，喧哗杂乱的意思。
3 孽：灾难。
4 噂：聚在一起也。沓：音踏，相合悦也。背：背了面。
5 职竞：专意以某事为业。竞：争先恐后地抢着去干。由人：由于人们去做那种事情。

今译

我们努力工作，不敢有一句怨言。没有一点儿罪过，平白无故地喧喧嚷嚷地说我们的坏话。下民的灾难，不是从天而降，乃是由那些小人们，聚则相勾结，背则相憎恨，争先恐后地专意去干那些陷害正人的事所造成。

悠悠我里[1]，亦孔之痗[2]。四方有羡[3]，我独居忧[4]。民莫不逸，我独不敢休。天命不彻[5]，我不敢效我友自逸[6]。

今注

1　里：或作悝，或作㾗。忧思也。

2　痗：音妹，病也。

3　羡：愿也，得其所愿而欢喜也。有羡，即羡然，快乐的样子。

4　居忧：处于忧愁之境也。

5　彻：均等。

6　我不敢效我友自逸：我不敢仿效我的友人那样自居于安逸也。

今译

无穷无尽的忧思，使我至于大病。人们都欢乐，只有我处于愁境；人们都安逸，只有我不敢休息。这是上天赋于人们的命运之不均，我不敢仿效我的朋友们那样自居于安逸之地。

（十）雨无正

这是伤叹群臣离散、救国无人之诗。

浩浩昊[1]天，不骏[2]其德。降丧饥馑[3]，斩伐四国。旻天疾威[4]，弗虑弗图。舍[5]彼有罪，既伏其辜[6]。若此无罪，沦胥以铺[7]。

今注

1　浩浩：广大的样子。昊：博大的。

2　骏：大也。

3　饥馑：谷不熟曰饥，菜不熟曰馑。

贰　小雅

4　疾威：暴虐也。

5　舍：置也。

6　伏：隐蔽。

7　沦胥以铺：胥沦以铺。胥，皆也。沦，陷入也。铺，同"痡"，病痛也。即皆陷于病痛也。

今译

高高的上天，不大发其慈悲。降下了丧乱与饥馑以摧残四方的人民。高高的苍天啊，你只知道发作威风，全不考虑下民的苦难。那些有罪的人，你不仅舍而不问，并且隐蔽其罪；而一般无罪的人，你却将他们都陷于病痛之中了。

周宗既灭[1]，靡所止戾[2]。正大夫[3]离居，莫知我勩[4]。三事大夫[5]，莫肯夙夜。邦君诸侯，莫肯朝夕。庶曰式臧[6]，覆出为恶[7]。

今注

1　周宗既灭：宗，宗社也。言周之宗社，已经灭亡。

2　靡所止戾：止，立足也。戾，安身也。言没有立足安身之余地。

3　正大夫：六卿百官之长也。

4　勩：音异，劳苦也。

5　三事：三公也。大夫：六卿及中下大夫也。

6　庶曰式臧：庶，庶几也，希望之辞。曰，语词也。式，语词也。臧，善也。言经受此次祸乱，希望或有改善之机。

7　覆出为恶：不仅不改善，反而更恶了。

今译

周之宗社，已经灭亡，败奔流散，没有立足安身的地方。正大夫离其所居，不知道我的苦难。三事大夫，没有人肯处理公务。邦君诸侯，也没有人肯忠于职守。经受此次大乱，希望今后或有改善之可能，但是事实不然，不仅不改善，反而更恶了。

如何昊天，辟[1]言不信！如彼行迈，则靡所臻。凡百君子[2]，各敬尔身。胡不相畏？不畏于天？

今注

1　辟：法度也。
2　君子：指臣。

今译

高高的上天啊，人们为什么不听信法度之言呢？好像是走远路一样，没有一个确定的目标。诸位君子，要各敬你们的身心。为什么大家不存敬畏的心呢？难道连上天也不敬畏吗？

戎[1]成不退，饥成不遂[2]。曾我暬御[3]，憯憯日瘁[4]。凡百君子，莫肯用讯[5]。听言则答[6]，谮言则退[7]。

今注

1　戎：兵也，兵祸也。
2　遂：安抚人民也。
3　曾：乃也。暬：音亵，侍近也。
4　憯憯：音惨，忧心也。瘁：病也。
5　讯：忠谏之言。
6　听言：顺耳之言。答：报之以爵禄。
7　谮言：批评之言，忠告之言，诽谤之言，逆耳之言。退：厌恶不用也。

今译

兵祸已成，而不能平息，饥荒已成，而不能安抚。我是个近侍小臣，尚且忧心国事，至于病瘁。多数君子都不肯接受忠直的话。对于顺耳之言，则喜而接纳，宠之以爵禄；对于忠直之言，则认为逆耳，厌恶而不用。

哀哉不能言，匪舌是出，维躬是瘁。哿[1]矣能言，巧言如流，俾躬处休[2]。

贰　小雅

今注

1 哿：快乐，幸运。
2 休：乐也。

今译

伤心啊，我这个不会说话的人，因为我的舌头不善言辞，所以我的身子至于病痛。幸运的是那些会说话的人，花言巧语，滔滔不绝，如流水一般，因而他们得有高官厚禄，身子安乐。

维曰[1]予仕，孔棘且殆[2]。云不可使，得罪于天子。亦云可使，怨及朋友。

今注

1 维：语词。曰：语词。
2 棘：困难重重也。殆：危险。

今译

做官是真不容易啊，困难重重，而且危险。如果是没有才能，完不成使命，便得罪于人君；如果才能出众，能够完成使命，则为同事所忌，而结怨于朋友。

谓尔迁于王都[1]，曰："予未有室家。"鼠[2]思泣血，无言不疾[3]。昔尔出居，谁从作尔室？

今注

1 谓：告也。迁于王都：西京已亡，迁于东都之洛阳。
2 鼠：同"癙"，忧也。
3 无言不疾：没有一句话不见疾于人。疾者，嫉也，忌恶也。

今译

我曾经劝你迁于王都，你说："我在那里没有房宅住。"像这样大臣对国事漠不关心的情形，使我发愁至于泣血。我所说的话，没有一句不被人妒嫉而厌恶。我不知道你昔日奔逃流亡的时候，有何人跟着你为你盖房子？

（据此章所谓"迁于王都"之句，可知此诗是出于东迁后不久之人的作品。是追述幽王之无道，而刺之也。因其批评之意甚重，苦痛之情甚浓，当可推知为东迁以后不久之诗。因其如非当时败奔流离之士大夫，不能有此浓重之苦痛感应；如非东迁以后不久之动荡散乱，处于无政府状态，人们即不敢对君主有如此之批评。）

五　小旻之什

（一）小旻

这是东迁之后士大夫追刺幽王当时之不能用贤之诗。

旻天疾威[1]，敷[2]于下土。谋犹回遹[3]，何日斯沮[4]？谋臧[5]不从，不臧覆[6]用。我视谋犹，亦孔之邛[7]！

今注

1　旻：音民，幽远的样子。疾威：疾暴的威严，意指王政的暴虐。
2　敷：散布。
3　谋：计谋。犹：同"猷"，计划。回：邪僻不正。遹：音聿，邪僻。
4　沮：音举，停止。
5　臧：良好的。
6　覆：反而。
7　邛：音琼，伤痛。

今译

旻天的暴威，散布于地上。邪僻险恶的主意，不知道何日才会停止？好的主意不听，偏偏去听信那些坏的主意。我看到那些坏主意，真够使人痛心的了！

潝潝訿訿[1]，亦孔之哀。谋之其臧，则具[2]是违；谋之不臧，则具是依。我视谋犹，伊于胡底[3]？

今注

1. 潝潝：音吸，相附和。訿訿：音紫，相诋毁。
2. 具：同"俱"，皆。
3. 胡：何。厎：至，归结，结果。

今译

大家忽而一阵子潝潝然相附和，忽而一阵子又訿訿然相诋毁，这种意气用事的情形，真够使人哀伤的了。好的主意，大家都加以反对；坏的主意，大家却又偏偏赞成。我看那些坏主意，不知道要发展到何等地步？

我龟¹既厌，不我告犹²。谋夫孔多，是用不集³。发言盈庭，谁敢执其咎？如匪行迈谋⁴，是用不得于道⁵。

今注

1. 龟：古人很信龟，故用龟甲纹以卜事之吉凶。
2. 犹：同"猷"，计划。
3. 用：因而。不集：没有成功。
4. 匪：同"彼"。行迈：走远路。谋：只出主意不走动。
5. 道：目的地。

今译

我的灵龟，已经厌烦了，不把事情的吉凶告诉我们。而出主意的人太多了，所以一事无成。发言的人，议论纷纷，你一句，我一句，充满了朝堂，但是哪一个人敢于任其咎，负其责呢？就好像是走远路一样，大家都是坐着不动，专出主意，徒事口舌，而实际上一步不行，那便永远不能到达其目的地。

哀哉为犹，匪先民是程¹，匪大犹是经²；维迩言³是听，维迩言是争！如彼筑室于道⁴谋，是用不溃于成⁵。

今注

1. 匪：不。先民：前代的贤哲。程：法则。

2　大犹：大猷，远大的计划。经：典范，宗旨，依归，准绳，标准。

3　迩言：浅近的言论，不是深谋远虑的言论，只求眼前的、暂时的小利小害，不知道远大后果的言论。

4　筑室于道：在路边盖房子。

5　溃于成：遂于成也。

今译

一切的主意，都是很悲哀的啊！不以前代的贤哲为法则，不以远大的识见为依归，只是一味地听从短近的言语，一味地计较暂时的利害，而不能拿出深谋远虑的真知灼见。就好像在路边盖房子一样，你一句，我一句，大家只是出主意，而不动手去建造，那就永远盖不成房子。

国虽靡止[1]，或圣或否。民虽靡膴[2]，或哲或谋，或肃或艾[3]。如彼泉流，无沦胥以败[4]！

今注

1　止：安定。

2　膴：音呼，众多的。

3　肃：恭谨的。艾：治理，有治事的能力。

4　无：同"勿"。沦胥以败：胥沦以败，同归于尽。

今译

国家虽不安定，但其中，有圣智的，也有不智的。人民虽不众多，但其中，有明哲的，有智谋的，有恭谨持身的，有治事才干的。千万不可任用邪人，败亡国家，以致像那泉水挟泥沙以俱下似的，不分智愚贤不肖而同归于尽也。

不敢暴虎[1]，不敢冯河[2]。人知其一，莫知其他。战战兢兢[3]，如临深渊，如履薄冰。

贰　小雅

今注

1　暴虎：以空手去打老虎。
2　冯河：冯，音平，以徒步去过黄河。
3　战战：恐惧的样子。兢兢：小心谨慎，提高警觉。

今译

人们都不敢以空手去打老虎，也不敢以徒步去渡黄河，为什么呢？因为那样太危险了。但是人们都是只知其一，而不知其二，只知道这些小的危险，而不知道还有更大的危险。什么是更大的危险呢？那就是国家灭亡的危险。所以一想起国事，我的心便战战兢兢，戒慎恐惧，好像是临身于深渊之旁，履足于薄冰之上似的。

（二）小宛

这是乱世之人，念父母、戒兄弟，谨慎以免祸之诗。

宛彼鸣鸠[1]，翰飞戾[2]天。我心忧伤，念昔先人。明发[3]不寐，有怀二人[4]。

今注

1　宛：小的样子。鸣鸠：斑鸠。
2　翰：羽。戾：至。
3　明发：天色将旦而光明开发。
4　二人：指父母。

今译

那小小的斑鸠，鼓起翅膀，飞至于天际。想起先人，我的心很是忧伤。怀念父母，从夜间到天明，我一直睡不着。

人之齐[1]圣，饮酒温克[2]。彼昏不知，壹醉日富[3]。各敬尔仪，天命不又[4]。

今注

1　齐：明智的。

2　温克：能自我控制而不失中道。

3　富：过甚。

4　仪：行为。又：再，复。

今译

　　一个明智而圣德的人，虽然饮酒，但是能保持其温恭风度，而不致为酒所困。至于那些昏馈无知的人，一喝酒便喝得酩酊大醉，而且日甚一日。之所以希望人们各自敬谨自己的行为，是因为如果天命一去，就不能复返了。

　　中原有菽[1]，庶民采之。螟蛉[2]有子，蜾蠃负之[3]。教诲尔子，式穀[4]似之。

今注

1　中原：原中，田原之中。菽：大豆。

2　螟蛉：桑树上之小青虫，似步屈。

3　蜾蠃：土蜂，似蜂而腰小。蜾，音果。蠃，音裸。负之：孵之也。古人认为蜾蠃取青虫之子，入于木空中，孵七日而化为己子。实则蜾蠃以青虫之子，喂其幼蜂耳。

4　式：语词。穀：善。

今译

　　原野中的豆菽，庶民们可以采摘它。螟蛉的幼子，蜾蠃们可以孵育它。可见善性是人人所共有，化育的力量是无穷的。因此，你应当教诲你的儿子，使他为善，如同你一样似的。

　　题彼脊令[1]，载飞载鸣[2]。我日斯迈[3]，而月斯征[4]。夙兴夜寐，毋忝尔所生[5]。

今注

1　题：视。脊令：鸟名，飞则鸣，行则摇。

2　载飞载鸣：且飞且鸣。

3　迈：奔忙。

贰　小雅

4　而：同"尔"。征：辛劳工作。

5　毋：同"勿"。忝：辱。当时的人，以为脊令鸟是急难相救之鸟，故用以比喻兄弟相助之义。

今译

看那脊令鸟，且飞且鸣，互相呼应。我日日奔忙，而你也月月辛劳。我们都要早起晚睡，共同努力，不要对不起我们的生身父母。

交交桑扈[1]，率[2]场啄粟。哀我填[3]寡，宜岸宜狱[4]。握粟[5]出卜，自何能穀[6]？

今注

1　交交：通"咬咬"，鸟的叫声。桑扈：鸟名，俗名青嘴。

2　率：循，绕。

3　填：同"瘨"，有病。

4　宜岸宜狱："宜"为"且"之误字，即且岸且狱。岸，犴也，狱也。

5　握粟：以粟为卜卦之费。

6　穀：善。

今译

鸣声交交的桑扈，绕着谷场，啄粟以为生。可怜我这个贫病交加的人，且有牢狱之灾。握把粟出去占个卦，问个吉凶吧，但是事实摆在这里，哪里能够有好卦可求呢？

温温恭人，如集[1]于木。惴惴[2]小心，如临于谷。战战兢兢，如履薄冰。

今注

1　集：栖止。

2　惴惴：音坠，忧惧的样子。

今译

一个温温而敬事的人，他的恭敬而谨慎，好像是栖止于树木之上似的;他的惴惴而小心,好像是临身于深谷之旁似的;他的戒慎而恐惧,又好像是履足于薄冰之上似的。

(三)小弁

这是乱世忧谗畏祸之诗。

弁彼鸒斯[1],归飞提提[2]。民莫不穀[3],我独于罹[4]。何辜于天?我罪伊何?心之忧矣,云如之何!

今注

1 弁:音盘,快乐的样子。鸒:音遇,乌鸦。斯:语词。
2 提提:音十,群飞安详的样子。
3 穀:善。
4 罹:音离,忧患。

今译

那快活的乌鸦,安详地飞而归。人们没有不是平平安安的,只有我独独处于患难之中。我有什么得罪于上天的地方?我的罪过是什么呢?我真是发愁得很啊,但是又有什么办法呢?

踧踧周道[1],鞫[2]为茂草。我心忧伤,惄焉如捣[3]。假寐[4]永叹,维忧用老。心之忧矣,疢如疾首[5]。

今注

1 踧踧:音笛,平坦的样子。周道:大路。
2 鞫:音菊,尽也。
3 惄:音溺,难堪的样子。捣:捣而碎也。
4 假寐:不脱衣而睡。
5 疢:音趁,疾病。疾首:头痛。

今译

平坦的大路,尽变成了茂草。我内心的忧伤,好像被捣碎似的难堪。和衣而卧,叹伤不已,由于忧伤,故而变老。内心的忧愁,

贰 小雅

又好像是患着严重的头疼病似的。

维桑与梓[1]，必恭敬止[2]。靡瞻[3]匪父，靡依[4]匪母。不属[5]于毛，不罹于里[6]。天之生我，我辰安在[7]？

今注

1　桑、梓：二木名，古者五亩之宅，树桑梓于墙下，以为后人养蚕制器之用，这是父母之所手植，故看见桑梓，即思及父母，恭敬之心，便油然而生。

2　止：语尾词。

3　瞻：景仰，尊敬。

4　依：依靠，亲近。

5　属：相连。

6　罹：附着，附贴。里：代表骨肉心腹。

7　辰：命运，运气。

今译

见了桑梓，必加恭敬，因其为父母手植之物。人生在世，所尊敬者，不是父亲吗？所依靠者，不是母亲吗？哪一个不连属于父母的发肤？哪一个不附系于父母的骨肉？苍天啊，把我生下来，我的时运在哪里？为什么这样的苦命啊！

菀彼柳斯[1]，鸣蜩嘒嘒[2]。有漼[3]者渊，萑苇淠淠[4]。譬彼舟流，不知所届[5]。心之忧矣，不遑假寐。

今注

1　菀：音豫，茂盛的样子。斯：语词。

2　蜩：音条，蝉也。嘒：音会，鸣声。

3　漼：音璀，很深的样子。

4　萑苇：芦荻。萑，音桓。淠淠：茂多的样子。

5　届：至。

今译

那茂盛的柳树上，蝉儿嘒嘒地叫着。那深深的渊水里，芦苇密密地长着。它们都是有所寄托的，哪像我的身世这样漂泊！我好比流水中的一叶小舟，不知道会漂流到什么地方。所以我内心非常的忧伤，连短短的假寐的空暇也没有。

鹿斯[1]之奔，维足伎伎[2]。雉之朝雊[3]，尚求其雌。譬彼坏木[4]，疾用[5]无枝。心之忧矣，宁[6]莫之知？

今注

1　斯：语助词。

2　伎伎：音祈，安舒的样子。

3　雉：野鸡。朝：音招，早晨。雊：音够，鸣也。

4　坏木：枯萎的树。

5　疾：有伤病。用：因而。

6　宁：乃也。

今译

鹿儿跑着，两足伎伎而安舒。野鸡早晨叫鸣，为的是寻求它的雌配。哪像我这样的孤苦伶仃。我好比是一棵枯萎的树，因为树心受伤，所以无枝无叶。我内心的忧伤，是无人能知道的。

相彼投[1]兔，尚或先[2]之。行[3]有死人，尚或墐[4]之。君子秉心[5]，维[6]其忍之。心之忧矣，涕既陨[7]之。

今注

1　投：投入网罗。

2　先：开脱。

3　行：音杭，路也。

4　墐：音仅，埋葬。

5　秉心：存心。

6　维：语词。

贰　小雅

301

7 陨：落。

今译

看那投入罗网的兔子，还会有人把它开脱；那倒在路上的死人，还会有人把他埋葬。君子的存心，难道就这样的残忍吗？我的内心忧伤极了，不由得流下泪来。

君子信谗，如或酬[1]之。君子不惠[2]，不舒究[3]之。伐木掎[4]矣，析薪扡[5]矣，舍彼有罪，予之佗[6]矣！

今注

1 酬：酌酒敬客。
2 惠：爱惜。
3 舒：慢慢地，平心静气地。究：考察。
4 掎：音几，伐木者，把树根砍到快断的时候，然后以绳系于树梢，只须一拉，树则自倒。掎者，即拉之使偏斜而倒也。
5 扡：音齿，顺木之纹理而劈破之。
6 佗：担负。

今译

君子相信那些陷害我的谗言，就好像是被人敬酒那样的易于接受。君子不爱怜我，对于那些无稽的谗言，毫不平心静气地加以考察。伐木者必掎其巅，劈薪者必顺其纹，可见凡事都有一定的道理。无奈君子竟然舍弃了真正有罪的人而不问，却把一切罪名都加在我的身上啊！

莫高匪山，莫浚[1]匪泉。君子无易由言，耳属于垣[2]。无逝我梁[3]，无发我笱[4]。我躬不阅[5]，遑[6]恤我后！

今注

1 浚：深。
2 属：连通。垣：墙。耳属于垣：言人耳朵之长，连通于墙，就是说，无论什么话，总会有人听到的。

3　逝：去掉。梁：挡水的坝。
4　发：揭开。笱：捕鱼之器。
5　阅：容纳。
6　遑：何。

今译

山没有不高的，泉没有不深的。君子不可轻易发言，话没有不被听见的。不要去掉我挡水的梁坝，不要揭开我捕鱼的笱器。唉，算了吧，我连自己本身尚保护不了，还谈那些身外之物干什么呢！

（四）巧言

这是说国君信谗，残害忠良，以致天下危乱之诗。

悠悠昊天[1]，曰父母且[2]！无罪无辜，乱如此幠[3]。昊天已[4]威，予慎[5]无罪。昊天泰幠，予慎无辜。

今注

1　悠悠：广远的样子。昊天：意指国君而言。
2　且：音疽，语词。
3　幠：音呼，大的。
4　已：过甚的。
5　慎：实实在在的。

今译

高远的昊天啊，你是下民的父母，大家无罪无辜，你为什么降下这么大的祸害呢？你的发威，已经够狠的了，我实在是没有罪啊！你的降祸，已经够大的了，我实在是没有错啊！

乱之初生，僭始既涵[1]。乱之又生，君子信谗。君子如怒，乱庶遄沮[2]。君子如祉[3]，乱庶遄已[4]。

今注

1　僭：同"谮"，音剑，以虚伪之事，诬毁他人。涵：容纳。

2　遄：音船，迅速，很快的。沮：音举，止。

3　祉：福，喜。

4　已：停止。

今译

考察祸乱之所以发生，是由于君子起头接纳了小人们虚构之诬言。而祸乱之所以连续不断地发生，是由于君子听信了小人们陷害忠良的谗话。如果君子能够闻谗言而怒，那么，祸乱便可以很快停止。如果君子能够闻善言而喜，那么，祸乱便可以很快消失。

君子屡盟[1]，乱是用长。君子信盗[2]，乱是用暴[3]。盗言孔甘，乱是用餤[4]。匪其止共[5]，维王之邛[6]。

今注

1　盟：盟誓以共相约束。屡盟，即一而再，再而三地屡次盟誓，这是证明彼此都没有守约的诚意，如果有诚意的话，何必屡盟。

2　盗：小人，谗人。

3　暴：猛烈。

4　餤：音谈，进也，贪吃也。

5　止共：共者，恭也。止共者，安守岗位，尽忠于其职务。

6　邛：音穷，病，为害。

今译

君子屡次盟誓而没有诚信，祸乱便因之而长大。君子听信小人的谗言，祸乱便因之而猛烈。以小人的谗言为甜美，祸乱便因之而吞进。谗害忠良的小人们，都是不恪守岗位、尽忠职责的人，徒徒为君王的病累而已。

奕奕寝庙[1]，君子作之。秩秩[2]大猷，圣人莫[3]之。他人有心，予忖度[4]之。跃跃毚兔[5]，遇犬获之。

今注

1　奕奕：高大的样子。寝庙：宗庙，前曰庙，后曰寝。庙是接神之处,事尊,故在前。寝是衣冠所藏之处。

2 秩秩:有条有理的,条理分明的。

3 莫:同"谟",计划,议谋。

4 忖:推测。度:音夺,考量。

5 跃:读替,疾跳。毚:音缠,狡猾的。

今译

高大的寝庙,是君子所建造的。条理分明的大方案,是圣人所规划的。他人有什么心事,我可以推测而知,就好像蹦蹦跳跳的狡兔,一遇了猎犬,便被捕获了。

荏染柔木[1],君子树[2]之。往来行言,心焉数之[3]。蛇蛇硕言[4],出自口矣。巧言如簧[5],颜之厚矣[6]!

今注

1 荏染柔木:荏染,柔绵的样子,是柔木,不是栋梁之材。

2 树:栽植。

3 往来行言:可往可来,游移两可。行言,扑朔不定,江湖郎中之言。数:揣摩。

4 蛇蛇硕言:吹牛之言,马瑞辰认为"蛇蛇"即孟子所谓"訑訑",訑訑者,自足其智不嗜善言之谓。那么,"硕言訑訑"者,即大言吹牛之谓。

5 巧言如簧:簧,笙中发音之薄片。花言巧语,即巧言拍马之谓。

6 颜之厚矣:脸皮厚,不知羞耻。

今译

那些像荏染的柔木一样的小人谗夫,是君子(指君王)把他们树植起来的。他们说些可往可来游移两可的话语,以揣摩君子的心理。他们自足其智,大言吹牛。他们花言巧语,投机拍马,他们脸皮子厚,不知人间有羞耻事。

(本章以荏染柔木,比喻谗夫小人们之柔顺弱媚,毫无骨气;

他们的说话,都是可往可来、可东可西的江湖郎中之言,游移两可,毫无主张;拍马吹牛,大言不惭;花言巧语,厚颜无耻。总而言之,本章形容小人谗夫之"巧言令色"也。)

彼何人斯[1]?居河之麋[2]。无拳无勇,职[3]为乱阶。既微且瘇[4],尔勇伊何?为犹将[5]多,尔居徒几何?

今注

1　斯:语词。

2　麋:同"湄",河边。

3　职:专主。

4　微:脚胫生疮。瘇:同"肿",脚肿。

5　犹:诡计。将:大。

今译

你是什么人啊?住在河的旁边。你既无力又无勇,但是你实在是祸乱的根源。你的胫既溃烂,而脚亦发肿,你的勇力是什么呢?你诡计多端,你所结集的匪徒,能有多少呢?

(五)何人斯

这是伤叹同僚反复无常以相害之诗。

彼何人斯[1]?其心孔艰[2]。胡逝我梁[3],不入我门?伊谁云从[4]?维暴之云[5]。

今注

1　斯:语词。

2　艰:艰深难测。

3　逝:往。梁:桥梁。

4　伊:语词。

5　暴:暴公,暴公与苏公同为卿士,且为友人,后暴公谗害苏公,故此诗为刺暴公也。

今译

他是什么人啊？心地非常之艰深难测。他为什么经过我门前的桥梁，而不进入我的大门呢？他是跟谁来的？据说是跟着暴公来的。

二人从行，谁为此祸？胡逝我梁，不入唁[1]我？始者不如今，云不我可。

今注

1　唁：音彦，慰问。

今译

两个人同行而来，是哪一个要加害于我呢？为什么经过我家门前的桥梁，而不进来慰问我一声呢？以前的情形和今日的情形，已经大不相同了，今日他已经不赞成我了。

彼何人斯？胡逝我陈[1]？我闻其声，不见其身[2]。不愧于人？不畏于天？

今注

1　陈：由堂下到大门之径。
2　我闻其声，不见其身：言其行动之诡秘。

今译

他是什么人啊？为什么经过我的堂下，只听见他的声音，而看不到他的影子呢？对人做了亏心事，难道不知愧耻，难道就不怕上天的谴责吗？

彼何人斯？其为飘风。胡不自北？胡不自南？胡逝我梁？祇搅[1]人心。

今注

1　搅：音绞，扰乱。

今译

他是什么人啊？他的行动，诡秘而闪烁，简直是像飘风一般。

贰　小雅

为什么不自北而来？为什么不自南而来？为什么往往来来经过我门前的桥梁？他的行动诡秘，使我的心绪为之困扰不安。

尔之安行，亦不遑舍[1]。尔之亟行[2]，遑脂尔车[3]？壹者之来[4]，云何其盱[5]。

今注

1　安行：徐徐而行。遑：暇。舍：休息。
2　亟行：急行，疾遽而行。
3　脂、车：膏油于车轴，以利行进。
4　壹者之来：言来到我家一次。
5　盱：病，害。

今译

说你是徐徐而行吗？为什么不到我家歇一会？说你是急急而行吗？为什么在路上还膏油于轴？你来我家一次，有什么妨害呢？！

尔还而入，我心易也[1]。还而不入，否[2]难知也。壹者之来，俾我祇[3]也。

今注

1　还：回来的时候。入：进我之门。易：平易而喜悦。
2　否：语词。
3　祇：安心。

今译

你回程的时候，肯进我的大门，我的心就平易而喜悦了。如果回来的时候，你再不进我的大门，那么，你存什么心，就很难测知了。希望你能顺便到我家一趟，使我的心平安才好。

伯氏吹埙[1]，仲氏吹篪[2]。及尔如贯[3]，谅不我知[4]？出此三物[5]，以诅尔斯[6]。

今注

1　伯：大哥。埙：乐器，以土烧制之，大如鸡卵，上尖底平，上有孔，周有六孔，由上吹之，指按六孔而发音。

2　仲，兄弟也，既为同僚，则有兄弟之谊矣。篪：音池，乐器名，以竹为之，长一尺四寸，围三寸，七孔，另上出一孔，横吹之，以指按孔为音。

3　如贯：如物之穿连在一起。

4　谅不我知：难道你真的不知道我吗？

5　三物：鸡、犬、豕也。

6　诅：音祖，发誓，刺牲血以为誓。

今译

我们的关系，好像是兄弟一样，哥哥吹埙，弟弟吹篪，以相和唱。我们的关系，好像是东西穿在一起一样，是分不开的，难道你还不知道我吗？如果真是不知道的话，我把鸡犬豕三牲拿来，和你对神发誓好了。

为鬼为蜮[1]，则不可得。有靦面目[2]，视人罔极[3]。作此好歌，以极反侧[4]。

今注

1　蜮：音域，短狐也。江淮水中皆有之，传说能含沙以射水中人影，其人即病。

2　靦：音腆，惭愧。

3　视：同"示"，展示于众人之前。罔极：没有限期。

4　极：穷究，追索。反侧：反复无常。

今译

如果你是个鬼怪，是个狐精，那么，我就捉不到你了。但是你仍然还披着一张人的脸皮，那么，你的可耻的真面目，迟早总要展示于众人之前而无法遁逃了。我现在作这个好歌，就是要彻底追究你这个反复无常出卖朋友的小人，到底是谁。

（六）巷伯

这是指斥谗人之害贤良之诗。

萋兮斐兮[1]，成是贝锦[2]。彼谮[3]人者，亦已大[4]甚。

今注

1 萋、斐：文采交错的样子。
2 贝锦：文采似贝之锦。指那些以谗言陷害贤良的人，吹毛求疵，刻意编织，以致人于罪。
3 谮：音僭，以虚构之事，诬陷善良。
4 大：同"太"。

今译

以文采交错的编织方法，完成了这样光泽如贝的锦品。就好像那诬陷贤良的谗人，以虚构的事件，罗织罪名似的。那些谗害善人的人，也真是作恶太甚了。

哆兮侈兮[1]，成是南箕[2]。彼谮人者，谁适与谋[3]？

今注

1 哆：音齿，张大其口。侈：夸大其言。
2 南箕：星名，常大张其口，比喻谗人之口大如南箕星一样，常夸大其辞，使人之小过，成为大罪，以达其害人之目的。
3 适：主。

今译

南箕之星，常常大张其口，那些谗人们常常夸大其词，血口喷人，就好像南箕星之口一样。那些罗织罪名以害人的谗夫，是谁与他主谋其事的呢？

缉缉翩翩[1]，谋欲谮人。慎尔言也，谓尔不信。

今注

1 缉缉：口舌之声。翩翩：音篇，来往奔走的样子。

今译

在君主之前,口舌缉缉,说长道短,往来翩翩,拨弄是非,处心积虑,专意说他人的坏话以害人,这就是那些谮人们的惯技。不过,谮人们说话,也要小心,瞎话说得太多了,也就没有人肯相信了。

捷捷幡幡[1],**谋欲谮言。岂不尔受?既其女迁**[2]。

今注

1 捷捷:捷给,口舌锋利,能言善道。幡幡:音翻,往来飘忽的样子。

2 既:既而,最后。女迁:汝迁,祸必搬到你的身上。

今译

在君主之前,口才锋利,往来飘忽,专意讲他人的坏话,以害人。一开始的时候,君主岂不接受你的诡话?但是到了最后,事实证明了你在欺骗,祸害就要整个搬到你的身上了。

骄人好好[1],**劳人草草**[2]。**苍天苍天!视**[3]**彼骄人,矜**[4]**此劳人!**

今注

1 骄人:指谗人而言。谗人因其谗言得售,得意忘形而骄傲,故曰骄人。好好:喜也。其诡计已行而心喜也。

2 劳人:苦命的人,指被谗害的人而言,因被谗害而心忧劳。草草:慅慅,即骚骚,忧伤也。

3 视:同"示",展示,展现,把谗人的真面目展现出来。

4 矜:可怜,怜悯。

今译

那些编造谗言的人,得意了,趾高气扬,得意忘形,而那些被谗言所中伤的正人君子们却受苦了,愁眉苦脸,长吁短叹。老天爷啊!老天爷啊!请你把那些谗人们的罪恶面目,都展示出来吧!请你可怜可怜那些被谗言所陷害的正人君子吧!

贰 小雅

彼谮人者，谁适与谋？取彼谮人，投畀[1]豺虎！豺虎不食，投畀有北[2]！有北不受，投畀有昊[3]！

今注

1　畀：音必，给，予。
2　有北：极北，冰雪不毛之地。
3　有昊：太空。

今译

那捏造谮言以害人的人，是谁和他主谋的呢？把那些谮人，扔给豺狼虎豹去吃吧。如果豺狼虎豹也嫌他们肮脏而不吃，就把他们扔到冰雪不毛的极北之地去吧。如果极北之地也不受，就把他们扔到九霄云外的太空中去吧。

杨园之道[1]，猗于亩丘[2]。寺人孟子[3]，作为此诗。凡百君子，敬而听之。

今注

1　杨园：低下之地。
2　猗：依也。亩丘：高地。言低下之道，依于高地，比喻小人之进谮，依于有高位之人。
3　寺人：内小臣，因受谮人之害，而受宫刑，故成为宦寺。孟子：姓孟的孩子。

今译

杨园的路线，依于亩丘的高地，犹之乎小人之进谮，依于高官之引导。寺人孟子，作了这一首诗。希望各位君子，细心听着，千万不要被谮人所利用啊！

（七）谷风

这是刺责友人能共患难而不能共安乐之诗。

习习谷风[1]，维风及雨。将[2]恐将惧，维予与女[3]。将安将乐，女转[4]弃予。

今注

1　习习：和舒的样子。谷风：东风。
2　将：且。
3　女：读汝。
4　转：反而。

今译

和舒的东风，交织着细雨。在忧危恐惧之时，只有我和你共患难。到了安乐之时，你反而抛弃了我。

习习谷风，维风及颓[1]。将恐将惧，寘予于怀。将安将乐，弃予如遗[2]。

今注

1　颓：暴风，从上降下之暴风。
2　如遗：遗忘也，完全忘记，好像根本没有此人一样。

今译

和舒的东风，夹杂着暴风。在忧危恐惧之时，你把我当作心腹之人；到了安乐之时，你反而抛弃了我，好像根本就没有我这个人似的。

习习谷风，维山崔嵬[1]。无草不死，无木不萎。忘我大德，思我小怨。

今注

1　崔嵬：山高的样子。

今译

和舒的东风，吹拂着高山。山上的草木，应该是欣欣向荣了，但是现在草都死了，木都萎了，这不是反常的现象吗？就好比你对于我，忘记了我的大德，单单计较我的小错，是一样的反常。

贰　小雅

（八）蓼莪

这是孝子悼念父母之诗。

蓼蓼者莪[1]，匪莪伊蒿[2]。哀哀父母，生我劬[3]劳！

今注

1　蓼蓼：音路，长大的样子。莪：美菜。
2　蒿：贱草。匪莪伊蒿：言父母生我，希望我为莪，为美菜，为社会有用之人，而我不争气，不能成为莪，成为美菜，而是蒿，是贱草，以致父母失望，想到这里，深觉对不起父母，而自伤自责。
3　劬：音渠，辛苦。

今译

那茂盛而长大的东西，是莪吗？不是莪，乃是蒿，不是美菜，乃是贱草，我是多么使父母失望啊！可怜的父母啊，你们生养我，真是太辛苦了！

蓼蓼者莪，匪莪伊蔚[1]。哀哀父母，生我劳瘁[2]！

今注

1　蔚：蒿类植物。
2　瘁：病。

今译

那茂盛而长大的东西，是莪吗？不是莪，乃是蔚，不是美菜，乃是贱草，我是多么使父母失望啊！可怜的父母啊，你们生养我，辛苦得以至于病！

瓶之罄矣，维罍之耻。[1]鲜民[2]之生，不如死之久矣！无父何怙[3]？无母何恃？出则衔恤[4]，入则靡至。

今注

1　瓶之罄矣，维罍之耻：瓶，小的储酒之器。罍，大的储酒之器。小的瓶中之酒用完了，便从大的罍中取酒，如果瓶中没有酒，便证明罍的供应不够，所以瓶无酒，便是罍之耻。比喻父母不得终养，便是子女之耻。

2　鲜民：死去了父母之人。言失去父母而自身孤单也。

3　怙：凭仗。

4　衔：含也。恤：忧伤。

今译

瓶中的酒用完了，那便是罍的耻辱，犹之乎父母之不得终养，便是子女的耻辱一样。死去了父母的人，活着真不如早早地死去好呀！没有父亲，还有什么可凭仗的呢？没有母亲，还有什么可依靠的呢？没有父母的人，出了门便含着满腹的忧伤，回了家又好像六神无主似的，不知道到什么地方才好。

父兮生我，母兮鞠[1]我。拊我畜[2]我，长我[3]育我，顾我复我[4]，出入腹我[5]。欲报之德，昊天罔极[6]！

今注

1　鞠：养。

2　拊：抚摸。畜：养活。

3　长我：使我长大。

4　顾：看顾，照护。复：反复地看，看而又看。顾我复我：看顾之后，忽而又看，形容父母对子女之关心，一不看见，便不放心。

5　腹我：抱在怀中，裹在怀里。

6　昊天罔极：形容父母之恩，如昊天一样无穷无边的大，欲报父母之恩，永远报不尽。

今译

父亲生我，母亲养我。父母对于我，抚摸我，畜养我，长育我，看顾我，时时刻刻在关心我，出入常把我抱在怀中。父母的恩德，如同昊天一样无穷无边的大，想报答父母之恩，可以说是永远报答不尽的。

贰　小雅

南山烈烈[1],飘风发发[2]。民莫不穀[3],我独何害[4]!
今注
1 烈烈:高大的样子。
2 发发:疾速的样子。
3 穀:善。
4 我独何害:何我独害,即为什么只有我独独的遭害呢?

今译
高高的南山,疾速的飘风。没有人们不是天伦美满的,为什么只有我独独的遭害呢?

南山律律[1],飘风弗弗[2]。民莫不穀,我独不卒[3]!
今注
1 律律:犹烈烈也。
2 弗弗:犹发发也。
3 卒:终养其父母。

今译
高高的南山,疾速的飘风。没有人们不是天伦美满的,只有我不能够终养父母啊!

(九)大东

这是东方诸国怨西方之周王征敛过重之诗。

有饛簋飧[1],有捄棘匕[2]。周道如砥[3],其直如矢。君子所履,小人所视。眷言[4]顾之,潸[5]焉出涕。
今注
1 饛:音蒙,满满的。有饛,即饛然。簋:音轨,竹制之容器,内方外圆,以盛黍稷,可容一斗二升。飧:音孙,熟的食物。
2 捄:音求,弯曲的。棘:枣木。匕:音比,取食物之匙。
3 周道:大路。砥:音底,磨刀石。

4　眷：音卷，反顾。言：语词。

5　潸：音山，落泪的样子。

今译

满满的盘中熟食，都被曲勺挖取尽了。大路像砥砺一样的平，像箭矢一样的直，东方的粮食，都从这条大路上被拉到西方去了。凡是君子所行的，小民们都看得清清楚楚。如今君子所行的，既不公平，又不正直。回想起来，使人伤心流泪。

（本章是言朝廷征敛之不公平，满满的盘中熟食，都被长勺所取去了。大路又平又直，君子所行的，人们都看着的，这就是说众人的眼睛是雪亮的，如今君子所行的，既不公平，又不正直，对西方则赋税轻，对东方则赋税重，等于满满的一盘熟食，都被曲勺挖取以尽，东方的人，还有什么吃的呢？所以回想起来，不由落下泪来。）

小东大东[1]，杼柚其空[2]。纠纠葛屦[3]，可以履霜[4]。佻佻公子[5]，行彼周行[6]。既往既来，使我心疚[7]。

今注

1　小东大东：指东方大小诸国而言。

2　杼：音伫，织布的梭子。柚：音轴，织机上用以卷经线的横木。杼柚其空：言织成的布，都被君子征敛净光了。

3　纠纠：缠而又缠。葛屦：用葛草缠缠，穿在脚上，就当作鞋子。

4　履霜：行于冰霜之上，以御寒冬，足见其苦了。这是说，布匹都被朝廷征敛，人民无布以做鞋，只好用葛草缠缠当鞋子穿了。

5　佻佻公子：轻狂浪漫的贵族子弟。

6　行彼周行：第二个行字，读杭，大路也。

7　疚：音旧，病痛。

今译

东方大小各国，织布机上的成品，都被征敛净光了。人民没有布做鞋子，只好把葛草缠缠绑绑，穿在脚上，就算是鞋子。穿着这种草鞋，行于冰霜之上，以御寒冬，该是多么难受啊！而那一般轻狂浪漫的贵族子弟，却来来往往，逍遥自在地行于大路之上。把这种情形，加以对比，使我的内心，更加苦痛。

有冽氿泉[1]，无浸获薪[2]。契契寤叹[3]，哀我惮人[4]。薪是获薪，尚可载也。哀我惮人，亦可息也。

今注

1 冽：音列。有冽，即冽然，即寒也。氿泉：侧出之泉。氿音轨。
2 浸：湿渍。获薪：获，割也，获薪，即已割之薪。
3 契契：忧也。寤叹：因疲劳穷愁而叹息。
4 惮人：劳苦之人。

今译

寒冷的氿泉啊！不要浸湿了已割的薪柴。可怜我这个劳苦的人，疲愁不堪，只有长叹！薪柴湿了，还要把它搬到别处去晒一晒。我这个可怜的劳苦的人，也应该休息休息吧。

东人[1]之子，职劳不来[2]。西人[3]之子，粲粲衣服。舟人[4]之子，熊罴是裘。私人[5]之子，百僚[6]是试。

今注

1 东人：东方诸国之人。
2 职：专做。来：抚慰。
3 西人：西方京都的人。
4 舟人：指周室王家之人，不敢直言"周"字，而借"舟"字之音，以写其意。
5 私人：显贵的私家。
6 僚：官。

今译

东方诸国之人的子弟,专做劳苦之事,而得不到一点的安慰。西方京都之人的子弟,衣服穿得漂漂亮亮的。周室王家的子弟,穿着很名贵的熊罴之裘。显要贵人的子弟,都练习着去做官。东方与西方相比,是多么不公平啊!

或以其酒,不以其浆[1]。鞙鞙佩璲[2],不以其长。维天有汉[3],监亦有光[4]。跂[5]彼织女,终日七襄[6]。

今注

1 浆:酒汁。

2 鞙鞙:同"娟娟",美好的样子。璲:音遂,瑞玉。

3 汉:天河。

4 监:同"鉴",镜也。有光:光然也。监亦有光,即光然如镜也。

5 跂:隅也,三角也,织女七星,成三角,故言跂以形容之。

6 终日七襄:襄,驾也,驾谓变更其所止也。昼夜周天十二辰,终日则由卯至酉,共七辰,五辰移一次,故曰七襄。

今译

有的人,夸着他们的酒好,事实上,他们并没有好的酒浆。有的人,佩着美丽的玉璲,事实上,他们的佩玉都不够长度。一切都是虚有其名,而无其实,地下是如此,天上也是如此,比方那空中的天河,何尝不光明灿烂,但是它能看见什么呢?再像那三隅峙立的织女星,每日移更七次,似乎是很忙碌的了,但是它能做些什么呢?

(本章系描写东方诸国被压迫被榨取而生活陷于极端贫苦之人,憎恶现实,否定一切,甚而连上天也咒骂了。一切都是空虚,一切都是有名无实。)

虽则七襄,不成报章[1]。睆彼牵牛[2],不以服箱[3]。东有启明,西有长庚[4]。有捄天毕[5]，载施之行[6]。

今注

1 报章：文绣锦帛也。

2 睆：音换，光明的。牵牛：星名。

3 服箱：驾车也。箱，车厢。

4 启明、长庚：一星之名，晨曰启明，暮曰长庚。

5 有捄：捄然也，即曲然也。天毕：星名，形似捕兔之网。毕，网也。

6 载：语词。行：音杭，行列。载施之行：表面形式也。

今译

那每日七移的织女星，并不能织成片段锦帛。那光明灿烂的牵牛星，并不曾驾过车子。那东边的启明星，那西边的长庚星，也都是无用之物。那曲曲弯弯的天毕星，好像是捕兔的网子一样，事实上，它只是徒有其形，何曾捕获过一只兔子？

维南有箕[1]，不可以簸扬。维北有斗[2]，不可以挹酒浆。维南有箕，载翕[3]其舌。维北有斗，西柄之揭[4]。

今注

1 箕：星名。

2 斗：星名，形似勺，有柄。

3 翕：音锡，张口伸舌，有噬人之势。

4 揭：举也，举起西人之柄以榨取东人。

今译

那南方的箕星，名虽为箕，而其实无簸扬之能；那北方的斗星，形虽似斗，而其实无挹酒之用。不仅如此，南方的箕星，张口伸舌，好像要噬人似的；北方的斗星，举起勺柄，好像要帮助西方人榨取我们东方人似的。

(十)四月

这是江汉之民,怨周政之乱而不得安于其生之诗。

四月维夏,六月徂[1]暑。先祖匪人[2]?胡宁忍予?
今注
1 徂:往也。
2 人:同"仁",仁爱也。
今译
四月已是夏季,六月就进入暑天了。先祖啊,你不是很仁慈的吗?为什么忍心置我于祸乱之中呢?

秋日凄凄[1],百卉具腓[2]。乱离瘼[3]矣,爰其适归?
今注
1 凄凄:凉风。
2 卉:花草。具:俱也,皆也。腓:音非,即"痱"之假借字,病也。
3 瘼:病也。
今译
凄凉的秋天到了,各种花草都凋萎了。乱离之祸,把我折磨得病了,我往什么地方去啊?

冬日烈烈[1],飘风发发[2]。民莫不穀[3],我独何害?
今注
1 烈烈:同"冽冽",寒冷也。
2 发发:急遽的。
3 穀:善,美满,家庭团圆。
今译
寒冷的冬日逼着,疾遽的飘风刮着,没有人不是家庭团聚的,为什么只有我独独的受苦呢?

山有嘉卉，侯栗侯[1]梅。废为残贼[2]，莫知其尤[3]。

今注

1　侯：语词。
2　废为残贼：言在位者，大做残害人民之事。废，大也。
3　尤：过也。

今译

山上有美好的花草，有栗有梅。在位之人，大做残害人民之事，而他还不自知其罪过。

相[1]彼泉水，载清载浊[2]。我日构祸[3]，曷云能穀！

今注

1　相：看。
2　载：语词。
3　构祸：与祸相连结。

今译

看那泉水，有清的时候，也有浊的时候。哪像我天天与祸难相连结，怎么样才能够有幸福可言！

滔滔江汉[1]，南国之纪[2]。尽瘁以仕[3]，宁莫我有[4]。

今注

1　滔滔：大水的样子。江汉：二水名，长江与汉水。
2　纪：边界，屏藩的意思。
3　尽瘁：尽力。仕：从事，工作。
4　宁：乃。有：亲近。

今译

滔滔的江汉，是南国的屏藩。我尽心尽力以从事工作，而主上竟不与我亲近。

匪鹑匪鸢[1]，翰飞戾天。匪鳣匪鲔[2]，潜逃于渊。

今注

1 鹑：音团，雕，大鸟。鸢：音冤，鸷鸟。

2 鳣：音沾，鲤鱼。鲔：音尾，似鲤而小。

今译

我不是鹑，也不是鸢，怎能够鼓起翅膀，飞到天边？我不是鳣，也不是鲔，怎能够潜匿形迹，逃于深渊？看样子，我是无所逃于天地之间了。

山有蕨薇[1]，隰有杞桋[2]。君子作歌，维以告哀。

今注

1 蕨、薇：皆野菜名，可食。

2 隰：音习，低下之地。杞：枸。桋：音夷，树名。

今译

山地有蕨薇，低地有杞桋。草木犹有托身之地，而我竟然流离四方，无安身之处。因此作歌，以吐诉我的悲伤。

六　北山之什

（一）北山

这是行役之大夫感伤劳役不均之诗。

陟[1]彼北山，言采其杞[2]。偕偕[3]士子，朝夕从事。王事靡盬[4]，忧我父母。

今注

1 陟：升也，登也。

2 言：语词。杞：枸杞，可食。

3 偕偕：强壮的样子。

4 盬：音古，停止。

贰　小雅

今译

登上北山，去采枸杞。强壮的士子，朝夕行役于外。王家的事，没有个停止，使我久久不能回家，我真忧心父母的生活问题。

溥[1]天之下，莫非王土。率土之滨[2]，莫非王臣。大夫[3]不均，我从事独贤[4]。

今注

1　溥：音普，遍也。
2　率：循也。滨：边涯也。
3　大夫：主持劳役分配之人。
4　独贤：独劳，以为我能干，所以分配给我的工作，特别之多。

今译

普天之下，没有不是王的土地。沿着土地的边际，没有不是王的臣民。主持劳役工作的人，分配工作不公平，所以我的工作，特别劳苦。

四牡彭彭[1]，王事傍傍[2]。嘉[3]我未老，鲜[4]我方将。旅力[5]方刚，经营[6]四方。

今注

1　彭彭：进行不止的样子。
2　傍傍：言王事繁重的意思。
3　嘉：嘉许。
4　鲜：以为少而难得。
5　旅力：旅，同"膂"，脊骨。
6　经营：料理，有所作为。

今译

四马不停地前进，王事非常之繁重。君上嘉许我尚未老，称赞我还强壮，认为我的体力正健强，所以就命令我从事服役，以经营四方。

或燕燕[1]居息,或尽瘁事国。或息偃[2]在床,或不已于行。

今注

1 燕燕:安息的样子。
2 偃:仰卧。

今译

有些人安安逸逸地在家休息,有些人尽力事国以至于患病;有些人在床上仰面躺着,有些人一步不停地在外行役。这是多么不公平啊!

或不知叫号[1],或惨惨[2]劬劳。或栖迟偃仰[3],或王事鞅掌[4]。

今注

1 叫号:被征召服役之呼唤。
2 惨惨:忧戚的样子。
3 栖迟:游息。偃仰:仰卧。
4 鞅掌:烦劳。

今译

有些人根本不曾知道有行役的呼唤,有些人愁眉苦脸地辛劳;有些人游息而仰卧,有些人苦于王事的烦劳。

或湛[1]乐饮酒,或惨惨畏咎。或出入风议[2],或靡事不为。

今注

1 湛:音丹,狂乐。
2 风议:说空话,闲聊天。

今译

有的人喝酒狂乐,有的人担心害怕唯恐有错;有的人出出进进到处去聊天,有的人不论什么事情都得干。真是苦乐不均啊!

(二)无将大车

这是行役劳苦而忧思者之诗。

贰 小雅　　325

无将[1]大车,祇自尘[2]兮。无思百忧,祇自疧[3]兮。

今注

1 将:赶车、扶进。
2 祇:适以。尘:污也。
3 疧:应作"痕",音祈,病也。

今译

不要赶那大车,赶大车,徒徒弄了自己一身的灰尘。不要想那百般的忧事,想百忧,徒徒病坏了自己的身体。

无将大车,维尘冥冥[1]。无思百忧,不出于颎[2]。

今注

1 冥冥:昏晦。
2 颎:音耿,忧闷,耿耿于心,心中不畅快。

今译

不要赶那大车,以致扬起灰尘,天昏地暗。不要想那百忧,以致越想心中越烦闷。

无将大车,维尘雍[1]兮。无思百忧,祇自重[2]兮。

今注

1 雍:同"壅",蔽也。
2 重:累也,伤也。

今译

不要赶那大车,以致灰尘蔽目。不要想那百忧,以致累坏自己。

(三)小明

这是行役者思妻之诗。

明明上天,照临下土。我征徂[1]西,至于艽野[2]。二月初吉[3],载离[4]寒暑。心之忧矣,其毒大[5]苦。念彼共人[6],涕零如雨。岂不怀归？畏此罪罟[7]。

今注

1　征：行也。徂：往也。
2　芃野：芃，音求。荒远之地。
3　二月：夏历之二月。初吉：朔日也。
4　离：同"罹"，遭也。
5　毒：言心中之苦，如有毒药也。大：同"太"。
6　共人：指其妇人而言。
7　罟：音古，网罗。

今译

明明的上天，照临着下地。我行役往西方，到那荒远之地。我是在二月初吉离家，经过了寒天暑天，现在又临到岁暮，而我还不能回家。我内心忧痛，如同吃了毒药一样苦。想起了我相依为命的妻子，就使我泪落如雨。我岂有不想回家的道理？只是怕私自回家，犯了逃亡的罪名罢了。

昔我往矣，日月方除[1]。曷云[2]其还？岁聿云莫[3]。念我独兮，我事孔庶[4]。心之忧矣，惮[5]我不暇。念彼共人，睠睠[6]怀顾。岂不怀归？畏此谴[7]怒。

今注

1　日月方除：除旧岁，来新岁，即二月初。
2　云：语词。
3　聿：语词。莫：同"暮"，年底。
4　孔庶：极多。
5　惮：役使。
6　睠睠：念念不忘。
7　谴：责罚。

今译

以前我往西方去的时候，还是新年的初头。现在到了年底了，

贰　小雅

什么时候才能回去啊？可怜我这孤独的一个人，而事务又非常之繁多。真是使人发愁啊，一天到晚，把我驱使得一点儿空暇都没有。想起我的相依为命的妻子，我心中反复眷顾。我岂有不想回家的道理？只是怕犯了罪而受责罚罢了。

昔我往矣，日月方奥[1]。曷云其还？政事愈蹙[2]。岁聿云莫，采萧获菽[3]。心之忧矣，自诒伊戚[4]。念彼共人，兴言[5]出宿。岂不怀归？畏此反覆[6]。

今注

1 奥：同"燠"，暖也。
2 蹙：忙迫。
3 萧：蒿。获菽：收割豆子。
4 自诒伊戚：自己给自己找苦头。
5 言：语词。
6 反覆：翻脸无情的人。

今译

以前我往西方去的时候，天气正暖和。现在到了年底了，正是采蒿割豆之时，而我的事务，越来越忙迫，什么时候才能回家啊？内心忧伤得很，后悔不该出来做事情，完全是自己给自己找苦头。想起我相依为命的妻子，睡也睡不着，只好到外边消磨一夜了。我岂有不想回家的道理？只是怕这个翻脸无情的上司罢了。

"嗟尔君子，无恒安处[1]。靖共[2]尔位，正直是与。神之听之，式穀以女[3]。"

今注

1 安处：安闲自处。
2 靖：同"静"，专一也。共：同"恭"，敬事也。
3 式：语词。穀：福也。女：同"汝"。

今译

"唉，君子你啊，不要贪求安闲！要专心一意地恪尽你的职守，要和正直的人相往来。这样子，神明就会听信于你，而降给你以幸福。"

（这是行役者回忆其离家时，其妻劝告之语。）

"嗟尔君子，无恒安息。靖共尔位，好是正直。神之听之，介尔景[1]福。"

今注

1　介：赐给。景：大也。

今译

"唉，君子你啊，不要贪图安息！要专心一意地恪尽你的职守，要与正直的人相结好。这样子，神明就会听信于你，而降给你以大福。"

（四）鼓钟

这是祭悼国君之诗。

鼓钟将将[1]，淮水汤汤[2]，忧心且伤。淑人君子，怀允[3]不忘。

今注

1　将将：音锵，钟声。
2　汤汤：音伤，水大的样子。
3　允：诚然也。

今译

锵锵的钟声，荡荡的淮水，我的心忧戚而且悲伤。这样的淑人君子，实在是值得怀念而不忘啊！

鼓钟喈喈[1]，淮水湝湝[2]，忧心且悲。淑人君子，其德不回[3]。

今注

1　喈喈：音皆，即锵锵。

贰　小雅　　329

2 湝湝：音皆，即荡荡。
3 回：邪。
今译
喈喈的钟声，湝湝的淮水，我的心忧戚而且悲伤。这样的淑人君子，他的德行是没有一点邪曲的啊！

鼓钟伐鼛¹，淮有三洲，忧心且妯²。淑人君子，其德不犹³。
今注
1 鼛：音高，大鼓。
2 妯：音抽，恸也。
3 犹：同"尤"，可指责的。
今译
敲钟击鼓，淮水之中有三洲，我的内心忧戚而伤恸。这样的淑人君子，他的德行真是无可指责的！

鼓钟钦钦¹，鼓瑟鼓琴，笙磬同音。以雅以南²，以籥不僭³。
今注
1 钦钦：钟声。
2 雅：如大雅小雅。南：周南召南。
3 籥：音越，似笛，有三孔，吹籥以成乐，和之而作舞。不僭：不乱，各种乐器互相谐和而不乱。僭，音钦。
今译
钟声钦钦，鼓瑟奏琴，笙磬的声音，很是配合。奏着雅声与南乐，又吹籥成乐而作舞，各种声音，非常之协调而不乱。

（五）楚茨

这是王者祭祀之诗。

楚楚者茨¹，言抽其棘²。自昔何为？我蓺³黍稷。我黍与与⁴，我稷翼翼[5]。我仓既盈，我庾维亿[6]。以为酒食，以享以祀，以妥以侑[7]，以介景福[8]。

今注

1　楚楚：茂盛的样子。茨：蒺藜。
2　言：语词。抽：除去。棘：刺也。
3　蓺：种植。
4　与与：繁盛的样子。
5　翼翼：繁盛的样子。
6　亿：极言其盈满之状，不可以数目字之"亿"限之。
7　妥：安坐。侑：音宥，劝进酒也。
8　景福：大福。

今译

把那些茂盛的蒺藜，都铲除干净。古人为什么要这样做呢？为的是要种植黍稷。黍稷种植之后，都长得很繁盛，收成非常之好，仓啦、庾啦，都装得满满的，于是乎就备上酒食，以敬祀祖先，安坐，劝酒，以求神明降以大福。

济济跄跄[1]，絜尔牛羊[2]，以往烝尝[3]。或剥或亨[4]，或肆或将[5]。祝祭于祊[6]，祀事孔明[7]。先祖是皇[8]，神保[9]是飨。孝孙有庆，报以介福[10]，万寿无疆。

今注

1　济济跄跄：皆言容止有礼、威仪恭敬的样子。
2　絜：同"洁"。牛羊：祭祀之牲。
3　烝：冬祭。尝：秋祭。
4　亨：同"烹"。
5　肆：陈设。将：捧持以进。
6　祝：以言告神，为主人祈福。祊：音崩，庙门之内。
7　孔明：极其明备。
8　皇：往也。

贰　小雅

9　神保：神灵。

10　介福：大福。

今译

祭祀之人，礼貌恭敬，洁其牛羊，以举行烝尝之祭祀。有的剥皮，有的烹煮，有的陈设，有的奉献，祝者祭于庙门之内，祭祀的事，进行得非常明备。于是乎祖先都来临了，神明也飨受了。主祭的孝孙便有喜庆了。于是神明报之以大福，而万寿无疆。

执爨踖踖[1]，为俎孔硕。或燔或炙[2]。君妇莫莫[3]，为豆[4]孔庶。为宾为客[5]，献酬交错[6]。礼仪卒度[7]，笑语卒获[8]。神保是格[9]，报以介福，万寿攸酢[10]。

今注

1　爨：音窜，灶下烹调之事。踖踖：音极，敬慎的样子。

2　燔：音烦，烧也。炙：烤也。

3　君妇：后，嫡妻。莫莫：敬慎的样子。

4　豆：盛庶羞之器。

5　宾、客：助祭之人。

6　酬：导饮也，先由主人酌宾为献，宾既酢主人，主人又自饮酌宾，曰酬。交错：东西为交，邪行为错，即宾主交互行酒，交错来往也。

7　卒度：尽合乎法度。

8　卒获：尽得其所宜。

9　格：来到。

10　酢：音昨，报答。

今译

执爨事的人，态度恭敬，盛牲体的俎器很大，或者烧肉，或者烤肉。君之主妇，很敬谨地备上了庶羞，宾客行礼如仪，于是宾主之间，酬酢交错，礼仪都很合度，笑语都很得宜。于是乎神明来格，赐以大福，报以万寿。

我孔熯[1]矣，式礼莫愆。工祝[2]致告，徂赉[3]孝孙。"苾芬孝祀[4]，神嗜饮食。卜尔百福[5]，如几如式[6]。既齐且稷[7]，既匡既敕[8]。永锡尔极[9]，时万时亿[10]。"

今注

1　熯：音染，敬谨也。

2　工祝：祝官也。

3　赉：音赖，赐也。

4　苾芬孝祀：很香的享祀。苾，音必。自"苾芬孝祀"之句起，以至"时万时亿"之句止，皆祝官之祈祷词。

5　卜尔百福：赐给你很多的福。卜，赐也。

6　几：庶几，期望之词。式：方式。

7　齐：敬也。稷：疾速也，敏速也。

8　匡：正也。敕：诫也，饬也。

9　极：最好的福气。

10　时：同"是"。

今译

我敬谨地致祭，所以我一切行礼都没有错误。于是祝官致告，祈求神明赐孝孙以多福。致告的人说："芬香的享祀，是神明所喜欢的饮食，所以赐给你以诸多的福气，你的一切都合乎法度，你既恭敬又敏捷，既整饬又谨慎，所以要永远地赏赐你以最好的福气，成万成亿的福气。"

礼仪既备，钟鼓既戒[1]。孝孙徂位[2]，工祝致告。神具醉止[3]，皇尸载起[4]。鼓钟送尸，神保聿[5]归。诸宰[6]君妇，废彻不迟[7]。诸父兄弟，备言燕私[8]。

今注

1　戒：告也，告祭者以祭事之毕也。

2　孝孙徂位：孝孙往堂下西面之位也。

3　具：俱也。止：语词。

贰　小雅

4 皇尸载起：皇者，大也。尸者，祭时受祭之代表人，以卑幼者为之，后世乃用画像。载起，乃起也。

5 聿：语词。

6 宰：家宰。

7 废彻：撤去。不迟：速也。

8 备言燕私：备，皆也。皆参加私宴。

今译

礼仪既已完备，钟鼓既已告戒，孝孙既已就位，工祝既已致告，说神都有些醉意了，于是受祭的代表人起身了，敲钟以送代表人，神们也都回去了，诸宰君妇，皆及时退下，而诸父兄弟，乃皆参加私宴去了。

乐具入奏[1]，以绥后禄[2]。尔肴既将[3]，莫怨具庆[4]。既醉既饱，小大稽首[5]。"神嗜饮食，使君寿考。孔惠孔时[6]，维其尽之。子子孙孙，勿替引之[7]。"

今注

1 乐具入奏：古者前庙以奉神，后寝以藏衣冠，祭祀在庙，私宴在寝，故祭毕而燕，乐皆入奏于寝也。

2 以绥后禄：绥，安也。后，祭祀之后也。禄，饮食也。以绥后禄者，以安飨祭后之饮食也。祭时摆设之饮食，祖先神灵皆不能食，事实上，还是人们自己享受了。

3 尔肴既将：你的酒菜既已进上。

4 莫怨具庆：没有一个抱怨你的菜不好，皆夸奖你的菜好。

5 稽首：叩头而为君祝福。自"神嗜饮食"之句起，至"勿替引之"之句止，皆为君祝福之词。

6 孔惠孔时：言君之祭祀，甚顺甚善。时者，善也。

7 勿替引之：言子子孙孙不要断绝这种祭祀，而且要发展下去。

今译

祭祀已毕,音乐都入奏于内寝,以安飨祭后的饮食。你的菜肴端上之后,大家都说你的酒席好,非常之欢喜,而没有一点怨言。大家既醉以酒,既饱以肴,长幼大小都稽首叩头,为你祝福,说道:"神明喜欢你的饮食,使你寿考无疆。你的祭祀,甚为顺意,甚为美好,无一不合乎礼,希望你的子子孙孙不要废替这种祭祀,并且应当继续发展下去。"

(六)信南山

这是王者祭祀之诗。

信彼南山[1],维禹甸[2]之。畇畇[3]原隰,曾孙田[4]之。我疆我理[5],南东其亩[6]。

今注

1 信彼南山:信者,伸也,延长也。南山者,终南山也。信彼南山者,长长的终南山也。

2 甸:平治也。

3 畇畇:音匀,已经垦辟过的样子。

4 田:作动词用,耕种。

5 疆:区划其大界。理:治定其沟涂。

6 南东其亩:顺其地势水势之所宜,而定其田垄之南东。不言西北者,有南东即包括其北西矣。

今译

那长长的终南山,是禹王所平治的,高原低隰之地,都已垦辟,所以曾孙们得以耕种于其上。把土地的大界,沟涂的路线,加以区划整理之后,于是顺其地势水道之所宜,而规定田亩之南东方位。

上天同云[1],雨雪雰雰[2]。益之以霢霂[3],既优既渥[4]。既沾[5]既

贰 小雅

足,生我百谷。

今注

1　同云:同,皆也。同云,皆有云,即满天的云。
2　雨雪:雨,音御,落也,降也,即下雪也。雰雰:纷纷。
3　霢:小雨也,音脉。霂:音木。
4　优:厚也。渥:浓也。
5　沾:渍也,濡也,即雨落透了。

今译

满天的密云,于是落雪纷纷,又加以细雨。雨量非常之普遍而充足,于是我们的百谷就生长起来了。

疆场翼翼[1],黍稷彧彧[2]。曾孙之穑[3],以为酒食。畀我尸[4]宾,寿考万年。

今注

1　场:音亦,畔也。翼翼:整饬的样子。
2　彧彧:音域,茂盛的样子。
3　穑:音色,收割。
4　畀:予也。尸:祭祀时受飨之代表人。

今译

疆场翼翼而整饬,黍稷彧彧而茂盛,曾孙们把黍稷收割之后,做成酒食,以祭祀祖先,宴待尸宾。这样子,神明喜悦,祖先来飨,就会赐我以万年的寿考。

中田有庐[1],疆场有瓜,是剥是菹[2],献之皇祖[3]。曾孙寿考,受天之祜[4]。

今注

1　中田:田中。庐:房舍。
2　菹:音租,腌渍也。
3　皇祖:大祖,高祖以上皆称皇祖。

4　祜：音户，福也。

今译

田中有庐舍，田畔种着瓜果，把那些瓜果剥而腌之，以祭献于先祖。于是曾孙便会受天之福，而寿考万年。

祭以清酒[1]，从以骍牡[2]，享[3]于祖考。执其鸾刀[4]，以启[5]其毛，取其血膋[6]。

今注

1　清酒：清洁之酒。
2　骍：音辛，赤色的牲，周朝尚赤。牡：雄牲。
3　享：献也。
4　鸾刀：鸾，铃也，有铃之刀。
5　启：拨开。
6　膋：音聊，脂膏。

今译

先祭祀以清洁的酒，然后再进献以赤色的雄牲。主人亲自执着有铃的刀子，拨开骍牡的毛，取出它的血与脂膏，杀之以献祭。

是烝[1]是享，苾苾芬芬。祀事孔明[2]，先祖是皇[3]。报以介福[4]，万寿无疆。

今注

1　烝：进也。
2　孔明：极其明备。
3　皇：临而飨之也。
4　介福：大福。

今译

以此芬香的祭物，进献于祖先。祭祀之事，进行得非常完备。于是乎先祖来飨，甚是喜欢，就报之以大福，使曾孙万寿无疆。

贰　小雅

（七）甫田

这是王者祈年祭祀之诗。

倬彼甫田[1]，岁取十千[2]。我取其陈[3]，食我农人。自古有年[4]。今适南亩，或耘或耔[5]，黍稷薿薿[6]。攸介[7]攸止，烝我髦士[8]。

今注

1 倬：音捉，大也。甫田：广大之田也。

2 岁取十千：古者地方十里，为田十万亩，而以其万亩为公田，盖九一之法也。

3 陈：旧的粟米。

4 自古有年：历年都是大有之年，丰收之年。

5 耘：除草。耔：音子，以土壅于谷物之根部，可以耐风旱。

6 薿薿：音你，茂盛的样子。

7 介：停息。

8 烝：进也，进之而予以慰问也。髦士：聪明能干之农民。

今译

从那广大的田地中，每年征取万亩的收入，以为禄食之用。每年积存的旧谷，都拿出来以分散给我的农夫。多年以来，都是丰收之年，真是值得庆幸啊。现在我到了南亩一看，看见农夫们，有的在锄草，有的在壅根，黍稷长得都很茂盛，看样子又是丰收之年了。我就停息下来，把那些聪明能干的青年农夫叫到面前，而加以慰问鼓励。

以我齐明[1]，与我牺羊[2]，以社以方[3]。我田既臧，农夫之庆[4]。琴瑟击鼓，以御田祖[5]，以祈甘雨。以介[6]我稷黍，以谷[7]我士女。

今注

1 齐明：齐，读咨，同"粢"。明，同"盛"。齐明，即粢盛，祭神所用之饭。

2 牺羊：纯色之羊。

3 社：社即后土，土地之神。方：秋祭四方之神。
4 庆：福也。
5 御：迎接。田祖：发明种田之始祖。
6 介：长大。
7 谷：养活。

今译

用我的粢盛和我的纯色的羊，以祭祀土地之神与四方之神。我的田事既然做好了，那就是农夫们的福庆。于是奏起琴瑟，打着鼓儿，以迎接田祖，以祈求甘雨，以长大我的黍稷，以养活我的儿女。

曾孙来止[1]，以其妇子[2]。馌[3]彼南亩，田畯[4]至喜。攘[5]其左右，尝其旨[6]否。禾易长亩[7]，终善且有[8]。曾孙不怒，农夫克敏。

今注

1 曾孙：主祭之人。止：语词。
2 妇子：农家的妇孺。
3 馌：音叶，送饭于田中。
4 田畯：劝农之官。畯，音俊。
5 攘：取也。
6 旨：好吃，香。
7 禾易：禾苗繁盛。长亩：整个田亩。
8 终善且有：既善且多。

今译

曾孙来了，看见农家的妇孺们在往田中送饭，田官极其喜欢，就拿起农家所送的饭，尝尝好吃不好吃。整个田地里，庄稼都长得很繁盛，既好且多。曾孙看见了农民们如此努力耕作，所以非常之高兴。

曾孙之稼，如茨如梁[1]。曾孙之庾[2]，如坻如京[3]。乃求千斯[4]

仓，乃求万斯箱[5]。黍稷稻粱，农夫之庆。报以介福，万寿无疆。

今注

1　茨：屋顶。梁：屋脊。
2　庾：储存谷物之囷。
3　坻：音池，丘陵。京：高丘。
4　斯：语词。
5　箱：储存谷物之器。

今译

曾孙的庄稼，长得像屋顶房脊一样的高。曾孙的仓囷，堆得像土陵大丘一样的多，只好用千仓万箱来盛它了。这么多的黍稷稻粱的收成，真是农民们大大的喜事。请求神明们赐给曾孙以大福，乃至万寿无疆。

（八）大田

这是农民因丰年之乐而赞颂其上之诗。

大田多稼，既种既戒[1]，既备乃事。以我覃耜[2]，俶[3]载南亩。播厥百谷，既庭且硕[4]，曾孙是若[5]。

今注

1　种：种子。戒：戒饬，整饬其农具。
2　覃：音剡，利也。耜：音似，田器，即犁地之犁刃也，北方人称为"犁面"。
3　俶：音畜，开始。
4　庭：挺直的。硕：大的。
5　若：顺心合意也。

今译

田地既然广大，所需用的种子和农具，自然要多，所以事前要把种子多准备，要把农具整理好。各种应该准备的事都齐全了，于是就背起我的犁，到南亩去耕作了。把各种各样的谷物，都播种下去了，结果，庄稼长得又高又大，很顺乎曾孙的心意。

既方既皂[1]，既坚既好，不稂不莠[2]。去其螟螣[3]，及其蟊贼[4]，无害我田稚[5]。田祖有神[6]，秉畀炎火。

今注

1　方：房也，谷物孚甲始生而尚未合也。皂：结实而尚未坚也。

2　稂：音郎，童粱也，害稼之草。莠：音酉，似苗而不能结实者，亦害稼之物。

3　螟：小黑虫，食谷物之茎叶及其髓质，可致谷物白枯而死。螣：音特，小青虫，食谷物之叶苗，且吐丝缠裹余叶，使穗不得成长。

4　蟊贼：食禾稼之虫，食根者曰蟊，食节者曰贼。

5　稚：幼苗。

6　有神：发挥其神力。

今译

禾稼慢慢地生长了，结实了，果实慢慢地坚硬了，饱满了。把那些害田的野草和那些似谷非谷的假禾，都除得干干净净。把那些小黑虫、小青虫以及吃苗叶苗根的害虫，都捕杀净尽，不要叫它们害了田中的禾苗。田祖啊，请你大发神威，把它们都投在大火之中，烧个净尽。

有渰萋萋[1]，兴雨祈祈[2]。雨我公田[3]，遂及我私[4]。彼有不获稚[5]，此有不敛穧[6]。彼有遗秉[7]，此有滞穗[8]，伊寡妇之利[9]。

今注

1　渰：音掩，云彩发动的样子。萋萋：很盛的样子。

2　祈祈：多多也。

3　公田：古时井田之制，方里而井，井九百亩，其中为公田，八家皆私有百亩，而合力以耕治公田百亩。

4　我私：私家所分得之百亩之田。有使用权而无所有权。

5　不获稚：不割之尚未完全成熟之谷物。

贰　小雅

6　不敛穧：禾既割而不收者。

7　遗秉：遗弃于地之谷穗。

8　滞穗：滞留于地之谷穗。

9　伊：语词。寡妇之利：无力耕作之寡妇，于农收时，到田里拾庄稼，把这些谷物拾起来，以维持生活，一季之中，也可以拾得几斗或一石以上，足可以维持一个人的半年生活。今日之北方农村中，仍有此种古风。

今译

云彩乌乌地起来了，雨多多地降落了，先落到我们的公田，同时也落到我们的私田。那儿有不收割的幼禾，这里有已割未收的谷穧。那儿有遗弃的麦穗，这里有留下的稻秉。这些都是一般无田无力的寡妇孤儿们的"外快"，他们可以趁着农收期间，到田里拾庄稼，以维持生活之用。

曾孙来止，以其妇子，馌彼南亩，田畯至喜。来方禋[1]祀，以其骍黑[2]，与其黍稷。以享以祀，以介景福[3]。

今注

1　方：四方也。禋：音因，洁祀也。

2　骍黑：四方各用其方色之牲。

3　以介景福：农夫祈曾孙之受福也。

今译

曾孙来了，农家的妇子，往田里去送饭，田官看见农民辛劳耕作的情形，甚是喜欢。曾孙祭祀四方之神，以其赤牲或黑牲，和成饭的黍稷，来进献以祀，祈求神明赐给曾孙以大福。

（九）瞻彼洛矣

这是天子会诸侯于东都而诸侯赞美之诗。

瞻彼洛[1]矣，维水泱泱[2]。君子[3]至止，禄福如茨[4]。韎韐有奭[5]，以作六师[6]。

今注

1 洛：水名，在东都，会诸侯之处也。

2 泱泱：深广的样子。

3 君子：指天子。

4 茨：屋顶。

5 韎：音妹，茅搜草所染之皮革也。韐：音格，韡也，合韦为之，以蔽前，兵事之服也。有奭：奭，赤色，有奭，即奭然也。

6 作：领导。六师：六军也。

今译

看那洛水是多么深广啊。君子到了，他的福禄，像屋顶那样的高。他穿着韎韐赤然的军服，以领导六师。

瞻彼洛矣，维水泱泱。君子至止，鞞琫有珌[1]。君子万年，保其家室。

今注

1 鞞：音比，刀鞘也。琫：音崩（三声），佩刀鞘之上饰也。珌：音必，美也。有珌，即珌然也，犹上章之"韎韐有奭"，皆作形容词用。

今译

看那洛水是多么深广啊。君子到了，他刀鞘的装饰是多么美观啊。他一定能够万寿无疆，保其家室。

瞻彼洛矣，维水泱泱。君子至止，福禄既同[1]。君子万年，保其家邦。

今注

1 同：齐备也。

今译

看那洛水是多么深广啊。君子到了，福禄具备，君子一定可以

贰 小雅

万年长寿而保卫其家邦的。

（十）裳裳者华

这是天子赞美诸侯之诗。

裳裳者华[1]，其叶湑[2]兮。我觏之子[3]，我心写[4]兮。我心写兮，是以有誉处[5]兮。

今注

1　裳裳：常棣，即棠棣，比喻兄弟关系，比喻天子与诸侯之亲近关系。华：花也。
2　湑：音许，茂盛的样子。
3　觏：见也。之子：指诸侯。
4　写：舒畅，痛快。
5　誉处：和好相处。

今译

棠棣之花，它的叶子真是茂盛啊！我看见了你，我的心情真是快活啊！我的心情快活，我们便能和睦相处了。

裳裳者华，芸[1]其黄矣。我觏之子，维其有章[2]矣。维其有章矣，是以有庆矣。

今注

1　芸：盛开也。
2　章：法度，礼貌。

今译

棠棣的花，盛开着黄色。我所见的人，真是有礼貌啊！因为他有礼貌，所以就大得福庆了。

裳裳者华，或黄或白。我觏之子，乘其四骆[1]。乘其四骆，六辔沃若[2]。

今注

1　骆：马白身黑鬣者。

2　沃若：有光泽，有水色。

今译

棠棣的花，有的开着黄色，有的开着白色。我所见的人，乘着四匹白身黑鬣马拉的车子，六辔柔美而有光泽。

左之左之，君子宜之。右之右之，君子有[1]之。维其有之，是以似[2]之。

今注

1　有：能也。

2　似：嗣也，继承也。

今译

君子才德具备，能力优越，用之于左，则君子宜之。用之于右，则君子能之。因其有此能力，所以能继承其先人的志业。

七　桑扈之什

（一）桑扈

这是天子宴诸侯之诗。

交交桑扈[1]，有莺[2]其羽。君子乐胥[3]，受天之祜。

今注

1　交交：同"咬咬"，鸟鸣声。桑扈：鸟名，肉食，而不食粟，故亦名窃脂鸟。

2　有莺：莺，文采也，有莺，即莺然有文采也。

3　乐胥：胥乐，胥，皆也，乐胥，即大家皆快乐也。君子：指诸侯。

今译

鸣声交交的桑扈，它的翅膀，多么光采啊。君子们都快乐了，蒙受了上天的福禄。

交交桑扈，有莺其领[1]。君子乐胥，万邦之屏。
今注
1　领：脖子。
今译
鸣声交交的桑扈，它的脖子，多么光彩啊。君子们都和乐了，可以作万邦的屏障。

之屏之翰[1]，百辟为宪[2]。不戢不难[3]？受福不那[4]？
今注
1　翰：羽翼。或训为干，桢干。
2　辟：君也，各方伯所统率之诸侯也。宪：法则，榜样。
3　戢：收敛，检点，守法度。难：儆戒，谨畏。
4　那：多也。
今译
各位君子都是国家的屏藩，是朝廷的桢干，是百辟的榜样。哪个不是规矩守法？哪个不是戒慎谨畏？哪个不受上天之多福？

兕觥其觩[1]，旨酒思柔[2]。彼交匪敖[3]，万福来求[4]。
今注
1　兕觥：用兕角所制的酒杯。兕，音四，独角兽。觩：音求，角上曲的样子。
2　思：语词。柔：嘉好的。
3　交：交往。匪敖：不骄傲。
4　求：聚也。

今译

有兕制的酒杯,有佳美的旨酒。相互酬酢往来,温恭而不骄傲,所以万福都来聚了。

(二) 鸳鸯

这是诸侯颂祷天子之诗。

鸳鸯[1]于飞,毕[2]之罗之。君子[3]万年,福禄宜之。

今注

1. 鸳鸯:匹鸟也,止则相偶,飞则成双。
2. 毕:小网长柄。
3. 君子:指天子。

今译

鸳鸯正在飞行,用网罗把它捕住。希望君子万年,安享福禄。

鸳鸯在梁[1],戢其左翼[2]。君子万年,宜其遐[3]福。

今注

1. 梁:水中石堰。
2. 戢其左翼:戢,收敛。两鸟皆收敛其左翼,以便于互相偎依。
3. 遐:永远的。

今译

鸳鸯在石堰之上,双敛左翼,以相偎依。希望君子万年,安享永久之福。

乘马在厩[1],摧之秣[2]之。君子万年,福禄艾[3]之。

今注

1. 乘:四匹马也。厩:音救,养马之处。
2. 摧:音错,喂马之草。秣:音末,喂马之粟。
3. 艾:助也。

贰 小雅

今译

四马在厩中,以草与粟来喂它。希望君子万年,有福禄的佑助。

乘马在厩,秣之摧之。君子万年,福禄绥[1]之。

今注

1 绥:安也,集也。

今译

四马在厩中,以草与粟来喂它。希望君子万年,有福禄的安集。

(三) 頍弁

这是宴乐兄弟亲戚之诗。

有頍者弁[1],实维伊何?尔酒既旨,尔肴既嘉。岂伊异人?兄弟匪他[2]。茑与女萝[3],施[4]于松柏。未见君子,忧心奕奕[5]。既见君子,庶几说怿[6]。

今注

1 頍:音愧(三声),举首戴帽的样子。弁:音卞,皮冠。
2 匪他:不是他人。
3 茑:音鸟,寄生植物,叶似当卢,子如覆盆子,赤黑,味甜美。女萝:菟丝也。蔓延草上,黄赤如金。
4 施:音移,拖拖拉拉地蔓延着。
5 奕奕:忧心不定的样子。
6 说:同"悦"。怿:乐也。

今译

你举首而戴皮冠,为的何事呢?不是为的宴乐客人吗?你的酒既美,你的菜又好,你所宴待的,难道是别人?乃是兄弟。兄弟关系,犹之乎蔓延于松柏之上的茑萝一样,是互相依附的。所以未见君子的时候,心中奕奕而忧愁;既至见了君子,庶几乎心中可以喜悦了。

(此诗以茑萝蔓延于木上,以比喻兄弟之互相依附。)

有頍者弁，实维何期？尔酒既旨，尔肴既时[1]。岂伊异人？兄弟具[2]来。茑与女萝，施于松上。未见君子，忧心恗恗[3]。既见君子，庶几有臧[4]。

今注

1　时：新鲜，美好。

2　具：同"俱"，皆也。

3　恗恗：甚忧也。

4　有臧：臧然，即善也。

今译

你举首而戴皮冠，为的何事呢？不是为的宴乐客人吗？你的酒既香美，你的菜又新鲜，你所宴待的，难道是别人？乃是兄弟。兄弟关系，犹之乎蔓延于松柏之上的茑萝一样，是互相依附的。所以未见君子的时候，我心中恗恗而忧愁；既至见了君子，庶几乎感情越发友善了。

有頍者弁，实维在首。尔酒既旨，尔肴既阜[1]。岂伊异人？兄弟甥舅。如彼雨雪[2]，先集维霰[3]。死丧无日，无几相见。乐酒今夕，君子维宴。

今注

1　阜：丰盛如丘阜之高。

2　雨雪：雨字作动词用，降雪也。

3　霰：音线，雪初凝结时之细粒。

今译

你的皮冠，戴在头上。你的酒既美好，你的菜又丰富，你所宴待的，难道是别人？乃是兄弟甥舅。好像是下雪一样，先有细粒的结合，而后大片落下。人之生命，由少而老，说不定什么时候就会死去的，我们相见的机会，没有几多了。今晚要趁着机会痛痛快快地喝一下，这就是今晚宴客的本意啊。

贰　小雅

(四)车舝

这是亲迎美女成婚之诗。

间关车之舝兮[1],思娈季女逝[2]兮。匪饥匪渴,德音来括[3]。虽无好友,式[4]燕且喜。

今注

1. 间关:辗转行进的样子。舝:音辖,车轴头之铁,又车声也。
2. 娈:音鸾,美好的。逝:往迎之也。
3. 德音:优良的德性。来括:来会也。
4. 式:语词。

今译

车子辗转地行进,亲迎那美丽的少女。我并不是饥,也不是渴,只是思慕她那优美的德性,她来与我相会,所以我的心便如饥如渴似的。虽然没有好多的朋友,但是我们也要欢欢喜喜地宴饮一番。

依[1]彼平林,有集维鷮[2]。辰[3]彼硕女,令德[4]来教。式燕且誉[5],好尔无射[6]。

今注

1. 依:茂盛的样子。
2. 鷮:音交,野鸡。
3. 辰:善也。
4. 令德:良好的德行。
5. 誉:同"豫",快乐。
6. 射:读亦,厌恶。

今译

那茂盛的平林,有野鸡在集栖。那善良的硕女,以她的德行来帮助我。我们快快乐乐地宴饮一番,我将永远爱你而无厌。

虽无旨酒,式饮庶几[1]。虽无嘉肴,式食庶几。虽无德与女[2],

式歌且舞。

今注

1　庶几：差不多，勉强可以。

2　虽无德与女：女，读汝。言我的德行虽不能与你相配，但是也勉强可以。这是自谦之词，足见德行也可以与她相配。男女的德行相配，当然是理想的结合了，于是乎就该既歌且舞了。

今译

虽然我没有美酒，但是也勉强可以喝一番了；虽然我没有好菜，但是也勉强可以吃一番了；虽然我的德行配不上你，但是我们也应该歌舞一番了。

陟彼高冈，析其柞薪¹。析其柞薪，其叶湑²兮。鲜³我觏尔，我心写⁴兮。

今注

1　柞薪：栎树之薪。柞，音做。

2　湑：音许，茂盛的样子。

3　鲜：幸运的。

4　写：舒畅。

今译

登到那高冈之上，去析伐柞薪。它的叶子，真是茂盛啊。幸运呀，我能够遇见你，我的心舒畅极了。

（古人常以析薪比喻婚姻关系，此诗亦然。）

高山仰止¹，景行²行止。四牡骓骓³，六辔如琴。觏尔新昏，以慰我心。

今注

1　止：同"之"，即高山仰止，景行行之。

2　景行：大路也。行，读杭。

3　骓骓：音非，马行不停的样子。

贰　小雅

今译

高山是我所仰望的,大路是我所要行的。四匹雄马不停地前进,六辔像琴瑟一样的和谐。遇见你而完成新婚,我的心便无限快慰了。

(五)青蝇

这是斥责谗人祸国之诗。

营营青蝇[1],止于樊[2]。岂弟[3]君子,无信谗言。

今注

1 营营:蝇子乱人听闻的往来飞声。青蝇:污秽有毒之飞虫。
2 止:落栖。樊:藩篱。
3 岂弟:恺悌,仁厚也。

今译

那污秽的青蝇,飞声往来,乱人听闻,落止在藩篱之上。仁厚祥和的君子啊,千万不要相信那些捏造是非以陷害正人君子的谗毁之言。

营营青蝇,止于棘。谗人罔极[1],交乱四国。

今注

1 罔极:为害没有止境,没有限度。

今译

那污秽的青蝇,飞声往来,乱人听闻,落止在棘荆之上。那捏造是非以陷害正人君子的谗人,为害之大,没有止境,使四方的国家,互相猜疑,互相攻击而为乱。

营营青蝇,止于榛。谗人罔极,构我[1]二人。

今注

1 构:捏造是非以谗害人。

今译

那肮脏的青蝇,飞声往来,乱人听闻,落止于榛木之上。那陷害正人君子的谗人,阴谋毒计,没有止境,处心积虑要陷害我们两个。

(六)宾之初筵

这是戒人饮酒宜有节制之诗。

宾之初筵[1],左右秩秩[2]。笾豆有楚[3],殽核[4]维旅。酒既和旨,饮酒孔偕[5]。钟鼓既设,举酬逸逸[6]。大侯既抗[7],弓矢斯张。射夫既同[8],献尔发功[9]。发彼有的[10],以祈[11]尔爵。

今注

1 初筵:初就席。
2 秩秩:有秩序。
3 笾豆:祭祀盛物之礼器,以木为之者曰豆,以竹为之者曰笾。有楚:楚然而有秩序也。
4 殽:肉菜。核:梅桃之类的果品。
5 偕:同饮而和谐。
6 酬:主人自饮,复酌以进客也。逸逸:往来有序也。
7 大侯:侯者,备射之鹄。大侯者,人君之侯也。侯有等级之分:天子熊侯白质,诸侯麋侯赤质;大夫布侯,画以虎豹;士布侯,画以鹿豕;天子侯身一丈,其中三分居一,白质画熊,其外则丹地,画以云气。抗:张弓也。
8 射夫既同:分耦比赛,射礼选群臣为三耦,三耦之外,其余各自取匹,谓之众耦。
9 献:奏也,表演也。发功:发矢之功。
10 的:鹄的,目标。
11 祈:求也。凡射,胜者以酒饮不胜者,即不胜者被罚酒也。

今译

当宾客初就席的时候，或坐于左，或坐于右，秩序非常之好，笾豆的陈列，也楚楚而整齐，菜肴果品也很丰盛，酒既甘美，众饮和谐。到了钟鼓既设的时候，主客酬酢，逸逸有序。人君之射侯既举，于是弓矢俱张。参加比赛的人，既然分配妥当，就各自表现自己的身手了。发射中鹄的胜利者，就罚那些不胜者以饮酒。

籥舞[1]笙鼓，乐既和奏，烝衎烈祖[2]，以洽[3]百礼。百礼既至，有壬有林[4]，锡尔纯嘏[5]，子孙其湛[6]。其湛曰乐，各奏尔能。宾载手仇[7]，室人[8]入又。酌彼康爵[9]，以奏尔时[10]。

今注

1 籥舞：文舞也。籥，音月，管属之乐器也。
2 烝：进也。衎，音看，快乐也。烈祖：有功烈之祖先。
3 洽：合也。
4 有壬：壬然，壬者，大也。有林：林然，林者，盛也。
5 锡：神赐之也。尔：指主祭者。纯嘏：大福也。
6 湛：音占，和乐也。
7 宾载手仇：正射之后，客人余兴未尽，又要再射，于是各自选其匹耦而复比赛。手仇者，自选其共射之匹耦也。
8 室人：主人。
9 康爵：大的酒杯也。
10 时：善也，拿手的射击本领。

今译

籥舞而笙歌，奏乐甚是和谐，以进娱于烈祖，以合于诸侯的礼仪。百礼具备，既大且盛。神明乃赐给主祭者以大福，使其子孙和乐。和乐之余，各自表现其射击的本领。客人犹未尽兴，乃自选共射之匹耦，再行比赛。于是主人又入于席，斟满了大的酒杯，祝他们各自善尽其能，以取得胜利。

宾之初筵，温温其恭。其未醉止，威仪反反[1]。曰[2]既醉止，威仪幡幡[3]。舍其坐迁，屡舞仙仙[4]。其未醉止，威仪抑抑[5]。曰既醉止，威仪怭怭[6]。是曰既醉，不知其秩[7]。

今注

1 反反：慎重的样子。

2 曰：语词。

3 幡幡：轻狂的样子。

4 仙仙：轻举的样子。

5 抑抑：矜持，有自制力，谨慎小心的样子。

6 怭怭：音必，亵渎不恭的样子。

7 秩：常态，秩序，理性。

今译

宾客初就席的时候，大家都是温雅而恭敬。在没有喝醉的时候，都是态度慎重。既至醉了以后，态度便轻狂不安了，离开了自己的席次，这里坐坐，那里迁迁，不断地蹦蹦跳跳，东倒西歪。在没有喝醉的时候，都是态度矜持。既至醉了以后，态度便放肆起来，亵渎不恭了。这是真正的醉了，完全失其常态了。

宾既醉止，载号载呶[1]，乱我笾豆，屡舞僛僛[2]。是曰既醉，不知其邮[3]。侧弁[4]之俄，屡舞傞傞[5]。既醉而出，并受其福。醉而不出，是谓伐德[6]。饮酒孔嘉，维其令仪。

今注

1 载号载呶：号，大声呼叫。呶，音挠，喧哗。载，且也。且号且呶，又是呼叫，又是吵闹。

2 僛僛：音欺，醉舞倾侧的样子。

3 邮：过失。

4 侧弁：歪戴着帽子。侧，歪斜。弁，帽子。

5 傞傞：音娑，醉舞不止的样子。

贰　小雅

6 伐德：缺德，害德，不道德。

今译

客人既醉之后，又是大声呼叫，又是喧哗吵闹，把案子上弄得杯盘狼藉，手舞足蹈，东倒西歪。这真是喝醉了，一切失德败行的动作，都不知道了。歪戴着帽子，蹦蹦跳跳，乱舞不休。既经喝醉了，就应该赶快退席，那么，主人与客人，便都受其福。有些人，喝酒喝醉了，还不离席，胡闹不止，纠缠不休，这是最败德的事。本来酒以言欢，喝酒是一件很好的事，但是总要有个节制，要保持优良的风度。

凡此饮酒，或醉或否。既立之监[1]，或佐之史[2]。彼醉不臧，不醉反耻。式勿从[3]谓，无俾大怠[4]。匪言勿言，匪由勿语。由醉之言，俾出童羖[5]。三爵不识，矧敢多又？

今注

1 监：司正之属，燕礼乡射，恐有懈倦失礼者，立司正以监察之。

2 史：亦司正之属。

3 从：随心所欲而过饮。亦可作"纵"字解，放任无度也。

4 大怠：太怠慢。

5 童羖：童，头秃而无角也。羖，公羊，音古。

今译

凡是饮酒，有人喝醉，有人不醉。不过，古人所以设置监史司正之属，就是希望人们不要喝醉。如果说喝醉的人，没有什么不善，那么，不喝醉的人，岂不是反而可耻吗？所以千万不要纵性放任，不要丑态百出。一个人要保持适度的控制力，不该说的话，不要乱说，不该行的事，不要乱做。如果喝得酩酊大醉，那么就要胡说八道了，说什么"公羊头上没有角"，那不是大笑话吗？喝了三杯，就已经不省人事了，哪里还敢再劝他多喝？

（七）鱼藻

这是天子宴诸侯，而诸侯赞美天子之诗。

鱼在在藻[1]，有颁其首[2]。王在在镐[3]，岂乐[4]饮酒。

今注

1　藻：水草。
2　颁：大头也。有颁：颁然也。
3　镐：西京长安。
4　岂乐：恺乐，和乐也。

今译

鱼在什么地方呢？鱼在水草里面，得其所哉，所以颁然而大头。王在什么地方呢？王在长安京城，国泰民安，所以饮酒取乐。

鱼在在藻，有莘[1]其尾。王在在镐，饮酒乐岂。

今注

1　有莘：莘然，长而美的样子。莘，音身。

今译

鱼在什么地方？鱼在水草里面，得其所哉，所以体长而肥美。王在什么地方？王在长安京城，国泰民安，所以饮酒而取乐。

鱼在在藻，依于其蒲[1]。王在在镐，有那[2]其居。

今注

1　蒲：蒲草。
2　那：安然也。

今译

鱼在什么地方？鱼在水草里面，偎依着蒲草。王在什么地方？王在长安京城，住得很是安然。

贰　小雅

（八）采菽

这是赞美诸侯来朝之诗。

采菽采菽[1]，筐之筥之[2]。君子[3]来朝，何锡予之？虽无予之，路车乘马[4]。又何予之？玄衮及黼[5]。

今注

1 菽：大豆。

2 筐、筥：皆盛物之竹器，方者曰筐，圆者曰筥。筥，音举。

3 君子：指诸侯。

4 路车：天子所赐予诸侯之车，因关系不同，故车亦不同，金车以赐同姓，象车以赐异姓。乘马：乘，音胜，四马曰乘。

5 玄衮：玄衣而画以卷龙。黼：音甫，如斧形，刺之于裳也。

今译

采了大豆，用筐筥把它盛住。君子来朝，用什么东西赏赐他们呢？虽然没有赏赐，但是已经给过路车乘马了。另外还给过什么呢？还给过他们以玄衮与黼裳。

觱沸槛泉[1]，言采其芹。君子来朝，言观其旂[2]。其旂淠淠[3]，鸾声嚖嚖[4]。载骖载[5]驷，君子所届[6]。

今注

1 觱沸：泉水流出的样子。觱，音必。槛泉：同"滥泉"，正涌出之泉水。

2 旂：音旗，旗帜。此字有时作普通的旗字讲，有时作特别的旗字讲。本章的旂字，是普通意义的。

3 淠淠：音配，旗帜飘动的样子。

4 鸾：车马的铃。嚖嚖：和谐而合拍的音响。

5 载：语词。

6 届：至，到。

今译

在涌腾的泉水那边,可以采取芹菜。在君子来朝的时候,可以看见他们的旗帜。他们的旗帜,渒渒地飘动,铃声和谐而合拍。及至看见了两服两骖的马车,君子便到了。

赤芾[1]在股,邪幅[2]在下。彼交匪纾[3],天子所予。乐只[4]君子,天子命之。乐只君子,福禄申[5]之。

今注

1 赤芾:大夫以上者朝服之饰,以韦为之,用以蔽膝,故曰在股。芾,音费。

2 邪幅:膝之下部,用布斜缠至足,故曰在足。有似于今日之"裹腿"。

3 彼交匪纾:交,结也,束缠也。纾,松弛也。言把裹腿打得紧绷绷的,不敢松松垮垮的。

4 只:语词。

5 申:重也,再也。

今译

赤芾蔽于膝股,布幅斜缠着下腿,束扎得紧紧整整的,不敢有一点松懈,因为这些饰物,是天子所赏赐的。和乐的君子,是天子所命令的。和乐的君子,承受了多多的福禄。

维柞[1]之枝,其叶蓬蓬[2]。乐只君子,殿[3]天子之邦。乐只君子,万福攸同[4]。平平[5]左右,亦是率从[6]。

今注

1 柞:音做,栎树。

2 蓬蓬:茂盛的样子。

3 殿:镇守,安定。

4 同:集聚。

5 平平:平章,办理事务有才干。

6 率从：循规蹈矩，恪尽职责。

今译

柞树的枝叶，很是茂盛。和乐的君子，能够镇守天子的邦国。和乐的君子，为万福之所同聚。他左右的人，也都有治事的才能，恪尽职责。

汎汎[1]杨舟，绋纚维之[2]。乐只君子，天子葵[3]之。乐只君子，福禄脄[4]之。优哉游哉，亦是戾[5]矣。

今注

1 汎汎：漂浮的样子。
2 绋：音弗，麻制之绳。纚：竹制之绳索。维：结系。
3 葵：节制。
4 脄：音皮，优厚，优待。
5 戾：极也，至矣尽矣。

今译

那漂浮的杨舟，有绋纚来维系。和乐的君子，有天子来节制。和乐的君子，有优厚的福禄。优哉游哉，可算是极人世之幸福了。

（九）角弓

这是劝王者宜远小人亲兄弟之诗。

骍骍角弓[1]，翩[2]其反矣。兄弟昏姻，无胥[3]远矣。

今注

1 骍骍：音辛，弓调利的样子。角弓：以角饰弓也。
2 翩：反的样子。弓之为物，张之则内向而来，弛之则外反而去。
3 胥：相也。

今译

调利的角弓，松弛则反张，所以必须撑紧。兄弟婚姻，相疏远则离散，所以必须亲睦。

尔之远矣，民胥然矣。尔之教矣，民胥效矣。
今译
在上者是人民模仿的准则，你如果疏远了兄弟婚姻的关系，那么，人民模仿你的行为，也就疏远了他们的兄弟婚姻的关系了。反之，你如果能起到示范作用，亲睦了你的兄弟婚姻的关系，那么，人民也就仿效你而亲睦了他们的兄弟婚姻的关系了。

此令[1]兄弟，绰绰有裕。不令兄弟，交相为瘉[2]。
今注
1　令：善也。
2　瘉：病也，互相残害也。
今译
这一对模范兄弟，感情融洽，相处得宽宽容容。那一些不良的兄弟，互相残害，彼此不能兼容。

民之无良，相怨一方[1]。受爵[2]不让，至于己斯亡[3]。
今注
1　一方：对方。
2　爵：爵禄。
3　至于己斯亡：亡，忘记也。言人平常互相责怨对方，但是遇有爵禄之事，便争夺不相让，把自己平常所责怨对方的一些大道理，完全忘记了。
今译
人们都失掉了良心，彼此互相责怨，平常所责怨于对方的一些大道理，一旦遇有爵禄之事，便争先恐后，把自己所讲的一切，完全忘记了。

贰　小雅

老马反为驹,不顾其后。如食宜饇[1],如酌孔取[2]。

今注

1　饇:音豫,饱也。
2　孔取:取之过多。

今译

老马已经是年衰力疲了,而反自以为驹,还是逞强好争,全不考虑不胜其任的后果如何。譬如吃饭一样,吃饱便好,又譬如喝酒一样,不应当饮之过多。凡事以知足为宜。

毋教猱[1]升木,如涂涂附[2]。君子有徽[3]猷,小人与属[4]。

今注

1　猱:音挠,猕猴也。
2　如涂涂附:上一涂字,作名词用,泥也。下一涂字作动词用,涂抹某物于物体之上。附:表层。
3　徽:美也。
4　属:附也。

今译

人之性善于仿效,就好比猕猴上树一样,不待教而即能;又好比以泥涂物一样,一涂便附着于物上。君子如有美德,一般老百姓们便随之而向善了。

雨雪瀌瀌[1],见晛曰消[2]。莫肯下遗[3],式居娄骄[4]。

今注

1　雨雪:落雪。雨作动词用。瀌瀌:音标,盛大的样子。
2　晛:音现,日气,阳光。曰:语词。
3　下:自下,谦卑。遗:读隧,谦退。
4　式:语词。娄:音屡,常常的。

今译

下得很浓厚的大雪,一见了日气,便消化了。可见无论什么东西，都怕阳光。只有那不肯虚心谦卑的人，才自满自骄，见不到真理之光，才致乱亡。

雨雪浮浮[1]，见晛曰流。如蛮如髦[2]，我是用忧。
今注
1　浮浮：盛飘的样子。
2　如蛮如髦：蛮，南蛮。髦，长发的西夷。言其未受礼义之教，不明道理。
今译
大雪纷飞，一见了日气，便融流了。可见无论什么东西都怕阳光。由于人们都像那蛮夷之人一样，不肯接受真理，所以我才发愁了。

（十）菀柳

这是以枯柳之不可止息喻王朝不可依倚之诗。

有菀[1]者柳，不尚息焉。上帝甚蹈[2]，无自暱[3]焉。俾予靖[4]之，后予极[5]焉。
今注
1　菀：同"苑"，茂盛的样子。
2　蹈：动也，变动也，反复无常性也。
3　暱：接近。
4　靖：治其事也。
5　极：同"殛"，放逐也。
今译
那茂盛的柳树下面，莫去休息。那上帝反复无常，不要自己去接近他。他叫我去治其事，日后反要把我放逐了。

（此章以上帝甚蹈，寓君王之反复无常。）

贰　小雅

有菀者柳，不尚愒¹焉。上帝甚蹈，无自瘵²焉。俾予靖之，后予迈³焉。

今注

1 愒：音气，休息。
2 瘵：音债，病也。
3 迈：放逐，疏远。

今译

那茂盛的柳树下面，不可以去休息。那上帝反复无常，不要自己去找苦头。他叫我去办其事，事后反要把我赶走了。

有鸟高飞，亦傅¹于天。彼人之心，于何其臻²？曷予靖之，居以凶矜³？

今注

1 傅：至也。
2 臻：至也。
3 矜：凶祸。

今译

高高飞行的鸟，也不过飞到天上而已。那一个反复无常的人，真不知道他的心会变成什么样子。为什么叫我去办事情，反而处我于凶祸之地呢？

八　都人士之什

（一）都人士

这是旧都人士于东迁乱离之后，怀念旧都之诗。

彼都¹人士，狐裘黄黄。其容不改，出言有章。行归于周²，万民所望³。

今注

1　彼都：指西周旧都之镐京。
2　周：旧都。
3　望：盼望。

今译

那旧都的人士，穿着黄黄的狐裘。他们的容止，都很正常，他们的言谈，都很文雅。赶快回到旧都吧，这是成千上万的人们所盼望的。

彼都人士，臺笠缁撮[1]。彼君子女，绸直如发[2]。我不见兮，我心不说[3]。

今注

1　臺笠：臺，夫须也，即莎草。臺笠者，以夫须草所制之笠帽也。缁撮：缁，音兹。撮，音错。缁布之冠也。冠小仅可撮其髻，故曰缁撮。
2　绸直如发：言其发之美，如绸而直也。
3　说：同"悦"。

今译

旧都的人士，戴着夫须制的笠帽，戴着黑色的布冠。旧都的女子，头发之美，好像绸子一样的柔细而且直。可惜我已经多时没有看见了，我的心真是难过啊！

彼都人士，充耳琇实[1]。彼君子女，谓之尹吉[2]。我不见兮，我心苑结[3]。

今注

1　充耳：以玉塞耳也。琇：音秀，美石也。实：塞于耳也。
2　尹：尹氏，周之旧姻之姓也。吉：读姞，亦周之旧姻之姓也。
3　苑结：郁结，心中不畅快也。

今译

旧都的人士，以琇玉塞于耳上。贵家的女子，有名的是尹氏姞氏。可惜我已经多时没有看见了，我的心郁闷得很啊！

彼都人士，垂带而厉[1]。彼君子女，卷发如虿[2]。我不见兮，言从之迈[3]。

今注

1　厉：裂帛也。
2　虿：音差，螫人之虫，行时即曲举其尾。
3　迈：行也。

今译

旧都的人士，垂着帛制的大带。贵家的女子，头发卷着，好像曲举其尾的虿虫一样。可惜我已经多时没有看见了，如果能看见，我就要跟着她走了。

匪伊垂之，带则有余。匪伊卷之，发则有旟[1]。我不见兮，云何盱[2]矣。

今注

1　旟：扬起也。
2　盱：音吁，张目远望也。

今译

她的带子，不是故意下垂的，乃是自然地垂下。她的头发，不是故意卷曲的，乃是自然地扬起。可惜我已经多时不能看见了，叫我如何能不张目远望呢？

（二）采绿

这是妇人思其丈夫之诗。

终朝采绿[1]，不盈一匊[2]。予发曲局，薄言归沐[3]。

今注

1　终朝：自旦至食时，曰终朝。绿：王刍也，易得之菜也。

2　盈：满也。匊：两手曰匊，因思其君子，无心采绿，故不盈一匊也。

3　薄、言：皆语词。

今译

采了一大早晨的绿菜，没有采满一捧。糟了，我的头发乱蓬蓬的，赶快回家洗一下子吧，好等着我的君子归来。

终朝采蓝¹，不盈一襜²。五日为期，六日不詹³。

今注

1　蓝：染色之植物也。

2　襜：音搀，农妇到田中采物，常将衣之下部折起，以手提之，或以带系于腰部，形成一个包形，可以盛物，就是襜。

3　詹：同"瞻"，见也。

今译

采了一大早晨的蓝草，没有采满一襜。他临走的时候，说是五天就可以回来，可是已经六天了还不见回来。

之子于狩，言韔¹其弓。之子于钓，言纶²之绳。

今注

1　言：语词。韔：音畅，盛弓之囊也。

2　纶：作动词用，结绳也。

今译

君子若是打猎，我就为你盛弓。君子若是钓鱼，我就为你结绳。（此章乃妇人思其君子归来后，相与共同生活之构想。）

其钓维何？维鲂及鱮¹。维鲂及鱮，薄言观²者。

今注

1　鲂：音房，扁身细鳞，又名鳊鱼。鱮：音叙，即鲢鱼。

2　薄、言：皆语词。观：多也。

贰　小雅

今译

他钓些什么鱼呢？有鲂鱼，有鲢鱼。他钓了很多很多，我要去看一看。

（三）黍苗

这是赞美召穆公营建谢邑成功之诗。

芃芃[1]黍苗，阴雨膏[2]之。悠悠[3]南行，召伯劳[4]之。

今注

1　芃芃：音彭，长大的样子。
2　膏：润泽也，作动词用。
3　悠悠：远行也。
4　召伯：召穆公虎也。劳：慰劳。

今译

长大的黍苗，有阴雨加以润泽。悠远的南行，有召伯予以慰劳。

我任我辇[1]，我车我牛。我行既集[2]，盖[3]云归哉。

今注

1　任：以肩负物。辇：音撵，以人挽车。
2　行：役事工作。集：工作完成。
3　盖：语词。

今译

营建工作，积极进行，我们又是背负，又是手挽，又是车运，又是牛拉，所以任务很快便完成了。任务既经完成，我们大概就可以回家了。

我徒我御[1]，我师我旅[2]。我行既集，盖云归处。

今注

1　徒：徒步而行者。御：驾车。

2　师、旅：乃工作进行时之编制，五百人是一个旅，五个旅是一个师。
今译
我们有步行的，有驾车的，参加工作的人，加以编制，有成师成旅之多。所以我们的任务，很快便完成了。任务既然完成，大概就可以回家安居了。

（此章言动员人力之众。）

肃肃谢功[1]，召伯营之。烈烈征师，召伯成之。
今注
1　肃肃：急遽的积极的样子。谢：地名，在今河南省信阳市。
今译
在谢邑积极进行的工作，是召伯所经营的。浩浩荡荡的劳动阵容，是召伯所组织成就的。

原隰既平[1]，泉流既清。召伯有成，王[2]心则宁。
今注
1　原隰：高平曰原，低湿曰隰。平：平治。
2　王：指周宣王。
今译
原隰都已经平治了，泉流也都疏导清了。召伯完成了谢邑兴建的工作，于是乎宣王之心因之而安宁了。

（四）隰桑

这是男女在桑间幽会之诗。

隰桑有阿[1]，其叶有难[2]。既见君子，其乐如何！
今注
1　阿：美盛的样子。有阿，即阿然也。

2　有难：有傩，读挪，即有那，长美的样子。阿傩二字连用，与"阿那""阿傩""阿难""猗那"，都是形容物之柔美者。此章则分用，故曰有阿、有难，其实为同一意义也。

今译

隰地的桑树，多么柔美啊！它的叶子多么茂盛啊！既然见了君子，真是无法形容的快乐啊！

隰桑有阿，其叶有沃[1]。既见君子，云何不乐？

今注

1　沃：光泽而肥美的。有沃，即沃然也。

今译

隰地的桑树，多么柔美啊！它的叶子多么有光泽啊！既然见了君子，怎么能不快乐啊！

隰桑有阿，其叶有幽[1]。既见君子，德音孔胶[2]。

今注

1　幽：读黝，茂盛的样子。

2　德音孔胶：德音，感情，爱情。孔，极也。胶，融合，结合，坚实。

今译

隰地的桑树，多么柔美啊！它的叶子多么茂盛啊！既然见了君子，我们的爱情便极其牢固了。

心乎爱矣，遐不[1]谓矣！中心藏之，何日忘之！

今注

1　遐不：何不也。

今译

我的心深深爱上了他，为什么不明明白白告诉他呢？满心的爱，藏在心窝里，什么时候能忘掉呢？

（五）白华

这是女子怨男人无良心之诗。

白华菅¹兮，白茅束兮。之子之远²，俾³我独兮。
今注
1　白华：野麻，渍之使柔韧，其纤维可以织布。菅：音奸，白华沤之成为菅，可作刷子或织屦之用。
2　远：远离。
3　俾：使也。
今译
白华浸之而成菅了，还有白茅把它束起来，可见草木尚相依而相成，何况我们是夫妇？现在你远远地离开我了，使我成为一个孤独的人了。

英英¹白云，露²彼菅茅。天步³艰难，之子不犹⁴。
今注
1　英英：云盛的样子，云气上升的样子，同"泱泱"。
2　露：作动词用，润泽之也。
3　天步：命道，时运。
4　犹：如也，胜也。
今译
英英的白云，尚能润泽那些菅茅。我的命太苦了，遇见了你，你简直连那白云还不如。

滮池¹北流，浸²彼稻田。啸歌³伤怀，念彼硕人⁴。
今注
1　滮池：滮，音标，水名，丰水在西，鄗水在东，滮水在鄗西，正在丰镐之间，水皆北流。
2　浸：灌溉也。

贰　小雅

3 啸歌：长叹而歌。
4 硕人：指其丈夫。

今译

滮水向北而流，灌溉了那些稻田，可见稻田还有滮池的浸润。而我呢？沾不到一点的浸润。想起硕人，使我不由得悲歌伤怀！

樵彼桑薪[1]，卬烘于煁[2]。维彼硕人，实劳我心！

今注

1 樵：采樵。桑薪：桑之善者。
2 卬：音昂，我也。烘：烧。煁：音神，行灶，可燎而不可烹饪。

今译

采到了桑薪，而烧之于行灶，不可以烹饪，多么可惜啊！就好比我满心的热情，而遇到了无情的你！想起硕人，实在使我伤心啊！

鼓钟于宫，声闻于外。念子懆懆[1]，视我迈迈[2]。

今注

1 懆懆：音草，忧伤的样子。
2 视：同"示"，表示。迈迈：远而离之。

今译

在房子里面击钟，钟声就传闻于外面。我在家里面想念你，想得愁懆长叹。而你呢？却冷淡疏远，好像是不闻不知似的。

有鹙在梁[1]，有鹤在林[2]。维彼硕人，实劳我心！

今注

1 鹙：音秋，秃鹙也。梁：鱼梁也。鹙鹤皆以鱼为食，然鹙为恶鸟。
2 有鹤在林：鹤为善鸟，今鹙在鱼梁，可以得鱼而饱食，鹤反而在林中无鱼之地，无鱼可食，则饥矣。这是比喻淑女之被弃，而其夫别有新欢也。

今译

鸳在鱼梁,得鱼而食则常饱。鹤在林中,无鱼可食则常饿。想起硕人,实在使我伤心啊!

鸳鸯在梁,戢[1]其左翼。之子无良,二三其德。
今注

1　戢:敛也。

今译

成对的鸳鸯,它们各自敛其左翼,以便于互相偎依。你太没有良心了,对于我,竟然如此之三心二意!

有扁[1]斯石,履之卑兮。之子之远,俾我疧[2]兮。
今注

1　扁:低卑的。

2　疧:音奇,病也。

今译

履足于扁低的石头之上,履之者,也就卑了。你现在抛弃了我,而另结新欢,岂不是自履于扁石之上吗?你也跟着低卑了。想起了你,实在使我病痛啊!

(六) 绵蛮

这是行役者感激帅臣优待之诗。

绵蛮[1]黄鸟,止于丘阿[2]。道之云远,我劳如何!饮之食之,教之诲之。命彼后车[3],谓[4]之载之。

今注

1　绵蛮:文采缛密的样子。

2　阿:曲阿也。

贰　小雅　373

3 后车：副车也。

4 谓：告也。

今译

文采缛密的黄鸟，栖止于丘曲之处。我奉命行役，道路很是遥远，我是多么劳苦啊！幸而领队的人，很是慈祥，一路之上，他赐我以饮食，给我以教诲。当我走不动的时候，他又叫我坐在后边的副车上。

绵蛮黄鸟，止于丘隅。岂敢惮[1]行？畏不能趋[2]。饮之食之，教之诲之。命彼后车，谓之载之。

今注

1 惮：害怕。

2 趋：奔跑。

今译

那文采缛密的黄鸟，栖止于丘隅之处。我岂敢惮于行役？怕的是跑不快啊。幸而领队的人，很是慈祥，一路之上，他赐我以饮食，给我以教诲。当我走不动的时候，他又叫我坐在后边的副车上。

绵蛮黄鸟，止于丘侧。岂敢惮行？畏不能极[1]。饮之食之，教之诲之。命彼后车，谓之载之。

今注

1 极：目的地，最后之目标。

今译

那文采缛密的黄鸟，栖止于丘侧之处。我岂敢惮于行役？怕的是走不到目的地。幸而领队的人，很是慈祥，一路之上，他赐我以饮食，给我以教诲。当我走不动的时候，他又叫我坐在后边的副车上。

（七）瓠叶

这是宴饮之诗。

幡幡瓠[1]叶，采之亨[2]之。君子有酒，酌言[3]尝之。

今注

1 幡幡：音番，飘动的样子。瓠：蔬类植物。
2 亨：同"烹"。
3 言：语词。

今译

飘动的瓠叶，可以采而烹之，以为佐酒之用。君子有酒，酌一杯尝尝吧。

有兔斯首[1]，炮之燔之[2]。君子有酒，酌言献[3]之。

今注

1 斯：语词。首：头。
2 炮：音庖，带皮毛以泥涂之，而后烧之。燔：音繁，以火烧之。
3 献：主人敬客人之酒也。

今译

把兔子一头用泥涂裹之后，连毛带皮而烧之，其味甚美。君子有酒，酌一杯敬客吧。

有兔斯首，燔之炙[1]之。君子有酒，酌言酢[2]之。

今注

1 炙：音质，烤也。
2 酢：音做，客人以酒回敬主人。

今译

把兔子一头用火烤之，其味甚美。君子有酒，酌一杯来回敬主人吧。

有兔斯首,燔之炮之。君子有酒,酌言酬[1]之。

今注

1 酬:主人又以酒敬客人也。

今译

把兔子一头用泥裹之,连毛带皮而烧之,其味甚美。君子有酒,再酌一杯敬敬客人吧。

(八)渐渐之石

这是东征之士怨行役之苦之诗。

渐渐[1]之石,维其高矣。山川悠远,维其劳矣。武人东征,不皇朝[2]矣。

今注

1 渐渐:同"崭崭",高峻的样子。
2 不皇:同"不遑",即不暇。朝:音招,早晨。

今译

渐渐的石山,真是高峻啊。悠远的山川跋涉,真是劳苦啊。武人奉命东征,没有一朝的闲暇啊。

渐渐之石,维其卒[1]矣。山川悠远,曷其没[2]矣。武人东征,不皇出[3]矣。

今注

1 卒:读翠,即崔巍,高峻的样子。
2 没:尽头。
3 出:脱出。

今译

渐渐的石山,真是高峻啊。悠远的山川跋涉,什么时候才是尽头啊。武人奉命东征,不要想能够退脱啊。

有豕白蹢[1]，烝涉波[2]矣。月离于毕[3]，俾滂沱[4]矣。武人东征，不皇他矣。

今注

1　白蹢：蹢，蹄也。平常猪在栏中，蹄子经常在泥中浸渍，故成为黑色，现在涉水了，所以露出白蹄子了。

2　烝：众也。涉波：渡水也。

3　月离于毕：离，同"罹"，遭也。毕，星名。月罹于毕星，乃是下大雨之兆。

4　滂沱：大雨。

今译

猪都露出了白蹄子，是因为它们涉水了。月儿罹于毕星，乃是下大雨的征兆。唉，武人奉命东征，还顾什么大雨不大雨呢？

（九）苕之华

这是伤叹周室衰乱，人民饥饿之诗。

苕[1]之华，芸[2]其黄矣。心之忧矣，维其伤矣！

今注

1　苕：音条，陵苕也，即紫葳，蔓生，附于乔木之上，其花黄赤色，亦名凌霄。诗人自以身逢周室之衰，如苕附物而生，不免凋谢，故以为比，而自言其心之忧伤也。

2　芸：极黄而将趋于凋谢也。

今译

凌霄之花，芸然而黄了。我看见王室的凋零，内心的忧愁，真是伤痛啊！

苕之华，其叶青青。知我如此，不如无生！

今译

凌霄之花，它的叶子青青而茂盛。早知道我现在如此之苦痛，真不如根本不生我才好啊!

牂羊坟首[1]，三星在罶[2]，人可以食，鲜可以饱。
今注
1 牂羊：牂，音臧，牝羊也。坟首：大头也，羊瘦则身细，故只显其头大也。
2 罶：音柳，捕鱼之笱器也，笱中只映照三星之光，言已无鱼也。
今译
饥馑之世，羊也瘦了，只显其头大；鱼也被吃光了，笱中已无鱼，只映出三星之光了。人们即使勉强有点东西吃，也很少有能够吃饱的。

（十）何草不黄

这是行役者怨伤之诗。

何草不黄[1]？何日不行？何人不将[2]？经营[3]四方。
今注
1 黄：草木败落而黄也。
2 将：行役。
3 经营：劳碌奔波。不是经济意味之经营。
今译
哪些草不终于黄落？哪些天不是在行进？哪个人不是在从征？碌碌忙忙，奔波于四方。

何草不玄[1]？何人不矜[2]？哀我征夫，独为匪民[3]？
今注
1 玄：黑色。
2 矜：同"鳏"，无妻室之单身汉也。虽本来有妻室之人，因为从征，不得归家，所以也等于是单身汉了。

3　民：人也。《诗经》上有许多"民"字，都是指"人类"的人，而不是"民众"的民。

今译

哪些草不是变成黑色了？哪些人不是变成单身汉了？可悲哀得很啊，我们这些征夫们偏偏不被当人看。

匪兕匪虎，率彼旷野。哀我征夫，朝夕不暇。

今译

我们既不是兕兽，又不是老虎，却天天奔跑于旷野之中。可哀哉，我们这些征夫从早到晚没有片刻休息的空暇啊！

有芃[1]者狐，率彼幽草[2]。有栈[3]之车，行彼周道[4]。

今注

1　芃：音蓬，茂盛的样子。
2　幽草：深草。
3　有栈：栈，车高的样子。有栈，即栈然也。
4　周道：大路也。

今译

那肥大的狐，往来于深草之中；那高大的车，行走于大道之上。我们这些征夫，和野狐是相差不多的了。

叁 大雅

大雅所以异于小雅者为何？朱夫子谓："小雅者，燕飨之乐；大雅者，朝会之乐，受厘陈戒之辞。"章俊卿谓："风体语皆重复浅近，妇人女子能道之。雅则士君子为之也。小雅非复风之体，然亦间有重复，未至浑厚大醇。大雅则浑厚大醇矣。"这是小雅与大雅之简单的区别，然而亦未可尽以为标准也。与其迷乱于表面形式之区别，不如直接读诗也。

一 文王之什

（一）文王

这首诗是追述文王之德与天命之不易以戒嗣君也。

文王在上，於昭[1]于天。周虽旧邦[2]，其命维新[3]。有周不显[4]，帝命不时[5]。文王陟降[6]，在帝左右。

今注

1 於：音乌，叹词。昭：明也。

2 周虽旧邦：周自后稷始封，至文王之世，已千有余年，故曰旧邦。

3 其命维新：其受天之命而为天子，则是新近之事。

4 不显：不，同"丕"。不显，即丕显，大显也。

5 不时：丕时，时者是也，丕时者即甚是也。

6 文王陟降：陟，升也。降，下也。言文王之神在天，一升一降，皆在上帝之左右也。

今译

唉！文王的神灵，昭明于天上。我们周朝虽是古老之邦，但是受命而为天子，却是新近的事。我们周朝真是大显光彩了，上帝的命令，也真是对极了。文王在天上，一升一降，无时不伴在上帝的左右。

（此章乃周公追述文王之德，说明周家所以受命而代商者，皆由于此，以戒成王。）

亹亹[1]文王，令闻[2]不已。陈锡[3]哉周，侯[4]文王孙子。文王孙子，本支[5]百世。凡周之士[6]，不显[7]亦世。

今注

1 亹亹：音尾，奋勉也，努力于修德行善也。
2 令闻：美好的声誉也。
3 陈锡：同"申锡"，重锡，多多赐福也。
4 侯：及于也。
5 本支：本，宗子也。支，庶子也。
6 凡周之士：凡是辅成周室而兴的一切贤良之士。
7 不显：丕显也。

今译

修德行善奋勉精进的文王，他的美好的声誉，是永远不已的。上帝于是赐周室以多福，以及于文王的孙子。文王的孙子，宗子庶子，百世兴旺。不仅此也，凡是辅成周室而兴的一切贤良之士，亦无不世世显荣。

世之不显，厥犹翼翼[1]。思皇[2]多士，生此王国。王国克生，维周之桢[3]。济济[4]多士，文王以宁。

今注

1 翼翼：敬谨从事，不敢怠荒。

叁　大雅

2 思：语词。皇：美大的。
3 桢：周家的栋梁。
4 济济：美而众也。

今译

这些贤良之士，虽然是世世显荣了，但是他们仍然是小心翼翼，敬谨从事，丝毫不敢怠荒。美哉多士，都产生于这一个王国之内。王国能够产生这么多的人才，都成为周室的栋梁。有了这些济济人才，所以文王赖以安宁。

穆穆[1]文王，於缉熙敬止[2]。假哉天命[3]，有商孙子。商之孙子，其丽[4]不亿。上帝既命，侯[5]于周服。

今注

1 穆穆：同"亹亹"，同"勉勉"，同"勿勿"，皆奋勉之意。
2 於：音乌，叹词。缉：持续。熙：广大，发扬。止：语词。
3 假哉王命：大哉天命。
4 丽：数目也。
5 侯：维也，乃也。

今译

唉！奋勉精进的文王，能够持续并广大其恭敬之德。所以伟大的天命，就使他臣有商家的孙子。商家的孙子，为数不止千千万万，但是因为商君失德，所以上帝降下命令，使他们臣服于周。

侯服于周，天命靡常。殷士肤敏[1]，裸将于京[2]。厥作裸将[3]，常服黼冔[4]。王之荩臣[5]，无念尔祖[6]。

今注

1 肤：美也。敏：捷也。
2 裸：音灌，祭礼也，以鬯酒献尸，尸受酒而灌于地，以降神也。京：周京也。
3 将：行也，酌而送之也。

4 黼：音甫，黼裳也。冔：音许，殷朝之冠也。

5 荩臣：忠君爱国之臣。

6 无念尔祖：要时时体念你们的祖先文王之德。

今译

商朝昔为天下之王，而今日其子孙乃臣服于周，可见天命是没有一定的，有德则天命之，失德则天弃之。殷朝的故臣，美伟而且敏捷，到周京来助祭。行礼之时，仍然穿戴他们商朝的冠服，周室亦不加禁止。看到天命的转移与周室的兴替，各位忠君爱国的臣士，要时时体念你们的祖先文王之德。

无念尔祖，聿¹修厥德。永言²配命，自求多福。殷之未丧师³，克配上帝。宜鉴⁴于殷，骏命⁵不易！

今注

1 聿：发语词。

2 言：语助词。

3 师：众也，民心也。

4 鉴：镜也，一面镜子，以殷朝的亡国为镜子而自我省悟。

5 骏命：大命，天命也。

今译

要时时深念你们的先祖文王之德，要修明自己的德行，要以自己的德行，与天命相配合，以自求诸般的福禄。当殷朝没有丧失民心的时候，他的行为，足以与天命相配。一旦其行为不能与天命相配，便失了民心，也就亡了国家了。殷朝就是一面最好的镜子。承受天命，实在是太不容易啊！

命之不易，无遏¹尔躬。宣昭义问²，有虞³殷自天。上天之载⁴，无声无臭。仪刑⁵文王，万邦作孚⁶。

今注

1 遏：绝也。

2 宣昭义问：宣，布也。昭，明也。义，善也。问，同"闻"，声誉也。

3 虞：儆惕也。有虞，即虞然，即惕然也。

4 载：行事。

5 仪刑：仪型，即以文王之敬德为法度为典型为榜样也。

6 作孚：起而信之也。

今译

承受上天之命，实在是不容易啊，不要自绝天命于你之身。你要宣扬昭明你的美好的声誉，常常惕然于殷之所以亡是由于天命之不予。上天的行事，既无声，又无味，不可以预测，只有以文王的谨敬奋勉修德行善为仪型为法则，那么，天下万邦自然就群起而信服于你了。

（二）大明

这是叙述文王敬天修德及武王克商之历史经过之诗。

明明在下[1]，赫赫在上[2]。天难忱斯[3]，不易维王。天位殷適[4]，使不挟[5]四方。

今注

1 明明在下：言文王之德也。

2 赫赫在上：言天命之显也。

3 忱：信，仗恃。斯：语词。

4 天位殷適：適，往也，去也，离去也，失去也。言天子之位慢慢地从殷室那里离去了，转移了，失掉了。

5 挟：持也，持有，保有也。

今译

文王的明德，表现于下；上天的命令，显示于上，有明德，才有显命。上天是难于完全仗恃的，全在自己的表现，所以最不容易当的，就是天子。天子之位，从殷朝那边慢慢地转移了，所以使得他们不能保有四方的国家。

挚仲氏任[1]，自彼殷商。来嫁于周，曰嫔[2]于京。乃及王季[3]，维德之行。

今注

1　挚：音至，国名，在殷畿内。仲氏：中女也。任：姓也。
2　嫔：妇也。
3　王季：大王之子，文王之父，大任即嫁于王季也。

今译

挚国任氏的中女，从殷国畿内，来嫁于周，为妇于周京。于是协助其夫王季，共行仁义之德。

大任有身[1]，生此文王。维此文王，小心翼翼[2]。昭[3]事上帝，聿怀[4]多福。厥德不回[5]，以受方国[6]。

今注

1　有身：有孕也。
2　翼翼：恭顺奋进的样子。
3　昭：明也。
4　聿：语词。怀：得来也。
5　回：邪曲也。
6　方国：四方之国也。

今译

大任有孕，就生下了文王。由于文王能够小心翼翼，恭慎奋发，以明德侍奉上帝，所以就得来了诸般的福禄。文王的德行，纯正无邪，所以就受了四方国家的归附。

天监[1]在下，有命既集[2]。文王初载，天作之合。在洽[3]之阳，在渭之涘[4]。文王嘉[5]止，大邦有子。

今注

1　监：视也。
2　集：就也。

叁　大雅

3 洽：水名，水北曰阳。马瑞辰以为洽即郃，即冯翊之郃阳，在同州河西县南三里，后改夏阳县。县南有莘城，即古之莘国。
4 渭：水名。涘：音四，水边也。
5 嘉：婚礼。

今译

上天看见文王在下面的一切表现，于是就降下大命于文王之身。文王初年，由上天撮合，在洽水之北，在渭水之边，有一个大邦的女子，文王非常爱慕她，就要与她结成婚配。

大邦有子，俔[1]天之妹。文定厥祥[2]，亲迎于渭。造舟为梁，不显[3]其光。

今注

1 俔：音欠，譬若也。
2 文定厥祥：言以礼定下了喜事，即订婚也。
3 不显：丕显，大显也。

今译

大邦的女子，长得像天女一样的漂亮。于是乎就以礼物定下了喜事，亲迎于渭水。造舟为梁，大大地表显其光彩。

有命自天，命此文王，于周于京。缵女维莘[1]，长子维行[2]，笃生武王。保右命尔，燮[3]伐大商。

今注

1 缵：音纂，继续也。莘：国名，即太姒之母国。
2 长子：太姒乃莘国之长女。行：出嫁。
3 燮：同"爕"。音谢，和也，理其事也。

今译

从上天来了显命，命令文王于周之京。能赞助文王的事业者，就是莘国的女子。她作为莘国的长女，来嫁于周，于是就生下了武王。上天保佑他，帮助他，使他担负起讨伐大商的任务。

殷商之旅[1],其会如林。矢[2]于牧野:"维予侯[3]兴,上帝临女[4],无贰尔心。"

今注

1 旅:军旅,军队。

2 矢:誓师也。

3 侯:乃也。

4 女:读汝,指其所誓告之众。

今译

殷商的军队,结集之众,如密排的树林一样。武王乃誓师于牧野,训示于众曰:"我乃必然兴起的,上帝时时刻刻看着你们,你们要坚持必胜的信心,勇敢作战。"

牧野洋洋[1],檀车煌煌[2],驷騵彭彭[3]。维师尚父[4],时维鹰扬[5]。凉[6]彼武王,肆伐[7]大商,会朝[8]清明。

今注

1 牧野:作战之处,在殷都朝歌南七十里。洋洋:广漠的样子。

2 檀车:檀木所制之车也。煌煌:鲜明的样子。

3 驷騵:四匹騵马也。騵马,白腹黑尾之赤马也。騵音原。彭彭:壮盛的样子。

4 师:太师也。尚父:姜太公也,名望,号尚父。

5 鹰扬:如鹰之扬威也。

6 凉:辅佐也。

7 肆伐:痛伐,猛攻也。

8 会朝:会,及也。朝,早晨也。会朝者,即及朝,比朝,当天早晨也。

今译

广漠的牧野战场,鲜煌的檀制战车,壮盛的驷騵战马。参谋总长姜太公,发扬起鹰一般的威武,协助武王,猛力地痛击大商的军

叁 大雅

队，当天的早晨，便把商军打得大败，而天下从此清明了。

（三）绵

这是叙述周朝远祖生活及文明进步的历程之诗。

绵绵瓜瓞[1]，民之初生[2]，自土沮漆[3]。古公亶父[4]，陶复陶穴[5]，未有家室[6]。

今注

1 瓞：音蝶，小瓜也。
2 民：指周人。初生：谓其远世始祖也。
3 沮漆：二水名。
4 古公亶父：古公，号也，亶父，名也。追称大王。
5 陶复陶穴：陶，掏也，掘土也。掏其土而为之盖，曰复。复者，覆也，盖也。又掏其土而为穴，穴者，窝也。
6 家室：宫室之建筑物也。

今译

绵绵瓜瓞，是继续越长越大地在发展。周民的始祖，是从沮漆二水的地区中慢慢发展起来的。当古公亶父之时，掏土为盖，掘地为穴，还没有宫室一类的建筑之物。

古公亶父，来朝走马[1]。率西水浒[2]，至于岐下。爰及姜女[3]，聿来胥宇[4]。

今注

1 来朝走马：朝，音招，早也。来朝，早来也。走马者，走之疾速也。古公亶父为避狄人之侵，而急速离开邠地，迁居于岐山之下，《孟子》载有此一故事，谓："太王居邠，狄人侵之，事之以皮币珠玉犬马而不得免，乃属其耆老而告之曰：'狄人之所欲者，吾土地也。吾闻之也，君子不以其所以养人者害人，二三子何患乎无君？我将去之。'去邠，逾梁山，邑于岐山之下，居焉。邠人曰：

'仁人也，不可失也。'从之者如归市。"

2　率：循，沿着。浒：水边。

3　姜女：姜姓之女，指太王之妃太姜而言。

4　聿：语词。胥宇：共居也。

今译

古公亶父为避狄人之侵，早早走马而离开邠地，沿着西水之岸，到了岐山之下，与姜姓之女，共居于此。

周原膴膴[1]，堇荼如饴[2]。爰始爰谋，爰契我龟[3]：曰止曰时[4]，筑室于兹。

今注

1　周原：周民生活的平原地区。膴膴：音武，肥沃的样子。

2　堇：音谨，野菜也。荼：音涂，苦菜也。饴：糖浆也。

3　爰契我龟：契，刻也。以龟之腹壳，刻上许多椭圆形的小孔，以火烧炙之，视其爆裂的纹理，以占卜吉凶。

4　止：停住。时：是也。

今译

周民生活的平原地区，土壤非常的肥沃，虽是苦菜，吃起来也好像是糖浆一样的甜。于是开始计划，借龟纹占卜吉凶：占卜的结果，认为可以定居。于是就在这个地方，建造起住宅来了。

乃慰[1]乃止，乃左乃右[2]，乃疆乃理[3]，乃宣乃亩[4]。自西徂东，周爰执事[5]。

今注

1　慰：安也，定居也。

2　乃左乃右：分配居住之地也。

3　疆：划分大的地界。理：细分小的垄亩。

4　宣：开垦。亩：做成耕地。

5　周爰执事：周民于是进行工作也。

叁　大雅　　389

今译

乃定居，乃停息，乃分配其或左或右的住居；乃区划大的地界，乃细分小的垄亩；乃开垦新地，乃做成耕地。于是乎自西徂东，周民才得以各执其事了。

乃召司空[1]，乃召司徒[2]，俾立室家。其绳则直[3]，缩版以载[4]，作庙翼翼[5]。

今注

1 司空：掌营建事务之官。

2 司徒：掌徒役劳动之官。

3 其绳则直：绳所以为直，凡营度位处，皆先以绳正之，既正，则东板而筑也。

4 缩：束也。版：夹板也。载：装进以土也。

5 作庙：营建宫室，以宗庙为先，厩库为次，居室为后。翼翼：庄严平正的样子。

今译

于是命令掌管营建的司空，掌管徒役的司徒，使他们建立宫室。先用绳墨，较正直度，然后束以夹板，装土成墙。先作宗庙，以庄严平正为目标。

捄之陾陾[1]，度之薨薨[2]，筑之登登[3]，削屡冯冯[4]。百堵皆兴，鼛鼓弗胜[5]。

今注

1 捄：音居，盛土于器也。陾陾：音仍，盛土之声也。

2 度：投土于夹板也。薨薨：投土之声也。

3 筑：用石杵捣板内之土，使坚凝也。登登：捣土之声也。

4 削：削去也。屡：同偻，墙壁之凸出不直者。冯冯：同"砰砰"，削墙之声也。

5 鼛鼓弗胜：鼛，大鼓也。鼛鼓弗胜者，言百堵并作之各种建筑声音之大,虽鼛鼓之声,亦不敌其大也。

今译

建造工程一开始,各种的声音,一齐来了,陾陾的盛土之声,薨薨的投土之声,登登的捣土之声,砰砰的铲墙之声,百堵的营建,同时进行,工作的噪声,震耳不停,虽鼛鼓之声,也敌不过这建筑声音之大。

乃立皋门[1],皋门有伉[2]。乃立应门[3],应门将将[4]。乃立冢土[5],戎丑攸行[6]。

今注

1　皋门:宫外的郭门。

2　伉:高也,有伉,即伉然也。

3　应门:王宫的正门。

4　将将:音枪,庄严的样子。

5　冢土:祭地神之台,凡起大事,动大众,必有事乎社而后出。

6　戎丑:戎狄丑类也。攸行:离去此地也。

今译

于是建立宫外的郭门,郭门建立得很是雄巍。又建立王宫的正门,正门也建立得很是庄严。又建立冢土之社台,以为举大事,动大众之用,于是戎狄丑类不敢欺侮而自动离去了。

肆不殄厥愠[1],亦不陨厥问[2]。柞棫[3]拔矣,行道兑[4]矣。混夷駾[5]矣,维其喙[6]矣。

今注

1　肆:故也。殄:音田,根绝。厥愠、厥问之两个厥字,皆指混夷而言。混夷从其原始居地离开,当然是要愤怒的,故谓之厥愠。但是周室对他们还是采取和平外交政策,不断绝来往,故曰不陨厥问。

叁　大雅

2　陨：断绝。问：聘使来往。

3　柞：音做，栎树。棫：音域，白桵树。

4　兑：通也。

5　混夷：读如昆夷，《孟子》有文王事昆夷之故事，可见此一章诗多半指文王之事。驳：音兑，奔窜。

6　喙：音讳，衰困也。

今译

周室对于当地的异民族，虽不能根绝其愠怒的心理，但亦不断绝和他们的问好来往。以后，辟荆棘，斩草莱，交通开了，行道通了，昆夷存在不住，也就奔窜了，日趋于衰困了。

虞芮质厥成[1]，文王蹶厥生[2]。予曰有疏附[3]，予曰有先后[4]，予曰有奔奏[5]，予曰有御侮[6]。

今注

1　虞：国名，在今山西省解县。芮：音瑞，国名，在今山西省芮城县。质：质正，请求裁判。成：平也，和也，成立协定也。

2　蹶：感动也。生：性也。

3　予曰：连续有四个"予曰"，皆形容人民受感动之后，而纷纷自告奋勇，说是能替文王服务的意思。关于虞芮二国之君争田的故事，据传记所载，谓："虞芮之君，相与争田，久而不平，乃相与朝周。入其境，则耕者让畔，行者让路；入其邑，男女异路，斑白者不提；入其朝，士让为大夫，大夫让为卿。二国之君，感而相谓曰：'我等小人，不可以履君子之境。'乃相让以其所争田为闲田，而退。天下闻之而归者，四十余国。"有：能也。疏附：疏远的人来归附。

4　先后：次序，礼义。

5　奔奏：跑腿，服务。

6　御侮：抵御外侮。

今译

虞芮二国之君，为了争田，请求文王为他们作公平的裁判，受文王感动后，他们便和好了。文王的德行，感动了人们的心性，大家争先恐后地要为他服务，要替他奔走：这个说"我能使疏远的人来归附"；那个说"我能使争夺的人知礼让"；这个说"我能为你奔走服务"；那个说"我能为你抵御外侮"。大家都是心悦诚服地想为他效命了。

（此章述文王之善德感人。）

（四）棫朴

这是赞美周王德行之美与群臣之贤之诗。

芃芃棫朴[1]，薪之槱[2]之。济济辟王[3]，左右趣之[4]。

今注

1　芃芃：音蓬，茂盛的样子。棫：音域，白桜也。朴：木名，枣树之一种也。

2　槱：音酉，燎薪以祭天也。古者出征则祭天。

3　济济：仪容之美也。辟王：君王也。辟音璧。

4　趣之：趋赴其祭事也。

今译

茂盛的棫朴之树，把它们砍成薪柴，聚而燎之，以祭天而出师。祭祀的时候，君王的仪容，非常之美盛，左右臣属们都是奔奔忙忙的，以助成其事。

济济辟王，左右奉璋[1]。奉璋峨峨[2]，髦士[3]攸宜。

今注

1　奉：捧也。璋：半珪曰璋，祭祀之礼。王祼以圭瓒，诸臣助之；亚祼以璋瓒，左右奉之。

2　峨峨：音俄，盛壮的样子。

3 髦士：俊秀之士也。

今译

君王的仪容，非常美好，左右诸臣，捧璋以助祭，态度亦甚盛壮，这是优秀的卿士们所胜任裕如的。

淠¹彼泾舟，烝徒楫²之。周王于迈³，六师⁴及之。

今注

1 淠：音譬，舟行的样子。
2 烝：众也。楫：拨水之桨也。
3 迈：出征也。
4 六师：六军也，天子有六军。

今译

像那泛行于泾水之舟，由众人拨桨而进一样。周王出征的时候，由六军跟随而行。

倬彼云汉¹，为章²于天。周王寿考，遐不作³人？

今注

1 倬：音捉，光明的样子。云汉：天河也。
2 章：文采也。
3 遐：何也。作：作育也。

今译

像那光明的云汉，蔚为天上的文采一样。寿考的周王，岂有不作育人才的道理？

追琢其章¹，金玉其相²。勉勉我王，纲纪四方。

今注

1 追：雕也。追琢，即雕琢也。玉必经雕琢而后能成纹章。
2 相：本质也。

今译

王的文采,如雕琢似的精美,王的本质,如金玉似的纯粹。行健不息勉而又勉的我王,所以能纪纲四方,使天下安定而无乱。

(五)旱麓

这是叙述周王之德与其祭祀得福之诗。

瞻彼旱麓[1],榛楛济济[2]。岂弟[3]君子,干禄[4]岂弟。

今注

1 旱:山名。麓:音鹿,山脚也。

2 榛:木名,果实似栗而小。楛:音户,木名,叶似荆而赤。济济:众多也。

3 岂弟:恺悌,乐易也。

4 干禄:求福禄也。

今译

看那旱山之麓,榛楛济济而茂盛。和乐平易的君子,以什么而求福呢?以他的和乐平易的德行而求福。

瑟彼玉瓒[1],黄流[2]在中。岂弟君子,福禄攸[3]降。

今注

1 瑟:鲜洁的样子。玉瓒:圭瓒也,祭祼之器,以圭为柄,黄金为勺,青金为外,而朱其中。

2 黄流:酒也。

3 攸:所也。

今译

那鲜洁的玉瓒,注酒其中以致祭。乐和的君子,为福禄之所降。

鸢飞戾天,鱼跃于渊。岂弟君子,遐不作人?

叁 大雅

今译

鸢一飞而至于天际，鱼一跃而入于深渊，皆有其本然的性能。和乐的君子，岂不有作育人群领导社会的性能？（此言飞于天是鸢的特长，跃于渊是鱼的特长，作育人群就是恺悌君子的特长。）

清酒既载¹，骍牡²既备。以享³以祀，以介景福⁴。
今注
1　载：装进也。
2　骍牡：赤色之雄牲也。
3　享：献也。
4　介：助成也。景福：大福也。
今译
清酒已经注上了，骍牲已经全备了。以献以祭，以助成大福。

瑟彼柞棫¹，民所燎矣²。岂弟君子，神所劳矣。
今注
1　瑟：洁净的。柞：音做，栎木。棫：音域，白桵。
2　民：人也。燎：燔祭皇天及三辰诸神。
今译
那干净的柞棫，是人们所燔燎以祀神灵的。那恺悌的君子，当然是神灵所要慰劳的了。

莫莫¹葛藟，施于条枚²。岂弟君子，求福不回³。
今注
1　莫莫：茂盛的样子。
2　施：音义，蔓延也。条：树枝。枚：树干。
3　不回：不邪也。
今译
茂盛的葛藟，蔓延于枝条树干之上。和乐的君子，以正道而求多福。

（六）思齐

这是叙述文王敬慎和穆德行完美故能造就人才之诗。

思齐大任[1]，文王之母。思媚周姜[2]，京室之妇。大姒嗣徽音[3]，则百斯男[4]。

今注

1 思：语词。齐：庄敬的，聪敏的。大任：大音太，大任乃王季之妻，文王之母。

2 媚：柔顺的，可爱的，作形容词用。周姜：太王之妃，文王之祖母也。

3 大姒：文王之妃。嗣：继承。徽：美也。音：声誉。

4 百斯男：举成数以言其子孙多也。

今译

庄敬的大任，乃文王的母亲，因为她能孝顺周姜，所以成为王室之妇。到了大姒，又能继承其美好的声誉，而有百男之多。可见文王上有圣母下有贤妃，足以成其德也。

惠于宗公[1]，神罔时[2]怨，神罔时恫[3]。刑于寡妻[4]，至于兄弟，以御于家邦[5]。

今注

1 惠：顺也。宗公：先公也。

2 时：同"是"，因而。

3 恫：音通，痛也。

4 刑：同"型"，典型也，仪法也。寡妻：妻也，寡小君也。

5 御：读亚，普及，遍及。以御于家邦：推而广之至于家邦也。

今译

文王能够顺于先公，所以神也不怨，神也不痛。文王之德行，足以示范于寡妻，至于兄弟，推而广之以至于整个家邦。

雍雍在宫[1]，肃肃在庙[2]。不显亦临[3]，无射亦保[4]。

今注

1　雍雍：和悦也。宫：闺门之内。

2　肃肃：恭敬也。庙：宗庙。

3　不显：幽暗也，人所不见也。临：如临大事也。

4　无射：射，音夜，厌也。无射，即不厌，即快乐之时。保：保持常态也。此两句，言其戒慎恐惧。

今译

文王平居在宫门之内，则雍雍而和悦；有事在宗庙之中，则肃肃而恭敬。在暗独之处，亦极其端庄，如对神明似的；在欢乐之时，亦极能节制而保持常态。可见文王缉熙敬止之德行修养了。

肆戎疾不殄[1]，烈假不瑕[2]。不闻亦式[3]，不谏亦入[4]。

今注

1　肆：故而，所以。戎：凶也。疾：患难也。不殄：不至于灭绝也。

2　烈：功烈。假：大也。瑕：音霞，疵也，过失。

3　不闻亦式：处其所未闻之事，能够谨慎考虑，故亦能合乎法度。

4　不谏亦入：临其所不谏之局，能够庄敬惕厉，故亦能入于至善。文王的修养，全部是一"敬"字。

今译

文王有此庄敬之修养，所以患难虽凶，而不至殄灭；功业虽大，而没有瑕疵。处世虽非其前闻，而亦能合乎法度；临机虽无人谏言，而亦能入于至善。

肆成人[1]有德，小子有造[2]。古之人无斁[3]，誉髦斯士[4]。

今注

1　成人：成年之人。

2　小子：未成年之人。造：成就也。

3　古之人：指文王。无斁：斁，音亦，厌也。无斁者，进德修业而无厌倦，即所谓纯亦不已也。

4　誉髦斯士：使斯士皆成俊秀而有令誉也。

今译

文王之德，如此之美盛，所以成年的人，受其感化而有德行；未成年的人，受其风教而有成就。文王之自强不息，使士人们皆成为俊秀而有令誉之人。

（此章言文王之德行感人，具有极大之影响力。）

（七）皇矣

这首诗是叙述太王、太伯、王季之德及文王伐密、伐崇之事。

皇[1]矣上帝，临下有赫。监观四方，求民之莫[2]。维此二国[3]，其政不获[4]。维彼四国[5]，爰究爰度[6]？上帝耆[7]之，憎其式廓[8]。乃眷西顾[9]，此维与宅[10]。

今注

1　皇：大也。

2　莫：安定。

3　二国：指夏商而言。

4　不获：失道也。

5　四国：四方之国。

6　究：考虑。度：审度。

7　耆：音物，厌恶也。

8　式：语词。廓：大也，纵侈也。

9　眷：爱也，惠也，眷然，惠然也。西顾：指周也，因其在西方也。

10　宅：居也。

今译

伟大哉上帝，把下面的情形，看得很明白。观察四方，以求下民之安定。夏商二国的政治，已经是失道而不得民心。所以又求于四方之国，审度考虑，是否有适当的人选？审度的结果，上帝都厌弃他们，憎厌他们的淫侈。于是惠然而西顾，眷意于周室，遂以岐周之地，为太王的居地。

作之屏¹之，其菑其翳²。修之平³之，其灌其栵⁴。启之辟之⁵，其柽其椐⁶。攘之剔之⁷，其檿其柘⁸。帝迁明德⁹，串夷载路¹⁰。天立厥配¹¹，受命既固¹²。

今注

1　作：读槎，砍伐也。屏：除去也。

2　菑：音字，木已枯而不倒，根着于地，曰菑。翳：仆也，倒而死也。

3　修、平：皆治之使疏密正直得宜也。

4　灌：丛生者也。栵：音例，行生者也。

5　启：开拓也。辟：同"辟"，开辟也。

6　柽：音称，河柳也，似杨赤色。椐：音居，肿节似扶老，可为杖者也。

7　攘：除也。剔：挑其不合者而去之也。

8　檿：音掩，山桑也。柘：音这，木名，美材也。

9　明德：明德之君也，即太王。

10　串夷：昆夷也。载路：满路而去也。

11　天立厥配：天又为他立了贤德的妃配。

12　受命既固：受天之命，极其坚固也。

今译

太王居岐之后，大事拓荒的工作，把那些枯死的树啦草啦，都加以清除。把那些灌生的或行生的小树，都加以修整平治。把那些河柳、椐树，都加以启辟。把那些山桑、柘树，都剔去其朽败者，而留其美材者，使之顺利生长。上帝把天命移交于明德之君，昆夷们就满路而离去了。上天又为他立了贤德的妃配以帮助他，所以他受天之命，可以说是很坚固的了。

帝省[1]其山，柞棫斯拔，松柏斯兑[2]。帝作邦作对[3]，自大伯[4]王季。维此王季，因心则友[5]，则友其兄，则笃其庆，载锡之光。受禄无丧，奄有[6]四方。

今注

1　省：音醒，视也。

2　兑：直长也。

3　帝作邦作对：上帝建立了周邦，又培植出两个人才，就是太伯与王季。

4　大伯：王季之兄。

5　友：友善，友爱。

6　奄有：有也，覆有也。

今译

上帝看见山野的柞棫已经拔去，松柏都已直长，可见道路已经通了。上帝建立周邦，又培植出受命之人，就是大伯和王季。说起这个王季，他的禀心是很友善的。因为他很能友爱他的哥哥，所以上帝就增厚其福庆，而赐之以光荣。他能够承受这些福禄而不丧失，所以最后就奄有四方之国了。

维此王季，帝度其心[1]，貊其德音[2]。其德克明[3]，克明克类[4]，克长克君[5]。王此大邦，克顺克比[6]。比于文王[7]，其德靡悔[8]。既受帝祉，施[9]于孙子。

今注

1　度其心：使其心能有度也。度者，节制也。

叁　大雅

2 貊其德音：使其德音能貊然也。德音，德性，德行也。貊，定也，静也。

3 克明：能察是非。

4 克类：能别善恶。

5 克长：可以为长官。克君：可以为君上。

6 克顺：能够顺应民心。克比：能够上下亲附。

7 比于文王：到了文王之时。

8 悔：憾，缺陷。

9 施：音义，延及也。

今译

这位王季，蒙受上帝的培植，上帝使他要控制其心理，使他要安定其德性。王季受了上帝的启示，所以他的德性就达到了纯明的境界。他能够明察是非，他能够辨别善恶，他能够为人长官，他能够为人君上，所以他就成为这个大邦之王。为王之后，他又能顺应民心，又能使上下亲附。到了文王之世，他的德行，也是毫无缺陷的。既经受了上帝的福祉之后，就把这种福泽，传及于他的子子孙孙。

帝谓文王："无然畔援[1]，无然歆羡[2]，诞先登于岸[3]。"密[4]人不恭，敢距大邦，侵阮徂共[5]。王赫斯怒，爰整其旅，以按徂旅[6]，以笃于周祜，以对[7]于天下。

今注

1 畔援：同"畔换"，恃武力，跋扈逞强之意。

2 歆羡：贪图物质欲望之意。

3 诞先登于岸：诞，乃也。先登于岸，先登于至善之高地也。岸，高地也。能先登于至善之高地，即是先知先觉者，然后能领袖群伦也。

4 密：国名，密须氏也，姞姓之国，在宁州（今甘肃庆阳市宁县）。

5 阮：国名，在泾州（今甘肃省泾川县）。共：阮国之地名，泾州之共池是也。

6 按：堵阻也。徂旅：遏堵侵略之军队。

7 对：扬也，扬其名也。

今译

上帝启示文王，谓："不要凭恃武力而跋扈逞强，不要欣羡物欲而放纵淫侈，然后乃能先登于至善之彼岸。"密须氏之人不恭敬，竟敢抗拒大邦，侵略阮国，进入共邑。文王赫然震怒，乃调整军队，以遏堵密国侵略之师，以稳定国家的边境，以确保天赐的福祐，以扬名于天下。

依其在京[1]，侵自阮疆[2]。陟我高冈[3]："无矢我陵[4]，我陵我阿[5]；无饮我泉[6]，我泉我池[7]。"度其鲜原[8]，居岐之阳，在渭之将[9]。万邦之方[10]，下民之王。

今注

1 依其在京：依，据也。京，高丘也，言密国据其高丘之有利地形。

2 侵自阮疆：自阮境而侵周。

3 陟我高冈：登上了我周国的山头。

4 无矢我陵：此周师警告密人入侵部队之言，说道："你们不要陈兵于我们的山陵。"

5 我陵我阿：我们的山陵，是出自我们的大陵。

6 无饮我泉：你们不要饮我们的泉水。

7 我泉我池：我们的泉水，要注于我们的池内。

8 度：审度也，规划也。鲜原：小山下的平原也。

9 将：旁侧也。

10 方：法则也。

今译

密国据其高丘之有利地形，从阮国来侵我周，上了我们的山头。

叁 大雅　　　　　　　　　　　　　　　　　　　　　　　　　403

我方的军队警告密人道："你们不要陈兵于我们的山头，我们的山头是我们的大陵。你们不要饮我们的泉水，我们的泉水是我们的池水。"密人既败退之后，于是文王就规划鲜原，结果，就选定了岐山之阳，渭水之旁，而建都焉。于是文王乃为万邦的法则，下民的君王。

帝谓文王："予怀明德[1]，不大声以色[2]，不长夏以革[3]。不识不知，顺帝之则[4]。"帝谓文王："询尔仇方[5]，同尔兄弟。以尔钩援[6]，与尔临冲[7]，以伐崇墉[8]。"

今注

1 予：上帝自称之词。怀：眷念。明德：谓文王之德。

2 不大声以色：不以大声与厉色待人，而以诚信感人。

3 不长夏以革：夏，夏楚，朴刑也。革，鞭也，鞭刑也。不长夏以革者，即不恃楚刑与鞭刑而为人民之君长也。这段语，就是孔子为政以德之所本，孔子曰："导之以德，齐之以礼，有耻且格。导之以政，齐之以刑，民免而无耻。"《中庸》上又载孔子之语，谓："诗云：'予怀明德，不大声以色。'"子曰："声色之于以化民，末也。"可见文王之为治，全在以诚信服人，不以刑罚威人。

4 顺帝之则：不自作聪明，不玩弄阴谋诡计，而以自然的良知良能待人处世，就合乎上帝的法则了。

5 询：征询意见。仇方：仇，匹也，同等地位之友国与国也。

6 钩援：钩梯也，以梯倚城，相钩引而上。援即引也。朱子谓钩梯即云梯也，攻城之具也。

7 临冲：临者，居高临下之攻击的车也。冲者平面从旁冲击之车也。

8 崇：国名，在今陕西省西安市鄠邑县。崇侯虎谮害文王于纣，纣王囚文王于羑里。文王之臣闳夭之徒，求美女奇物善马，以献于纣王，纣乃赦文王，赐之弓矢铁钺，得专征伐。文王归三年，乃伐崇侯虎。墉：城也。

今译

上帝告诉文王说:"我眷念你的纯明的德行,你不以恶声与厉色而自尊自大,你不恃楚刑与鞭刑而君临人民,你不自作聪明,你不玩弄阴谋诡计,而自自然然合乎帝之法则"。上帝又告诉文王说:"征询你的与国的意见,率同你的兄弟之国,拿着你的钩梯,动起你的临车冲车,以讨伐助纣为虐的崇国。"

临冲闲闲[1],崇墉言言[2]。执讯[3]连连,攸馘安安[4]。是类是禡[5],是致是附,四方以无侮。临冲茀茀[6],崇墉仡仡[7]。是伐是肆[8],是绝是忽[9],四方以无拂[10]。

今注

1　闲闲:操纵临冲技术之熟练也。
2　言言:崇城之高也。
3　执:活擒。讯:执俘虏而讯问口供。
4　馘:音国,杀敌而割其左耳也,依取耳之多少而计功。安安:不轻暴也。
5　类:祭天神。禡:音骂,祭地神。
6　茀茀:音弗,壮盛的样子。
7　仡仡:音屹,高大的样子。
8　肆:纵兵也。
9　忽:灭也。
10　拂:违逆也。

今译

临冲的操作,很是熟练;崇国的城垣,很是高大。虽然高大,也敌不住临冲的攻击。连续不断地生擒了许多俘虏而问其口供,斩获者则割其左耳。于是乎告祭于天神地祇,于是乎招致他们,使他们来归附,因而四方之国再没有敢欺侮周围的了。强大的临冲,向高大的崇城进攻,大张挞伐,纵兵长驱,于是乎彻底解决了它,消灭了它,因而四方之国再没有敢反抗的了。

（八）灵台

这首诗是言文王之德能化民，故民乐为之劳也。

经始灵台[1]，经之营[2]之。庶民攻[3]之，不日成之[4]。经始勿亟[5]，庶民子来[6]。

今注

1 经始灵台：开始规划要建造灵台。
2 经：初期规划也。营：建造。
3 攻：工作。
4 不日成之：没有多少天，便告成了。
5 勿亟：不要急急迫迫的。怕骚扰民众。
6 子来：如儿子之归其父母，自动而来，踊跃而来。

今译

开始规划要建造灵台，先是设计，继而营建。许多老百姓，都自动来工作，所以出乎预料的，没用多少天，便完成了。在开始的时候，文王一再嘱咐，说是不要急迫进行，以免扰动人民。但是一般的老百姓如儿子之事父母一样的，都自动踊跃地来参加工作，所以完成得如此之快。

王在灵囿[1]，麀鹿攸伏[2]。麀鹿濯濯[3]，白鸟翯翯[4]。王在灵沼[5]，於牣鱼跃[6]。

今注

1 灵囿：灵台之下有灵囿，所以域养禽兽。囿，即动物园也。
2 麀：音忧，母鹿也。伏：存身。
3 濯濯：肥泽的样子。
4 翯翯：音贺，洁白的样子。
5 沼：园中的池沼。
6 於：音乌，叹词。牣：音刃，满也。鱼跃：乐得其所也。

今译

文王游于灵囿,乃麀鹿存身之所在。麀鹿濯濯而肥泽,白鸟翯翯而洁白。文王又游于灵沼,看见满池的鱼,跳跳跃跃,真是得其所哉呀。

虡业维枞[1],贲鼓维镛[2]。於论[3]鼓钟,於乐辟廱[4]!

今注

1 虡:音巨,悬磬架的立木。业:架之横木曰栒,业者,栒上之大板也。枞:音丛,业上悬钟磬之处也,又称崇牙。
2 贲鼓:贲,音坟,大也。贲鼓,大鼓也。镛:大钟也。
3 於:音乌,叹词。论:同"伦",节奏秩然也。
4 辟廱:古代帝王之学舍,大射行礼之处也。

今译

设置虡业崇牙,以悬钟磬,又有大鼓大钟。钟鼓之乐,秩然有伦。唉!乐声多么谐合啊!这是文王在辟廱听乐呀!

於论鼓钟,於乐辟廱。鼍鼓逢逢[1],矇瞍奏公[2]。

今注

1 鼍鼓:鼍,音驼,似蜥蜴,长丈许,若鳄鱼,皮可以制鼓,故曰鼍鼓。逢逢:音彭,鼓之响声也。
2 矇瞍奏公:矇,音蒙,有眸子而不能视物,曰矇。瞍,无眸子曰瞍。古时皆以盲人为乐师。奏公,奏乐也。

今译

唉!鼓钟之声多么和谐啊,这是文王在辟廱听乐呀。鼍鼓逢逢地响,是乐师在奏乐呀。

(九)下武

这是赞美武王继志述事的孝行之诗。

下武维周[1]，世有哲王。三后[2]在天，王配于京[3]。

今注

1　下：后也。武：继也。下武维周：后人能继先祖者，唯有周家。

2　三后：太王、王季、文王也。

3　王配于京：指武王能配其德于镐京也。

今译

后人能继承先人之德者，唯有周家。历代都有圣哲之王，如太王、王季、文王，皆相继而有德。现在三后虽已去世而在天了，但武王继之，仍能配其德于镐京。

王配于京，世德作求[1]。永言配命，成王之孚[2]。

今注

1　求：逑也，匹也，配也。

2　孚：信也。

今译

武王能配其德于镐京，就是能与三后之世德相媲美。这样，就可以与上天之明命相符合，而成就了武王的信誉。

成王之孚，下土之式。永言[1]孝思，孝思维则。

今注

1　言：语词。

今译

武王所以能成就其信誉，而足以为下民的模范者。就是由于他能够永远地尽孝于先人。他的孝实在应当效法啊。

媚兹一人[1]，应侯[2]顺德。永言孝思，昭哉嗣服[3]。

今注

1　媚：爱戴也。一人：指武王也。

2 应：响应也，效法也。侯：乃也。

3 昭哉：贤明哉！这个"昭"字，应以孟子所谓"贤者以其昭昭，使人昭昭"之意，来理解。嗣服：嗣，继也。服，事业也。嗣服者，继续先人之事业也。《中庸》所谓"夫孝者，善继人之志，善述人之事者也"。

今译

天下之人，都爱戴武王，而效法其孝顺之德。能够永远地孝于先王，继承先人之志事，武王真是贤明啊。

昭兹来许[1]，绳其祖武[2]。於[3]万斯年，受天之祜。

今注

1 昭兹来许：使后来之人为之昭明。

2 绳其祖武：绳，继续也，如绳之不断也。武，步伐也，行迹也。

3 於：音乌，叹词。

今译

武王之德，能昭明来世之人，能继续祖先之行，唉！一定可以万年之久，受天之福。

受天之祜，四方来贺。於万斯年，不遐有佐。

今译

武王蒙受上天之福，四方都来庆贺。唉！周家有福万年之久，谁不一致拥护呢？

（十）文王有声

这首诗是叙述文王迁丰，武王迁镐之事。

文王有声，遹骏[1]有声。遹求厥宁，遹观厥成。文王烝[2]哉！

叁 大雅　　409

今注

1　遹：同"聿"，语词。骏：大也。
2　烝：隆盛也。

今译

文王真是有名声呀，大大的有名声呀。他不仅有安天下之志，而且完成了安天下之事。文王的名誉，真是隆盛得很啊！

文王受命，有此武功。既伐于崇，作邑于丰[1]。文王烝哉！

今注

1　丰：即崇国之地，在今陕西省西安市鄠邑区，文王之都。

今译

文王受天之命，建立了伐崇的武功。把崇国打败之后，就建立新邑于丰城。文王的功业，真是隆盛啊！

筑城伊淢[1]，作丰伊匹[2]。匪棘[3]其欲，遹追来孝。王后[4]烝哉！

今注

1　伊：语词。淢：城墙边之沟壕也，储水于沟中以加强城墙防御工事。
2　作丰：建造丰之市居。匹：相称，相等。
3　棘：急速也。
4　王后：后，君也，王后即君王，指文王也。

今译

建都丰城，因旧时之壕沟为限，建造市居，亦不比旧日的侈大。可见他并不是急于完成自己的欲望，乃是追念先人之志而来致其孝思也。文王的孝行，真是隆盛啊。

王公伊濯[1]，维丰之垣。四方攸同，王后维翰[2]。王后烝哉！

今注

1　公：同"功"，事功也。濯：大也。

2　翰：桢干也，如"维周之翰"。

今译

文王有了大功，建丰而为都城。四方之国都来会同，为王的桢干。文王的功业，真是隆盛啊。

丰水东注，维禹之绩。四方攸同，皇王维辟[1]。皇王烝哉！

今注

1　皇王：指武王。辟：君也。

今译

导丰水而东流，是禹王的功绩。四方归于统一，武王成为天下之君。武王的功业，真是隆盛啊。

镐京辟廱[1]，自西自东，自南自北，无思不服。皇王烝哉！

今注

1　镐京：武王所建之都也，在丰水东，距丰邑二十五里。周自后稷居邰，公刘居豳，太王居岐，文王迁于丰，武王迁于镐。辟廱：天子之学，大射行礼之地也。

今译

武王建立镐京，兴设学校，自西至东，从南到北，没有不心服的。武王的功业，真是隆盛啊。

考卜[1]维王，宅是镐京。维龟正[2]之，武王成之。武王烝哉！

今注

1　考：稽考、参考。卜：以龟卜而占事之吉凶。
2　正：正确的决定。

今译

武王先参考了龟卜的兆示，而后奠都镐京。龟卜做了正确的决定，武王成就了建都的大事。武王的功业，真是隆盛啊。

叁　大雅

丰水有芑[1]，武王岂不仕[2]？诒厥孙谋，以燕翼[3]子。武王烝哉！

今注

1 芑：音起，菜也，有训为芹菜者。

2 仕：事也。

3 燕翼：保护也。

今译

丰水有芑，是个很好的都城。武王岂不欲建都于此？然所以迁都者，是出于长远的考虑，以保护其子孙的安全。武王的功业，真是隆盛啊。

二 生民之什

(一) 生民

这是叙述后稷诞生之奇及其在农业上之贡献之诗。

厥初生民[1]，时维姜嫄[2]。生民如何？克禋[3]克祀，以弗无子[4]。履帝武敏歆[5]，攸介攸止[6]。载震载夙[7]，载生载育，时维后稷。

今注

1 民：人也。

2 时：是也。姜：姓。嫄：姜女之名。

3 禋：音因，诚意的祭祀。

4 弗：勿也。以弗无子：勿使其无子也。

5 履：践也。帝：上帝。武：足迹也。敏：拇指也。歆：欣然也，欣然而动，如有人道之感也。

6 攸：于是。介：隔也。又训休息也。止：居处也。

7 震：动也，怀孕后，胎儿在腹内震动也。夙：肃也，敬戒也，特别小心。

今译

周祖的始生，是出于姜嫄。是怎么生的呢？有一天，姜嫄到野外祭神，祈请神赐给她个儿子。恰好她就踏住了上帝的大拇脚指头，她的心便欣然而动，好像是发生了男女关系似的。于是她便停了一会儿，回家去了。这样便怀孕了。过了些时，她觉得腹内胎儿有点震动，于是她便特别小心了。以后便生了他，养育他，他便是周家的始祖后稷了。

诞弥[1]厥月，先生如达[2]。不坼不副[3]，无菑[4]无害，以赫[5]厥灵。上帝不宁[6]。不康[7]禋祀，居然[8]生子。

今注

1　诞：语词。弥：满也，满其十月怀胎之月也。

2　先生：头生孩子，第一次生孩子。达：小羊也，小羊生产极容易。

3　不坼不副：坼，音澈，破裂也。副：亦破裂也。言母体之平安也。

4　菑：同"灾"。

5　赫：明白显现。

6　不宁：丕宁。

7　不康：丕康，大为乐受也。

8　居然：安然也。

今译

及至满了十月怀胎之时，这个头生的婴儿，好像小羊生产那样容易，便顺利降生了。母体没有一点的破裂，没有一点的苦痛，这是显现了上帝的神灵。上帝的心，很是安宁。由于上帝大大乐意接受她的诚心的祷祀，所以她就安然生了个儿子。

诞寘之隘巷[1]，牛羊腓字[2]之。诞寘之平林，会[3]伐平林。诞寘之寒冰，鸟覆翼之。鸟乃去矣，后稷呱[4]矣。实覃实訏[5]，厥声载路[5]。

今注

1 诞：乃，于是。隘巷：狭小的巷子。
2 腓：同"庇"，庇护。字：爱护。
3 会：值也，恰巧遇到。
4 呱：音孤，啼声也。
5 覃：音谈，长也。訏：音虚，大也。
6 载路：满路也。

今译

于是把他弃置于隘狭的巷子之中，有牛羊来庇护他，爱抚他。于是又把他弃置于平林之中，恰巧碰到有人来伐林，就把他救起了。于是又把他弃置于寒冰之上，有鸟儿用翅膀来覆翼他。鸟儿飞去之后，后稷呱呱地啼哭了，他的啼声，长而且大，满路之人，无不听到，又把他救起来了。

（此章言后稷无父而生，人以为不祥，故屡次弃之，而有此神异之遭遇也。）

诞实匍匐[1]，克岐克嶷[2]。以就口食[3]，蓺之荏菽，荏菽旆旆[4]，禾役穟穟[5]，麻麦幪幪[6]，瓜瓞唪唪[7]。

今注

1 实：是也。匍匐：小儿爬行，手足并行也。
2 克岐克嶷：嶷音疑，岐、嶷，皆直立之意，从爬着走，慢慢地会站起来，直立而行也。
3 以就口食：就，求也，以求自力而食也。在六七岁之时。
4 荏菽：荏音任，大也。菽：豆类。荏菽：大豆也。旆：音沛。旆旆：生长茂盛的样子。
5 役：行列。穟穟：美好的样子。穟音遂。
6 幪幪：音蒙，茂盛的样子。
7 瓞：音蝶，小瓜也。唪唪：结的果实很多的样子。

414　　诗经今注今译

今译

后稷慢慢地会在地上爬了，又慢慢地会站起来了，会直身而行了。到了六七岁的时候，他想自食其力，于是就种些大豆，大豆长得很是高扬，禾苗的行列，很是美好。他又种些麻麦，麻麦长得很是茂盛。他又种些瓜果，瓜果结得非常之多。

诞后稷之穑，有相之道[1]。茀[2]厥丰草，种之黄茂[3]。实方实苞[4]，实种实褎[5]，实发实秀[6]，实坚实好[7]，实颖实栗[8]，即有邰[9]家室。

今注

1 有相之道：相，视也，视土地之宜而稼穑焉。道，方法也。
2 茀：音弗，除草也。
3 种之黄茂：种，播种也。黄茂，泛指五谷也。
4 实：是也。方：始也，始生苗也。苞：含苞也。
5 种：谷实最初阶段之胚也，即最初之仁也。褎：音右，胚仁之渐长也。
6 发：谷茎之强大也。秀：秀穗也。
7 坚：谷粒长得坚硬了。好：谷粒长得又肥又大。
8 颖：谷穗下垂，因其果实又多又重也。栗：没有稗子，没有空壳也。
9 邰：在今陕西省武功县。

今译

后稷到了青年时代，对于农业，便很有专长，他能够视土地之宜，以优良的方法，从事耕稼。他把那些荒草除去之后，播种五谷，于是乎生苗了，长苞了，结胚了，慢慢地胚仁长大了，谷茎长高了，穗儿秀出来了，谷实长硬了，长得又胖又好，谷实很重，把穗儿也压得垂下来了，谷实连一个稗的也没有。尧帝很看重这个青年农业专家，就把他任为农官，封之于邰。后稷就在邰地成其家室了。

（此章言后稷到了青年时代，对于农业，具有天才与经验，故其播种之物，皆长得很理想。)

诞降嘉种，维秬维秠[1]，维穈维芑[2]。恒[3]之秬秠，是获是亩[4]。恒之穈芑，是任是负[5]。以归肇[6]祀。

今注

1　秬：音巨，黑黍也。秠：音丕，一稃二米者也。
2　穈：音门，赤苗。芑：白苗。
3　恒：遍也，谓普遍种植也。
4　是获是亩：收获而栖之于田亩也。
5　任：以肩扛之。负：以背负之。
6　肇：始也。

今译

上天降赐后稷以很好的种子，有黑黍、稃米、赤苗、白苗。普遍种上秬秠，收割了以后，栖之于田亩。又普遍种上穈芑，收割了以后，用肩扛、用背负，拿回家中，就开始用之以祭献了。

诞我祀如何？或舂或揄[1]，或簸或蹂[2]。释之叟叟[3]，烝之浮浮[4]。载谋载惟[5]，取萧祭脂[6]，取羝以軷[7]。载燔载烈[8]，以兴嗣岁。

今注

1　舂：捣粟也。揄：音由，取出臼中已舂之粟也。
2　簸：去其糠也。蹂：以手搓之，去其米中之细糠也。
3　释：淅米也。叟叟：洗米之声也。
4　烝：同"蒸"，以热气蒸之使熟也。浮浮：蒸气上升的样子。
5　谋：卜吉日也。惟：斋戒具备也。
6　萧：蒿也。脂：祭牲之脂也。将蒿与脂合而烧之，使香气达于神也。
7　羝：音低，牡羊也。軷：音拔，祭行道之神也。
8　燔：音烦，加于火上烧之。烈：贯之而加于火也。

今译

后稷是如何举行祭祀的呢？或舂谷，或抒臼，或簸扬去其粗糠，或手搓去其细糠，然后把米洗干净，再加以蒸熟。然后谋之于卜，斋戒俱备。然后合蒿与脂而烧，使香气能达于神。取牡羊以祭行道之神。或烧或烤，以供祭祀，以兴来岁而继往也。

卬盛于豆[1]，于豆于登[2]，其香始升。上帝居歆[3]，"胡臭亶时[4]！"后稷肇祀，庶无罪悔，以迄于今。

今注

1　卬：音昂，我也。豆：礼器也，以木为之，所以荐菹醢也。

2　登：礼器也，以瓦为之，所以荐大羹也。

3　居：安也。歆：鬼神食气曰歆。

4　胡臭亶时：上帝享祀而称其气味之香与供献之得时也，谓曰："何其味之香耶？何其供献之得时耶？"

今译

后稷把祭物盛于豆器，或盛于登器，香气就开始上升。上帝欣然享受，并且赞美道："气味何其如此之香，供献何其如此之得时。"后稷始祭如此之诚，大概没有可以罪悔的了。以至于今，都是继续诚心诚意地致祭呢。

（二）行苇

这是祭毕宴饮父兄耆老之诗。

敦彼行[1]苇，牛羊勿践履。方苞方体[2]，维叶泥泥[3]。戚戚[4]兄弟，莫远具尔[5]。或肆之筵[6]，或授之几。

今注

1　敦：音团，聚生的样子。行：音杭，道路也。

2　方苞：苇之初生，似竹笋之含苞，故曰方苞。方体：言其成茎也，苇之有茎，大如人之有体，故曰方体。

3 泥泥：茂盛的样子。

4 戚戚：亲近也。

5 莫：勿也。俱尔：俱迩，俱宜相亲近也。

6 肆：陈设也。筵：席也。

今译

那聚生路旁的芦苇，不要让牛羊践踏它，它正在生苞，正在发展体格，它的叶子，长得很是茂盛。关系亲密的兄弟，不可疏远，应当彼此亲近。或陈设筵席，或授以几座。

肆筵设席，授几有缉御[1]。或献或酢[2]，洗爵奠斝[3]。醓醢以荐[4]，或燔或炙[5]。嘉殽脾臄[6]，或歌或咢[7]。

今注

1 缉御：缉，和穆也。御，侍者。

2 献：主人敬客人以酒。酢：客人回敬主人以酒。

3 爵：酒杯。斝：音假，酒器，大于爵。主人洗爵酬客，客受而置之，不举也。

4 醓：音坦，肉酱之多汁者。醢：音海，肉酱也。荐：进也。

5 燔：烧肉。炙：烤肉。

6 殽：肉馔也。脾：脾肉。臄：音绝，口边之肉也。

7 咢：音鄂，击鼓而不歌也。

今译

陈筵而设席，有和穆的侍者以授几。或主人敬酒于客人，或客人回敬于主人。主人洗杯敬客人以酒，客人受而置之，不举也。醓醢进上之后，或烧而食之，或烤而食之。有脾部之肉，有口部之肉，都是上等佳肴。大家吃得很痛快，于是乎有唱歌者，有击鼓而不歌者，情形非常之合和而亲热。

敦弓既坚[1]，四镞既钧[2]。舍矢既均，序宾以贤。敦弓既句[3]，既挟[4]四镞。四镞如树[5]，序宾以不侮[6]。

今注

1 敦弓：敦，音雕，画弓也。坚：劲也。
2 镞：音侯，金头之箭也。钧：分配平均。
3 句：通"彀"，张弓引满也。
4 挟：持也。
5 如树：树，竖立也，射之中的，犹如竖立于其上者。
6 不侮：敬也，以射中之多少而定席次，但不含有轻侮之意也。

今译

敦弓既已坚劲，每人四支金箭既已分配平均，四矢既已尽都发射，于是就以射中之多少而定其席次。敦弓既已引满，每人四支金箭既已挟持，四支箭都射中目标，犹如直立在上边似的。以射中之多少而定席次，但并不含有任何轻侮之意。

曾孙[1]维主，酒醴维醹[2]。酌以大斗，以祈黄耇[3]。黄耇台背[4]，以引以翼。寿考维祺[5]，以介景福。

今注

1 曾孙：主祭者之称，祭毕而燕，故因而称之也。
2 醹：音儒，味厚之酒。
3 黄耇：老人之称。
4 台背：驼背也，年老而背伛偻也。
5 祺：吉也。

今译

曾孙是主人，酒醴是味道醇浓的酒，酌以大杯，敬之于老者，祝祷老者之高寿。老者背已伛偻，要扯着他们，扶着他们，祝贺他们寿考而安康，以进于大福。

（三）既醉

这是父兄所以答行苇之诗。

既醉以酒,既饱以德[1]。君子[2]万年,介尔景福。

今注

1　既饱以德:谓多受其教益也。
2　君子:指主人,即君王也。

今译

既然多蒙君子醉之以美酒,又饱之以教益,敬祝君子万年长寿,以进于无疆的大福。

既醉以酒,尔殽既将[1]。君子万年,介尔昭明[2]。

今注

1　将:美好也。
2　昭明:光明也。

今译

既然多蒙君子醉之以美酒,又赐之以佳肴,敬祝君子万年长寿,以进于无限的光明。

昭明有融[1],高朗令终[2]。令终有俶[3],公尸嘉告[4]。

今注

1　融:光明之盛且长也。有融:融然也。
2　朗:光明也。令终:令,善也,令终,善其终也,谓有福禄名誉也。
3　令终有俶:俶音处,开始也。好的开始,就是令终的前提。
4　公尸嘉告:公,君也。古者祭设生人为尸,以代表神而受祭,此一代神受享之生人,即谓之"尸"。嘉告:嘉奖的告示,即神的代表转达神的嘉奖的话。

今译

盛大的光明之德,必有福禄名誉的善果。好的开始,就是令终的前提,如今你已经有好的开始了,公尸已经传下了神对于你大为嘉奖的话了。

其告维何?"笾豆静嘉[1],朋友攸摄[2],摄以威仪[3]。"

今注

1　笾豆:礼器也。静:善也。嘉:美也。

2　朋友:助祭之群臣也。摄:佐也,助也。

3　威仪:有威可畏,有仪可象,庄敬严肃,一切举止周旋皆合于礼也。

今译

神对于你嘉奖的话都是什么呢?神说:"你的祭器,都很洁净;助祭的群臣,一切举动周旋,都很恭敬庄严,有威有仪,中规合礼。"

(本章至终篇,皆系公尸传达神的嘉奖的话。)

"威仪孔时[1],君子有孝子。孝子不匮[2],永锡尔类[3]。"

今注

1　孔时:时,是也。孔时,极其是也。

2　不匮:匮,竭也。不匮,孝心不竭也,即有充沛的孝心。

3　类:善也,福也。

今译

"威仪非常之好,君子有孝顺的儿子。为我举奠,孝子有充沛不竭的孝心,所以我要永远赐你以善福。"

"其类维何?室家之壶[1]。君子万年,永锡祚胤[2]。"

今注

1　壶:音捆,捆者束也,齐也,即先齐其家而后治国平天下也。

2　祚:福禄也。胤:子孙也。

今译

"福善是什么呢?就是先要使你的室家能够亲睦而整齐,使你有万年之福寿,并且永远把福禄赐给你的子子孙孙。"

叁　大雅

"其胤维何？天被[1]尔禄。君子万年，景命有仆[2]。"

今注

1　被：覆庇也。
2　仆：附着也。

今译

"你的子孙有什么福呢？是由于你的福善而来。上天覆庇你以福禄，使你万年之久，大命永远附着于你之身。"

"其仆维何？釐尔女士[1]。釐尔女士，从[2]以孙子。"

今注

1　釐：音离，赐予也。女士：女子而有士君子之行者。
2　从：重也，又加之也。

今译

"大命怎样永远附着于你呢？上天赐以有士君子之行的女子，作为你的配偶。这样的好配偶，又给你生下了贤孝的子子孙孙。"

（四）凫鹥

这是祭毕之明日又设礼以宴公尸之诗。

凫鹥在泾[1]，公尸来燕来宁[2]。尔酒既清，尔殽既馨。公尸燕饮，福禄来成。

今注

1　凫：音扶，水鸟，如鸭。鹥：音医，鸥也。泾：泾水也。
2　来燕来宁：受宴而安然。

今译

凫鹥在泾水之中，很是快活。公尸来受宴，很是安然。你的酒既很清洁，你的菜又很馨香，所以公尸欣然接受你的宴饮，而你的福禄也就成就了。

凫鹥在沙，公尸来燕来宜。尔酒既多，尔殽既嘉。公尸燕饮，福禄来为。

今译

凫鹥在沙滩之上，很是快活。公尸来受宴，很是安宜。你的酒既很多，你的菜又很美，所以公尸欣然接受你的宴饮，而你的福禄也就有把握了。

凫鹥在渚，公尸来燕来处[1]。尔酒既湑[2]，尔殽伊脯[3]。公尸燕饮，福禄来下[4]。

今注

1　处：停留，坐一会儿。
2　湑：滤净也。
3　脯：肉干。
4　下：降下也。

今译

凫鹥在水渚之上，很是快活。公尸来受宴，停留一会儿。你的酒既然很清净，你的菜又有肉干，所以公尸欣然接受你的宴饮，而你的福禄也就降下来了。

凫鹥在潨[1]，公尸来燕来宗[2]。既燕于宗，福禄攸降。公尸燕饮，福禄来崇[3]。

今注

1　潨：音中，水汇合之处也。
2　宗：宗庙也。
3　崇：高大也。

今译

凫鹥在水汇合之处，很是快活。公尸在宗庙之中，受宴而饮。既然受宴于宗庙，福禄便降下来了。公尸欣然接受宴饮，你的福禄便高大了。

叁　大雅

凫鹥在亹[1]，公尸来止熏熏[2]。旨酒欣欣[3]，燔炙芬芬。公尸燕饮，无有后艰[4]。

今注

1　亹：同"湄"，水峡也。
2　熏熏：和悦也。
3　欣欣：快乐也。
4　后艰：以后的艰苦。

今译

凫鹥在水峡之中，很是快活。公尸先休息一会儿，很是和悦，喝了旨酒，很是欣喜。烧的肉，烤的肉，味道都很芬芳。公尸既然接受你的宴饮，就保证你以后大吉大利，平平安安。

（五）假乐

这是公尸以为君之道答凫鹥之诗。

假乐君子[1]，显显[2]令德。宜民宜人[3]，受禄于天。保右命之，自天申[4]之。

今注

1　假：同"嘉"，美也。君子：指王而言。
2　显显：光明而又光明也。
3　宜民宜人：有益于民，与人民相处很合适。
4　申：发布，表示也。

今译

善良而快乐的君子，有极其光明的令德，有益于民，有利于人，所以能承受上天的福禄。上天保佑你，帮助你，命令你，这是从上天那里发布出来的。

干禄百福[1]，子孙千亿。穆穆皇皇[2]，宜君宜王。不愆不忘[3]，率由旧章。

今注

1　干禄百福："干"字想是"千"字之误，应当是千禄百福。
2　穆穆：敬慎，奋勉上进也。皇皇：光明正大也。
3　不愆不忘：不要私心自用，多所更张之意。

今译

假乐的君子，有千般的禄，百般的福，子孙有千亿之多。敬慎奋勉，才宜于为君为王。不要私心自大，多所更张，只是遵循旧日的法度便对了。

威仪抑抑[1]，德音秩秩[2]。无怨无恶[3]，率由群匹[4]。受禄无疆，四方之纲。

今注

1　抑抑：谦卑而慎密。
2　德音：德行也。秩秩：整饬而有度也。
3　恶：音务，憎厌也。
4　群匹：群臣。

今译

假乐的君子，威仪谦卑而慎密，德行整饬而有度。没有偏执地怨哪一个，恨哪一个，都是循从群臣的公意。所以能够承受无疆之福禄，而为四方之表率了。

之纲之纪，燕及朋友[1]。百辟卿士，媚于天子。不解[2]于位，民之攸塈[3]。

今注

1　燕：安也。朋友：群匹也，群臣也。
2　解：音懈。不懈，即勤于职务而不懈怠也。
3　塈：音戏，安居也。

今译

假乐的君子，能够为四方之纲纪，所以能安及群臣。百辟卿士，也都爱戴天子。君子能够不懈怠其职务，人民便因之而得安居乐业了。

（六）公刘

这首诗是叙述公刘迁豳之后的辛苦经营。

笃[1]公刘，匪居匪康[2]。乃场乃疆[3]，乃积[4]乃仓。乃裹糇粮[5]，于橐于囊[6]。思辑用光[7]，弓矢斯张，干戈戚扬[8]，爰方启行[9]。

今注

1　笃：笃行实践，笃实苦干的意思。

2　匪居：不敢安居。匪康：不敢逸乐。

3　场、疆：皆指田界而言，不过有大小之别，场是细分的田界，疆是整个的田界。场，音易。

4　积：收积，积储。

5　糇：干食，干粮。粮：粮食。

6　橐、囊：橐，盛粮食的袋子，小者曰橐，大者曰囊。

7　辑：和也，和其人民也。光：大也，光大其国家也。

8　干戈戚扬：四种战争武器。干，盾也。戈，有刃之武器。戚，斧也。扬，钺也。

9　行：音杭。

今译

笃行实干的公刘，他不敢安闲，不敢康逸，而唯集中精力于治理田场，区划疆界，积贮谷物，充实仓廪。等到富足之后，他又叫人民准备干粮，放在袋子里。他想光大其国家，所以张其弓矢，举其干戈戚扬，而开始启行，以迁都于豳邑。

笃公刘，于胥[1]斯原，既庶既繁，既顺乃宜，而无永叹[2]。陟则在巘[3]，复降在原。何以舟[4]之？维玉及瑶，鞞琫[5]容刀。

今注

1　胥：共也，皆也，相互以生也。

2 永叹：嗟怨之声。
3 巘：音掩，山顶也。
4 舟：服也，带也。
5 鞞琫：鞞，音柄，刀鞘也。琫，音菶，刀鞘之饰也。

今译

笃行实干的公刘，自从相互生活于此平原之后，人口增多了，生产繁盛了，为政既能顺于民意，人心乃大通畅，没有任何的嗟怨与牢骚。公刘时而上于山顶，时而下于平原，研视地形土质以便垦发。他身上所戴的是什么呢？是玉和瑶以及里边有刀的琫饰之鞘而已。

笃公刘，逝彼百泉[1]，瞻彼溥原[2]。乃陟南冈，乃觏[3]于京。京师之野，于时[4]处处，于时庐旅，于时言言，于时语语。

今注

1 百泉：地名。
2 溥原：地名。
3 觏：音构，见也，发现也。
4 时：是也，这个地方。

今译

笃行实干的公刘，走到百泉，瞻望溥原，乃登于南冈之上，才发现了建立京都的好地方。京师之野，是一片开阔之地，在那里可以安置长居，可以建设房屋，可以说说谈谈，而共同生活了。

笃公刘，于京斯依[1]。跄跄济济[2]，俾筵俾几[3]，既登乃依[4]。乃造其曹[5]，执豕于牢[6]，酌之用匏[7]。食之饮之，君之宗[8]之。

今注

1 依：依之以定居。
2 跄跄济济：言其群臣之行止有威仪也。跄，音枪，行动敬慎的样子。济济，行止有礼的样子。
3 俾筵俾几：使之设筵使之设几也。

叁 大雅

4 登：入席也。依：依几而坐。

5 造：往也。其曹：其指猪而言，曹，群也，其曹即猪群也。

6 牢：猪圈也。

7 匏：瓢也，以瓢为酒杯也。

8 宗：被尊崇的中心人物。

今译

笃行实干的公刘，以京都为定居之地。大臣人才济济，威仪跄跄。公刘乃使人设筵布几，慰犒群臣。即席之后，依几而坐，使人执牢中之豕，杀以为肴，以瓢为酒杯，招待大家，吃吃喝喝。公刘真是大家的君王，是大家一致尊崇的族长。

笃公刘，既溥[1]既长，既景乃冈[2]，相[3]其阴阳，观其流泉。其军三单[4]，度[5]其隰原，彻田为粮。度其夕阳[6]，豳居允荒[7]。

今注

1 溥：广也。

2 景：同"影"，谓根据日影以测定东西南北的方向。乃冈：乃登上高冈以望远。

3 相：视也。

4 单：独立单位。

5 度：量也，丈量也。

6 夕阳：山之西也。

7 荒：大也。

今译

笃行实干的公刘，他垦辟的土地，既广且长。既根据日影以测定东西南北的方向，乃登上高冈以远望，视其阴阳向背寒暖之所宜，观其流泉水源之所利，以为营建与农作之参考。他的军队有三个军，他又丈量田地之低湿与高原，规定田赋之征收，以为军政各费之需。他又度量山的西边之地，以扩充之。这样，豳人的居处，可算是够广大的了。

笃公刘，于豳斯馆[1]。涉渭为乱[2]，取厉取锻[3]。止基乃理，爰众爰有[4]。夹其皇涧[5]，溯其过涧[6]。止旅乃密，芮鞫之即[7]。

今注

1　馆：住舍也。

2　乱：舟之截流而横渡也。

3　厉：石也。锻：石也。

4　有：富有。

5　夹：夹水之两旁而筑室。皇涧：水名。

6　溯：向也。过涧：水名。

7　芮：水之内曲也。鞫：水之外曲也。即：居也。

今译

笃行实干的公刘，当他营建豳地居舍的时候，先乘船横渡渭水，采运坚固的石头，以为奠基之用，住居既建，乃理土田。于是人口也多了，财物也富了。在皇涧的两岸，在过涧的对面，都盖成房子了，住得很密集了。于是在水的内曲和外曲之地，也都有人居住了。

（七）泂酌

这是告诫人君以和乐平易乃能为民之父母之诗。

泂酌彼行潦[1]，挹彼注兹[2]，可以餴饎[3]。岂弟君子，民之父母。

今注

1　泂：音迥，远也。行潦：流动之水也。或训为偶然积聚之水。酌：以勺取之也。

2　挹彼注兹：挹，音义，以器取之也。彼，行潦之水也。注，灌入也。由彼取出水而灌注于此也。

3　餴：音分，蒸饭也。饎：音炽，酒食也。

今译

到远远的地方去酌取那行潦之水，以注入于此间的器物之内，可以蒸饭，可以为酒食。和乐慈祥的君子，才是人民的父母啊。

泂酌彼行潦，挹彼注兹，可以濯罍¹。岂弟君子，民之攸归。
今注
1 濯：洗涤也。罍：音雷，酒器。
今译
到远远的地方去酌取那行潦之水，以注入于此间的容器之内，可以洗涤酒器。和乐慈祥的君子，才能使人民归服啊。

泂酌彼行潦，挹彼注兹，可以濯溉¹。岂弟君子，民之攸塈²。
今注
1 溉：洗涤也。
2 攸塈：平安也，安息也。塈，音记。
今译
到远远的地方去酌取那行潦之水，以注入于此间的容器之内，可以作为洗涤之用。和乐慈祥的君子，才能使人民平安啊。

（八）卷阿

这是召康公从成王游卷阿所献之诗也。

有卷¹者阿，飘风²自南。岂弟君子³，来游来歌，以矢⁴其音。
今注
1 卷：曲也。
2 飘风：回风也。
3 君子：指成王也。
4 矢：陈诗也。
今译
曲然的大陵，飘风自南而来。和乐的君子，来游于此，我等随王来游，乃为之歌，以表达我们的心声。

（据汲冢纪年，谓成王三十三年游于卷阿。可知游卷阿为成王之事，召康公从之游而作是诗。）

伴奂尔[1]游矣，优游尔休矣。岂弟君子，俾尔弥尔性[2]，似先公酋[3]矣。

今注

1 伴奂：优游闲暇也。尔：指王，指君子。
2 弥：终也。性：命也。
3 先公：先君也。酋：善终也。

今译

你的出游，真是闲暇。你的休息，真是逍遥。和乐的君子呀，希望你永远长寿，像先君那样的善始善终。

尔土宇昄章[1]，亦孔之厚矣。岂弟君子，俾尔弥尔性，百神尔主矣。

今注

1 土宇：土地疆域。昄章：昄音版，昄章，即版图，即国家之领土与人口也。

今译

你的领域版图，可算是极其富厚广大了。和乐的君子啊，希望你永远长寿，常为天地山川鬼神之主。

尔受命长矣，茀禄尔康[1]矣。岂弟君子，俾尔弥尔性，纯嘏[2]尔常矣。

今注

1 茀禄：福禄。康：大也。
2 嘏：因祭祀而受福，曰嘏。嘏，音古。

今译

你的受命，真是长，你的福禄，真是大。和乐的君子啊，希望你永远长寿，常享你的大福。

有冯[1]有翼，有孝有德，以引以翼[2]。岂弟君子，四方为则。
今注
1　冯：辅也。
2　翼：辅也，护也。
今译
你有辅佐之人，有护翼之人，有孝顺之人，有贤德之人，常在你的前边引导，在你的左右扶持。和乐的君子啊，天下四方都以你为法则。

颙颙卬卬[1]，如圭如璋，令望令闻。岂弟君子，四方为纲。
今注
1　颙颙：音庸（二声），温和的样子。卬卬：音昂，高大的样子。
今译
你温和而庄严，你好像美玉那样的纯洁，你有良好的名望和声誉。和乐的君子啊，天下四方都以你为纲纪。

凤皇于飞[1]，翙翙[2]其羽，亦集爰止。蔼蔼[3]王多吉士，维君子使，媚于天子。
今注
1　凤皇：以凤凰比喻贤臣。凤凰，灵鸟也，雄曰凤，雌曰凰。
2　翙翙：音讳，羽声。
3　蔼蔼：音霭，茂盛的样子，众多的样子。
今译
凤凰在飞的时候，羽声翙翙然，最后集栖于所当止之处。王的左右，贤才佳士，蔼蔼然而多，都是唯你所使用，都是很亲爱于你的。

凤皇于飞，翙翙其羽，亦傅[1]于天。蔼蔼王多吉人，维君子命，媚于庶人。

今注

1　傅：附也，至也。

今译

凤凰在飞的时候，羽声翙翙然，能够飞到天上。王的左右，贤才佳士，蔼蔼然而多，都是唯你所受命，都是很亲爱于人民的。

凤皇鸣矣，于彼高冈。梧桐生矣，于彼朝阳。萋萋喈喈[1]，雍雍喈喈[2]。

今注

1　萋萋：茂盛的样子。喈喈：茂盛的样子。
2　雍雍喈喈：和谐也。喈，音皆。

今译

凤凰叫了，在那高冈之上。梧桐生了，在那朝阳之地。多么茂盛啊！多么和谐啊。

（此章言君臣相得相和也。）

君子[1]之车，既庶且多。君子之马，既闲[2]且驰。矢诗不多，维以遂歌。

今注

1　君子：指君王也。
2　闲：熟练于奔驰也。

今译

君子之车，既庶而且多。君子之马，既闲习而且善于奔驰。我个人陈诗不多，不过是可以成歌罢了。

（此章言君子车马之多，比喻人才之多也。因为人才多，大家都陈诗，发表意见，所以他自谦地说，他发表的意见不多，不过是和答君王之歌而已。）

叁　大雅

(九)民劳

这是借同列相戒之口气以戒王之诗。

民亦劳止[1],汔可小康[2]。惠此中国[3],以绥四方。无纵诡随[4],以谨无良。式遏寇虐,憯[5]不畏明。柔远能迩[6],以定我王。

今注

1 亦、止:皆语词。
2 汔:音迄,庶几乎。康:安也。
3 中国:国之中也,王畿之地。
4 诡随:诡诈邪佞的人。
5 憯:音惨,曾也。
6 柔远能迩:对于远方,以柔道怀附,就能使近方安定。这是反对以武力对远方作战。

今译

老百姓已经够辛苦的了,庶乎可以使他们稍微安生一会儿了。爱惜国中的人,以安定四方各国之人。不要放纵那些诡诈邪佞的小人,要慎防那些不良的人,要制止那些寇窃暴虐不畏天命的人。以柔道怀服远方,就能安定近方,从而巩固君王的天下。

民亦劳止,汔可小休。惠此中国,以为民逑[1]。无纵诡随,以谨惛怓[2]。式遏寇虐,无俾民忧。无弃尔劳,以为王休。

今注

1 逑:聚也。
2 惛怓:不明事理而好起哄闹事的人。怓,音挠,喧哗也。

今译

老百姓已经够辛苦的了,庶乎可以使他们稍微休息一会儿了。爱惜国中的人,以团聚四方之民。不要放纵那些诡诈邪佞的小人,以谨防那些不明事理而好起哄闹事的人。要制止那些寇窃暴虐的人,使老百姓们得以安居无忧。不要放弃尔的辛劳,以为君王的光荣。

民亦劳止，汔可小息。惠此京师，以绥四国。无纵诡随，以谨罔极[1]。式遏寇虐，无俾作慝[2]。敬慎威仪，以近有德。

今注

1　罔极：作恶无限之人。
2　慝：音特，恶也。

今译

老百姓已经够辛苦的了，庶乎可以使他们稍微憩息一会儿了。爱惜京师之民，以安定四国之民。不要放纵那些诡诈邪佞的小人，以谨防那些作恶无尽之人，制止那些寇窃暴虐的人，使他们不敢于继续作恶。敬慎你的威仪，以亲近有德的人。

民亦劳止，汔可小憩[1]。惠此中国，俾民忧泄[2]。无纵诡随，以谨丑厉[3]。式遏寇虐，无俾正[4]败。戎[5]虽小子，而式弘大。

今注

1　憩：音器，歇息。
2　泄：音谢，散去。
3　丑：行为不正而可耻的人。厉：为害于人的人，恶人。
4　正：正常之道，正人君子之道。
5　戎：你。

今译

老百姓已经够辛苦的了，庶乎可以使他们稍微歇息一会儿了。爱惜国中之民，使他们的忧苦散除。不要放纵那些诡诈邪佞的人，以谨防那些丑恶害人的人。制止那些寇窃暴虐的人，不要使正道被破坏。你虽然年轻，但是关系非常之大。

民亦劳止，汔可小安。惠此中国，国无有残[1]。无纵诡随，以谨缱绻[2]。式遏寇虐，无俾正反。王欲玉[3]女，是用大谏。

今注

1　残：害也。

叁　大雅

2　缱绻：缱音遣。绻音犬。反复无常之人。
3　玉：成全，重用，培养。

今译

老百姓已经够辛苦的了，庶乎可以使他们稍微安生一会儿了。爱惜国中之民，使国内没有残杀之事。不要放纵那些诡诈邪佞的小人，以谨防那些反复无常的人。制止那些寇窃暴虐的人，不要使正道失败。君王有意成全你，重用你，所以我才苦口婆心地劝告你。

（十）板

这首诗是借戒同列之口气以戒王也。

上帝板板[1]，下民卒瘅[2]。出话不然[3]，为犹[4]不远。靡圣管管[5]，不实于亶[6]。犹之未远，是用大谏。

今注

1　板板：反也，反其常道也。
2　卒：尽也，终归于尽也。瘅：音胆，病苦，病痛也。
3　不然：不合于道，不合于理也。
4　犹：猷也，计划也。
5　靡圣管管：靡，无也。圣，圣人之道也。管，枢要也，中心也，依据也。靡圣管管者，即没有圣人之道以为枢要以为准绳以为依据以为理论中心也。此句正是上句之"出话不然"之引申，所谓"不然"，即不合于圣人之道也。荀子曰："圣人者，道之管也。"就是"靡圣管管"之注解。我们把"圣"字，讲作"圣人"，觉得这句话很难理解。但如讲作"圣人之道"，便顺理成章，易于理解了。尤其是有荀子"圣人者，道之管也"的注解，使此句更为显而易知。
6　不实于亶：亶音胆，诚也，真诚也，诚信也。不实于亶者，即不能实之以诚信也。

今译

现在上帝反其常道，以致下民尽陷于病痛。你所说的话，都不合于理；你所做的一切计划，都是短浅而没有远见的。你的话，没有圣人之道作依据，又不能实之以真心诚意。而你的计划又没有深谋远虑，所以我才苦口婆心地劝告你。

天之方难[1]，无然宪宪[2]。天之方蹶[3]，无然泄泄[4]。辞之辑[5]矣，民之洽矣。辞之怿[6]矣，民之莫[7]矣。

今注

1 方难：正在大降灾难。
2 无然：千万不可。宪宪：欣欣也，悻悻自得，自我陶醉也。
3 方蹶：蹶音桂。颠倒失常也。
4 泄泄：音异，多言妄发也。
5 辑：和也。
6 怿：易，喜悦。
7 莫：安定也。

今译

现在上天正在大降灾难，千万不可悻悻而喜，自我陶醉。现在上天正在颠倒失常，千万不可不负责任，乱发议论。言辞顺和，则民心融洽。言辞喜悦，则民心安定，所以发言是不可不慎重的。

我虽异事[1]，及尔同寮[2]。我即[3]尔谋，听我嚣嚣[4]。我言维服[5]，勿以为笑。先民有言："询于刍荛[6]。"

今注

1 异事：职务不同。
2 同寮：同朝为官。
3 即：就也。
4 嚣嚣：音敖，心情浮动，不肯虚心接受。
5 服：可用可行的，有实用价值的。
6 询：咨询、访问。刍荛：打柴割草的人，言虽割草打柴的人，其意见亦往往有参考价值。

今译

我和你虽然是职务不同，但大家都是同朝为官。我到你那里去商量，你却心情浮躁，不肯虚心接受我的意见。我的话实在有可用的价值，你千万不要以为是笑谈。古代的圣贤，也常说过："什么事情，可以多访问那些割草打柴者的意见。"可见割草打柴者的意见，还有参考的价值，何况我们是同僚的关系呢。

天之方虐[1]，无然谑谑[2]。老夫灌灌[3]，小子蹻蹻[4]。匪我言耄[5]，尔用忧谑[6]。多将熇熇[7]，不可救药。

今注

1　方虐：正在暴虐，正在为害。
2　谑谑：音虐，戏乐。
3　老夫：诗人自称也。灌灌：款款也，诚恳的样子。
4　蹻蹻：音矫，骄傲而不相信的样子。
5　言：语词。耄：音贸，老朽而糊涂也。
6　尔用忧谑：你把可忧之事，当作玩笑。
7　熇熇：音贺，炽盛的样子。

今译

现在上天正在肆行暴虐，你千万不可视为戏谑。老夫是诚诚恳恳地向你们讲，而你们这般小伙子，却傲慢而不相信。我的话，并不是老朽糊涂的话，而你们却把这般可忧之事，当作玩笑。将来这种可忧之事，愈演愈烈，便没有法子可以救治了。

天之方懠[1]，无为夸毗[2]。威仪卒迷[3]，善人载尸[4]。民之方殿屎[5]，则莫我敢葵[6]。丧乱蔑资[7]，曾莫惠我师[8]。

今注

1　懠：音基，怒也。
2　夸毗：夸，说大话，自我宣传。毗，音皮，连接，联合。夸毗，逢迎谄媚，拍马吹牛，朋比为奸之谓也。

3　卒迷：尽成迷乱。
4　载：则也。尸：死尸也，不能有所作为也。
5　殿屎：屎，音牺，苦痛而呻吟也。
6　葵：揆也，审度其原因也。
7　蔑资：没有生活的资财。
8　师：众人也。

今译

现在上天正在发怒，你不要逢迎谄媚去附和它。以致威仪尽成迷乱，善人成为死尸，不能有所作为。人民正在呻吟号啼，而无人敢探讨其呻吟之原因为何。在丧乱之余，大家无以为生，难道你竟然不肯可怜可怜我们这些民众吗？

天之牖[1]民，如埙如篪[2]，如璋如圭[3]，如取如携[4]。携无曰益[5]，牖民孔易。民之多辟[6]，无自立辟。

今注

1　牖：启导，开导。
2　埙：乐器，以土为之。篪：音池，乐器，以竹为之。埙与篪总是合奏，言其欲使民和合也。
3　如璋如圭：圭璋皆玉器，半圭为璋，合二璋则为圭，亦言其欲使民和合也。
4　如取如携：如取之与携，供求相应，亦言其和合也。
5　携无曰益：益，利益也，使携之者不自私自利，而与人互助互利。
6　辟：同"僻"，邪僻。

今译

上天之开导下民，常使民如埙与篪之相和，如璋与圭之相合，如取物者与携物者之供求相应。使携物者不自私自利，而与人以互助互利，那么，牖民之道便极其容易了。现在社会风气很坏，人民之为非作歹者日见其多，如果在上者自己也是行为不正，而放僻邪

叁　大雅

侈，那岂不是更助长风气之坏吗？

价人维藩[1]，大师[2]维垣，大邦维屏[3]，大宗维翰[4]。怀德维宁。宗子[5]维城，无俾城坏。无独斯畏？

今注

1　价人：勇士，披甲执锐之人，即军人。藩：篱也。
2　大师：大众，即人民也。
3　屏：屏障。
4　大宗：天子之同姓世嫡子也。翰：主干。
5　宗子：同姓也。

今译

军人是国家的藩篱，人民是国家的垣墙，诸侯是国家的屏障，大宗是国家的主干。怀德是国家长治久安的基本条件。同姓是国家的城垒，不可使城垒败坏，城坏则陷于孤独。岂可不以孤独为忧惧？

敬天之怒，无敢戏豫[1]。敬天之渝[2]，无敢驰驱。昊天曰明，及尔出王[3]。昊天曰旦，及尔游衍[4]。

今注

1　豫：逸乐也。
2　渝：变也，失常也。
3　王：通往，出而有所往也。
4　游衍：放纵作乐也。

今译

敬畏上天的震怒，千万不敢再戏嬉逸乐了。敬畏上帝的反常，千万不敢再驰驱游猎了。上天的眼睛是雪亮的，你的出入来往，他无一不见。上天的视听是聪明的，你的游衍行乐，他无一不知。上天是不敢欺骗的，只有敬谨修德而已。

三 荡之什

(一) 荡

这是诗人借文王责商君之口气以刺厉王之无道之诗。

荡荡[1]上帝，下民之辟[2]。疾威上帝，其命多辟[3]。天生烝民，其命匪谌[4]，靡不有初，鲜克有终[5]。

今注

1 荡荡：高大的，伟大的样子。

2 下民之辟：辟，君也，为下民而立君主，所谓"天生民而立之君"是也。

3 其命多辟：此处之"辟"字，作"邪僻"讲。

4 其命匪谌：其命，天之命令也。谌，音陈，信赖也。匪谌，不可完全信赖。

5 靡不有初，鲜克有终：就是说，才开始出现的君主，没有不是好的，但是很少有能够善终的，后来便出现那些坏君主，乃至于亡国败家，失了天下。夏朝如此，商朝亦如此。言外之意，周朝亦如此。

今译

高大的上帝，为下民而立君主。而上帝暴威发作的时候，他的命令，也就邪僻不正了。上天降生众民而立之君，他的命令，不是完全可以信赖的。在开始的时候，所立的君主，没有不是好的，但是很少有能够善终的，到了后来便出了些坏的君主，乃至亡国败家。

文王曰："咨！咨女殷商[1]，曾是强御[2]，曾是掊克[3]，曾是在位，曾是在服。天降滔德[4]，女兴是力。"

今注

1 咨：嗟叹的口气。女：读汝。殷商：指纣王而言。

2 曾是：竟然这样的。强御：强暴，欺压善良。两字连合而成一个意思，不可勉强分割来讲。

3　掊克：聚敛，剥削人民。掊音抔。

4　滔德：滔慢不恭恶性重大的人。

今译

文王说道："可叹啊！可叹你这个商王（纣）！竟然这样的暴虐无道，竟然这样的剥削聚敛，竟然使恶人在位，竟然使贪夫居官。凡是上天所降下的滔慢不恭，恶性重大的坏人，自从你起来之后，便完全任用了。"

（本诗是诗人伤厉王之无道，犹如商纣，不敢直言厉王之恶，乃借商纣以隐射之，又托为文王斥责商纣的口气，以敷列其罪恶而明示兴亡盛衰之所由来。）

文王曰："咨！咨女殷商，而秉义类[1]，强御多怼[2]。流言[3]以对，寇攘式内[4]。侯作侯祝[5]，靡届靡究[6]。"

今注

1　而：同"尔"。秉：任用。义类：善类。

2　怼：音队，怨也。

3　流言：虚构之言，欺骗之言，以谗害善类。

4　式：因而，于是。内：进入内部。

5　侯作侯祝：侯，乃也。作，读诅，咒怨也。祝：毁诅义人。

6　届：极限。究：穷尽也。

今译

文王说道："可叹啊，可叹你这个商王！你如任用善类，强暴的恶人就怨恨他们。就捏造谣言以破毁他们，于是争权夺利的小人，进入内部，成为心腹之患，整日造谣生事，诅咒怨毁，就没有个限度，没有个止境。"

文王曰："咨！咨女殷商，女炰烋[1]于中国，敛怨以为德。不明尔德，时无背无侧[2]。尔德不明，以无陪无卿[3]。"

今注

1　炰烋：同"咆哮"，暴怒，如猛兽之怒吼也。
2　时：是，所以。无背无侧：言其前后左右皆无正人辅弼。
3　陪：贰也，助手也。卿：卿士也。

今译

文王说道："可叹啊，可叹你这个商君！你终日的暴声怒吼于国中，招致了全国人民的怨恨，你反而自以为有德。因为你不能修明你的德行，所以你的前后左右就没有辅佐之人；因为你的德行不够修明，所以就没有好的助手和优秀的卿士。"

文王曰："咨！咨女殷商，天不湎[1]尔以酒，不义从式。既愆而止，靡明靡晦。式号式呼，俾昼作夜。"

今注

1　湎：音免，沉醉也。

今译

文王说道："可叹啊，可叹你这个商君啊！上天并不以酒来迷醉你，乃是你自己要做那不善之事。你的举止，完全失态，无昼无夜地大号大叫，喧声酗酒，生活颠倒，把白天当作了夜间。"

文王曰："咨！咨女殷商，如蜩如螗[1]，如沸如羹[2]。小大近丧，人尚乎由行。内奰[3]于中国，覃及鬼方[4]。"

今注

1　如蜩如螗：蜩，音条。螗，音唐。皆蝉类。言人民苦于虐政，悲叹的声音，如众蝉之鸣。
2　如沸如羹：言人民动乱的心情，如沸羹之腾。
3　奰：音避，怒也。
4　覃：音谈，延及也，延及于鬼方，言远方亦怒也。鬼方：古之异族，殷周之时，称为鬼方，秦汉之时，称为匈奴。

叁　大雅

今译

文王说道:"可叹啊!可叹你这个商君啊!人民苦于虐政,悲叹的声音,如众蝉之噪鸣;动乱的心情,如沸羹之掀腾。不分小者老者,都近于死亡的边缘。你毫不悔改,仍然走在罪恶的道路上。你不仅触犯了国内的众怒,甚至于远远的鬼方,也对你大大地恼火了。"

文王曰:"咨!咨女殷商,匪上帝不时[1],殷不用旧。虽无老成人,尚有典刑[2]。曾是莫听,大命以倾。"

今注

1 时:是也。
2 典刑:旧时的典章制度。

今译

文王说道:"可叹啊!可叹你这个商君啊!并不是上帝的不是,乃是因为你不遵守旧日的典章制度。现在你虽没有元老旧臣,但是旧有的典章制度,仍然存在,无奈你竟然连这些典章制度,也不信从,于是国家的命运,也就倾覆了。"

文王曰:"咨!咨女殷商,人亦有言:'颠沛之揭[1],枝叶未有害,本实先拨[2]。'殷鉴[3]不远,在夏后之世。"

今注

1 颠沛:僵仆也。树之僵仆,曰颠沛;人之僵仆,亦曰颠沛。揭:音接,高举,树根撅起的样子。
2 拨:败坏也。
3 鉴:镜子也。

今译

文王说道:"可叹啊!可叹你这个商君啊!古人曾经说过这样的话,说是:'树木僵仆,树根便蹶起来了。并不是枝叶有什么伤害,乃是因为树心败坏的缘故。'殷朝的教训,并不在远,只要看看夏朝的结局,就知道了。"

（二）抑

这是卫武公自责自励之诗。

抑抑[1]威仪，维德之隅[2]。人亦有言："靡哲不愚。"庶人之愚，亦职维疾。哲人之愚，亦维斯戾[3]。

今注

1　抑抑：谨慎谦卑的样子。

2　隅：廉隅，棱角。

3　戾：罪戾也。处乱世，君昏臣谗，哲人见理至明，最易触权奸之害，为明哲保身计，故大智若愚，以免于罪祸也。

今译

谨慎谦卑的威仪，乃是品德修养的要件。古人曾言："没有一个哲人，不是像愚人一样的。"普通一般的愚人，所以成为愚，主要是由于先天缺陷。至于明哲的人，有充分的天才和聪明，为什么他也成为愚人呢？是因为处于乱世，君昏臣奸，最忌讳哲人的议论，为明哲保身，只好哑哑聋聋糊糊涂涂了，他是为免于罪戾，而不得不大智若愚的。

无竞维人[1]，四方其训[2]之。有觉[3]德行，四国顺之。訏谟[4]定命，远犹[5]辰告。敬慎威仪，维民之则。

今注

1　无竞维人："无竞"二字合在一起，当作一个形容词用，形容"人"，如同下句的"有觉德行"一样，"有觉"二字合在一起，当作一个形容词用，形容"德"。所谓"无竞"者，即无人能与之竞也，即强于一切，胜于一切。"人"者，人才也。"无竞维人"者，即言你如有天下莫能与之竞争的人才，你如有强于一切，胜于一切的人才，那么，天下便顺服你了。

2　训：驯顺也。

3　有觉：觉，光明正大也。有觉，即觉然也。

叁　大雅

4 訏：大也。谟：谋也。
5 犹：同"猷"，计划。

今译

你如有天下无能与之竟的人才，那么，天下就服从你了。你如有光明正大的德行，那么，天下就顺服你了。以远大的谋略，安定国家的命运，以远大的计划，及时告戒于国民。敬慎自己的威仪，作为人民的榜样。

其在于今，兴迷乱于政[1]。颠覆厥德，荒湛于酒。女虽[2]湛乐从，弗念厥绍[3]。罔敷求先王，克共明刑[4]。

今注

1 兴：皆也。政：正也，正道也。
2 女：读汝。虽：同"维"。
3 绍：继续先人的遗业。
4 共：恭谨也。刑：法度。

今译

时至今日，你还是迷乱于正道，败坏了自己的德行，沉溺于酒乐之中，一味地酒乐是从，全不想想如何继续先王的志业，不肯广求先王之道，又不能恪守贤明的法度。

肆皇天弗尚[1]，如彼泉流，无沦胥以亡[2]。夙兴夜寐，洒扫廷内，维民之章[3]。修尔车马，弓矢戎兵，用戒戎作[4]，用遏[5]蛮方。

今注

1 肆：所以。尚：帮助。
2 如彼泉流，无沦胥以亡：无如彼泉流，沦胥以亡。
3 章：表率。
4 戒：准备。戎作：军事工作，战事工作。
5 遏：抵抗外力的侵略，同"遏"字之意。

今译

所以皇天就不帮助你,千万不可像泉水一样,大家随波逐流,同归于尽。你要早起晚睡,洒扫廷内,以为人民的表率。要修整你的车马、弓矢以及各种兵器,以准备军事动员,以抗拒蛮方的侵略。

质[1]尔人民,谨尔侯度[2],用戒不虞[3]。慎尔出话,敬尔威仪,无不柔嘉[4]。白圭之玷[5],尚可磨也。斯言之玷,不可为也。

今注

1 质:诘也,誓谨也。
2 侯度:斥侯也,侦探也。
3 不虞:料想不到的事变。
4 柔嘉:善也。
5 玷:音店,污点。

今译

要告诫你的人民,要谨密你的情报,以防备一切意料不到的事变。要谨慎你的言语,要端敬你的威仪,使之无不尽善尽美。你要知道,白圭有什么污点,尚可以磨而去之;如果是话说错了,那便连一点办法都没有了。

无易由言,无曰苟矣。莫扪朕[1]舌,言不可逝[2]矣。无言不雠[3],无德不报。惠于朋友,庶民小子。子孙绳绳[4],万民靡不承[5]。

今注

1 扪:持也。朕:我。
2 不可逝:不可追也,即一言出口,驷马难追也。
3 雠:对答,反应。
4 绳绳:继续不断。
5 承:奉也。

叁 大雅

今译

不要轻易说话，不要说我说的话是说着玩的。虽然没有人禁止我说话，但是要知道一句话说出后，是再也追不回来的。没有一句话说出来，会不发生反应的；没有一件好事做出来，会没有报应的。所以你的话说出来，如果是有益于朋友，有利于社会群众，那么，你的子子孙孙，便能继续繁盛下去，天下万民也就没有不顺服你的了。

（本章是教人要谨言。）

视尔友君子[1]，辑[2]柔尔颜，不遐有愆。相在尔室[3]，尚不愧于屋漏[4]。无曰："不显，莫予云觏[5]。"神之格[6]思，不可度思，矧可射[7]思。

今注

1　视尔友君子：尔友及君子皆在视尔，即你的朋友和社会上一般的君子，都在看着你的一切行为。

2　辑：和也。

3　相在尔室：在你的房间里边，也会有人看着你。

4　尚：希望你。屋漏：幽暗之处。

5　觏：见也。

6　格：来也。

7　射：音亦，厌倦，懈息。

今译

你的朋友和社会上一般的君子，都在看着你，你要柔和你的颜色，戒慎恐惧，万不可有什么过错。要知道，一个人的行为，即使在自己的房间，也会有人看见，所以希望你虽在幽暗之处，也不可去做那愧心之事。不要说："这是不明显的地方，没有人会看见我。"要知道，神的来临，是不可预测的，说不定什么时候便会来到，岂敢懈息而不谨慎自己的行为呢。

（本章是教人要慎行。十目所视，十手所指，一个人的行为，常有人注意，所以不可不谨慎。）

辟[1]尔为德，俾臧俾嘉。淑慎尔止，不愆于仪。不僭不贼[2]，鲜不为则。投我以桃，报之以李。彼童[3]而角，实虹[4]小子。

今注

1　辟：效法。
2　僭：差错。不贼：不害于理。
3　童：羊之无角者。
4　虹：迷乱，欺骗。

今译

人民都效法你，作为他们的行为准绳，所以你要使你的行为，表现得很好很美。你的一切动作，要善自慎重，如果你能不失于礼仪，不越于本分，不害于道理，那就很少不以你为法则了。人家投我以桃，我必报之以李，这是合理的反应。如果有人说，童羊头上生了角，那是完全不合理的，那就是迷乱你了。

荏染[1]柔木，言缗之丝[2]。温温恭人，维德之基。其维哲人，告之话言，顺德之行。其维愚人，覆谓我僭[3]。民各有心。

今注

1　荏：音忍。荏染：柔的样子。
2　缗：音民，披也，施也。言缗之丝：言施之以丝，即可以成为琴瑟之弦。
3　僭：不诚实。

今译

荏染的柔木，披之以丝，即可以成为琴瑟之弦。温温的恭人，实是德行的基干。那些明哲的人，如以善言相告，他便能顺乎德性而行。只有那些愚人，我以善言相告，他反而以为我是在欺骗他。人们的心理，真是大大的不同啊。

叁　大雅

於乎[1]小子，未知臧否[2]。匪手携之，言示之事。匪面命之，言提其耳。借[3]曰未知，亦既抱子。民之靡盈[4]，谁夙知而莫[5]成？

今注

1 於乎：於音乌，於乎即呜乎。
2 否：音痞，恶也。
3 借：假定。
4 盈：满也。
5 莫：同"暮"，晚间。

今译

呜乎小子啊，你不知道什么是善，什么是恶。我不仅携手于你，而且告诉你实际之事。我不仅当面告诉过你，并且又提了一提你的耳朵，使你更为注意。假定说你是年幼无知，但是你已经抱子了，年纪已经不小了。努力是永远没有止境的，哪一个人是早上知道而晚间便能成功的呢？

昊天孔昭，我生靡乐。视尔梦梦[1]，我心惨惨。诲尔谆谆[2]，听我藐藐[3]。匪用为教，覆用为虐。借曰未知，亦聿既耄[4]。

今注

1 梦梦：昏迷不明的样子。
2 谆谆：详悉也。
3 藐藐：忽略也。
4 耄：音冒，八九十岁之人。

今译

上天是极其昭明的，我这一生没有过过一天快乐的日子。看见你那样的昏昏倒倒，我的心忧伤得很！我对你苦口婆心地劝告，而你却听之藐藐，全不留心。你对于我的话，不仅不以为教训，反而认为是对于你的束缚。假定说你是没有知识的话，你的年纪已经是八九十岁了，不应该如此之无知啊！

於乎小子，告尔旧[1]止，听用我谋，庶无大悔。天方艰难，曰丧厥国。取譬不远[2]，昊天不忒[3]。回遹[4]其德，俾民大棘[5]。

今注

1　旧：久也，说的很久。

2　取譬不远：所举的例子都不在远。

3　忒：错误。

4　遹：邪也。

5　棘：苦痛。

今译

呜乎小子啊！我劝告你已经很久了，你若是肯采用我的意见，庶几不致有多大的后悔了。上天正在降下艰难，要败亡你的国家。我所譬喻的事例，都不在远，上天对福善祸淫的处置，是一点都不会错误的。你若是不走正道而邪僻其德，那么，老百姓可就要大大地受苦了。

（三）桑柔

这是伤叹政昏臣邪，是非颠倒，民风败坏之诗。

菀彼桑柔[1]，其下侯旬[2]。捋采其刘[3]，瘼此下民[4]。不殄心忧，仓兄填兮[5]！倬[6]彼昊天，宁[7]不我矜？

今注

1　菀：茂盛的样子。桑柔：柔桑。

2　其下侯旬：于树下之荫庇甚为匀遍。

3　捋采其刘：捋，音罗（一声），取也。刘，柔桑之枝叶被斩杀而稀疏缺落也。

4　瘼此下民：柔桑枝叶稀落，则在桑下之人无荫可庇，而陷于病矣。

5　仓兄：同"怆怳"，心情怅恨，意不得也。填：同"瘨"，病也。此句怆怳瘨兮，正与"乱离瘼矣"句法相似。

6　倬：音捉，明也。

7　宁：乃也。

今译

那茂盛的柔桑，其荫普遍而均匀，可以供人乘凉。今若砍伐其枝叶，则树荫疏落，而在下乘凉者便苦了。由于桑柔之被摧残，使人无荫可庇，因而联想今日人民受丧乱之苦，忧伤不置，心情惆怅以致病了！高明无所不见的苍天，竟然一点也不可怜我们？

四牡骙骙[1]，旟旐有翩[2]。乱生不夷[3]，靡国不泯。民靡有黎[4]，具祸以烬。於乎[5]有哀，国步斯频[6]。

今注

1　骙骙：骙，音葵，壮盛的样子。

2　旟旐：旟，音鱼，旐，音兆，皆旗子也。旗上画有鸟隼者，曰旟，旗上画有龟蛇者，曰旐。有翩：翩然飘动的样子。

3　不夷：不平服也。

4　民靡有黎：靡有孑遗，所余不多，不剩几个。

5　於乎：呜乎。

6　国步：国运。频：危蹙，急蹙。

今译

四牡骙骙而壮盛，旌旗翩然而飘扬，这就是征战的征象。战乱连连发生，不曾有和平的日子，没有一个国家不趋于灭亡。老百姓随着战火，化为灰烬，所余没有几个了。呜乎哀哉，国运竟至于如此之危蹙。

国步蔑资[1]，天不我将[2]。靡所止疑[3]，云徂何往？君子实维，秉心无竞[4]。谁生厉阶[5]？至今为梗[6]。

今注

1　蔑资：因战乱而穷乏，没有生活之资财也。

2　将：养也。

3 靡所止疑：靡所止戾，没有安生之地。

4 秉心无竞：存心不与人争权夺利。

5 厉阶：祸乱之阶。

6 梗：病也。

今译

国运穷乏，无以为生，上天又不养活我们。没有可以安身的地方，到哪里去好呢？君子一向是存心不与人竞争的，根本没有争权夺利之意念。那么，到底是谁造成了这祸乱之阶梯呢？直至今日，为害无已！

忧心慇慇[1]，念我土宇[2]。我生不辰[3]，逢天僤[4]怒。自西徂东，靡所定处。多我觏痻[5]，孔棘我圉[6]。

今注

1 慇慇：切至也，极忧而病也。

2 土宇：家乡也。

3 不辰：不是时候，生辰不好。

4 僤：音旦，厚也。

5 觏：遭也，遇也。痻：病也。

6 圉：边疆也。

今译

忧心慇慇，思念我的家乡。我生辰不佳，遭逢上天的盛怒。从西到东，没有安定的地方。我所遭遇的苦难太多了，边疆的问题也太紧急了！

为谋为毖[1]，乱况斯削[2]。告尔忧恤，诲尔序爵。谁能执热，逝[3]不以濯？其何能淑[4]？载胥及溺。

今注

1 毖：音必，谨慎也。

2 乱况斯削：祸乱的情况便减少。

叁 大雅 453

3　逝：语词。

4　淑：善其后也。

今译

如果一切计谋都能够慎重考虑，那么，祸乱的情势便会减少了。所以劝你要爱惜人民，并且教育你以序爵任贤之道。哪个人能够手执热物而不先以冷水浇之？贤人就好比是消热的能手，是平乱的专家，如果想平乱而不用贤人，如何能以善其后？那只有使大家同归于尽而已。

如彼溯风[1]，亦孔之僾[2]。民有肃心[3]，荓云不逮[4]。好是稼穑，力民代食[5]。稼穑维宝，代食维好。

今注

1　溯风：迎面吹来的风。溯，音素，逆也。

2　僾：音爱，闷气，呼吸短促也。

3　肃心：仕进之心。

4　荓：音乒，使之也。不逮：自谦为没有才能，力量不够，所以不愿入仕了。

5　力民：自食其力之人。代食：代替食禄，代替食薪水。

今译

好像碰着了当面吹来的逆风一样，使人气逆而呼吸困难。贤人虽有仕进之心，但以处于乱世，使得他不能不打消其仕意，而借口他能力不足，不够用世，于是以稼穑为业，自食其力，以代替俸禄之食。以为稼穑是最宝贵的，自食其力是最好的，所以就没人来为朝廷办事了。

天降丧乱，灭我立王[1]。降此蟊贼，稼穑卒痒[2]。哀恫中国，具赘[3]卒荒。靡有旅力，以念穹苍。

今注

1　立王：所赖以生存之王，即五谷也。

2　卒：尽也。痒：病也。

454　诗经今注今译

3　赘：音缀，连属也。

今译

上天降下了丧乱，毁灭了我们所赖以生存之谷物。又降下了吞噬谷物的蟊贼，使我们的稼穑，尽为之病。可哀恸的国内，连年都是灾荒，我们实在没有能用力之处，只有祈祷上苍救救我们了。

（此章全言天灾之苦。）

维此惠君[1]，民人所瞻。秉心宣犹[2]，考慎其相[3]。维彼不顺，自独俾臧，自有肺肠，俾民卒狂。

今注

1　惠君：惠，顺也，顺于义理也。
2　宣：光明。犹：通达。
3　相：辅佐之人。

今译

维此顺理之君，为民众所瞻仰，存心光明而通达，且能慎择贤能以为辅佐。维彼逆理之君，自以为善，独行其是，别具肺肠，拂人之性，结果，使人民尽入狂乱。

瞻彼中林，甡甡[1]其鹿。朋友已谮[2]，不胥以穀[3]。人亦有言："进退维谷"[4]。

今注

1　甡甡：音申，众多的样子。
2　谮：音践，通"僭"，彼此不信。
3　胥：相。穀：善也。
4　谷：绝地也。

今译

看那林中的鹿，友爱而相乐。我则不然，朋友之间，互相疑忌，不能相勉于善。人们常言："进退维谷"，我今日的处境，正是如此啊！

叁　大雅

维此圣人,瞻言[1]百里。维彼愚人,覆狂以喜。匪言不能,胡斯畏忌?

今注

1 言:语词。

今译

维此圣人,一眼能看到百里之远。维彼愚人,只能看见眼前,反而欢喜若狂,不知大祸已经临头。但是有远见的圣人,为什么事前不把大祸说出来呢?圣人并不是不会说话,那么,他是有什么畏忌而不敢说呢?乃是畏忌君王太暴虐,而不敢谏也。

维此良人,弗求弗迪[1]。维彼忍心[2],是顾是复[3]。民之贪乱[4],宁为荼毒[5]。

今注

1 迪:进用。

2 忍心:残暴不仁之人。

3 顾:眷念。复:重重复复,留恋而不忍使其去。

4 贪乱:不顾一切地希望天下大乱,此皆君王无道民不堪命之所激也。

5 宁为荼毒:甘心吃更大的苦头,乃至于同归于尽也,这就是孟子所谓"是日何丧,予及汝偕亡"之意。

今译

维此良善之人,君王不求不用;维彼残暴之人,君王既眷念又留恋。暴政压迫,民不堪命,所以大家不顾死活、一心一意地盼望天下大乱,宁愿吃更大的苦头,以逞"同归于尽"之快。

大风有隧[1],有空大谷[2]。维此良人,作为式穀。维彼不顺,征以中垢[3]。

今注

1 隧:音遂,孔道也。

2　有空大谷：有空，形容大谷也。
3　征以中垢：征，行也。中垢，垢中也。言行于污垢之中也。

今译

大风之来，有其孔道，空然之大谷，即其孔道也。维此良人，所作所为，皆出于善；维彼不顺于理之人，所作所为，皆出于污垢之中也。

大风有隧，贪人败类[1]。听言则对，诵言如醉。匪用其良，覆俾我悖[2]。

今注

1　贪人败类：言贪人能败坏善人。类，善也。
2　覆俾我悖：反而使我陷于悖逆。

今译

大风之来，由于孔道；善人之败，由于贪人。为人上者，对于顺从之言，则喜而答之；对于讽谏之言，则如醉者之不闻不省。不用善良之人，反而使善良者陷于悖逆。

嗟尔朋友！予岂不知而作？如彼飞虫，时亦弋获。[1]既之阴女[2]，反予来赫！

今注

1　如彼飞虫，时亦弋获：如彼小小的飞虫，辛辛苦苦，飞行于空中，有时偶然也会捕得一点东西。比喻自己之所言，愚者千虑或有一得之见也。
2　既之阴女：之，往也。阴，密告也。女，汝也。既往你那里，把我的心事密告于你，你反而对于我加以威胁和恐吓。

今译

唉，朋友你啊！我岂是不知时局之难救而作此言？好比那小小的飞虫一样，辛苦飞行于空中，有时偶然也会有所弋获，我的话，也是希望愚者千虑或有一得之助耳。我既然到你那里，把我的心事密告于你，而你反而来威吓我，人心真是可怕啊！

民之罔极[1]，职凉善背[2]。为民不利，如云不克。民之回遹[3]，职竞用力。

今注

1　罔极：为非作恶，没有限度。
2　凉：薄，险诈。善背：善于反复。
3　回遹：邪僻不正。遹，音育。

今译

人之所以为非作恶，没有极限，主要是由于人情浇薄，反复无常。做那不利于人之事，好像是唯恐心力不够似的。现在人心之所以邪僻，主要是由于一般恶人倾其全力以争权夺利，导致民情风气之日趋堕落也。

民之未戾[1]，职盗为寇[2]。凉曰不可，覆背善詈[3]。虽曰匪予，既作尔歌。

今注

1　戾：安定。
2　盗：盗臣也，聚敛之臣也。寇：窃攘人民之所有也。
3　詈：音利，骂人。

今译

人民之所以不得安定，主要是由于一般聚敛之臣，剥削搜刮，攘夺人民之财物，如同寇贼一样。心性浇薄已经是不可以了，而况又反复无常，恶言善骂。虽然你说这些事情不是我干的，但是我已经作成歌了，是为你而作，请你看一看，有则改之，无则加勉。

（四）云汉

这是君王为旱灾太甚而祈祷求雨之诗。

倬[1]彼云汉，昭回[2]于天。王曰[3]："於乎！何辜今之人？天降丧乱，饥馑荐臻[4]。靡神不举，靡爱斯牲。圭璧[5]既卒，宁莫我听？"

今注

1　倬：明亮的样子。

2　昭：光照也。回：转动也。

3　王曰：王曰以下，全诗都是王所祈祷的话。

4　荐臻：频仍也。

5　圭璧：祭神之玉器，随祭而埋于土，不再取出，故越祭圭器越少以至于尽。

今译

明亮的天河，光照运转于天空。王乃祈祷而言曰："呜乎！今之人究竟犯了什么罪呀？上天降下了丧乱，饥馑连续不断。为了祷告免灾，可以说没有神是我们不与行祭礼的，没有牲是我们敢于不爱惜的。现在祭祀的玉器，也都用完了，难道上天对于我们的祷告，一点也不肯听从吗？"

旱既大[1]甚，蕴隆虫虫[2]。不殄禋祀[3]，自郊徂宫[4]。上下奠瘗[5]，靡神不宗[6]。后稷不克，上帝不临。耗斁[7]下土，宁丁[8]我躬？

今注

1　大：读太。

2　蕴隆：郁蒸的暑气。虫虫：音中，热气蒸人的样子。

3　殄：断绝。禋：音因，祭祀。

4　郊：祭天地。宫：宗庙，祭祖先。

5　上下：上祭天，下祭地。奠：置祭品于地上。瘗：埋也。埋祭品于地下。

6　宗：敬，尊敬。

7　耗斁：败亡也。斁，音杜。

8　丁：适当其时。

叁　大雅

今译

旱得既然太甚了，热气蒸人。我不敢断绝祭祀，从郊祭到庙祭，上祭天，下祭地，摆祭品，埋祭品，忙个不停，可以说，没有神是不敬到的。但是后稷不理会，上帝不光临。这样的败亡下土的大旱灾，难道就恰巧被我碰到吗？

旱既大甚，则不可推[1]。兢兢业业[2]，如霆如雷。周余黎民[3]，靡有孑遗[4]。昊天上帝，则不我遗。胡不相畏？先祖于摧[5]。

今注

1　推：除去。
2　兢兢业业：危惧的样子。
3　黎民：众民。
4　靡有孑遗：没有几个人活着。
5　摧：绝也，灭也。

今译

旱灾既然太甚，就无法解除了。好像听到雷霆之声一样，使人危惧万分。经过大乱大灾之后，周家的黎民，能够活着的，已经没有多少了。昊天上帝，既然不留我们，先祖之祭祀，快要断绝了，为什么不相互戒惧呢？

旱既太甚，则不可沮[1]。赫赫炎炎[2]，云我无所[3]。大命[4]近止，靡瞻靡顾。群公先正[5]，则不我助。父母先祖，胡宁忍予？

今注

1　沮：止也。
2　赫赫炎炎：言天久不雨，阳光烤热的样子。
3　云：语词。无所：无逃避之处。
4　大命：国家的生命，命运。
5　群公：指周朝未成王业以前的祖先而言。先正：正，官长，指先公的诸臣而言。

今译

旱灾既然太甚,已经是阻止不住的了。天气热得好像火烤的一样,使我没有躲藏之处。国家的命运快完了,没有人看我,也没有人顾我。历代的祖先和先朝的群臣,也没有来帮助我的。父母啊,先祖啊,难道你们对于我竟是这样的忍心吗?

旱既太甚,涤涤山川[1]。旱魃[2]为虐,如惔[3]如焚。我心惮[4]暑,忧心如熏[5]。群公先正,则不我闻。昊天上帝,宁俾我遯[6]?

今注

1 涤涤山川:山无木,川无草,地上光秃秃的,一草一木都没有,旱得太甚,草木干枯,好像是水洗过似的,洗得干干净净,地上没有生物。

2 魃:音拔,旱神。

3 惔:烧。

4 惮:怕。

5 熏:灼也,烫也。

6 遯:逃也。

今译

旱得既然太甚,山川好像是洗过似的,干干净净,没有一草一木的存在。旱神大肆暴虐,热得如烧如烤。我的心中害怕暑热,忧愁得好像火烫着一样。历代的祖先和先人的群臣,对于我的呼吁,不闻不理。昊天上帝,难道会允许我们逃避?

旱既大甚,黾勉畏去[1]。胡宁瘨[2]我以旱?憯[3]不知其故。祈年孔夙[4],方社不莫[5]。昊天上帝,则不我虞[6]。敬恭明神,宜无悔怒。

今注

1 黾勉:勉力从事。黾,音敏,努力也。畏去:不敢逃避。

2 瘨:音颠,病也。

3 憯:音惨,乃也。

4 祈年：孟春祈谷于上帝，孟冬祈来年于天宗之祭也。夙：早也。

5 方社：方，祭四方。社，祭土神。不莫：莫同"暮"，晚也。不莫即不晚也。

6 虞：揣度，体谅也。

今译

旱得既然太甚，我们只有奋勉从事，而不敢逃去。为什么以旱灾的苦痛加之于我们呢？真使我百思而不得其解。我每年举行祈年之祭，是很早的，而祈四方祈土地之祭，也并不算晚。可惜昊天上帝不体谅我们的诚意，像我这样对神明如此恭敬，神应该是无悔无怒的。

旱既太甚，散无友[1]纪。鞫哉庶正[2]，疚哉冢宰[3]，趣马师氏[4]，膳夫[5]左右，靡人不周，无不能止[6]。瞻卬[7]昊天，云如何里[8]？

今注

1 友：同"有"。

2 鞫：穷也。庶正：众官之长。

3 疚：痛也。冢宰：众长之长。

4 趣马：掌马之官。师氏：掌以兵守王门者。

5 膳夫：掌食之官。

6 无不能止：无不能之。

7 卬：同"仰"。

8 里：忧也。

今译

旱得既然太甚，百官们也四处逃散，没有纪纲。累得庶正也穷了，冢宰也病了。趣马、师氏、膳夫、左右，无人不用力以周济他人，没有人说是自己不能帮别人的。仰首昊天，我内心的苦要如何形容呀？

瞻卬昊天，有嘒[1]其星。大夫君子，昭假无赢[2]。大命近止，无弃尔成。何求为我，以戾庶正。瞻卬昊天，曷惠其宁？

今注

1　有嘒：嘒，音惠，明亮也。有嘒，即嘒然也。

2　昭假：祭祀也，以诚意祈神也。精诚之上达，曰"奏假"。精诚之显达，曰"昭假"。赢：余也。

今译

瞻仰昊天，星光明亮。大夫君子，所以致力于祭祀者，已经是竭诚尽力而无余了。虽然是国运垂危，但是大家总要继续努力，不可废弃你们已有的成就。哪一次的祈求是为我自己呢？无非是为的安定众官罢了。瞻仰昊天，何不惠然赐下民以安宁呢？

（五）嵩高

这是尹吉甫送申伯就封于谢之诗。

嵩高维岳[1]，骏[2]极于天。维岳降神，生甫及申[3]。维申及甫，维周之翰[4]。四国于蕃[5]，四方于宣[6]。

今注

1　嵩：高大的。岳：山之尊者，东岳泰山、西岳华山、南岳衡山、北岳恒山，谓之四岳。甫侯申伯皆姜姓之国，掌四岳之祀，能奉其职，岳神宠之，故降之以福。

2　骏：同"峻"，高。

3　甫：甫侯。申：申伯。

4　翰：桢干。

5　蕃：屏藩。

6　宣：可有两种解释。一种是普通意义的解释，宣是宣达，即宣达国王德意于四方。另一种是马瑞辰《毛诗传笺通释》的解释，认为"宣"当为"垣"字的假借，"四国于蕃，四方于宣"，犹《板》之诗"价人维藩，大师维垣"，其意义与文法构造皆相似。且"亘"

字古读同"宣"，如"赫兮咺兮"，韩诗作"赫兮喧兮"是也。马氏之说，颇为精当。

今译

山之高大者，就是四岳，其高可以达于天际。岳公显现了神异，就降生了甫侯和申伯。申伯和甫侯，乃是周家的桢干，四方之国，赖之而为屏藩，四方之民，赖之而为保障。

亹亹[1]申伯，王缵[2]之事。于邑于谢[3]，南国是式。王命召伯，定申伯之宅。登是南邦[4]，世执其功[5]。

今注

1 亹亹：音尾，奋勉的样子。

2 缵：继续，王使之继续其先人之事业。

3 于邑：于，为也，作也，于邑，即作邑也。谢：地名，在今河南省信阳县。申地和谢地相距不远，谢较申大，故改封于谢。

4 登：前往。南邦：谢地在周土之南，故曰南邦。

5 执：执行。功：工作，任务。

今译

奋勉有为的申伯，天子使他继续其先人之事业，作新邑于谢地，以为南方诸国的榜样。天子命令召伯，规划申伯之所居。以便申伯前往南邦，世世执行其任务。

王命申伯，式是南邦，因[1]是谢人，以作尔庸[2]。王命召伯，彻[3]申伯土田。王命傅御[4]，迁其私人[5]。

今注

1 因：凭借，使用。

2 作：发挥。庸：事功。

3 彻：定其经界，正其赋税。

4 傅御：申伯家臣之长也。

5 迁：使就国也。私人：家人。

今译

王命申伯：为南方诸国的榜样，就使用谢地的人民，以发挥你的事功。王又命令召伯，划量申伯土田的经界，规定赋税的收入。王又命令申伯的家臣之长，先带着申伯的家人前往就国。

申伯之功[1]，召伯是营。有俶[2]其城，寝庙既成。既成藐藐[3]，王锡申伯。四牡蹻蹻[4]，钩膺濯濯[5]。

今注

1　功：工作，建造新邑的工程。
2　俶：音触，善也。有俶，即俶然。
3　藐藐：音秒，美观也。
4　蹻蹻：壮健的样子。
5　钩膺：马肚带上的钩。膺，马肚。濯濯：光泽的样子。

今译

申伯建立新邑的工作，由召伯负责营建。先开始建筑城郭，而后营建寝庙，寝庙既成之后，很是美观。王赐申伯以蹻蹻的四牡，四牡身上装饰的钩膺之物，也都非常有光泽。

王遣申伯，路车乘马[1]。"我图[2]尔居，莫如南土。锡尔介圭[3]，以作尔宝。往近王舅[4]，南土是保。"

今注

1　路车：诸侯所乘之车。乘马：乘音胜，四马曰乘。
2　图：谋，打算。
3　介圭：诸侯之封圭。介者，大也。圭者，上圆下方之瑞玉也。
4　往近王舅：近，音记，语词，用作"矣""已""哉"之词，即"往矣王舅"之意。申伯为宣王之舅，故以王舅称之。

今译

王遣申伯往谢国去的时候，赏他以路车乘马。并且告诉他说："我替你考虑你的住地，再没有比南土更好的了。我赏赐你以大的玉圭,作为你的宝器。去吧!王舅啊!去保障南方的国土!"

申伯信迈[1],王饯于郿[2]。申伯还南,谢于诚归[3]。王命召伯,彻申伯土疆[4]。以峙其粻[5],式遄[6]其行。
今注
1 信迈:信,诚,确定时日也。迈,远行也。即确定日期往南土去也。
2 饯:音见,以酒食相宴为之送行也。郿:音眉,在今陕西省眉县,在镐京之西,岐周之东,王当时在岐周,故饯于郿。
3 谢于诚归:诚然要归于谢地也。
4 土疆:封土的疆域及土地的分配使用诸事,皆属之。彻者,规划之而征其赋税也。
5 峙:音志,储积也。粻:音张,粮也。
6 式:语词。遄:音船,促其速也。
今译
申伯确定要远行了,王于是在眉县给他饯行。申伯真是归于谢地去了。先是王曾命令召伯划定申伯的疆土,规定征收赋税的办法,把粮食早就储备下来,所以申伯得以从速启行。

申伯番番[1],既入于谢,徒御啴啴[2]。周邦[3]咸喜,戎有良翰[4]。不显申伯[5],王之元舅[6],文武是宪[7]。
今注
1 番番:番,音波。番番,武勇的样子。
2 徒御:指申伯的一切随从人马而言。啴啴:音滩,啴啴,人徒众盛的样子。
3 周邦:周,遍也。周邦,即全邦也。
4 戎:汝也。翰:屏障也。
5 不显:光显也。
6 元舅:长舅也。

7　宪：法则也。

今译

武勇的申伯，往谢国去了，随从的人，很是众盛。全邦的人都很欢喜地说：你有了良好的屏障了，他就是大有显德的申伯，是王的长舅，他能作为文王武王的法则。

申伯之德，柔惠且直。揉[1]此万邦，闻于四国。吉甫作诵，其诗孔硕[2]，其风肆好[3]，以赠申伯。

今注

1　揉：治也，安抚也。
2　硕：大也。
3　肆好：很好也。硕也，好也，皆就其诗之用意而言。

今译

申伯的德行，既柔和又正直。他来到谢邑，安抚南方的万邦，闻名于四方的诸国。吉甫为他作了一篇诵，以赠给他。那篇诵诗，非常之硕大，而用意也非常之良好。

（六）烝民

这是尹吉甫赞美仲山甫之诗。

天生烝民[1]，有物有则[2]。民之秉彝[3]，好是懿德。天监有周，昭假于下[4]。保兹天子，生仲山甫。

今注

1　烝民：众民。
2　有物有则：有某种事物，即必然有某种事物的法则。
3　秉彝：秉赋之常性。
4　昭假于下：言上天嘉赏有周能承天命，所以就显现神灵于下土，保佑周朝。

叁　大雅

今译

上天生下了众民,有其事物,就必然有其法则。人类的常性,都喜欢美好的德行。上天看见了有周的德行,乃显现神灵。所以就生下了仲山甫,来保护周朝的天子。

仲山甫之德,柔嘉维则。令仪令色,小心翼翼。古训是式,威仪是力。天子是若,明命使赋[1]。

今注

1 明命使赋:观前三句连用之"是"字,可以推知"明命使赋"之"使"字,当为"是"字。赋,敷也,敷布也。敷布天子之明命于南土也。

今译

仲山甫的德行,柔善可为法则。他有良好的威仪,温和的颜色,小心而恭谨。他以古训为法式,他注重威仪,他顺从天子的意旨,他敷布天子的明命于南土。

王命仲山甫,式是百辟[1],缵戎[2]祖考,王躬是保。出纳王命[3],王之喉舌。赋政于外,四方爰发[4]。

今注

1 百辟:诸侯。

2 戎:你。

3 出纳王命:把王命宣布于外,谓之出。把外边的意见接纳进来以转达于王,谓之纳。

4 发:推行也。

今译

王命仲山甫:为各国诸侯的模范,继承你先人的事业,保护王的身体。宣布王的命令于外边,并转达外边的意见于王,是王的喉舌,代表王来发言。敷布政令于外,于是四方诸国,就起而行之。

468　　　　　　　　　　　　　　　　　　　诗经今注今译

肃肃[1]王命,仲山甫将[2]之。邦国若否[3],仲山甫明之。既明且哲,以保其身。夙夜匪解[4],以事一人。

今注

1　肃肃:严正的。

2　将:奉行。

3　若否:善否。

4　解:同"懈",懒惰怠忽。

今译

严正的王命,仲山甫能彻底地奉行;邦国的好坏,仲山甫能全部了解。既聪明又有智谋,以保全其身。昼夜不懈地努力工作,以奉事天子一人。

人亦有言:"柔则茹之,刚则吐之。"[1]维仲山甫,柔亦不茹,刚亦不吐。不侮矜寡[2],不畏强御[3]。

今注

1　柔则茹之,刚则吐之:遇到软的,就把他吃了;遇到硬的,就把他吐了。这就是欺软怕硬,欺压善良的人,害怕暴恶的人。

2　矜寡:鳏寡,老而无妻曰鳏,老而无夫曰寡。

3　强御:强暴的恶人。

今译

世人们常说:"软的就把他吃了,硬的就把他吐了。"这完全是欺软怕硬的现实主义。唯独仲山甫不是这样,他对于软的既不吞食,对于硬的也不屈服。不欺侮那些鳏寡的人,也不害怕那些强暴的人。

人亦有言:"德辀[1]如毛,民鲜克举之。"我仪图[2]之,维仲山甫举之。爱莫助之,衮职有阙[3],维仲山甫补之。

今注

1　辀:音由,轻也。

叁　大雅　　　　　　　　　　　　　　　　　　　　469

2　仪图：揣度，想象也。

3　衮职：天子服衮衣，故衮职，即天子之职。阙：失也。

今译

人们也说过："德之轻如羽毛一样，但是人们很少能把它举起来。"我心中想象只有一个人，就是只有仲山甫能举起来。我对于仲山甫真是爱其德而不能有所帮助。天子有什么错误，唯仲山甫能够纠正过来，补救过来。

仲山甫出祖[1]，四牡业业[2]，征夫捷捷[3]，每怀靡及。四牡彭彭[4]，八鸾锵锵[5]。王命仲山甫，城彼东方[6]。

今注

1　出祖：出行祭道神。

2　业业：雄健的样子。

3　捷捷：疾速的样子。

4　彭彭：盛壮的样子。

5　锵锵：鸾铃之鸣声。

6　东方：齐之临淄。

今译

仲山甫出祖启行，四牡业业而前进，征夫捷捷而疾走，好像常常存着唯恐赶不及的心情。四牡彭彭而前进，八鸾锵锵而和鸣，王命仲山甫，建设东方的临淄。

四牡骙骙[1]，八鸾喈喈[2]。仲山甫徂[3]齐，式遄其归。吉甫作诵[4]，穆[5]如清风。仲山甫永怀，以慰其心。

今注

1　骙骙：强健的样子。

2　喈喈：和鸣声。

3　徂：往也。

4　诵：有音节而可诵之词句。

5 穆：温和的。

今译

四牡骙骙而前进，八鸾喈喈而和鸣，仲山甫往齐国去了，希望他能早去早回。吉甫作这首诗，温和的如同清风一般，希望仲山甫永远记着这首诗，可以安慰他的心灵。

（七）韩奕

这是赞美韩侯之诗。

奕奕梁山[1]，维禹甸[2]之，有倬[3]其道。韩侯受命，王亲命之："缵戎[4]祖考，无废朕命。夙夜匪解[5]，虔共[6]尔位，朕命不易。榦不庭方[7]，以佐戎辟[8]。"

今注

1 奕奕：高大的样子。梁山：在今河北省固安县境内。
2 甸：治也。
3 倬：光明。有倬，即倬然。
4 戎：你，汝也。
5 解：同"懈"。
6 虔共：虔，敬也。共，恭也。
7 榦：纠正也。不庭方：不来朝会之方国。
8 辟：音壁，君也。

今译

高大的梁山，是禹王所平治的。因为韩侯的行事，很是光明，所以就受命而为韩侯。王亲自命令他道："你要继续你先祖的事业，不要废弃我的命令。你要昼夜不懈地努力工作，诚心诚意恭恭敬敬地尽到你的职责。我命你为韩侯，也并不是一件容易之事。希望你以身作则，能纠正那些不来朝会的方国，以辅佐你的君王。"

四牡奕奕，孔修且张[1]。韩侯入觐[2]，以其介圭[3]，入觐于王。

王锡韩侯，淑旂绥章[4]，簟茀错衡[5]，玄衮赤舄[6]，钩膺镂钖[7]，鞹鞃浅幭[8]，鞗革金厄[9]。

今注

1　修：长也。张：大也。

2　觐：朝见天子。

3　介圭：大圭，执之为贽，以合瑞于王也。

4　淑：善也，美好也。旂：旗上绘有交龙之文。绥章：染鸟羽或旄牛尾为之，注于旂竿之首，以为表章者也。

5　簟茀错衡：簟，方文竹席。茀，车蔽。错，文采。衡，辕前端之横木。

6　玄衮：玄色画有卷龙之衣。赤舄：赤色之履也。

7　钩膺：马腹之带，有钩以拘之，施之于胸部。镂：刻金也。钖：音阳，马眉上之饰物也。

8　鞹：音扩，除过毛之革。鞃：音弘，车轼蒙革也。鞹鞃，即以去毛之皮，施于轼之中央，以使车子牢固也。浅幭：以浅色之虎皮覆于轼也。幭音密。

9　鞗革金厄：鞗革，辔首也。鞗音条。金厄，以金为环，缠搤辔首也。

今译

四匹雄马，奕奕然既长且大。韩侯入朝觐见天子的时候，以其大圭，入觐于王。王赐韩侯以美丽的旗帜，旗杆之首有些羽毛的饰物。车子的装饰，也很美观，以方文竹席为车蔽，车前端的横木之上，也施以文采。又赐以玄色的衮衣，赤色之舄。马的装饰有钩膺，有镂钖。车轼上蒙之以浅色的虎皮。马辔之首，以金环束之。这些都是王赏赐于韩侯的。

韩侯出祖[1]，出宿于屠[2]。显父[3]饯之，清酒百壶。其殽维何？炰鳖鲜鱼。其蔌[4]维何？维笋及蒲。其赠维何？乘马路车[5]。笾豆有且[6]，侯氏燕胥[7]。

今注

1　韩侯出祖：韩侯觐见天子之后，而首途就国。祖者，行路，祭道路之神也。祭而出发，故曰出祖。

2　屠：地名，或以为杜陵。

3　显父：周之卿士也。卿士都是地位显达之人，故曰显父。父者，男子之美称也。

4　蔌：音速，蔬菜也。

5　乘马路车：乘，四马曰乘。路车：诸侯所乘之车。

6　且：音居，多也。有且，即且然。

7　侯氏燕胥：来朝之诸侯送行而共相宴乐也。胥，共同。

今译

韩侯要启程就国了，出宿于屠地。周室的卿大夫们为他送行，备了清酒百壶。肉菜是炰鳖和鲜鱼，素菜是笋子和蒲荛。天子赠他以乘马路车。笾豆的陈设甚多，各国来朝的诸侯，都来参加这场欢宴。

韩侯取妻，汾王¹之甥，蹶父²之子。韩侯迎止³，于蹶之里。百两彭彭⁴，八鸾锵锵⁵，不显⁶其光。诸娣从之⁷，祁祁⁸如云。韩侯顾⁹之，烂其¹⁰盈门。

今注

1　汾王：厉王，流于彘，在汾水之上，故时人称为汾王云。

2　蹶父：周之卿士，蹶音桂。

3　止：语词。

4　两：同"辆"，车辆。彭彭：车行盛大的样子。

5　锵锵：车铃之响声。

6　不显：丕显，大显也。

7　诸娣从之：古者诸侯娶妻，一娶九女，诸侯娶一国，则二国往媵之，以侄娣从，侄者兄之子，娣者女弟也。

8　祁祁：众多的样子。

9　顾：曲顾，亲迎之礼。

叁　大雅

10　烂其：粲烂，即烂然也。

今译

韩侯娶太太了，是汾王的甥女，是蹶父的女儿。韩侯亲自到蹶父那里去迎亲。百辆的车儿，彭彭而盛大，八鸾的响声，锵锵而和鸣，大大地显现其光彩，妻之诸娣，从之而来。韩侯亲迎，众多的美女，光艳照人，一个比一个漂亮，充盈了门庭。

蹶父孔武，靡国不到。为韩姞相攸[1]，莫如韩乐。孔乐韩土，川泽訏訏[2]，鲂鱮甫甫[3]，麀鹿噳噳[4]。有熊有罴，有猫有虎，庆既令居，韩姞燕誉。

今注

1　韩姞：姞，蹶父之姓。因其女嫁于韩，故曰韩姞。相攸：相其所宜适之地也。

2　訏訏：大的样子。

3　甫甫：大也。

4　噳噳：音禹，众多的样子。

今译

蹶父甚是勇武，没有一个国家是他没到过的。他为韩姞考虑所适宜的地方，认为再没有比嫁到韩国更快乐了。韩国真是一个快乐的土地，川泽广大，鲂鱮肥美，麀鹿众多，另外还有熊有罴，有猫有虎。她嫁到这样好的地方，真是可喜可贺，韩姞从此快乐而幸福了。

溥[1]彼韩城，燕师[2]所完。以先祖受命，因时[3]百蛮。王锡韩侯，其追其貊。奄受[4]北国，因以其伯。实墉实壑[5]，实亩实藉[6]。献其貔皮[7]，赤豹黄罴。

今注

1　溥：大也。

2　燕师：燕国的众人。

3　时：是也。

4 奄受：尽受也。
5 墉：筑城。壑：深其池也。
6 亩：丈量其田地。藉：收敛其赋税。
7 貔皮：猛兽之皮也。貔，音皮。

今译

大哉韩国之城，是燕国的众人所营建的。因为韩之先祖有功，故王命韩侯为北方百蛮之长，所有北方追貊的蛮族，尽受其统治。于是乎就筑其城，濬其池，丈量其土地，规定其赋税，而立国之规模，遂奠其基。韩侯每年献其貔皮、赤豹、黄罴，以修贡职于王室。

（八）江汉

这是赞美召公平淮夷之诗。

江汉浮浮[1]，武夫滔滔[2]。匪安匪游，淮夷来求[3]。既出我车，既设我旟[4]。匪安匪舒，淮夷来铺[5]。

今注

1 浮浮：流动的样子。
2 滔滔：浩浩荡荡的样子。
3 求：搜索。
4 旟：音余，旗之画有鸟隼者。
5 铺：平服也。

今译

江汉浮浮地流动，武夫浩浩荡荡地出征，不敢安逸，不敢戏嬉，一心一意唯在搜索淮夷。既然出动了我们的车子，既然竖起了我们的旗帜，不敢安逸不敢急缓，一心一意唯在平服淮夷。

江汉汤汤[1]，武夫洸洸[2]。经营[3]四方，告成[4]于王。四方既平，王国庶定。时[5]靡有争，王心载宁[6]。

今注

1　汤汤：音伤，水流的声音。
2　洸洸：勇武的样子。
3　经营：干事业。
4　成：成功。
5　时：是。
6　载宁：乃宁。

今译

江汉汤汤地流动，武夫勇敢地出征，经营四方，而告成功于王。四方既然平服，王国因而安定。天下太平，没有战争，君王内心才算安宁。

江汉之浒[1]，王命召虎[2]：式辟[3]四方，彻我疆土[4]。匪疚匪棘[5]，王国来极[6]。于疆于理，至于南海。

今注

1　浒：水岸。
2　召虎：召穆公名虎。
3　辟：开辟也。
4　彻：丈量其土田，区划其疆界，以定赋役。
5　疚：病也。棘：急切，骚扰。
6　来极：是极，以王国的一切制度为准绳。

今译

王命召虎，就江汉之滨，向外拓展以开辟四方，区划疆界，丈量土地，以规定赋役之征收。这并不是为害淮夷，扰乱淮夷，乃是要以王国的一切制度为准绳，而奠定统一的规模。要划其疆界，理其土田，直到南海为止。

王命召虎，来旬[1]来宣，"文武受命，召公维翰。无曰予小子，召公是似[2]。肇敏戎公[3]，用锡尔祉[4]。"

今注

1　旬：同"徇"，巡视也。

2　似：同"嗣"，继续也。

3　戎公：戎工，军事工作。又一种解释，将戎字解为"汝"，就是你的工作。事实上，召公的工作，不限于军事，故采用"汝"之意义。

4　祉：福也。

今译

王命召虎，巡视江汉各地，并宣达王命。王命谕召虎说："文王武王受天之命而为天子，召公乃是桢干。你不要说'我是小子，怎敢与召公相比？'。你应当继续召公的功业。你要积极地完成你的工作，我便赏赐你以多福。"

"釐尔圭瓒[1]，秬鬯一卣[2]。告于文人[3]，锡山土田。于周[4]受命，自召祖命[5]。"虎拜稽首[6]："天子万年。"

今注

1　釐：音离，赐也。圭瓒：瓒，音赞，祭祀时灌酒之器皿。以圭为柄之瓒，曰圭瓒。

2　秬鬯：用黑黍酿造之酒，祭时用于降神。秬，音巨。鬯，音畅。卣：音酉，酒器。

3　文人：有文德之先祖。

4　周：岐周。

5　自召祖命：用召康公受封时的礼节。

6　稽首：叩头至地也。此章叙述王赐召公策命之词。

今译

"赏赐你以圭瓒秬鬯，使你祭告于你的祖先。又赏赐你以山川土田，以扩大你的封邑。这项颁封典礼，在岐周之庙举行，以文王当年颁封你之先人康公的隆重典礼，来颁封你，你就可以理解其意义之重大了。"召公叩头，敬祝："天子万年。"

虎拜稽首，对扬王休[1]，作召公考[2]："天子万寿。明明天子，令闻不已。矢[3]其文德，洽[4]此四国。"

今注

1 对扬王休：对答并称扬王之美命。

2 作召公考：作康公之庙器而勒记王之策命，并为词以颂王。考者，颂祷之词也。

3 矢：展施，敷布。

4 洽：协和也。

今译

召公叩首，感谢并称扬王之美命，于是作康公之庙器，而勒记王之策命，并为词以颂王，其词曰："天子万年，长寿无疆。明明天子，美好的声誉永远不已，敷布文德，以协和四方的国家。"

（九）常武

这是赞美宣王自将伐徐成功之诗。

赫赫明明，王命卿士，南仲大祖[1]，大师[2]皇父，整我六师[3]，以脩我戎[4]。既敬[5]既戒，惠此南国。

今注

1 南仲：大将之名。大祖：太祖之庙。大，音太。

2 大师：相当于参谋长之职。大，音太。

3 六师：天子之六军。

4 戎：兵器。

5 敬：儆也，亦作警戒之意。

今译

王命赫赫而明显，命将帅于太祖之庙，以南仲为元帅，以皇父为太师。整顿我们的六军，修理我们的兵器，以讨伐徐戎。嘱咐大家要敬谨从事，提高警觉，平定暴乱，以加惠于南方之国。

王谓尹氏[1]:"命程伯休父[2],左右陈行[3],戒我师旅,率彼淮浦[4],省此徐土[5]。不留不处[6],三事就绪[7]。"

今注

1 尹氏:太师皇父,据《竹书纪年》"幽王元年,王锡太师尹氏皇父命",可见皇父实为尹氏。

2 程伯休父:程,国名。伯,爵级也。休父,程伯之名也。当时为大司马。

3 左右陈行:左右陈其行列。

4 率彼淮浦:循着淮水的边岸。

5 省此徐土:省,视也。徐土,徐州之境地也。

6 不留不处:积极的军事动员之意。不留,不得迟疑滞留,逗留。不处,不得安闲,逸居。

7 三事就绪:三军之动员工作,完全准备妥当。本章是宣王有关军事动员的指示。

今译

王告诉参谋长尹氏:"命令程伯休父将部队展开,左右陈其行列,告诫我们的军队要警觉严整,循着淮水的边岸,向徐州推进,不得延误,不得安闲,要把三军动员的工作积极准备妥当。"

赫赫业业,有严[1]天子,王舒保作[2]。匪绍匪游[3],徐方绎骚[4]。震惊徐方,如雷如霆,徐方震惊。

今注

1 有严:俨然。

2 王舒保作:王的表情非常郑重而振奋,与下句之"匪绍匪游"相对立。舒,表现,展示于外者。保,郑重其事也。作,振奋。

3 匪绍匪游:绍,安闲,弛缓也。意谓看样子不像是为消遣,不是为游乐,一定是为重大事情。

4 徐方绎骚:徐方听到了王师出动的消息,便骚动不安起来。

今译

王师出动，声势赫赫，兵马雄壮，天子的气象真是威严啊！天子的表情，非常郑重而振奋，看样子，绝对不是为消遣，为游乐，一定是为重大的事件。王师出动的消息，传到徐方之后，徐方便骚乱起来，把徐方震惊了。天子的威风，好像雷霆一样，徐方整个震惊了。

王奋厥武，如震如怒。进厥虎臣，阚如虓虎[1]。铺敦淮濆[2]，仍执丑虏。截彼淮浦[3]，王师之所。

今注

1　阚：音喊，愤怒的样子。虓：音消，虎怒吼也。
2　铺敦：陈兵，陈列兵力。濆：音焚，崖也。
3　截：平服。浦：水滨。

今译

王一奋发其威武，就好像天上打雷一样的震怒。把他的战士们开上去，就好像怒吼的老虎一样，在淮水之岸，展开阵势，就把丑虏们擒住了。平服了淮河区域，使之成为王师统一的地区。

王旅嘽嘽[1]，如飞如翰[2]，如江如汉，如山之苞[3]，如川之流。绵绵[4]翼翼，不测不克，濯征[5]徐国。

今注

1　嘽嘽：音滩，众盛的样子。
2　飞、翰：代表猛禽如鹰鹯之类。
3　苞：固定也。
4　绵：不断绝的。
5　濯：音酌，大也。濯征：大征也。

今译

王的军队，旺盛而众多。它的行进，好像疾飞猛扑的鹰鹯一样；它的声势，好像浩浩荡荡的江汉一样；它的停止，好像山岳一样不可摇撼；它的前行，好像江河一样不可阻挡；它的兵力，绵绵而不可绝；它的阵容，翼翼而不可乱；它有测不透的神威，它有打不破的实力。因而就把徐国干干净净地征服了。

王犹允塞[1]，徐方既来[2]。徐方既同[3]，天子之功。四方既平，徐方来庭[4]。徐方不回[5]，王曰还归。

今注

1　犹：同"猷"，计划。塞：实也，合于实际，实际可行。

2　来：归向，顺服。

3　同：会同来朝。

4　庭：来朝。

5　不回：不违，不敢再有二心，再有反抗。

今译

王的计划，实在是切合实际啊！所以大军一动，徐方便归顺了，徐方便来朝了，这完全是天子的功劳。四方既然平定了，徐方也来朝会了，徐方也不敢再违抗命令了，于是天子就下令班师而归。

（十）瞻卬

这是刺幽王宠褒姒以致乱也。

瞻卬昊天[1]，则不我惠[2]。孔填[3]不宁，降此大厉[4]。邦靡有定，士民其瘵[5]。蟊贼蟊[6]疾，靡有夷届[7]。罪罟不收[8]，靡有夷瘳[9]。

今注

1　卬：同"仰"。

2　惠：爱怜。

3　填：同"瘨"，病痛也。

4　厉：祸乱。

5　瘵：音债，病也。

6　蟊：音矛，害稼之虫。

7 夷：平定。届：止，结束。
8 罟：音古，网也。收：收敛也。
9 瘳：音抽，病愈也。

今译

仰首而望苍天，苍天不怜惜我，我已经非常之苦痛不安了，而又降下了这个大的祸难。邦国没有安定的日子，士民们都陷入病痛之中。为害于人的蟊贼，没有消灭，没有结束的时候，而又加之以罪名日多，刑网不见收敛，而人民的苦痛更没有解救的可能了。

人有土田，女反有¹之。人有民人，女覆²夺之。此宜无罪，女反收³之。彼宜有罪，女覆说⁴之。哲夫成城，哲妇倾城。

今注

1 女：读汝。有：取之为己有也。
2 覆：反而。
3 收：拘捕也。
4 说：同"脱"，脱去刑责。

今译

别人所有的土田，你反而取为己有；别人所有的民人，你反而夺为己有。这个人应该是无罪的人，你反而把他逮捕入狱；那个人应该是有罪的人，你反而把他解脱掉。这完全是没有是非了。男人而有智谋，就可以保卫国家，为国家的干城；反之，若是女人而有智谋，那她便成为颠倒是非的长舌妇，非至于倾城亡国不止了。

懿¹厥哲²妇，为枭为鸱³。妇有长舌，维厉⁴之阶。乱匪降自天，生自妇人。匪教匪诲，时维妇寺⁵。

今注

1 懿：同"噫"，叹词。
2 哲：有智谋的，聪明的。
3 枭：音萧，恶鸟。鸱：音痴，恶鸟，俗皆呼为猫头鹰。

4　厉：恶，祸。

5　时：是也。寺：宦官，近侍。

今译

可叹啊！那个诡计多端的妇人，简直如枭鸱一般，闻其声即令人害怕。妇人长舌多嘴，拨弄是非，就是祸乱发生的阶梯。祸乱不是由于天降，乃是由于妇人的原因。完全不可以教不可以诲的，就是妇人与宦官了。

鞫人忮忒[1]，谮始竟背[2]。岂曰不极，伊胡为慝？[3]如贾三倍，君子是识。妇无公事，休其蚕织。

今注

1　鞫人忮忒：长舌之妇，穷诘人以忮害转变之术。即害人之手段，变化不测也。鞫，穷诘，以言屈人，使之不能申辩也。忮，音志，害也。忒，变也。

2　谮始竟背：始而进谗言以害人，终则完全与事实相悖。谮，诬害人之谗言。即其害人之谗言，全是他自己捏造，而毫无事实根据。

3　岂曰不极，伊胡为慝：这样的人不算是恶人，那么，什么样的人，才算是恶人呢？伊，语词。胡，何也。慝，恶也。

今译

长舌之妇，穷诘人以忮害变诈之术，谗害人以毫无事实之言，这样的人，如果还不以为是恶人，那么什么样的人，才算是恶人呢？做生意的人，所注意的是三倍之利，如今士大夫们也注意这三倍之利，是在官而亦以求利为目的也，岂非可耻之事？妇人而不务正业，弃其蚕织之事而不为，专一想参与政事。

天何以刺[1]？何神不富[2]？舍尔介狄[3]，维予胥忌。不吊不祥[4]，威仪不类[5]。人之云亡，邦国殄瘁[6]。

今注

1 刺：责也。
2 富：福也。
3 介狄：大恶之人。狄，邪恶也。
4 不吊：不哀怜也，不以为哀也。不祥：不吉利之事，灾祸之事。不吊不祥，即不以灾祸之事为可哀可吊也。
5 类：善也。
6 殄瘁：病也，败亡也。

今译

上天为什么要斥责你呢？神为什么不降给你福气呢？因为你舍弃了大的恶人不加惩治，反而来嫉妒我这个正人君子。你不以天降之灾祸为可哀，你的一切举止，又不合于善。贤人们都没有了，国家非败灭不可了。

天之降罔[1]，维其优[2]矣。人之云亡，心之忧矣。天之降罔，维其几[3]矣。人之云亡，心之悲矣。

今注

1 罔：网也，降网以示灾异。
2 优：多也，多次也。
3 几：多次也。

今译

上天降下罪恶的网罗，已有多次了。贤人都没有了，实在使我忧心！上天降下罪恶的网罗，已经几次了，贤人都没有了，实在使我悲伤！

觱沸槛泉[1]，维其深矣。心之忧矣，宁自今矣。不自我先，不自我后。藐藐[2]昊天，无不克巩[3]。无忝皇祖，式救尔后。

今注

1 觱沸：觱音必，泉涌的样子。槛泉：泉上出者。

2 藐藐：高远的样子。

3 无不克巩：没有不能予以巩固者，虽在极其危乱之时，只要上天肯帮忙，没有不可以转危为安的。

今译

泉水奋涌而上出，它的渊源一定是很深的了。我内心的忧伤，岂是从今日才开始的？是很久很久的了！不在我以前，不在我以后，偏偏就在我的身上碰到这种祸难！但是，高远的上天，只要肯帮忙，虽在极危乱之时，也没有不可以转危为安的。希望你能够悔心改过，不给祖先以耻辱，那么天意可以转回，后代的子孙也可以得救了。

（十一）召旻

这是刺幽王任用小人以致危亡也。

旻天[1]疾威，天笃[2]降丧。瘨我饥馑[3]，民卒[4]流亡，我居圉[5]卒荒。

今注

1 旻天：邈远的上天，旻音民。

2 笃：很厚的，很严重的。

3 瘨：病也，作动词用，音颠。饥：谷不熟曰饥。馑：菜不熟曰馑。

4 卒：尽也。

5 居圉：生活的地区。圉同"域"。

今译

疾怒而发威的旻天，降下了严重的丧乱，又以饥馑来苦害我们，庶民们无以为生，所以就流亡于外，四处乞食去了，我们所居住的地区，全部逃亡已空了。

天降罪罟[1]，蟊贼内讧[2]。昏椓靡共[3]，溃溃回遹[4]，实靖夷[5]我邦。

叁 大雅　　　　　　　　　　　　　　　　　　　　　　　　　485

今注

1　罟：网也。

2　蟊贼内讧：害人的一些恶人，在内部互相争斗。讧音红（四声）。

3　昏㛍：昏，乱也，喧哗也。㛍，音卓，谮也，谗也，互相陷害也。靡共：靡有人真心实意认真做事的。共，恭也，恭尽职守也。

4　溃溃：昏乱的。回遹：邪僻的。遹：音聿。

5　靖夷：治理也。

今译

上天降下了罪恶的网罗，一些为害人群的恶人，在内部讧斗，制造谣言，互相谗害，没有人是真心实意、正正经经做事的。像这样昏乱邪僻的人，王竟然用之以治国家，那怎能不失败呢？

皋皋訿訿[1]，曾不知其玷[2]。兢兢业业，孔填[3]不宁，我位孔贬。
今注

1　皋皋：欺骗也。訿訿：小人谗言以害正人也。訿音子，同"訾"。

2　曾：音增，乃也。玷：污点也，坏处。

3　孔填：填同"瘨"，忧也，病也。孔填，极其忧心也。

今译

王对于那些欺骗成性谗害贤良的小人，竟然不知道他们的缺点；而对于像我这样兢兢业业、戒慎恐惧、忧心国事、不敢安逸的人，却把职位大大地贬低了。

如彼岁旱，草不溃茂[1]，如彼栖苴[2]。我相此邦[3]，无不溃止[4]。
今注

1　溃茂：溃，遂也，溃与茂相连，即茂也。

2　栖苴：枯槁的草。

3　相：视也，观察。

4 溃止：止，败亡也，溃与止相连，亦即败亡也。

今译

天旱之年，草木不能茂盛，好像是枯槁了似的。我看这个邦国，没有不败亡的道理。

维昔之富不如时[1]？维今之疚[2]不如兹？彼疏斯粺[3]，胡不自替[4]，职兄[5]斯引？

今注

1 时：是也。
2 疚：祸乱。
3 疏：粗糠。粺：音败，精米。
4 替：废退。
5 职：发语词。兄：同"况"。

今译

难道昔日的富盛不如今日？难道今日的祸乱不够严重？君子小人如细米之与粗糠，分别甚易，为什么那些小人不自废退呢？而况再加以重用吗？

池之竭矣，不云自频[1]？泉之竭矣，不云自中？溥[2]斯害矣，职兄斯弘，不烖[3]我躬？

今注

1 频：频频挹取。
2 溥：大也。
3 烖：灾祸也。

今译

池水竭尽了，不是由于频频挹取的缘故吗？泉水干枯了，不是由于渊源缺水吗？小人之为害，已经够普遍了，而况再加以扩大？灾害岂有不波及于我的身上吗？

叁 大雅

昔先王受命，有如召公，日辟国百里。今也日蹙[1]国百里。於乎[2]哀哉！维今之人，不尚有旧[3]。

今注

1　蹙：缩短。

2　於乎：同"呜乎"。

3　尚：尊重，重用。有旧：元老旧德之臣。

今译

昔日文王、武王受命而为天子，任用像召公那样的贤臣，所以能够一日而开辟国土至于百里之广。现在不然了。一日便缩短国土至于百里之多。真是令人伤心啊！为什么有这样的差别呢？是因为现在的人，不喜欢任用元老旧德之故。

肆　周　颂

颂之目的，在表扬祖先的盛德，其作者多为士大夫，其体制庄严正大。颂有周颂、鲁颂、商颂。

周颂三十一篇，多周公时所定，而亦或有康王以后之诗。

一　清庙之什

（一）清庙

这是周公既成洛邑率诸侯以祀文王之乐歌。

於穆清庙[1]，肃雍显相[2]。济济多士[3]，秉文之德[4]。对越在天[5]，骏[6]奔走在庙。不显不承[7]，无射于人斯[8]。

今注

1　於：音乌，叹词。穆：深远也。清庙：清静之庙。

2　肃：敬也。雍：和也。显：明也。相：助也，谓助祭之公卿诸侯。

3　济济：众也。多士：与祭执事之人也。

4　秉文之德：秉承文王之德。

5　对越在天：顺承而发扬文王在天之意旨。

6　骏：急速。

7　不显不承：两个"不"字，俱作"丕"字解，即丕显文王之德，丕承文王之意。

8 无射于人斯：射，音亦，厌也。斯，语词。因为祭者能大显文王之德，大承文王之意，所以文王在天之灵就喜欢而不厌于人了。朱子曰："此周公既成洛邑而朝诸侯，因率之以祀文王之乐歌。"

今译

唉！在这个深远而肃静之庙，恭祭文王，助祭的公卿诸侯，都是很肃敬而雍和；而与祭之人，又都是济济多士。大家都能秉承文王的德行，发扬文王在天的意旨，而又能敏速地奔走于庙中之祭祀。像这样大大地显现了文王的德行，大大地顺承了文王的意旨，文王自然是很喜欢的了，不会厌恶人们了。

（二）维天之命

这是祭文王之诗。

维天之命，於穆不已。[1]於乎不显，文王之德之纯。假以溢我[2]，我其收之[3]。骏惠我文王[4]，曾孙笃之[5]。

今注

1 维天之命，於穆不已：这两句话是讲天道，命即道也，维天之命，即维天之道也。天道是什么呢？是"於穆不已"，是奋勉前进，行健不息之意，就是《易经》所讲之道，"天行健，君子以自强不息"之意，所以这"於穆不已"四字，就是"行健不息"之意。文王德行之美，事功之大，全得力于一个"敬"字，这个"敬"字最好的解释，就是《大雅·文王》之什所谓"穆穆文王，於缉熙敬止"，上天是穆穆不已，文王是穆穆敬止，所以文王之德，与上天相配。由此来理解"穆穆"二字之义，当不以"和也""美也""远也"为死板之解说，而是以"行健不息"为其真谛的。敬者即行健不息之谓也。

2 假以溢我：假，大也，文王之德，大以溢我，即言文王之德，大大地充满了我们。

3 我其收之：我们要敬谨地接受。

4　骏惠我文王：疾速地顺从我们文王之德，即积极地顺从我们文王之德。

5　曾孙笃之：笃，躬行实践也。后世子孙更要笃行实践文王之德。

今译

唉！上天之道，是行健不息的；文王之德之纯，也是行健不已的，足以与上天之道相配合，文王是多么的光明啊！文王之德，大大地充满了我们，我们应当敬谨接受而无失，我们要积极地顺从文王的德行，我们后世子孙要笃行实践，发扬而光大之。

（三）维清

这是祭文王之诗。

维清缉熙[1]，文王之典[2]。肇禋[3]，迄用有成，维周之祯。

今注

1　维清缉熙：清，清明也。缉，持续。熙，光明。

2　典：典型，榜样。

3　肇禋：开始祭祀。禋，音因，诚心地祭祀。

今译

清静而持续光明的德行，是文王所示于我们的典型。从始祭以至今，皆有成功，这就是我们周家的福祥。

（四）烈文

这是祭于宗庙而慰劳助祭之诸侯之诗。

烈文辟公[1]，锡兹祉福。惠我无疆，子孙保之。无封靡[2]于尔邦，维王其崇之。念兹戎功[3]，继序其皇[4]之。无竞维人[5]，四方其训[6]之。不显维德，百辟其刑[7]之。於乎！前王不忘。

肆　周颂　　491

今注

1　烈文辟公：烈文二字，系形容辟公。就是有功烈有文德之各位助祭的诸侯。辟公，诸侯也。

2　封靡：大的过恶。封，大也。靡，过也。

3　戎功：大功也，助祭之功也。

4　继序：次第相继。皇：光大之也。

5　无竞维人：竞，强也，胜也，"无竞"者，即他人强不过也，此二字形容下一"人"字，"人"者"人才"也。"无竞维人"者，即言你如他人强不过、胜不过的人才，则四方就顺从你了，可见人才的重要性了。此种文法构造，与"无竞维烈""不显维德"相似，上两字皆为后一字之形容词。

6　训：顺也。

7　百辟：百官诸侯也。刑：同"型"，法则，效法也。

今译

有功烈、有文德之各位诸侯，你们来助祭，就是赐我以福祉，加惠于我，无边无际，我的子孙也要永远保持这种福惠。希望你们在你们的邦内，不要做出什么过恶的事，王自然就尊敬你们了。又念及你们有这次助祭的大功，更希望你们的子孙能继序而光大之。你们如果能在人才上强过他人，四方自然就顺从你们了；你们如果能够昭明你们的德行，百官自然就以你们为榜样了。唉！前王的德行，我们应当永远不忘啊！

（五）天作

这是周王祭祀岐山之诗。

天作高山，大王荒[1]之。彼作矣，文王康[2]之。彼徂[3]矣岐，有夷之行[4]，子孙保之。

今注

1　荒：垦辟也。

2　康：大也，扩大其规模。
3　徂：往也。
4　夷：平夷。行：音杭，道路。

今译

上天创造了高山（指岐山），大王把它垦辟起来，大王垦辟之后，文王又扩大其规模。自从大王到了岐山之后，岐山才有了平坦的道路，而子孙遂世世保守而不失。

（六）昊天有成命

这是祭祀成王之诗。

昊天有成命[1]，二后[2]受之。成王不敢康[3]，夙夜基命宥密[4]。於缉熙[5]，单厥心[6]，肆[7]其靖之。

今注

1　成命：明命也。
2　二后：文王、武王。
3　康：安逸自在。
4　夙夜基命宥密：基者，本也，命者，天之明命也，基命者，本于天之明命也。宥者，深宏也，密者，静密也。基命宥密者，即本于天之明命而深宏静密也。依文法构造，此诗之"夙夜基命"，与下一诗之"我其夙夜，畏天之威"相似，盖将"夙夜基命"引伸之，即"夙夜基天之命"也。
5　於：读乌。缉熙：持续其光明。
6　单厥心：即尽其心。
7　肆：故也，所以也。

今译

上天有明命，文王、武王受之。到了成王之时，又不敢安逸，朝朝暮暮本于天之明命，而深宏静密，持续其光明，竭尽其心力，所以能安定天下而保其所受于天之明命。

（七）我将

这是宗祀文王于明堂以配上帝之乐歌。

我将我享[1]，维羊维牛，维天其右[2]之。仪式刑文王之典[3]，日靖四方。伊嘏文王[4]，既右飨之[5]。我其夙夜，畏天之威，于时[6]保之。

今注

1 将：奉也。享：献也。
2 右：助也。
3 刑：同"型"。典：常道也。
4 嘏：大也。伊嘏文王，即大哉文王。
5 既右飨之：文王既降而居右以飨此祭。
6 于时：于是也。

今译

我以羊和牛奉献上天，祈求上天的保佑。我要以文王之道为典型而效法之，以安定四方。伟大的文王，既然降临而飨祭，我一定要昼夜努力，敬畏上天的威严，以保持上天与文王之所以明命于我者。

（八）时迈

这是赞美武王巡狩告祭柴望之诗。

时迈其邦[1]，昊天其子之。实右序[2]有周，薄[3]言震之，莫不震叠[4]。怀柔百神，及河乔[5]岳。允王维后。明昭有周，式序在位。载戢[6]干戈，载櫜[7]弓矢。我求懿德，肆于时夏，允王保之。

今注

1 时：是也。迈：行也。行其邦国，即出巡也。
2 右序：即助也。二字同义。
3 薄：语词。

4 叠：音蝶，惧也。

5 乔：高也。

6 戢：敛而藏之。

7 櫜：音高，弓囊也。

今译

我王出巡邦国，上天爱之如子。由于上天的佑助，所以我王一怒，而天下莫不震惧。又能怀柔百神以及大河高山。我王实在配作天下之君啊！我周之德，昭然而明，百官诸侯，各尽其职，于是敛藏干戈而不用，櫜置弓矢而弭战，唯以善德，散布于华夏。我王实在是最善于保持其天下了。

（古者，天子巡行邦国，至于方岳之下，则燔柴以祭天，又望祭山川，故谓之"柴望。"此诗为周公所作。）

（九）执竞

这是祭祀武王之诗。

执竞¹武王，无竞维烈²。不显³成康，上帝是皇。自彼成康，奄有四方，斤斤⁴其明。钟鼓喤喤⁵，磬筦将将⁶，降福穰穰⁷。降福简简⁸，威仪反反⁹。既醉既饱，福禄来反。

今注

1 竞：强也，执竞者，坚持其自强不息之心也。

2 无竞维烈：功业之盛，天下莫能与之比。

3 不显：丕显也。

4 斤斤：明着也。

5 喤喤：和也。

6 将将：音枪，乐器之声也。

7 穰穰：音攘，众多也。

8 简简：大也。

9 反反：谨慎的样子。

今译

　　自强不息的武王，功业之盛，天下莫比，及至成王、康王，又能大显其光明，于是上帝嘉之而加以福禄。自从成王、康王，尽有四方，德业斤斤而明着。钟鼓喤喤，磬筦将将，降福既多，降福又大，而威仪愈益谨重。所以神喜而来受祭，既醉且饱，便降以无止无疆的福禄。

（十）思文

　　这是祭祀后稷之诗。

　　思文后稷[1]，克配彼天。立[2]我烝民，莫匪尔极。贻我来牟[3]，帝命率育[4]。无此疆尔界，陈常于时夏[5]。

今注

1　思：语词。文：有文德的。
2　立：通粒，言众民得以粒食，全赖后稷教民稼穑之功。
3　来牟：来，小麦；牟，大麦。
4　育：养育人民。
5　陈常于时夏：陈，倡导，教导。常：道也，政也，农政也。时：是，此。夏，华夏也。

今译

　　有文德的后稷，可以与天相配。我们众民之所以得以粒食，是由于你的大恩大德而来。你既遗我们以小麦，又给我们以大麦。上帝命令你以此普遍地养育下民，不分什么疆界地区。又使你宣传农业之道于中国，以为社会民生之本。

二　臣工之什

（一）臣工

　　这是戒农官之诗。

嗟嗟臣工[1]，敬尔在公[2]。王釐[3]尔成，来咨来茹[4]。嗟嗟保介[5]，维莫之春[6]，亦有何求？如何新畬[7]？於皇[8]来牟，将受厥明[9]。明昭上帝，迄用康年[10]。命我众人，庤乃钱镈[11]，奄观铚艾[12]。

今注

1　嗟嗟：重叹之词，言其戒敕之深也。臣工：群臣百官，主要是指农官。

2　在公：在公家之职务。

3　釐：赏赐。

4　咨：商量。茹：计划农事之进行。

5　保介：农官之副手。

6　莫之春：暮春也，夏历三月之时。

7　畬：音余，三岁田也。

8　於皇：乌皇，美哉之意。

9　将受厥明：明，成也，成熟也，将受其成熟。

10　康年：丰年。

11　庤：音至，具也。钱：音简，锸也，掘土之农具。镈：音博，锄也，除草之田器也。

12　奄观铚艾：忽然即可观其收割也。铚：音至，短镰也。艾，割也，音刈，通"刈"。

今译

唉！唉！诸位臣工们，你们要认真工作，王因为你们在农事上之成功而赏赐你们，来和你们商量并计划进行农事。唉！唉！你们各位农事的助手们，现在是暮春三月之时，你们何所求呢？新田的耕治怎么样呢？好啊！大麦、小麦长得多么好啊！将要有好的收成了。昭明的上帝，要赐给我们丰年了。要命令我们的农民们，把锸啦、锄啦都准备好，好好地加以耕作，眼看很快就要用镰刀割麦了，大大地有收成了。

肆　周　颂

（二）噫嘻

这也是戒农官之诗。

噫嘻[1]成王，既昭假尔[2]。率时[3]农夫，播厥百谷。骏发尔私[4]，终三十里[5]，亦服[6]尔耕，十千维耦[7]。

今注

1 噫嘻：祈祷之声。

2 既昭假尔：以精诚祈神。精诚上达曰奏假，精诚显达曰昭假。古时春耕之始，先祭神以祈求丰年。尔，农官也。

3 时：是也。

4 骏：速也。发：耕也。私：私田也。

5 三十里：万夫之地。

6 服：从事也。

7 十千维耦：十千，万人也，二人并耕为耦。即同心协力之意也。

今译

成王既已在上帝之前，大声祷告，为你们祈求丰年。你要领导农夫们，播殖百谷，速速耕治你们的私田，完成三十里之数。并且要万人为耦，同心协力，以从事你们的耕作。

（三）振鹭

这是夏商二王之后，来周助祭之诗。

振鹭[1]于飞，于彼西雍[2]。我客戾止[3]，亦有斯容。在彼无恶，在此无斁[4]。庶几夙夜，以永终誉。

今注

1 振：群飞的样子。鹭：白鸟。

2 雍：泽也。

3 客：二王之后，夏王之后封于杞，商王之后封于宋。二王之后,为周之客,有事则膰,有丧则拜。我客戾止:我客来此助祭。

4 斁:音亦,厌恶。

今译

白洁的鹭鸟,群飞于西雍之泽,而我们的贵宾夏商二王之后来此助祭,其容貌修整,亦如鹭之洁白也。二王之后,在彼处无人怨恶,在此处亦无人厌烦,可以说,到处都是受人欢迎的。希望我们的贵宾夙夜不懈,以永远保持你们美好的声誉。

(四) 丰年

这是丰年秋冬祭神之诗。

丰年多黍多稌[1],亦有高廪[2],万亿及秭[3]。为酒为醴,烝畀祖妣,以洽百礼,降福孔皆[4]。

今注

1 稌:稻也。

2 廪:米仓也。音凛。

3 秭:音紫,亿亿曰秭。

4 孔皆:极其普遍也。

今译

丰收之年,多黍多稻,又有高大的米仓以储存之,其禾秉至于万亿以及亿亿之多。用这种稻米作为酒醴,以献祭于祖妣,以洽合于百礼,于是神乃普遍地降之以福。

(五) 有瞽

这是始作乐而合祖之诗。

有瞽有瞽[1],在周之庭。设业设虡[2],崇牙树羽[3]。应田县鼓[4],鞉磬柷圉[5]。既备乃奏,箫管[6]备举。喤喤厥声,肃雍和鸣,先祖是听。我客戾止,永观厥成。

今注

1　瞽：乐官无目者也。

2　设业设虡：业，枸上之大板也。枸，虡之横木也。虡，悬钟之立木也，音巨。

3　崇牙：虡上悬钟磬处，以彩色为大牙，其状隆然，故曰崇牙。树羽：置五彩之羽于崇牙之上也。

4　应田县鼓：应，小鞞也，鞞，鼙鼓也，小鼓横悬者。田，大鼓也。县鼓为周朝之制。县：同"悬"。

5　鞉磬柷圉：鞉，音桃，如鼓而小，有柄，两耳，持其柄摇之，则旁耳自击，如今小儿之摇鼓。磬：石磬也。柷，音祝，乐器名，如漆桶，方二尺四寸，深一尺八寸，中有椎柄，连底，挏之令左右击，奏之初，先击柷以起乐者也。以木为之。挏，推引而动之也。圉，音宇，状如伏虎，背上有二十七龃龉，以木栎之，龃龉，木锯齿，以木尽击其齿，自首至尾，其木声连缀戛然。圉为止乐之乐器，乐终则一声长画，戛然而止。

6　箫：编小竹管为一排，管之长短各不同，故分音阶，捧而左右移动吹奏之。管：竹制之乐器，六孔，单管。

今译

瞽盲的乐官，已在庭中，庭中设业设虡，以悬钟磬，悬木之上，还有崇牙树羽的装饰。另外的乐器有小鼓、大鼓、鞉鼓，有柷、磬、圉等，乐器俱备，乃奏乐，又有箫管配合着，声音很是和谐而肃敬，请先祖们来欣赏。我们的贵客杞宋二国的代表也都到了，一直观礼到终了。

（六）潜

这是季冬献鱼，春献鲔，以祀祖先之诗。

猗与漆沮[1]，潜有多鱼。有鳣有鲔[2]，鲦鲿鰋[3]鲤。以享以祀，以介景福。

今注

1　猗与：赞美之词，即美矣哉。漆沮：二水名。
2　鳣：音沾，黄色大鱼。鲔：音尾，似鳣而小。
3　鲦：音条，白鲦。鲿：音尝，黄色鱼。鰋：音偃，鲇鱼。

今译

美矣哉漆沮之水！其中藏着很多的鱼，有鳣、有鲔、有鲦、有鲿、有鰋、有鲤，把这些鱼拿来，以祭祖先，以祈求大福。

（七）雍

这是武王祭文王之诗。

有来雍雍，至止肃肃。相维辟公[1]，天子穆穆。於荐广牡[2]，相予肆祀[3]。假哉皇考[4]，绥予孝子[5]。宣哲维人，文武维后。燕及皇天，克昌厥后。绥我眉寿[6]，介以繁祉。即右[7]烈考，亦右文母[8]。

今注

1　相：助祭。辟公：诸侯。
2　於：读乌。广牡：大牲。
3　肆祀：祭祀之专名词，以牲之全身而祭，谓之"肆祀"。
4　假哉皇考：祈请皇考降临而来享也。皇考：指文王。
5　孝子：武王自称。
6　绥：安也。眉寿：高寿也。
7　右：侑也，祭飨也。
8　文母：有文德的母亲。指文王之妻太姒而言，即武王之母。

今译

助祭的诸侯们，都和睦地来了，进了庙堂，仪容很是尊敬。主祭的天子，态度恭敬。助祭者帮助我摆设祭物，献上很大的全牲。伟大的皇考啊，请你愉快地来享受，以安我为子者的心情。皇考有明哲之德，有文武全才，实在配作为人君，所以上能感动皇天，下能昌盛后嗣。安我以长寿，赐我以多福。我之祭祀，既以敬飨我的功业昭著的父亲，同时也是敬飨我的文德贤良的母亲。

（八）载见

这是成王率诸侯以祭于武王庙之诗。

载见辟王[1]，曰求厥章[2]。龙旂阳阳[3]，和铃央央[4]。鞗革有鸧[5]，休有烈光。率见昭考[6]，以孝以享[7]，以介眉寿，永言保之。思皇多祜[8]，烈文辟公，绥以多福，俾缉熙于纯嘏[9]。

今注

1 载：语词。辟王：天子，指成王而言。
2 章：典章制度。
3 阳阳：鲜明的样子。
4 和铃：旗上之铃曰铃，轼前之铃曰和。央央：和声也。
5 鞗革：鞗，音条，马辔所持之外，有余而下垂者也。有鸧：音枪，和声也。
6 昭考：指武王。庙制，太祖居中，左昭右穆，文王当穆，武王当昭，故书称穆考文王，而此诗及访落，皆谓武王为"昭考"。
7 享：献也。
8 思：语词。皇：发扬，宏大。祜：福也。
9 纯嘏：纯，大也。嘏，音古，福也。

今译

诸侯来见成王，说是为的禀求法度。他们的龙旗，阳阳而鲜明，他们的车铃，央央而和鸣，他们的鞗革，鸧然而作声，这都显示他们的休美与光彩。于是成王率领他们以祭于武王之庙，以致其孝思，以献其祭礼，以祈求长寿，并且要永远保持，以宏大更多的福泽。各位有功烈有文德之诸侯，蒙你们来助祭，大大地安我以多福，使我能够继续保持其光明以获致大福。

(九)有客

这是微子来见周庙之诗。

有客有客[1],亦白其马[2]。有萋有且[3],敦琢其旅[4]。有客宿宿[5],有客信信[6]。言授之絷[7],以絷其马。薄言追之[8],左右绥之[9]。既有淫威[10],降福孔夷。

今注

1 客:指微子也。周既灭商,封微子于宋,以祀其先王,而以客礼待之,表示不敢称为臣也。

2 亦:语词。白其马:殷尚白,故其礼物亦用白色,保存殷之旧习也。

3 有萋有且:形容其随从人员之盛。萋、且,皆作壮盛解。且,音居。

4 敦琢其旅:敦琢,选择也。敦,音堆。其旅,其卿大夫之从行者。

5 宿:住留一夜,曰宿。

6 信:再留住一夜,曰信。

7 言:语词。絷:系马之索也。以絷其马:把他的马缚住,不使其行,意即留之不欲其去也。

8 薄言追之:薄言二字,语词。追之,谓其已去而复追之使还,言其爱之无尽也。

9 左右绥之:用各种各样的方法,说服他,安抚他,使他多留住几天。

10 既有淫威:淫,大也,多也。威,德威也。言其既有大的德威,天必降之以大福也,此祝客人之言。

今译

贵客来了,贵客来了,乘着白色的马,他的随从人员,都是选择后的,阵容很是壮大。客人停留了一夜,停留了一夜,主人依依不舍,不愿意客人离去,于是命人用绳子把客人的马拴住,使他不能去。实在留不住了,客人非走不可,只好让客人走了。但是主人还是恋恋不舍的,客人走了之后,主人又去追上客人,用各种各样的方法,想说服客人,非要客人回去再多住几天不可。主人挽留不住,于是致祝于客人,说你既有盛大的德威,上天一定会降你以大福。

(十)武

这是周公所作歌颂武王武功之诗。

於皇[1]武王,无竞维烈。允文文王,克开厥后。嗣武受之,胜殷遏刘[2],耆[3]定尔功。

今注

1　於:读乌,叹词。皇:大也。
2　胜殷:战胜了殷家。遏:止也。刘:杀戮,战争。
3　耆:致也。音之。

今译

啊,伟大的武王!功业之大,没有人能与之相比。文王的确是大有文德之君,所以能够为后人开创了一条光明之路。武王继起,承受他的基业,战胜了殷朝,弭熄了战乱,终于奠定了辉煌的功业。

三　闵予小子之什

(一)闵予小子

这是成王免丧,将始即政,朝于先王庙之诗。

闵予小子[1]!遭家不造[2],嬛嬛在疚[3]。於乎皇考[4],永世克孝,念兹皇祖[5],陟降庭止[6]。维予小子,夙夜敬止。於乎皇王[7],继序思不忘。

今注

1　闵:病也。予小子:成王自称也。

2　不造：家运不幸，家运多难，家运不善。

3　嬛嬛：同"茕"，音琼，孤独无所依恃也。疚：音救，病也。

4　皇考：指武王。

5　皇祖：指文王。

6　陟降庭止：言武王之孝思文王，常若文王之上下往来于室内也。

7　皇王：兼指文王武王也。

今译

我这个可怜的小子，遭逢家门不幸，孤苦无依，忧心得很。呜乎皇考，你终生能尽孝道，思念祖父，仿佛祖父上下往来都在你的室内似的！我小子也要效法你的行为，不论白天夜间，都要一心一意地恭敬思念。呜呼皇王，我要继续你们的榜样，常常思念你们，永远不敢或忘！

(二) 访落

这是成王与群臣谋政于庙之诗。

访予落止[1]，率时昭考[2]。於乎悠哉[3]！朕未有艾[4]，将予就之[5]，继犹判涣[6]。维予小子，未堪家多难。绍庭上下，陟降厥家。[7]休矣皇考，以保明其身。

今注

1　访予落止：访：问，问教，商议。落，开始。止：语词。我在始政之初，访问于群臣。

2　率时昭考：率，遵循。时，是。昭考：贤明的先父，即武王。

3　於乎：即呜乎。悠哉：远大也。言遵循武王之道，是一个远大的任务。

4　朕未有艾：艾音爱，阅历。

5　将予就之：希望群臣辅导我，成就我。

6　继犹判涣：继，继续。犹，同"猷"，功业。判涣，大也，

肆　周　颂　　　505

发扬光大也。继续先父之功业,并发扬而光大之。

7 绍庭上下,陟降厥家:绍,继续的,不断的,上下往来于家于庭,即希望先父在天之灵,还要不断地上下往来于我们家的内庭,隐隐保佑我,指导我。

今译

我在始政之初,访问群臣,要遵循贤明的先父之道而行。但是这个任务何等远大啊!我个人实在没有政治阅历,希望群臣辅导我,成就我,使我能够继续先父的功业,并且发扬而光大之。我一年幼之人,真是经不起接二连三的家难的打击,请求先父在天之灵,常常上下来往于我们的家庭,隐隐保佑我,指导我。伟大的先父啊!请你保佑我,使我能够明白你的道理而力行之。

(三) 敬之

这是成王以自戒自励之词告于庙也。

敬之敬之,天维显思,命不易哉!无曰:"高高在上。"陟降厥士[1],日监在兹。维予小子,不聪敬止?日就月将,学有缉熙于光明。佛时仔肩[2],示我显德行。

今注

1 士:事也。
2 佛:音弼,辅助。时:是。仔肩:责任。

今译

敬谨小心啊!敬谨小心啊!上天的眼睛是最明亮的,受天之命,真是不容易啊!不要以为"上天高高在上",离我们很远。要知道上天来往上下,凡是我们所做的事,他每天都监视得清清楚楚。我这个小子,岂敢不小心静听以敬慎其事?我自当努力工作,日有所就,月有所成,长时学习,积渐广大以至于最光明之境界。凡我群臣,都要辅助我担起任务,指示我以显德之行,而确保上天之明命。

(四)小毖

这是成王惩管蔡之祸而自儆之诗。

予其惩而毖[1]后患,莫予荓[2]蜂,自求辛螫[3]。肇允彼桃虫[4],拼飞维鸟[5]。未堪家多难,予又集于蓼[6]。

今注

1 毖:慎也。

2 荓:音乒,使也。

3 螫:音释,毒虫咬人或刺人。

4 桃虫:小鸟,即鹪鹩,小于黄雀,其雏化而为雕,故俗语谓鹪鹩生雕。《易林》亦曰桃虫生雕。

5 拼飞维鸟:拼,音翻,飞的样子,始为桃虫,而后竟翻飞而成为大雕,言管蔡之祸,其始信以为小事,而后竟成为反叛之大祸。

6 蓼:音了,苦菜也。

今译

我真应该以管蔡之祸为戒而慎防后患啊!不要使它成为马蜂,而自找辛螫之苦。譬如桃虫,起始以为它不过是一个小小的鹪鹩而已,哪晓得以后竟成为一个大雕了呢?我年纪幼小,经不起国家多难的折磨,而又处于艰苦之地,真应该特别小心啊!

(五)载芟

这是春耕祈祷社稷之诗。

载芟载柞[1],其耕泽泽[2]。千耦其耘,徂隰徂畛[3]。侯主侯伯[4],侯亚侯旅[5],侯彊侯以[6]。有嗿其馌[7],思媚其妇[8],有依其士[9]。有略其耜[10],俶载南亩[11]。播厥百谷,实函[12]斯活。驿驿其达[13],有厌有杰[14]。厌厌其苗[15],绵绵其麃[16]。载获济济,有实其积,万亿及秭。为酒为醴,烝畀祖妣,以洽百礼。有飶其香[17],邦家之光。有椒[18]其馨,胡考[19]之宁。匪且有且[20],匪今斯今[21],振古[22]如兹。

今注

1　载：语词。芟：除草。柞：除木。
2　泽泽：同"释释"，即土质松散之意。
3　隰：为田之处。畛：音枕，田畔。
4　侯：乃也。主：家长。伯：长子。
5　亚：仲叔。旅：众子弟。
6　以：用也，雇用之劳动者。
7　有嗿其馌：嗿，音坦，众食声，有嗿即嗿然。馌音叶，由家中送到耕地之饭。
8　思媚其妇：妇人来田中送饭，其夫见其来送，赶快去迎接，表示媚爱之态。
9　有依其士：士，夫也，妇人亦表示其爱依士夫之情。
10　略：利也。耜：农具。
11　俶：始也。载：从事。
12　函：谷种播于地中，受水土之气，而慢慢生芽。
13　驿驿：谷苗出生的样子。达：发达而出于地面之上。
14　有厌有杰：杰，先出之苗。厌，美好的样子，有厌即厌然。
15　厌厌其苗：众苗都长齐的样子。
16　绵绵其麃：绵绵，细密也。麃，音标，剽苗，将谷苗整剽得距离相等。亦作耘田锄田解。
17　有飶其香：飶，音必，芬香。
18　有椒：椒，香也。有椒即椒然。
19　胡考：胡，大也。考，老年。胡考即年老大寿之意。
20　匪且有且：且，音居，此也。即非独此处有此丰收。
21　匪今斯今：非独今年有此丰收。
22　振古：自古。

今译

农民们先把地上的草木斩除，再把土壤弄松散。成千对的人在田中耕作。家长啦、老大啦、老二老三啊、家中的众成员啦、助工啦、佣工啦，各色人等都在田中工作。该吃饭的时候，妇人们从家中把饭送到田里，男人们看见饭送来了，赶快去接，大家在一块吃饮，男的女的相互表示慰问的好感。耕作的器具，都很锋利，于是又开始田间的工作。先把百谷的种子散播于地下，谷种受了水土之气的滋润，慢慢地就生了芽而长出地面，有的苗先出，长得分外漂亮。等到苗儿都长齐以后，经过细密的剔苗锄草等工作以后，苗儿就长得很茂盛，收获就一定很多，禾秉的堆积，可达万亿及亿亿之多，这正是丰年的景象啊。用这些谷物，做成酒醴，以祭献于祖妣，以举行百般的礼节。这种丰收的成果，就是邦家的光荣；这种芬香的酒醴，正是高年的享受。这种丰收的景象，不独此处是如此，也不独今年是如此，而是振古以来就是如此的。

（六）良耜

这是秋祭社稷之神之诗。

畟畟[1]良耜，俶载南亩。播厥百谷，实函斯活。或来瞻[2]女，载筐及筥，其饟伊黍。其笠伊纠[3]，其镈斯赵[4]，以薅荼蓼[5]。荼蓼朽止[6]，黍稷茂止。获之挃挃[7]，积之栗栗[8]。其崇如墉[9]，其比如栉[10]，以开百室。百室盈止，妇子宁止。杀时犉牡[11]，有捄[12]其角。以似以续[13]，续古之人[14]。

今注

1 畟畟：音测，谓农具之锋利能深入土中者，故训为锋利的。

2 瞻：同"赡"，供给以饭也，即送饭至田中也，即馌也。

3 纠：三股绳也。

4 镈：音博，锄类的农具。赵：赵字古通"铫"。又解刺也。

5 薅：音蒿，拔田草也，荼，音涂，陆地之草。蓼，音聊，水边之草。

6 止：语尾词。

7 挃：音至，割禾之声。

肆 周颂 509

8 栗栗：众多也。

9 崇：高也。墉：城墙也。

10 比：密接也。栉，音志，梳头的梳子。

11 时：是也。犉：音淳，唇黑而体黄之牛。牡，雄者。

12 捄：音求，弯曲的。有捄，即捄然也。

13 以似以续：似即"嗣"之假借，故似续二字同义，似续皆为祀事，《说文》："祀祭无已也"，祭无已，故为似续。《斯干》之诗曰："似续妣祖"，谓享祀妣祖也。此诗"以似以续"，亦谓祀社稷也。

14 续古之人：继古人之配社稷者，即先啬司啬也。非祀其先祖也。（此马瑞辰之说。）

今译

农民们拿着锋利的农具，已开始耕作于南亩，把各种谷物的种子都散播于地下，种子在地下受了水土之气的湿润，便慢慢地生出谷苗了。往田中送饭的女子来了，携着满筐满筥的食物，多半是黍子做的。农民们吃了饭之后，就又戴起笠帽，持着快利的锄儿除草。把草都清除了，消灭了，黍稷自然都长得很茂盛了。到了成熟的时候，便收割了，收割的声音，挃挃地响。割了之后，就把它堆积起来，堆得一层一层的，其高好像是城墙一样的。一堆一堆的密密排着，好像是梳子一样。把谷物在场中都打好了，晒干了，于是乎就开了百间的房子以贮藏之，百间的房子，都装得满满的。这个时候，家人们妇人子女都很安意了，就把那曲角的黑唇雄性的黄牛宰了，拿来祭祀先代的农神，祈祷他们的赐福。

（七）丝衣

这是绎祭饮酒之诗。

丝衣其紑[1]，载弁俅俅[2]。自堂徂基[3]，自羊徂牛，鼐鼎及鼒[4]。兕觥其觩[5]，旨酒思柔[6]。不吴不敖[7]，胡考之休[8]。

今注

1　丝衣：祭服。纻：音弗，洁白的样子。

2　载：同"戴"。弁：爵弁，士祭于王之服。俅俅：音求，恭顺的样子。

3　基：门塾之基。

4　鼐：音耐，大鼎。鼒：音资，小鼎。皆用于烹牲。

5　兕觥：以兕角为酒杯。觩：音求，曲的样子。

6　柔：嘉美也。

7　吴：音话，大言也，喧哗也。敖：怠傲。

8　胡考：寿考也。胡，寿也。休：美也。

（绎祭者，祭之名也，即于正祭之明日，复祭之也。商谓之肜，周谓之绎。）

今译

士祭于王之时，穿着洁白的丝衣，戴着爵弁，态度很是恭敬。从庙堂到庙门，从羊到牛，从大鼎到小鼎，都要仔细看过，把各事都准备妥当了，于是就举起兕觥旨酒以献祭。行礼的时候，不喧哗，不怠慢，所以就能得到寿考的赞美。

（八）酌

这是颂武王之诗。

於铄[1]王师，遵养时晦[2]。时纯熙矣[3]，是用大介[4]。我龙[5]受之，蹻蹻[6]王之造。载用有嗣[7]，实维尔公[8]，允师。

今注

1　於：读乌，叹词。铄：音朔，美盛的样子。

2　遵养时晦：在时世晦暗之际，能保养其实力，不轻举，不妄动，养精蓄锐，以待时机之成熟。

3　时纯熙矣：时机成熟了，大有光明了。

4　是用大介：于是大发甲兵，全面动员，一举而定天下，一戎衣而天下大定。

5 龙：同"宠"，光荣也。

6 蹻蹻：威武的样子。

7 载：则也。嗣：继续也。

8 公：指武王。

今译

壮盛的王师，养精蓄锐于时世晦暗之际，一旦时机成熟，光明来到，便大发甲兵，全面动员，一戎衣而大定天下，这就是武王的功业。我今受此荣光，全是武王德威之所致。今后唯有秉承王的工作，继续努力耳。武王实在是足以为师法啊！

（九）桓

这是祀武王而颂其武功之诗。

绥万邦，娄[1]丰年，天命匪解[2]。桓桓[3]武王，保有厥士[4]，于以四方，克定厥家。於昭于天[5]，皇以间之[6]。

今注

1 娄：屡，屡次也。

2 解：同"懈"。

3 桓桓：神武的样子。

4 保有厥士：据马瑞辰解释，以为士字系"土"字之误，"士""土"二字很易搞错。然后人不敢以为是错字，故强作解释，就"士"字之意而附会之，实则是"保有厥土"，即保持其既有之土地为根据地，而与下句之"于以四方"相衔接，即发展至于四方，即向四方发展也。最后为"克定厥家"，即安定其国家也。由此一错字为例，可见几千年相沿下来之错字，在《诗经》中还有，后人沿而不改，只就错字之意附会成文，所以常觉牵强不自然也。

5 於昭于天：於，读乌，叹词。其德上昭于天。

6 皇以间之：皇，美也。间，代也，代殷而有天下也。

今译

平定万邦，而又连连的屡次丰年，可见天命之于周，真是久而不厌啊。神武的武王，以原有的土地为根据地，而向四方发展，最后，能够大定天下而安定其国家。唉，武王的德，上昭于天，所以上天美之，命其代殷而有天下也。

（十）赉

这是武王克商归告文王之庙之诗。

文王既勤止，我应受之，敷时绎思[1]，我徂维求定。时周之命[2]，於绎思。

今注

1　时：是也。绎：引申也，发展也，引申至于无穷也。思：语词。
2　时周之命：依马瑞辰解释"时"为承顺，即听从周王的命令。

今译

文王既勤劳于前而立其功业，我应当继续其功业，使之普遍发展以至于无穷。我今后之所望者唯在求天下之安定，一致顺从周王的命令。唉！要努力发展以至于无穷啊！

（十一）般

这是武王巡狩而祭河岳之诗。

於皇时[1]周，陟其高山。嶞山乔岳[2]，允犹翕河[3]。敷天之下，裒时之对[4]，时周之命[5]。

今注

1　於：读乌。皇：美也。时：是。
2　嶞：音跥，狭长的。乔岳：高大之山。
3　翕：合也。河：黄河。

4 裒：音抔，聚。对：答扬。
5 时周之命：听从周之命令。

今译

美哉大周，升其高山，山高且长，真可以与黄河之固，双双并美。普天之下，各国诸侯，皆相聚于此，而答谢君王的赞赏，听从周家的命令。

伍 鲁 颂

鲁：国名，故城在今山东省曲阜县。周公辅成王，有大勋劳于天下，故成王封周公之长子伯禽于鲁，并赐以天子之礼乐，于是乎鲁亦有颂，以为庙乐。鲁颂共有四篇，或颂扬时君，或歌咏时事，审其体裁，与颂不类，却与风雅相近。

（一）駉

这是描写僖公牧马之盛。

駉駉[1]牡马，在坰[2]之野。薄言[3]駉者，有骄有皇[4]，有骊有黄[5]，以车彭彭[6]。思无疆[7]，思马斯臧[8]。

今注

1　駉駉：音炯（一声），腹干肥张的样子。

2　坰：邑外谓之郊，郊外谓之牧，牧外谓之野，野外谓之林，林外谓之坰。事实上，即远郊之野也。

3　薄、言：皆语词。

4　骄：音玉，骊马白胯者。皇：黄马杂以白色者。

5　骊：黑马。黄：黄骍也。

6　彭彭：壮盛的样子。

7　思无疆：思，语词。无疆，无限的多。

8　臧：美也。

今译

肥大的雄马，布满原野。这些高头大马，有黑身而白胯者，有体黄而杂以白色者，有纯黑者，有黄赤色者，驾起车来，壮盛而美观呀！好多的马啊！好漂亮的马啊！

驹驹牡马，在坰之野。薄言驹者，有骓有駓[1]，有骍有骐[2]，以车伾伾[3]。思无期，思马斯才。

今注

1 骓：音锥，苍白杂毛之马曰骓。駓：音丕，黄白杂毛曰駓。
2 骍：赤黄曰骍。骐：青黑曰骐。
3 伾伾：音丕，有力的样子。

今译

肥大的雄马，布满原野。这些高头大马，有苍白杂毛的，有黄白杂毛的，有赤黄色的，有青黑色的。驾起车来，威风而有力。呀！好多的马啊！好俊伟的马啊！

驹驹牡马，在坰之野。薄言驹者，有驒有骆[1]，有駠有雒[2]，以车绎绎[3]。思无斁[4]，思马斯作[5]。

今注

1 驒：音驼，马之青骊驎者，色有深浅，斑驳如鱼鳞，俗所谓连钱也。骆：白马黑鬣曰骆。
2 駠：音留，赤身黑鬣曰駠。雒：音洛，黑身白鬣曰雒。
3 绎绎：善走的样子。
4 斁：厌也。
5 作：活泼奋发的样子。

今译

肥大的雄马，布满原野。这些高头大马，有青骊而斑驳如鱼鳞者，有白体而黑鬣者，有赤体而黑鬣者，有黑体而白鬣者。驾起车来，善走而如飞。呀，好令人喜欢的马啊！好活泼可爱的马啊！

駉駉牡马,在坰之野。薄言駉者,有駰有騢[1],有驔有鱼[2],以车祛祛[3]。思无邪,思马斯徂[4]。

今注

1 駰:音因,马之阴白杂毛者。騢:音暇,马之彤白杂毛者。
2 驔:音店,豪在骭而白者。鱼:马之二目白而似鱼者。
3 祛祛:音区,强健的样子。
4 徂:美也。

今译

肥大的雄马,布满原野。这些高头大马,有阴白杂毛者,有彤白杂毛者,有豪在骭而白者,有二目白而似鱼者,驾起车来,端正而强健。呀,好端正的马呀!好魁梧大方的马啊!

(上面四章所言之"无疆""无期",皆形容马之多。所言之"斯臧""斯才""斯作""斯徂""无致""无邪",皆形容马之美。调换字句,反复吟咏,其味长而其意则一,不可强为分别。)

(二) 有駜

这是燕饮而颂鲁君之诗。

有駜有駜[1],駜彼乘黄。夙夜在公,在公明明[2]。振振鹭,鹭于下。[3]鼓咽咽[4],醉言舞。于胥乐[5]兮。

今注

1 駜:音弼,马肥壮的样子。
2 明明:勉勉,工作努力之意。
3 鹭:鹭羽,舞者所持,故此处所谓之鹭,非鹭鸟,而系持鹭羽以舞者之人。振振鹭,鹭于下:乃舞者持鹭羽之动作有似于鹭耳。
4 咽:同"渊",鼓声之深长也。
5 胥乐:相与共乐。

伍 鲁颂

今译

多么肥壮啊,那四匹黄色的大马。大夫们,夙夜为工作而努力。工作之后,燕饮歌舞,舞者手持鹭羽,或起或落,动作一致,好像群鹭飞上飞下的样子。助舞的鼓声咽咽。既醉且舞,大家真是快乐啊。

有驷有驷,驷彼乘牡。夙夜在公,在公饮酒。振振鹭,鹭于飞。鼓咽咽,醉言归。于胥乐兮。

今译

多么肥壮啊,那四匹雄伟的大马。大夫们,夙夜为工作而努力。工作之后,燕饮歌舞,舞者手持鹭羽,或起或落,动作一致,好像群鹭飞下飞上的样子。助舞的鼓声咽咽。既醉而归,大家真是快乐啊。

有驷有驷,驷彼乘骃[1]。夙夜在公,在公载燕。自今以始,岁其有。君子有谷[2],诒孙子。于胥乐兮。

今注

1　骃:音宣,青骊色之马。
2　君子:指鲁公也。谷:善也,福也。

今译

多么肥壮啊,那四匹青骊色的大马。大夫们,夙夜为工作而努力。工作之后,燕饮为乐。希望从今以后,岁岁都是丰年,君子多有福禄,遗留子孙。大家真是快乐啊。

(三)泮水

这是伯禽征淮夷,执俘告于泮宫也。

思乐泮水[1],薄采其芹[2]。鲁侯戾止[3],言观其旂[4]。其旂茷茷[5],鸾声哕哕[6]。无小无大[7],从公于迈[8]。

今注

1　思：发语词。泮水：泮宫之水也。诸侯之学，乡射之宫，谓之泮宫。其东西南方有水，形如半璧，以其半于辟廱，故曰泮水，而宫亦名为泮宫也。

2　薄：语词。芹：水菜也，以为行释菜之礼所用之物，此诗始终言鲁侯在泮宫事，是克淮夷之后，释菜而傧宾也。

3　戾：至也。止：语词。

4　旂：音旗，上有蛟龙者。

5　茷茷：音配，飞扬的样子。

6　鸾声：车上之铃声。哕哕：音慧，铃声之盛也。

7　无小无大：不分职位之尊卑也。

8　公：指鲁君伯禽而言。于迈：于，助词。迈：行也。

今译

快乐的泮水那边，可以去采芹菜。恰好鲁侯来了，看见他的旗子。他的旗子飘扬，他的车铃和鸣，不分大官小官，都跟着他来了。

思乐泮水，薄采其藻[1]。鲁侯戾止，其马𩥑𩥑[2]。其马𩥑𩥑，其音昭昭[3]。载色[4]载笑，匪怒伊教[5]。

今注

1　藻：水草。

2　𩥑𩥑：壮盛的样子。

3　其音昭昭：音，音容，表情。昭昭：贤明的样子。言鲁侯的表情，非常之贤明。昭昭，即孟子所谓"贤者以其昭昭，使人昭昭"之意。

4　载：则也。色：面色温和也。

5　匪怒伊教：言鲁侯之对人，没有一点怒言厉色的样子，而只是劝人，以道理说服人。

今译

快乐的泮水那边，可以去采水草。恰好鲁侯到了，他的马很壮盛，他的音容表情，很是贤明，面色温和，又说又笑。他没有一点怒颜厉色的样子，只是以道理说服人。

思乐泮水，薄采其茆[1]。鲁侯戾止，在泮饮酒。既饮旨酒，永锡难老[2]。顺彼长道[3]，屈此群丑[4]。

今注

1　茆：音卯，蓴菜也。
2　难老：难于衰老，即长生不老也。
3　长道：大道也。
4　群丑：淮夷也。

今译

快乐的泮水那边，可以去采蓴菜。恰好鲁侯来了，在泮宫饮酒。既饮美酒，上天又赐他以长生不老。鲁侯能顺从先王之大道，以屈服淮夷的一群为恶之人。

穆穆[1]鲁侯，敬明其德。敬慎威仪，维民之则。允文允武，昭假烈祖[2]。靡有不孝[3]，自求伊祜[4]。

今注

1　穆穆：敬谨小心、自强不息的样子。
2　昭假：昭，光也。假，格也。即感动其先祖而因以来飨也。
3　孝：效也，效法其先人也。
4　祜：福也。

今译

谨慎小心的鲁侯，能够敬谨地修明其德行，慎重其威仪，所以能作为人民的榜样。他既有文才，又有武勇，所以能感格其先祖而来飨。他无一事不效法其先祖的，所以能够自求多福。

（本章颂鲁侯之德。）

明明[1]鲁侯，克明其德。既作泮宫，淮夷攸服。矫矫[2]虎臣，在泮献馘[3]。淑问如皋陶[4]，在泮献囚。

今注

1　明明：勉勉也，努力工作也。

2　矫矫：勇武的样子。

3　馘：音国，杀敌割取其左耳以计功者。

4　淑问：善于问案子。皋陶：人名，尧舜时掌刑法之官，判案最为公平。

今译

勤奋努力的鲁侯，能够修明其德行。既建造了泮宫，又平服了淮夷。勇武如虎的战士，到泮宫来献馘；善问案子如皋陶一样的刑官，到泮宫来审问囚俘。

济济多士，克广德心[1]。桓桓[2]于征，狄[3]彼东南。烝烝皇皇[4]，不吴不扬[5]。不告于讻[6]，在泮献功。

今注

1　广：推而大之。德心：善心。

2　桓桓：勇武的样子。

3　狄：平定。

4　烝烝：盛也。皇皇：盛也，大也。

5　不吴不扬：静肃而不喧哗也。吴，大言也。扬，高声也，如"将上堂，声必扬"。

6　讻：争功。

今译

众多的战士，能够推广鲁侯的善心，勇武地出征，平定了东南。武功盛大，战果辉煌。但是凯旋之后，没有任何的喧哗；来泮献功，又没有讻讻争功的情事。

角弓其觩[1]，束矢其搜[2]。戎车孔博[3]，徒御无斁[4]。既克淮夷，孔淑不逆。式固尔犹[5]，淮夷卒获。

今注

1 觩：音求，健强的样子。
2 束矢：五十矢为一束，或曰百矢为一束。搜：矢疾声也。
3 博：同"傅"，安利也。
4 致：音亦，厌怠也。
5 犹：同"猷"，计划。

今译

鲁侯的弓，极其强健，鲁侯的箭，极其疾速，鲁侯的战车，非常之坚利，鲁侯的徒御，非常之勤奋，所以能够平定淮夷。淮夷平定之后，他们也都非常之向善，而不违抗命令。这就是因为能坚决执行你的计划，所以终于把淮夷平服了。

翩彼飞鸮[1]，集于泮林。食我桑黮[2]，怀[3]我好音。憬[4]彼淮夷，来献其琛[5]。元龟[6]象齿，大赂南金[7]。

今注

1 翩：飞的样子。鸮：音枭，恶声之鸟。
2 黮：音甚，桑之果实。
3 怀：归也。回报也。
4 憬：音景，蛮悍的。
5 琛：宝也。
6 元龟：大龟。
7 赂：音路，馈赠。南金：南方所产之金。

今译

那翩飞的鸮鸟，栖集于泮水之林，吃我的桑葚，回报我以好音。那蛮悍的淮夷，归服之后，就来献珍宝，大龟、象牙并馈赠我以南方之金。

（四）闷宫

这是僖公祀于新庙之诗。

闷宫有侐[1]，实实枚枚[2]。赫赫姜嫄[3]，其德不回[4]。上帝是依[5]，无灾无害。弥月[6]不迟，是生后稷。降之百福，黍稷重穋[7]，稙稚菽[8]麦。奄有[9]下国，俾民稼穑。有稷有黍，有稻有秬[10]。奄有下土，缵禹之绪[11]。

今注

1　闷：音必，深邃的样子，神秘的样子。有侐：侐，音叙，寂静的样子。有侐即侐然。

2　实实：庙基巩固的样子。枚枚：梁椽结构周密的样子。

3　姜嫄：周始祖后稷之母。

4　不回：无邪。

5　依：依附，接近。

6　弥月：满了十月生产的时间。

7　重穋：重，音同，先种后熟曰重。穋，音路，后种先熟曰穋。

8　稙稚：先种曰稙。后种曰稚。菽：豆。

9　奄有：覆有也。

10　秬：音巨，黑黍。

11　缵：音纂，继续也。绪：事业也。

今译

深邃的宫庙，侐然而清静，基石巩固，结构周密，这就是"闷宫"。显赫的姜嫄，她的德行，纯正无邪，唯依从上帝的意思，所以上帝使她平平安安的，到了十月孕满，便生下了后稷。上帝又降赐后稷以多福。后稷善于播种黍稷，稙稚豆麦，于是封之于邰而覆有下国。后稷教民稼穑，有稷有黍，有稻有秬。生产丰富，人民得以足食。于是覆有下土，继续禹王平水土之功而发展农业。

后稷之孙，实为大王[1]。居岐[2]之阳，实始翦[3]商。至于文武，缵大王之绪。致天之届[4]，于牧之野[5]，"无贰无虞[6]，上帝临女[7]。"敦[8]商之旅，克咸厥功[9]。

伍　鲁颂

今注

1　大王：大读太，大王即古公亶父也，文王之父。

2　岐：岐山。

3　剪：削斩，侵削。

4　届：罚，殛，诛也。

5　牧之野：牧野，在纣都之郊，武王在此誓师。

6　无贰无虞：无贰，不要有二心。无虞，不要有怀疑。

7　上帝临女：女读汝，上帝都在看着你们。此两句是武王在牧野誓师之词。

8　敦：顿也，打败，顿挫。

9　克咸厥功：克成厥功。

今译

后稷的孙子，就是太王，居于岐山之南，才开始有削夺商朝的企图。到了文王武王，继承了大王的功业，代表上天对于纣王加以惩罚，誓师于牧野，说道："你们大家奋勇杀敌，不要有二心，不要有疑虑，上帝在监视着你们。"于是打败了商纣的军队，成就了统一天下之功。

王曰叔父[1]，建尔元子[2]，俾侯于鲁。大启尔宇[3]，为周室辅。乃命鲁公，俾侯于东。锡之山川，土田附庸[4]。周公之孙，庄公之子[5]。龙旂承祀[6]，六辔耳耳[7]。春秋匪解[8]，享祀不忒[9]，皇皇后帝[10]，皇祖后稷。享以骍牺[11]，是飨是宜[12]，降福孔多。周公皇祖，亦其福女[13]。秋而载尝[14]，夏而楅衡[15]。白牡骍刚[16]，牺尊将将[17]。毛炰胾羹[18]，笾豆大房[19]。万舞洋洋[20]，孝孙[21]有庆。俾尔炽而昌，俾尔寿而臧。保彼东方，鲁邦是常。不亏不崩[22]，不震不腾[23]。三寿[24]作朋，如冈如陵。

今注

1　王：成王。叔父：周公。

2　元子：周公的长子，即伯禽。

3　启：开拓。宇：同㝢，即鲁国的疆域。

4　附庸：小国不能自达于天子，乃就近附属于大国。

5　庄公之子：僖公。

6　龙旂：旗上画有蛟龙者。

7　耳耳：众盛的样子。

8　匪解：匪懈，言奉祀不懈怠也。

9　忒：过错。

10　皇皇后帝：皇皇，大也。皇皇后帝，即指上天也。

11　享：献也。骍牺：纯赤色之牛。

12　是飨是宜：言神吃着很合宜，即神受其飨也。

13　女：读汝。

14　尝：秋祭曰尝。

15　夏而楅衡：秋祭所用之牛，在夏天时就先把它的角用木衡制住，使得它不能触人，盖以其触人则不吉利也。

16　白牡：白色之雄牛。骍刚：赤色之雄牛。用白牛以祭周公，用赤牛以祭鲁公。

17　牺尊：外形似兽，中间可以盛酒的酒器。将将：严整的样子。

18　毛炰：带毛包泥而烧之。胾羹：胾，音咨，切肉也。羹，煮肉之汁也。

19　笾豆：祭器，竹制的曰笾，木制的曰豆。大房：盛半体牲之俎，足下有跗如堂房也。

20　万舞：兼有文武之舞的总名。洋洋：众盛的样子。

21　孝孙：指僖公。

22　亏：日月亏蚀。崩：山崩。

23　震：地震。腾：百川沸腾。

24　三寿：上寿，一百二十岁；中寿，一百岁；下寿，八十岁。

今译

成王对周公说道："叔父啊，立你的长子，使他为鲁国的诸侯，大大地开拓你的疆域，为周室的助手。"于是乃命鲁公伯禽为东方的诸侯，赐他以山川、土田以及一些附庸的小国。到了周公之孙，庄公之子僖公的时候，就以龙旂承奉祭祀，六辔耳耳而柔泽，春秋四时都不敢懈怠，举行祭祀，礼仪没有一点错失。祭祀皇皇的上帝与皇祖后稷的时候，献之以纯赤色之牛。上帝与皇祖都很满意地来受飨，于是就降之以很多的福。周公皇祖，也给你以福。秋天的祭祀，在夏天就把牺牛准备好，把它的角上，施以横木，防其触人，因为牛一触人，就不吉利了。到了祭祀的时候，用白色的雄牛以祭周公，用赤色的雄牛以祭鲁公，有将将的牺尊，有毛炰胾羹的美味，笾豆大房都盛得满满，万舞洋洋而盛大，而主祭之孝孙就有福了。使你旺盛而昌大，使你长寿而安善，保障那东方的地域，常守你鲁国的疆土，使你没有日月亏蚀之变，没有山崩地震之灾，没有百川沸腾之殃，使你与三寿之老人为朋，生命之强健，如山之高，如陵之长。

公车千乘[1]，朱英绿縢[2]，二矛重弓[3]。公徒三万[4]，贝胄朱綅[5]，烝徒增增[6]。戎狄是膺[7]，荆舒[8]是惩，则莫我敢承[9]。俾尔昌而炽，俾尔寿而富。黄发台背[10]，寿胥与试。俾尔昌而大，俾尔耆而艾。万有千岁，眉寿[11]无有害。

今注

1　千乘：大国之赋也，成方十里，出革车一乘，甲士三人，左持弓，右持矛，中人御。武卒七十二人，将重车者二十五人。千乘之地，则三百十六里有奇也。

2　朱英：用以饰矛。绿縢：用以约弓。

3　二矛：酋矛，夷矛。重弓：二弓，所以防备有折坏也。

4　公徒三万：徒，步卒也。车千乘，法当用十万人，而为步卒者七万二千人，然大国之赋，适满千乘，苟尽用之，是举国而行也。故其用之，大国三军而已。三军为车三百七十五乘，三万七千五百人，其为步卒不过二万七千人，举其中而以成数言之,故曰三万也。

5 贝胄:以贝饰胄也。朱綅:綅,音侵,即线也,用朱线以缀贝。

6 烝徒:众徒也。增增:众多的样子。

7 膺:当也,抵挡也。

8 荆:楚之别号。舒:楚之与国。

9 敢承:敢于抵御。

10 黄发台背:皆老人之特征,黄发者,发已黄也。台背:背已驼,或曰背有鲐文也。

11 眉寿:高寿。

今译

公车有千乘,都是二矛重弓,矛有朱英之饰,弓有绿縢之设。步卒有三万之多,都是以贝饰胄,以朱线缀贝,阵容众盛。以这种盛大的兵力,去打击戎狄,惩罚荆舒,就没有敢于和我们相抵抗的。因此,神明就使你昌盛而兴旺,使你长寿而富贵,使你与黄发台背之老者,相与比寿,让国家强盛又强大,让你耆艾无止境,万年千岁,长生而无恙。

泰山岩岩[1],鲁邦所詹[2]。奄有龟蒙[3],遂荒[4]大东。至于海邦,淮夷来同。莫不率从,鲁侯之功。

今注

1 岩岩:峻危的样子。

2 詹:同"瞻",望也。

3 龟:山名,在今山东省泗水县。蒙:山名,在今山东省蒙阴县。

4 荒:扩大。

今译

高峻的泰山,是鲁邦之人所共瞻的,奄有龟蒙山区,遂扩展而为东方之大国,至于海滨之邦,淮夷也来会同,各国莫不率从,这

伍 鲁颂

都是鲁侯的功劳。

保有凫绎[1]，遂荒徐宅。至于海邦，淮夷蛮貊[2]，及彼南夷，莫不率从。莫敢不诺，鲁侯是若[3]。

今注

1　凫：音扶，山名，在今山东省鱼台县。绎：山名，即峄山，在今山东省峄县。

2　蛮貊：蛮，南夷。貊，东夷。

3　若：顺从。

今译

保有凫山绎山之根据地，遂扩展至于徐州之境，以及于海滨之邦，淮夷蛮貊，及彼南夷，没有不服从，没有不应命的，鲁侯说什么，他们便做什么。

天锡公纯嘏[1]，眉寿保鲁。居常与许[2]，复周公之宇。鲁侯燕喜，令妻寿母。宜大夫庶士，邦国是有。既多受祉，黄发儿齿。

今注

1　纯嘏：纯，大也。嘏，音古，福也。

2　常：地名，在薛地之旁。许：地名，鲁朝宿之邑也。此二邑，皆鲁之故地，为齐国所侵。

今译

上天赐公以大福，长寿而保有鲁国。能把常、许两个地方收复回来，以恢复周公原有的疆土。鲁侯安乐而喜悦，有高寿的老母，有贤惠的妻子，能与大夫庶士相处得都很得宜，所以能常有其邦国，既然多受福祉，所以发虽黄而齿则新，仍然健康得很。

徂来[1]之松，新甫[2]之柏，是断是度[3]，是寻是尺。松桷有舄[4]，路寝[5]孔硕，新庙奕奕。奚斯[6]所作，孔曼且硕，万民是若。

今注

1　徂来：山名，在今山东省泰安市东。
2　新甫：山名，在今山东省汶阳县。新甫，即梁甫，即梁父。
3　断：斩断。度：剖开，锯开。
4　桷：音决，方椽。舄：音细，大也。有舄，即舄然也。
5　路寝：正寝也。
6　奚斯：人名，鲁公子鱼也。

今译

　　把徂来山的松树，新甫山的柏树，砍断而分剖之，制成寻尺的材料，量材使用，以松木为方椽，然后建造起极大的路寝。新庙奕奕而高大，这是奚斯所建造的。新庙既长且大，万民无不顺从。

陆　商　颂

契为舜司徒，而封于商，传十四世至汤王而有天下。其后三宗迭兴，至纣王无道，为周武王所灭，封其庶兄微子启于宋，修其礼乐，以奉商祀。其地在禹贡徐州泗滨西及豫州盟猪之野。商颂者，即周时封于宋之商之子孙赞颂其先祖之诗也，商颂如视为商代作品，不如视为周时封于宋之商之子孙之作品，较为正确。

（一）那

祀汤王之乐也。

猗与那与[1]，置我鞉鼓[2]。奏鼓简简[3]，衎我烈祖[4]。汤孙奏假[5]，绥我思成[6]。鞉鼓渊渊[7]，嘒嘒[8]管声。既和且平，依[9]我磬声。於[10]赫汤孙，穆穆[11]厥声。庸鼓有斁[12]，万舞有奕[13]。我有嘉客，亦不夷怿[14]。自古在昔，先民有作。温恭朝夕[15]，执事有恪。顾予烝尝[16]，汤孙之将。

今注

1　猗与那与：猗那二字连用，美盛的样子，草木之美盛，曰猗那。音乐之美盛，亦可曰猗那。人之美盛，亦可曰猗那，如"猗那多姿"。同"猗傩"，阿难，依娜。

2　置我鞉鼓：置，树立也，夏后氏足鼓，殷人置鼓，周人悬鼓。鞉，音桃，有柄之小鼓。

3　简简：和而大之鼓声也。

4 衎：音看，乐也。烈祖：有功烈之先祖，即成汤也。

5 假：至也，祭者上致乎神曰假，祭者致神之谓也，祭者以善致鬼神为主。

6 绥我思成：绥，诒也，遗也。思，助词。成，福也，即贻我以福也。

7 渊渊：鼓声深远也。

8 嘒嘒：音慧，清亮也。

9 依：相配合。

10 於：音乌。

11 穆穆：和美也。

12 庸鼓有斁：庸鼓，大鼓也。斁，音亦，盛也。

13 奕：盛大也。

14 亦不夷怿：即莫不夷悦也。不，读丕，大也，即大悦也。

15 温恭朝夕：即朝朝夕夕温而恭也。

16 顾：神来顾也。烝尝：冬祭曰烝，秋祭曰尝。

今译

多么美盛的典礼！立起我们的鞉鼓，鼓声既和且大，以愉乐我们的烈祖。主祭的汤孙奏乐请神，祈神赐福。鞉鼓的声音，渊渊而深远，管竹的声音，嘒嘒而清亮，再与玉磬之乐相依配，更显其声音之既和且平。唉！显盛的汤孙，能美和其乐声，大鼓之声音，很是响亮，万舞的进行，很是盛大。我们的嘉宾，没有一个不快活的。举行祭祀，古昔以来，先民都有榜样，我们后人只有朝朝暮暮，温恭诚意，致祭以敬。烈祖啊！请来享受我们的烝尝，这是你的子孙所奉献的啊！

（二）烈祖

这是祀成汤之乐。

嗟嗟烈祖，有秩[1]斯祜。申锡无疆，及尔斯所。既载清酤，赉我思成。亦有和羹,既戒既平。鬷假[2]无言,时靡有争。绥我眉寿,黄耇[3]无疆。约軝错衡[4],八鸾鸧鸧[5]。以假以享,我受命溥将[6]。自天降康,丰年穰穰[7]。来假来飨,降福无疆。顾予烝尝,汤孙之将。

今注

1 秩：大也。

2 鬷假：即奏假也。鬷,音宗。

3 黄耇：黄发也,老年面色枯干如冻梨也。

4 约軝错衡：约,束也。軝,毂也,音祈。以皮缠束车毂而施以朱色。错,文彩也。衡,辕前端之横木也。

5 鸧鸧：音枪。鸧鸧,铃声和鸣也。

6 溥将：溥,大也。将,长也。

7 穰穰：收成众多的样子。

今译

唉！功业盛大的烈祖,创下了这隆大的福泽,可以赐遍于无疆,以及你主祭者的本身。主祭者备上清酒,请求赐福。又献上和羹,味道新鲜而平和。肃然无言,寂然无争,诚心祈祷,请求神之来享,赐我以长寿,至于黄耇而无疆。助祭的人们,乘着文彩而壮观的车子,鸾铃之声,鸧鸧和鸣,来到宗庙,请神共飨。我之受福既大且长。上天又降下喜乐,丰年穰穰,收成盛多。但愿神明惠然来飨,降福无疆。伟大的烈祖啊,请你接纳我们的烝尝,这是你的孙子所奉献的啊。

(三)玄鸟

这是祀殷王高宗之乐。

天命玄鸟[1],降而生商。宅殷土芒芒[2]。古帝命武汤,正域彼四方[3]。方[4]命厥后,奄有九有[5]。商之先后,受命不殆[6],在武丁孙子。武丁孙子,武王靡不胜。[7]龙旂十乘,大糦是承[8]。邦畿千里,维民所止,肇域彼四海。四海来假,来假祁祁[9],景员维河[10]。殷受命咸宜，百禄是何[11]。

今注

1 玄鸟：燕也。相传高辛氏妃简狄吞燕卵而生契，是为商之始祖。

2 宅：居于。殷：地名。芒芒：广漠的样子，殷地即今之河南省商邱县，是一个广大的平原地区，故曰芒芒，同茫茫。

3 正域彼四方：即区划四方的边疆之意。

4 方：旁也，溥也，普遍也。

5 奄有九有：即尽有九州之地也。

6 不殆：即不怠，不懈怠。

7 在武丁孙子，武丁孙子，武王靡不胜：这一段，系有错字，连着两个"武丁孙子"，都应该是"武王孙子"，"丁"字是"王"字之错。后面的一句"武王靡不胜"，应当是"武丁靡不胜"，"王"字又是"丁"字之错。如将此错字改正过来，则解释便易于明白而且正确。

8 龙旂十乘，大糦是承：此两句，言诸侯之来助祭也。糦，音炽，黍稷也。

9 祁祁：众多也。

10 景员维河：景，广也，东西为广。员，运也，南北为运。故景员即幅员也，即一个国家之东西南北之疆域也。河，黄河也，殷家四面皆河，故曰广员维河。

11 百禄是何：即百禄是荷，承受也。

今译

天命玄鸟遗卵，使简狄吞之，就生下了契而为商朝的始祖。以殷土为根据地，是一片广漠的大平原。上帝命令有武德的汤王，正确规划四方的疆域，普遍地可以命令各国的诸侯，尽有九州而为天下之王。商家的先君，承受了上天的命令，不敢懈怠，以至于汤王的孙子。汤王的孙子是谁呢？就是武丁，他无论做什么事情，没有不胜其任的。各国诸侯们，乘着龙旗的车子，奉着大糦，在他死了之后，都来致祭。王畿之地，所辖千里，是直接贡赋于王的人民所

陆 商颂 533

栖居的地区，但是整个的疆土，就远达于四海，四海之民都来归附，归附的人，越来越多，幅员之广，与黄河相终始。殷家的承受天命，处处咸得其宜，所以能负荷百般的福禄。

（四）长发

这是祀汤王之诗。

濬哲[1]维商，长发其祥[2]。洪水芒芒，禹敷[3]下土方。外大国是疆[4]，幅陨既长[5]。有娀[6]方将，帝立子生商。

今注

1　濬哲：同"睿哲"，即聪明睿智之意。

2　长发其祥：谓其发祥已有长久的历史。

3　敷：平治。

4　外大国是疆：外，王畿以外也。王畿以外的大国都是夏朝的领域。

5　幅陨：即疆土，即领域。长：即广也。

6　有娀：国名，其地在今山西省永济县附近。有娀氏之女吞燕卵而生契，契为尧司徒之官，封于商。

今译

聪明睿智的商族，发祥的历史，是已经相当的久了。当洪水茫茫的时候，夏禹王平治水土而定人民之居。王畿以外的许多大国，也都是夏国的领土，疆域已经够大的了。有娀氏之国，那个时候，方域广大，上帝就立了有娀氏之女的儿子契，为商的始祖。

玄王桓拨[1]，受小国是达，受大国是达。率履不越[2]，遂视既发[3]。相土[4]烈烈，海外有截[5]。

今注

1　玄王：指契而言。桓拨：即桓发，桓者，武也。发者，勇也，刚也，振奋也。桓发，即武勇之谓也，即刚强奋发之谓也。

2　率履不越：即循规蹈矩，践履正道，不越礼法。
3　遂视既发：即见义勇为，遂其所视所见而发之于行为。
4　相土：契之孙也。
5　海外有截：言四方诸侯，一致服从，截然而听命，截然即一致也。

今译

玄王勇武奋发，无论领导小国还是领导大国，他没有不成功的。他践履正道，见义勇为。到了他的孙子相土的时候，四方诸侯，一致服从。

帝命不违[1]，至于汤齐[2]。汤降不迟[3]，圣敬日跻[4]。昭假迟迟[5]，上帝是祗[6]，帝命式于九围[7]。

今注

1　帝命不违：即不违上帝之命。
2　至于汤齐：即商族诸君，历代皆不违上帝之命，一直到汤王，仍是如此，所谓"齐"者，即前后一致之谓也。
3　汤降不迟：言汤之降生，适及其时。不迟者，及时也。
4　跻：升也。
5　昭假迟迟：精诚显达于天久而又久也。迟迟者，久久也。
6　祗：敬也。
7　九围：九州也。

今译

商族历代诸君对于上帝之命，敬顺不违，至于汤王，仍是如此。汤王降生，适及其时，圣敬之德，日有进步。精诚显达于天，久而又久，一唯上帝之意旨是敬，因此，上帝乃命他为九州的法式。

受小球大球[1]，为下国缀旒[2]，何天之休[3]。不竞不絿[4]，不刚不柔[5]，敷政优优[6]，百禄是遒[7]。

今注

1 球：同"捄"，法也，法制也。
2 缀旒：表章也，法式也，榜样也，表率也。
3 何天之休：即荷天之休。
4 逑：同"求"，追逐，追求也。
5 不刚不柔：不失之于过刚，亦不失之于过柔，刚柔适中也。
6 优优：从容不迫，不急暴，不苛细，不烦琐。
7 遒：集聚也。

今译

汤王无论受小法大法于上帝，他都能以身作则，为下国的表率，所以能承受上天之福。汤王待人接物，不争胜，不贪求，不失之于过刚，亦不失之于过柔。推行政令，从容祥和，不苛急，不暴虐，所以百般的福禄都归聚于他了。

受小共大共[1]，为下国骏厖[2]，何天之龙[3]。敷奏其勇[4]，不震不动[5]，不戁不竦[6]，百禄是总[7]。

今注

1 共：法也，法度也。
2 骏厖：骏，大也。厖，同"蒙"，覆盖也，庇护也，庇佑也。
3 何天之龙：即荷天之宠，蒙受上天的宠爱。
4 敷奏其勇：表现、显示其勇武。
5 不震不动：不可震撼，不可动摇。
6 不戁不竦：戁，音赧，恐也。竦，音耸，惧也。不可恐怖，不可危惧。
7 总：归聚也。

今译

汤王无论受小法大法于上帝，他都能推行得很有功效，以使下国蒙其庇护，所以能承受上天的宠爱。汤王一显示其勇，则不可震撼，不可摇动，不可恐怖，不可危惧。所以百般的福禄都归聚于他了。

武王载旆[1]，有虔[2]秉钺。如火烈烈，则莫我敢曷[3]。苞有三蘖[4]，莫遂莫达[5]。九有有截，韦顾既伐，昆吾夏桀。

今注

1　旆：旗也，音沛。
2　有虔：虔，威武也，有虔即威武的样子。
3　曷：同"遏"，抵抗，阻止也。
4　苞有三蘖：苞指夏桀，是祸之根。三蘖，指韦、顾、昆吾三国也。韦，国名，在今河南省滑县东南。顾，国名，在今山东省范县东南。昆吾，国名，在今河北处濮阳县。
5　莫遂莫达：使三蘖不能生存与发达。

今译

汤王兴师伐桀，手执大钺，非常勇武的样子。好像是烈火似的，没有人敢来抵挡。夏桀是祸乱之根，他的周围有三个助桀为虐的国家，把这三个余蘖消灭之后，九州就可以截然而统一了。于是于韦顾两国既败之后，就迅速地攻击昆吾与夏桀了。

昔在中叶[1]，有震且业[2]。允也天子，降予卿士。实维阿衡[3]，实左右商王。

今注

1　中叶：中世，在汤未兴之前。
2　震：动摇也。业：危急也。
3　阿衡：指伊尹，汤之贤臣。

今译

在昔中世，曾经有一段很震动而危急的时期。汤王真是个名副其实的天子，上帝降赐予他以贤良的卿士，就是阿衡，他辅佐汤王而有天下。

陆　商　颂

（五）殷武

这是宋襄公以伐楚告于新庙也。

挞彼殷武[1]，奋伐荆楚[2]。罙[3]入其阻，裒荆之旅[4]。有截[5]其所，汤孙之绪[6]。

今注

1 挞：神速的样子，勇武的样子。殷武：殷族的武士，武力。
2 荆楚：楚国也。
3 罙：音米，深也，深入也。
4 裒：音抔，取之也。旅：众也。
5 有截：即截然而平治之也，即平其地也。
6 绪：功业也。

今译

神武的殷军，奋然而伐荆楚，深入其险阻，掳致其兵众，尽平其地，使截然而归向，这都是汤孙的功业。

维女[1]荆楚，居国南乡。昔有成汤，自彼氐羌[2]，莫敢不来享。莫敢不来王，曰商是常。

今注

1 女：读汝。
2 氐羌：西方之少数民族。

今译

你们荆楚，处于我国之南方。我们先君成汤的时候，虽是僻远的氐羌，也没有敢不来进贡的，也没有敢不来朝见的，他们都永远拥戴商王。

天命多辟[1]，设都于禹之绩。岁事来辟，"勿予祸适[2]，稼穑匪解。"

今注

1　多辟：指诸侯，辟，君也。

2　祸：当为"过"。适：即谪，谴责也。

今译

上天命令各国诸侯，立国于禹王所平治的土地之上，岁时来朝见商王，并且祈求地说："请你宽恕我的过失，不要加我以罪责，我努力稼穑，不敢懈怠。"

天命降监，下民有严[1]。不僭不滥[2]，不敢怠遑。命于下国[3]，封[4]建厥福。

今注

1　有严：严然而尊敬也。

2　不僭不滥：不以私喜而过赏，不以私怒而滥罚。

3　下国：各国诸侯。

4　封：大也。

今译

上天降命于商君，下民尊敬商君，而商君敬谨小心，不以私喜而过赏，不以私怒而滥罚，不敢有一点的怠惰与暇逸，所以他能命令各国诸侯，而建其福祉。

商邑翼翼[1]，四方之极[2]。赫赫厥声，濯濯[3]厥灵。寿考且宁，以保我后生。

今注

1　翼翼：整饬的样子。

2　极：中准，标准，准则。

3　濯濯：光洁也。

今译

商朝的京都，翼翼而严整，是四方的中准。显盛哉商王的声名，光洁哉商王的威灵，所以他能寿考且宁，以保佑我们后世子孙。

陆　商颂

陟彼景山[1]，松柏丸丸[2]。是断是迁[3]，方斲是虔[4]。松桷有梴[5]，旅楹有闲[6]，寝成孔安。

今注

1　景山：山名，宋都附近。
2　丸丸：直的。
3　断：斫伐。迁：搬运。
4　方斲：正斲之也。虔：截也。
5　桷：方椽。梴：木头很长的样子。
6　旅：众也。楹：堂前的立柱。闲：大也。

今译

登彼景山之上，把那些高大的松树柏树，斫倒以后，再搬运下来，锯锯斲斲，做成方的椽子，大的柱子，以建造寝庙，寝庙建成之后，神灵居之便非常之安适了。